PORÉM BRUXA

PORÉM BRUXA

CAROL CHIOVATTO

SUMA

Grafia atualizada segundo o Acordo Ortográfico da Língua Portuguesa de 1990, que entrou em vigor no Brasil em 2009.

Capa e ilustração
Bruno Romão

Preparação
Fernanda Castro

Revisão
Marise Leal
Thiago Passos

Os personagens e as situações desta obra são reais apenas no universo da ficção; não se referem a pessoas e fatos concretos, e não emitem opinião sobre eles.

Dados Internacionais de Catalogação na Publicação (CIP)
(Câmara Brasileira do Livro, SP, Brasil)

Chiovatto, Carol
Porém Bruxa : volume 1 / Carol Chiovatto. — 1ª ed. — Rio de Janeiro : Suma, 2022.

ISBN 978-85-5651-163-8

1. Ficção brasileira 2. Ficção de fantasia I. Título.

22-133881 CDD-B869.3

Índice para catálogo sistemático:
1. Ficção : Literatura brasileira B869.3

Cibele Maria Dias – Bibliotecária – CRB-8/9427

EDITORA SCHWARCZ S.A.
Praça Floriano, 19, sala 3001 — Cinelândia
20031-050 — Rio de Janeiro — RJ
Telefone: (21) 3993-7510
www.companhiadasletras.com.br
www.blogdacompanhia.com.br
facebook.com/editorasuma
instagram.com/editorasuma
twitter.com/editorasuma

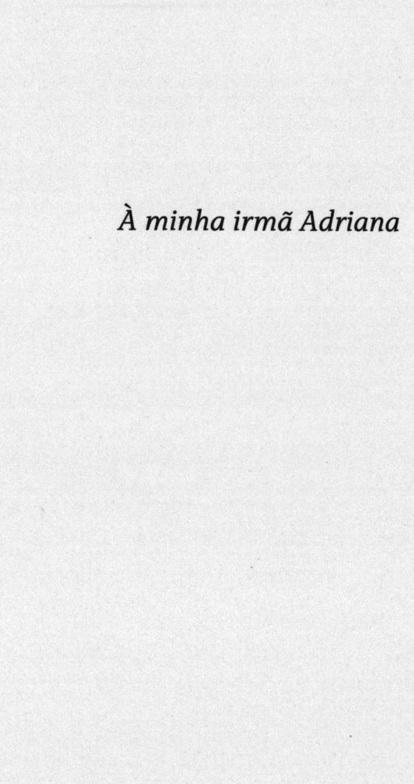

À minha irmã Adriana

Há três anos, este livro mudou minha vida. Este foi meu primeiro livro publicado, embora de modo algum tenha sido o primeiro escrito. Na verdade, foi o décimo segundo que terminei e o sexto que achei publicável. Nele, aparecem algumas personagens que já trazia comigo desde projetos adolescentes, nas minhas incursões iniciais pela fantasia. A figura da bruxa era tão importante para mim na ficção que a transformei em tema da minha pesquisa acadêmica, e isso por sua vez alimentou a minha escrita da ficção, brotou em galhos que deram frutos bem diferentes.

Em 2019, já fazia quase dez anos que eu acompanhava a cena da literatura fantástica brasileira com a esperança de uma torcedora, indo aos eventos que me eram acessíveis, conhecendo ao vivo ou virtualmente colegas do cenário independente, de pequenas e médias editoras. Publiquei alguns contos em coletâneas, preparei e traduzi romances, fui vendedora em feiras de livros. Conheci meu marido numa Bienal. Vi a Amazon chegar ao Brasil e alterar muitos paradigmas de mercado. Virei acadêmica ("virar", um processo que se estendeu ao longo de quase uma década).

Mas foi com a publicação de *Porém Bruxa* em 2019 — mais precisamente no evento de lançamento em 29 de outubro de 2019 (porque dia 31 estava tomado) na livraria Martins Fontes Paulista — que senti as lentas engrenagens da carreira de escritora pegando no tranco e começando a girar.

Aquela foi uma noite especial; mostrou que os anos de espera para publicar meu primeiro romance não tinham sido desperdício, mas construção: autografei durante três horas seguidas e encerrei a noite com oitenta e quatro exemplares vendidos. Para uma publicação de estreia por uma editora independente (AVEC), foi um sucesso inesperado. Só tenho a agradecer a todos os amigos, colegas e familiares que estiveram comigo nesse começo.

Aos poucos, as pessoas liam e, à medida que gostavam, indicavam para alguém, que por sua vez fazia o mesmo. Nos primeiros meses após o lançamento (e em todos que se seguiram, para ser justa), recebi alguns presentes inesquecíveis na forma de mensagens dos leitores, cada vez mais numerosas. Contei com o apoio do *Sem spoiler*, que divulgou muito o livro no Twitter e me ajudou a superar o alcance da minha bolha. Dei uma entrevista para o jornalista André Cáceres, e o livro saiu no *Estadão*, minha primeira vez num jornal de grande circulação. Recebi incríveis contatos profissionais. Blogueiros e youtubers leram e divulgaram espontaneamente. Ao longo de 2020 e 2021, o livro foi lido em clubes de leitura, alguns dos quais me convidaram para lives e bate-papos fechados. *Porém Bruxa* ficou meses entre os mais vendidos de categorias como “fantasia urbana” e “policial, suspense e mistério”, e sempre entre os cem e-books mais vendidos na Amazon. Vendi exemplares a pessoas que já gostavam da história e queriam o volume impresso autografado.

Durante todo esse tempo, recebi mensagens afetuosas de leitores entusiasmados com Ísis e seus amigos, curiosos com aspectos da magia e outras questões do enredo. Esse carinho foi o que me segurou durante a pandemia e o fim do doutorado. Esse afeto, tão generoso, me fez levantar da cama nos dias mais difíceis e também atraiu a atenção da Suma.

Ou seja, se esta edição está saindo hoje, devo isso ao entusiasmo de cada pessoa que leu, resenhou, indicou, deu de presente, postou surtos de empolgação nas redes sociais ou interagiu comigo em aberto ou no privado.

Você vai notar que este volume inclui duas histórias além de *Porém Bruxa*. Publiquei “Apesar de telepata” via newsletter, no aniversário de um ano de lançamento do livro, narrado do ponto de vista de uma das personagens mais queridas. Nessa espécie de conto, mostro alguns elementos apenas mencionados de passagem no romance. Além disso, apresento também a noveleta inédita “Agora diplomata”, especial para a nova edição.

Se você já conhece e ama este universo, bem-vinde de volta. Se acabou de chegar, vá entrando: a casa também é sua!

Carol Chiovatto
São Paulo, 8 de setembro de 2022

PRÓLOGO

Ir a pé teria sido uma opção melhor, mas não rápida o suficiente. A luz do metrô piscou, e assim, sem mais nem menos, o trem parou. Alguém soltou um gritinho na outra ponta do vagão quase vazio, perto da sanfona que o ligava ao seguinte. Não demorou para alguns pontos iluminados — lanternas de celular — surgirem ao longo da composição inteira.

Cravei os olhos no imenso corredor subterrâneo que abrigava os trilhos entre as estações Butantã e Pinheiros, onde a comoção sísmica acontecia. As luzes também haviam se extinguido ali. Veio outro tremor, um pouco mais insistente do que aquele responsável por me tirar de casa em uma quinta-feira chuvosa pouco antes de a estação Butantã fechar as portas.

Não era dos naturais, e, portanto, eu tinha o dever de investigar sua origem e extirpá-la. Não senti aura bruxa nas imediações, mas havia algo externo ao plano material: marcas divinas raras de se encontrar em qualquer parte do mundo atualmente. Eu mal as reconhecia.

Alguns passageiros forçavam as portas para sair dali, e um grupo de guardas da linha amarela do metrô avançava até nós. As pessoas seguiam de volta para o Butantã ou vinham de lá, o que me favorecia; o problema se originava no outro sentido, perto de Pinheiros.

Usando meu canivete como alavanca para abrir a porta à direita (o lado oposto do escolhido pelos demais, por ser o dos trilhos), saltei rapidinho para fora e percorri a extensão do túnel, deixando o trem às minhas costas. Conseguia sentir as vibrações do rio Pinheiros só esperando a mínima rachadura para inundar a estrutura do metrô.

A escuridão não me incomodava; meus sentidos aguçados me guiavam tão bem quanto a visão em um dia claro. O que me perturbava era a convergência das correntes elétricas interrompidas por causa de um dano ali perto. O potencial incendiário daquilo me dava arrepios.

De repente, uma nova onda de energia partiu de um ponto pouco adiante — uma pessoa —, destinada a provocar ainda mais as entranhas da Terra. O que aquela besta quadrada pretendia? Desmoronar o túnel?

Expandi meus sentidos por puro reflexo, segurando a onda, e comandei a terra a reverter o novo tremor, muito superior aos anteriores, para baixo de toda a extensão do rio. Espalhar aquela energia agitaria as águas, mas só.

— Qual é o seu problema, cara? — rosnei. — Quer matar todo mundo aqui, destruir meia cidade ou o quê?

Ele se virou para mim no susto e acendeu uma chama com as mãos. Era um moleque mal saído da adolescência. Ao mesmo tempo que o vi, percebi a origem de seu poder com uma clareza inequívoca: Hécate. A deusa só podia estar de sacanagem com a minha cara.

— Quem é você? — ele perguntou, assustado.

— Sou a responsável por esta área, e não consta nenhuma autorização pra ninguém mexer com outros planos aqui — resmunguei na minha voz de autoridade oficial. — Você vai me falar que merda tava pretendendo, e é bom torcer pra eu gostar das suas explicações.

O rapazinho abaixou a cabeça, soltou um suspiro cansado e me seguiu em silêncio. Fácil assim. Sem alarde, nós dois alcançamos e acompanhamos o grupo conduzido em segurança para o Butantã pelos funcionários da Via Quatro.

Eu não acredito que você me tirou de casa debaixo de chuva pra isso.

1

Somos as filhas de todas as bruxas que vocês não conseguiram queimar. Bem poderia ser verdade: a Inquisição nunca conseguiu queimar uma bruxa sequer, então a descendência das legítimas é extensa. Sei disso de fonte segura: sou uma delas, afinal.

A frase feita sempre me toca, quer a veja na internet, quer pichada no muro de uma propriedade abandonada, tomada pelo mato. A tinta rosa vencia as deformidades do concreto irregular, sem acabamento, catapultando para a posteridade o garrancho da pichadora. Ao menos até as muitas chuvas, a poluição e outros artistas urbanos sem tela própria apagarem o manifesto. Talvez até antes; haveria eleições presidenciais em poucos meses. Os cabos eleitorais dos maiores partidos já deviam estar em busca de muros como aquele: terra de ninguém a ser clamada por quem chegasse primeiro. Durante um tempo, pelo menos. Tudo muda sem parar em São Paulo.

Segui a passos largos, com as mãos nos bolsos do casaco, tentando não captar as emanações ruins do terreno. Vida em decomposição, a energia dos dependentes químicos se esvaindo, memórias cheias de dor em franco esgotamento. Eu teria de ligar para a assistência social da prefeitura depois; isso não era assunto de minha alçada. Dulce Vitória saberia lidar com aquela situação.

Os caminhos decadentes desembocaram no Largo da Batata, fervilhante na hora de pico. Cruzei rápido a confusão de transeuntes apressados e camelôs da Teodoro, descendo sentido Pinheiros. Murilo era mesmo um esnobe para querer ir a um barzinho em vez de pedirmos uma pizza no meu apartamento quando acabaríamos lá de qualquer jeito.

Encontrei-o numa mesa da calçada. Devia ser provocação. Eu odiava ficar ao ar livre assim, no frio e no vento. Murilo acenou com a taça de vinho quando me aproximei.

— Tá de zoeira, né?

— Oi pra você também, Ísis — saudou ele calmamente.

Não parecia muito bem-humorado; dava para ler isso no longo gole de vinho e nos lábios crispados que se seguiram, adornados com o olhar vidrado e sem foco. Santa paciência. Respirei fundo para recuperar um pouco da capacidade de ser simpática, quase toda perdida com as expectativas frustradas. A noite prometera diversão e quem sabe alguns orgasmos, mas parecia prestes a virar uma sessão de terapia.

Bem, pra que servem os amigos?

— Vamos arrumar uma mesa lá dentro? — sugeri enfaticamente.

— O que essa tem de errado?

Fitei-o, arqueando a sobrancelha direita. Murilo levantou-se abruptamente e me seguiu, levando apenas a taça e a garrafa de vinho. O garçom ficou feliz em nos acomodar em um canto, fora da passagem do serviço e da rota para os banheiros. Lancei-lhe meu melhor sorriso em agradecimento.

Assim que nos sentamos, Murilo reclamou de um juiz que escolhera ignorar seu parecer forense em detrimento de uma prova circunstancial num caso de fraude. Dava para sentir as emanações do ego ferido de meu amigo; ele era o melhor linguista no ramo, e todo o setor jurídico de São Paulo sabia disso.

— Mas vai pra segunda instância — comentei, um pouco menos desanimada. O problema não era tão grave assim. — Os desembargadores vão dar ouvidos à razão, que também atende por *Murilo*.

Balançando a taça e me olhando de esguelha, ele sorriu com um ar analítico. Ah, eu já conhecia aquele olhar de outros carnavais. Murilo era meu consultor fazia oito anos, desde que comecei a trabalhar. Fora o início de sua brilhante carreira com linguística forense. Éramos amigos havia pelo menos cinco anos e fazia mais de três que a gente se pegava às vezes, quando ele estava solteiro ou em um relacionamento aberto, como era o caso no momento.

— A gente vai mesmo beber de estômago vazio? — perguntei.

— Tava te esperando pra pedir. Que tal uma tábua de frios pra começar?

— Não tô com grana pra esbanjar — avisei.

— Relaxa. Por minha conta hoje. Você pagou tudo da outra vez.

Dei de ombros.

— Escolhe aí, então.

Murilo não precisou de mais incentivo; pediu a tábua de frios e ficou em silêncio até o garçom se afastar.

— Foi bom você ligar — ele disse, me olhando de viés e baixando a voz. — O Marcos viajou e eu tava mesmo precisando de companhia.

— Disponha — respondi, erguendo a taça. Depois dei um gole para disfarçar a tensão sexual. Murilo deu um sorriso de lado, inclinando a cabeça. Ele se divertia com o quanto eu respondia bem àquelas alterações de tom.

Tudo pela autoestima do meu amigo.

— Aliás, ele disse que você tá devendo uma visita lá em casa — anunciou Murilo. — E pior que tá mesmo, né? Há quanto tempo você não vai?

— Não tenho culpa se o seu namorado tá sempre calculando ponte quando tô de folga — respondi com uma risada, sabendo que ele também acharia graça. Bingo. Marcos era engenheiro; muito cheio de si, como os de sua classe. Sempre que o víamos ocupado, eu e Murilo falávamos sobre pontes. Geralmente acertávamos. Era a especialidade dele. — Andei livre nos últimos tempos. Fora um contratempo ontem com um idiota.

Murilo franziu o cenho, incerto.

— Grave?

— Tinha potencial pra ser. Tive que parar um pirralho em Pinheiros.

— Ah, aqueles tremores e a queda de energia? — ele perguntou, curvando-se para a frente. — Quanto dessa história você pode dividir comigo?

Uma das minhas coisas preferidas na amizade com Murilo, além do sexo bom e sem compromisso com o qual eu sempre podia contar, era o fato de ele saber a verdade sobre mim e não ficar insistindo em assuntos proibidos para comuns. Eu havia ligado para ele porque precisava extravasar um pouco do mau humor; tivera de escrever um relatório sobre a ocorrência e mandá-lo ao Corregedor, que era o maior pé no saco da história.

— Um moleque de dezenove anos perdeu a namorada — comecei, lutando muito para não revirar os olhos. — A moça morreu semana passada. Era da recon-helenista, sabe? — Murilo balançou a cabeça, curioso. — Reconstrução helenista, um povo que voltou a cultuar os deuses gregos.

— Ah, tá! Já ouvi falar, sim.

— Bom, a garota era paciente terminal e pediu pro namorado pôr moedas pro barqueiro em cima dos olhos dela antes de morrer, e ele fez isso só para ser fiel à palavra, mas não era exatamente praticante, pelo que me contou depois. Pra resumir, a Hécate resolveu ajudar, provavelmente porque queria aproveitar a oportunidade pra conseguir um novo fiel, e ele resolveu tentar abrir à força uma entrada para o Hades aqui, *em plena São Paulo*, pra resgatar a alma da moça antes de ela passar pelo Lethe.

Por um momento, Murilo me encarou, incrédulo. Apesar de eu já ter falado inúmeras vezes que aquilo era tudo verdade, ele não conseguia acreditar em algo de tamanha magnitude; só em pequenas ocorrências, como a do meu relato. E aquela história era, de longe, uma das mais risíveis do meu repertório. Eu queria muito dar uns tabefes naquele moleque.

— Isso daria certo? — ele perguntou, visivelmente temendo parecer bobo.

— De jeito nenhum; o Hades fica *em outro plano*, não no centro da Terra, mesmo se fosse fácil chegar lá. Claro, você em tese pode entrar por um vulcão inativo, mas teria de ser muito idiota pra fazer isso sem Hermes.

Murilo piscou, tentando processar. Era a primeira ocorrência envolvendo uma divindade grega em toda a minha experiência como monitora. Tratando-se de deuses da Antiguidade, talvez ele esperasse algo mais majestoso.

A televisão ligada atraiu minha atenção e, sem querer, passei a ignorá-lo. Uma reportagem do jornal das sete, que só transmitia notícias de São Paulo. A foto borrada de uma menina. O formigamento familiar dentro do peito. Nas imagens, a manchete "desaparecida".

— Ei, pode ligar a legenda do jornal? — Murilo pediu a um garçom.

Era tão bom estar com alguém que já sabia como eu funcionava! O pedido foi logo atendido, e a legenda vagarosa em fundo preto surgiu na tela ao fim da curta reportagem. Ao menos peguei o que precisava: a criança se chamava Valentina Tenório Bittencourt e morava no Morumbi. Anotei as informações no celular junto com a data, a hora e o canal da reportagem para procurá-la na íntegra quando chegasse em casa.

— Valeu, Murilo. Facilitou a minha vida.

— Alguma coisa... sua?

— Minha intuição diz que sim. Vou investigar.

Ele franziu o cenho.

— Se você precisar ir...

— Eu tô aqui com você. Nem sei se é um caso, pode esperar. Não é nada que duas ou três horinhas vão atrapalhar, sério.

Estreitando os olhos com alguma malícia e sorrindo de lado, ele murmurou:

— Foi só isso que você reservou pra mim?

— Não, mas eu pensei... Você parecia chateado quando cheguei.

— Eu tô é puto. Agora, se você me distrair, talvez eu melhore.

— Nossa, qualquer sacrifício pra melhorar o seu humor.

— *Sacrifício?* — Ele sorriu, pretensamente indignado. — Você vai pagar por isso.

Abri o maior sorriso do mundo. Geralmente quando Murilo anunciava que eu iria "pagar" por alguma suposta ofensa, eu acabava muito bem recompensada. Ficamos menos no barzinho do que imaginei. E passamos mais tempo suando do que eu havia previsto mais cedo.

A sorte às vezes me sorri.

Mas não dura muito.

2

Acordei no meio da madrugada com aquele formigamento no peito. Em outras pessoas, a intuição não passava de uma forma subconsciente da inteligência racional. Em mim, era um poder considerado místico e sobrenatural tanto pelas diversas religiões quanto pela sociedade cientificista. Tem coisas que eu simplesmente sei. Sei porque tenho de saber. Porque a Terra quer assim.

Naquele momento, ir atrás da pequena Valentina desaparecida era primordial. Levantei-me, cambaleante, e fui ao banheiro fazer xixi. Murilo nem se mexeu. A descarga barulhenta também não o acordou. Voltando ao quarto, tateei a cadeira em busca da calcinha e a vesti, depois contornei a cama para apanhar meu notebook na escrivaninha. Murilo se mexeu em seu sono, chutando as cobertas. Permiti-me observá-lo por um instante. Escapuli para a sala antes de alimentar ideias.

Sentei-me no sofá já abrindo o computador. Acessei a nota no celular, onde salvara as informações sobre a menina. Até que foi fácil encontrar a reportagem no site da emissora, apesar da navegabilidade de merda. Assisti ao vídeo, anotando os pontos principais: Valentina era a filha única adotada de um casal de classe média alta.

Também não foi difícil achar o endereço do trabalho deles e o da escola de Valentina. Ela havia desaparecido no horário da saída. Jorge Silveira, motorista da família e responsável por buscá-la no colégio, fora demitido, e nenhuma mídia conseguia contato com ele. Meia dúzia de lugares para visitar pela manhã. Com sorte, eu resolveria o problema da menina antes do almoço.

Do lado de fora, o céu dava os primeiros sinais da alvorada. Espreguicei-me e fui para a cozinha pôr a água do café para ferver. O interfone quase me matou de susto ao tocar de repente. Olhei o relógio em cima da porta: seis horas. Atendi, deixando um pouco de surpresa transparecer na voz:

— Pronto?

— Bom dia, Ísis. É a delegada Helena Garcia Braga.

— Manda subir. Valeu, seu Roberto.

Atípico. Corri para o quarto, enfiei a primeira blusinha e calça que encontrei e peguei o celular na mesa de cabeceira. Doze ligações perdidas, todas de Helena, e a única mensagem:

já que você não olha a porra do celular, eu vou aí

Delicada como uma betoneira. Voei para a sala e abri a porta antes de a campainha tocar; Helena saía do elevador.

— Caiu da cama? — perguntei, recuando para deixá-la entrar.

— Quem me dera. — Ela largou a bolsa no sofá e, ao se endireitar, levou as mãos aos cabelos crespos, tentando ajeitar os fios úmidos pela garoa daquela manhã, armando-os mais sem perceber. — Não saí da delegacia a noite inteira, só pra pegar um misto na padaria. Tava horrível, por sinal.

— Café?

— Por favor.

Ela se acomodou à mesa da cozinha enquanto eu passava o café e pegava as xícaras.

— Qual a boa?

— Desaparecimento. A mulher já sofreu violência doméstica. Retirou a queixa duas vezes, faz três anos. Ontem o filho veio denunciar o sumiço da mãe e acusar o padrasto.

— Menor?

Ela assentiu.

— Doze. Tá morando na casa da tia agora. É vizinha.

Anotei o endereço e o nome dos envolvidos no celular, em parte interessada no caso e em parte preocupada com o estado de Helena.

O esmalte vermelho de suas unhas estava parcialmente descascado de um modo que só ficava quando ela estava nervosa e roía tudo.

— E você veio me procurar porque...? — perguntei. — Você sabe que gosto de ajudar, mas não posso com tudo.

— Eu sei... — Helena mexeu no cabelo outra vez, denunciando uma grande frustração. Seu cansaço era visível nas pálpebras pesadas e nas olheiras arroxeadas, mal ocultas pela maquiagem do dia anterior. — Olha, não sei por onde começar. Pode não ter nada a ver com as suas macumbas, mas preciso de um norte. Dá uma olhada e me aponta na direção certa. *Por favor.* É a mãe de um menininho.

Servi o café para nós duas. O Conselho provavelmente comeria meu fígado se sonhasse que eu estava resolvendo assuntos exclusivos do plano material, mas a Delegacia da Mulher era uma instituição necessária e sem grande apoio governamental, exceto em época de campanha política. Dar uma trapaceada para fazer um bem deveria ser justificável.

— Ok. Mas o que eu faço não tem nada a ver com "macumba", que, aliás, é um tipo de tambor e não um trabalho. Respeita os orixás e deixa eles em paz no canto deles.

Helena já sabia disso. Só não conseguia nomear ou definir o que eu fazia. Falar em voz alta sobre eu ser uma bruxa soava-lhe risível na melhor das hipóteses. Não fossem os poderes, eu pareceria uma anônima qualquer, incógnita nas multidões, apenas mais um rosto entre tantos, uma pessoa comum. Mas o fato é que consigo passar despercebida quando me interessa e certamente pareço inofensiva na maior parte do tempo. Ledo engano.

Ouvi o chuveiro no banheiro do quarto. Helena também, mas fingiu que não; continuou bebendo o café com um ar infeliz. Nossa amizade datava de anos, quando seu ceticismo fora mandado às cucuias ao me ver afastando uma rocha para liberar a caverna onde estavam mulheres destinadas ao tráfico sexual internacional. Naquela época, ainda morávamos e trabalhávamos em Santos.

A ocasião me rendeu uma reprimenda fervorosa do Corregedor assinalado a mim, com direito a encarceramento no subterrâneo antimagia do Conselho. O maior pesadelo para um bruxo. Fingi arrependimento, como adequado perante a autoridade do Conselho, mas eu salvara a vida de uma dezena de moças e faria tudo de novo se precisasse. Talvez por isso Helena gostasse de mim; ela também trabalhava dentro de um sistema limitador, tentando fazer o seu melhor.

— Quer dar uma cochilada aqui? — ofereci.

— Não. Preciso passar em casa e dar comida pro gato. Vou tomar um banho e mais um balde de café.

Murilo surgiu na cozinha às pressas, com a bolsa-mensageiro no ombro, já vestido, mas ainda abotoando a camisa.

— Oi, Helena.

— Oi, Murilo.

— Desculpa atrapalhar, gente. Só vim dar tchau.

— Não quer um café? — perguntei.

— Não. Vou correr. Ligaram pedindo um parecer pra ontem... — Acompanhei-o até a porta. — Não queria sair correndo, Zi...

— Imagina. Você é de casa.

Sorrindo, ele estalou um beijo na minha bochecha e foi embora. Fechei a porta e, quando me virei, Helena me fitava com um sorrisinho insinuante, recostada no batente da cozinha com a xícara reabastecida na mão.

— A noite foi boa, é?

— Cinco estrelas — respondi com uma risada. — Deixa eu pôr o tênis e escovar os dentes, daí já saio com você.

3

Tomei café da manhã na padaria da esquina. Ver o mesmo muro pichado do dia anterior me lembrou de mandar uma mensagem para Dulce Vitória com o endereço do terreno baldio. Eu mal havia largado o celular quando ela me ligou.

— Oi, Ísis, tudo bem? Pode descrever melhor a questão? Quantas pessoas em situação de rua com dependência química você identificou?

— Oi, gata. Nem sabia que você já tava na labuta.

— Tô a caminho. Conforme for, vou direto pro endereço.

— Ah, tá. Olha, não tenho certeza. Pelo menos três. E um morto.

Ouvi o suspiro cansado do outro lado da linha, uma vida inteira dando murro em ponta de faca resumida no som despretensioso.

— Tá bom. Valeu, Ísis. Quando tiver tranquila, me avisa pra gente tomar um café.

— Pode deixar. Acabei de pegar dois casos. Vou te falando.

— Beleza. Bom dia aí.

— Beijos! — Desliguei, mas mal consegui dar uma mordida no pão na chapa quando o celular tocou outra vez. *Ê manhãzinha atribulada!* Olhei a tela. — Fê, tudo bem?

A voz do outro lado da linha veio embargada pelo choro:

— Zi, tudo bem? Você pode me encontrar no terreiro?

— Indo praí. O que aconteceu?

— Depredaram o terreiro todo durante a noite, quebraram imagens, destruíram tambores...

— Evangélicos?

— Só pode. A vó tá com pressão alta, mas ela precisa falar com você e não vai arredar o pé daqui pra um hospital até conseguir.

— Você tá com ela? Tô indo.

— Tô sim. Até já.

O terreiro não era exatamente longe, mas também não ficava perto o suficiente para que eu chegasse rápido a pé. Margarete de Xangô, mãe de santo, era uma das pessoas mais próximas de minha falecida mãe, e Fernanda, sua neta e minha amiga mais antiga, tinha sido iniciada no candomblé quando ainda éramos crianças. Nossos colegas de escola haviam ficado com medo ou tirado sarro quando ela apareceu com as vestes brancas e o turbante. Aquilo nos aproximou ainda mais; eu conhecia sua crença, e ela, minha real natureza.

A parada brusca do táxi interrompeu o fluxo de lembranças. O taxista persignou-se ostensivamente repetidas vezes, quase bravo por eu lhe dizer para parar ali. Paguei-lhe de uma vez e desci. Ele partiu com uma arrancada feroz, deixando marcas de pneu e fumaça em sua esteira. Não desperdicei mais um pensamento com a criatura; virei-me e abracei uma Fernanda chorosa que esperava à porta para me receber.

— Obrigada por vir logo — murmurou ela, dando-me o braço e conduzindo-me para dentro.

O cenário de destruição apertou meu coração. Dava para sentir as emanações do ódio causador daquilo tudo vertendo das paredes, dos cacos espalhados e das flores pisoteadas, grudadas no chão de cerâmica. A mãe Margarete se encontrava sentadinha numa cadeira, com os olhos vidrados. Estes ganharam vida e se dirigiram a mim quando entrei, mas sua aura emitiu um brilho dourado invisível para qualquer não bruxo, alertando para o fato de que não era apenas ela ali. Ajoelhei-me de imediato.

— Com quem tenho a honra de falar? — inquiri, respeitosa.

— Eu sou o Abridor de Caminhos — soou a poderosa voz masculina.

Ergui o olhar, surpresa. A força da mãe Margarete era muito superior a qualquer outra imaginável. Incorporar um orixá...! A aura dourada já havia anunciado o fato, mas eu me recusara a acreditar até ouvi-lo.

— Exu?

— Os orixás te observam, serva da Terra. Trago uma imagem.

Com isso, a mãozinha enrugada da mãe de santo tocou minha testa. Imediatamente vi um artefato de madeira, esculpido na forma de uma onça, sujo de terra, encoberto por mato e umidade. O toque cessou, mas o curioso objeto permaneceu por trás dos meus olhos, impresso no cérebro. Quis perguntar mais, porém a aura dourada acabava de se dissipar; Exu partira, e agora apenas mãe Margarete me sorria com sua candura habitual.

— Por que divindades adoram meias-palavras? — bufei entre dentes. Ela se curvou a fim de me abraçar. Retribuí o carinho. — Vamos levar a senhora para o hospital, hein?

— Não. Eu preciso benzer o terreiro, limpar ele desse mal...

Lancei um olhar para Fernanda, que enrolava nervosamente nos dedos umas dez de suas longas trancinhas.

— A gente cuida disso depois de levar a senhora no médico — falei. — Eu vou descobrir o culpado.

— Isso é coisa daqueles neopentecostais raivosos da Igreja Global do Trono de Deus — disse Fernanda. — Não precisa de magia ou investigação nenhuma; só convencer aquele cretino do pastor Marco Dimas a deixar a gente em paz.

— Faço isso se a mãe for já pro hospital — falei, finalmente me erguendo do chão. Meus joelhos começavam a doer.

Ela era teimosa, mas acabou cedendo. Ajudei-a a caminhar até o carro de Fernanda, estacionado na rua de trás, e a se acomodar no banco do carona.

— Valeu mesmo, Zi — disse minha amiga. — Fico te devendo uma.

— Nunca. Além do mais, preciso de um favor pra ajudar a decifrar a mensagem de Exu. — Peguei meu bloquinho na bolsa, desenhei esquematicamente o artefato e dei-lhe a folha. — Vê com os seus colegas de doutorado ou com seu orientador se eles sabem o que é isso. Não parece nada relativo à sua pesquisa. É de madeira. De lei, acho.

Fernanda franziu o cenho, guardando o papel no bolso da saia estilosa, me abraçou e se despediu, prometendo investigar. Uma pessoa tem de conhecer os próprios limites, e *eu* não era antropóloga. Se Fernanda não encontrasse nada, eu pediria autorização ao Conselho para usar a biblioteca deles ou algum feitiço monstruoso. Em se tratando de uma mensagem amiga, os conselheiros haveriam de permitir. Eu só não abria uma solicitação imediata porque o meu contato era obrigatoriamente por meio do Corregedor, e eu o evitaria enquanto fosse possível. O cara me odiava.

Quando o carro partiu, voltei sem pressa para a entrada do terreiro e analisei os claros sinais de arrombamento. A porta de aço de enrolar, que encerrava o lugar, havia sido forçada por algum tipo de alavanca improvisada, a julgar pelas marcas no chão e no metal. Abrir a portinhola teria sido mais fácil, embora muito menos dramático. Puxei a chapa danificada. Onde antes um bonito grafite de Iemanjá reinava soberano, agora se lia "Queimam [sic] no Inferno, adoradores do Tinhoso". Ridículo, eu sei.

Oceanos de ódio vertiam da pintura profana sobre a orixá, espalhando tentáculos ainda muito tênues, mas com sério potencial de se fortalecerem caso tocassem transeuntes propensos a direcionar raiva ao lugar. O mesmo sentimento latejava lá dentro, asseverando poder sobre as figuras tombadas. A mãe Margarete tinha razão; era preciso benzer o terreiro. E rápido.

Olhei para o céu triste de inverno, morrendo de pena do Verbo. Devia ser muito desanimador seus supostos fiéis julgarem que o serviam ao criar uma energia tão maligna. Ele não tinha poder algum ali. Felizmente, a Terra não dependia de fé, e uma de suas filhas resolveria o problema. Via de regra, eu não podia fazer o que planejava sem a autorização expressa do Conselho, mas um orixá acabara de me presentear. O favor precisava ser retribuído.

Entrei no terreiro e parei bem no centro, fechando os olhos para expandir os sentidos superiores. Inspirei fundo e expirei devagar, deixando os tentáculos me alcançarem, me golpearem, tentando arrancar o meu melhor e me preencher com sua energia corrupta. Ao mesmo tempo, eu a sentia fluir sob meus pés: a Terra. Murmurei a velha canção em sua língua, chamada *atiaia*, em tupi, como aprendi com minha mãe mineira, cuja avó indígena conhecia muitas variantes antigas desse ramo linguístico. O idioma da Terra tem muitos outros nomes, como descobri mais tarde com meus colegas, a maioria preferindo chamá-lo de "gaia".

Se devo ser culpada de algo pelo Conselho, que seja pelo extremo prazer que sinto com o poder pulsante em minhas veias, fluindo em cada nervo, quando minha voz converte a energia exuberante num feitiço. É sempre um êxtase, e, naquela ocasião, não foi diferente. Ao terminar, meus joelhos cederam e fui ao chão, exausta, mas aliviada em respirar o ar livre da mácula anterior.

Pousando as duas mãos no chão, lancei um feitiço simples de proteção às frágeis paredes. Ao menos contra meros mortais o terreiro ficaria resguardado — e por isso, sim, o Conselho poderia querer a minha cabeça numa bandeja caso descobrisse.

Minha visão enegreceu por causa da exaustão, e não vi mais nada.

4

Almocei igual a uma cavala. O atendente do self-service tinha olhado do meu prato para minha forma magrela e vice-versa algumas vezes antes de finalmente pesar a comida e me entregar a comanda.

Feitiços de dispersão são muito exaustivos, e eu não havia conseguido tomar o café da manhã direito. Por isso desmaiei: horas em jejum seguidas de prática de magia não combinavam. Não que isso me incomodasse; eu estava segura num ambiente familiar. Já perdera a consciência em situações *bem* piores.

Murilo me ligou para dizer que o promotor ainda não havia recorrido, mas o faria ainda antes do almoço. Aproveitou para perguntar o que Helena queria comigo, provavelmente o verdadeiro motivo da ligação. Contei-lhe por alto, prometendo explicar melhor ao vivo, quando esperava já ter resolvido a questão. Decidindo que merecia um banho para ajudar a pôr os pensamentos em ordem, deixei o restaurante e fui para casa a pé enquanto organizava meu dia na cabeça. Eu precisava verificar o caso solicitado por Helena, ir atrás da menina desaparecida e conversar com um pastor incoerente.

— Nossa, moça, pra onde vai toda aquela comida? — perguntou o cara do restaurante, acompanhando meu passo.

Eu não o havia percebido e não gostei da atenção. De repente, o ar seco e as buzinas da avenida foram demais para meu cérebro atribulado, contribuindo para azedar o meu humor.

— Os nutrientes o corpo aproveita — respondi, seca. — O resto vira bosta, igual com todo mundo.

Sua imediata careta expressou não só nojo como uma aturdida

indignação. A naturalidade da minha resposta foi tomada como afronta pessoal; ficou estampado em seu rosto.

— Aff, falando assim nenhum homem vai te querer.

— Foda-se.

Aquilo bastou para o cidadão parar de me seguir com um resmungo de protesto contra "essas lésbicas".

Procurei no celular quais os horários da Igreja Global. Antes ou depois do culto seria um momento adequado para conversar pessoalmente com o pastor e descobrir qual era a dele: verdadeiro seguidor mal orientado ou, como tantos, um simples hipócrita lucrando em cima da ignorância de gente desesperada? Eu saberia dali a dois dias, sexta-feira, antes do culto das sete, pelo visto.

Chegando em casa, fui tirando a roupa pelo caminho do banheiro e entrei debaixo do chuveiro quente com um suspiro de satisfação. Um calorzinho era muito bem-vindo depois de quase morrer congelada no piso frio da entradinha do terreiro. Enquanto lavava o cabelo e deixava a água correr pelos ombros, pensei na imagem da onça de madeira. Não conseguia lhe atribuir significado algum. Fernanda era minha esperança.

Curioso como eu havia recebido, de certa forma, três casos num intervalo de menos de doze horas. Isso não acontecia com frequência. Minha função normalmente consiste em monitorar a região atribuída a mim em busca de atividades sobrenaturais irregulares. Apenas contra essas ameaças tenho autorização de usar bruxaria. Ou seja, andava meio enferrujada. Em nossa sociedade cética, pouca gente acredita *mesmo* em algo fora do plano material, e crer é o primeiro passo de um longo caminho para *poder*. Só crer não basta, claro. E, por essas razões, não pratico magia com frequência; convivendo com o nível de espiritualidade desse povo, raramente surge algum problema da minha alçada.

Sou paga pelo Conselho para isso mesmo, ficar a postos observando e agir quando necessário. Nos momentos de calmaria, sou livre para gastar meu tempo como quiser, desde que não use bruxaria. Por isso, acabo auxiliando a polícia. Não conseguiria bloquear minha intuição e minha capacidade de ler energias nem se quisesse. Uma habilidade útil para ajudar a melhorar a vida da cidade e — a melhor parte — indetectável pelo Corregedor, por mais que ele tentasse.

E ele tentava muito.

Todo cuidado era pouco. Ele surgia do Inferno mais ou menos uma vez por mês para "averiguações de rotina", e, se me pegasse ajudando Helena sem justificativa, eu estaria frita.

Saí do banho enrolada na toalha mesmo e abri o calendário do celular, onde eu anotava as datas das visitas inoportunas. Fazia cerca de três semanas desde a última. Ou seja, a qualquer momento dos quinze dias seguintes, ele poderia brotar no meu apartamento, e provavelmente seria justo quando eu saísse da linha. Ou do banho.

Além disso, eu tinha prioridades. Por mais horrível que fosse pensar nesses termos, era mais fácil uma criança rica ter sido sequestrada do que uma mulher com um marido abusivo. Esses homens não esperavam para obter vingança. Então, se Valentina tinha mais chances de estar viva, e sendo ela um caso da minha alçada, devia dar preferência a ela.

Abri no celular uma das muitas fotos veiculadas pela imprensa e me concentrei em seu rostinho redondo e moreno, nos olhos grandes e expressivos e nos cílios longos, a luz alegre de sua expressão. Sussurrei o feitiço localizador, esperando receber o impacto imediato que costumava acompanhar a magia. Não senti nada, não vi nenhum lugar, não obtive seu paradeiro.

Senti uma tontura característica. Já havia lançado dois feitiços de manhã e agora um terceiro. Não podia abusar. Mesmo consciente disso, não consegui ignorar a dor no coração ao cogitar as possibilidades. Talvez Valentina estivesse fora do alcance do feitiço localizador via foto. Precisaria de sangue para confirmar, e isso era impossível. A menina era adotada; o sangue dos pais não serviria para me ajudar a encontrá-la.

Tentando otimizar o tempo, peguei um táxi para o endereço de Denise, a mulher desaparecida, localizado a cerca de dez quadras do terreiro. As fachadas de duas casinhas simples indicavam os números vizinhos, espremendo entre si um portãozinho que dava num corredor comprido até a casa dos fundos. Minha primeira opção, a campainha, revelou-se inútil: ou não estava funcionando ou não havia ninguém em casa (o mais provável, dadas as circunstâncias). Como o portãozinho só estava encostado, passei por ele e me dirigi ao seguinte, trancado a cadeado, enquanto captava as energias residuais do lugar. Tudo normal até então.

O quintal modesto do outro lado não via cuidados fazia algum tempo. Mato crescia nas rachaduras do chão tosco de cimento batido, que ralaria os joelhos de qualquer criança corajosa o bastante para brincar ali. Todas as janelas estavam fechadas. Sem pistas à primeira vista.

Era um bom sinal; se Denise houvesse sido vítima de violência doméstica na casa naqueles últimos dias, eu teria encontrado marcas disso na atmosfera. Voltei pelo corredor e toquei a campainha da casa à esquerda, o endereço da tia do menino denunciante, irmã da suposta vítima.

Dessa vez, o latido de um vira-lata de médio porte respondeu de imediato, seguido de passos e o som da chave destrancando a porta.

— Oi? — A mulher que apareceu na fresta parecia uns dez anos mais velha do que eu.

— Boa tarde. Você é a Tainara Martins?

— Quem quer saber? — perguntou a moça, desconfiada.

— Meu nome é Ísis. Tô aqui pra averiguar a casa do Jorge Silveira e da Denise Martins a pedido da delegada Helena Braga. Você tem as chaves?

— Um minuto.

A moça desapareceu dentro da casa e surgiu pouco depois, trazendo um chaveiro até o portão.

— O padrasto do Pedro não veio procurar ele aqui?

Ela balançou a cabeça.

— O Jorge sumiu faz uns três dias.

Aquilo tocou um sino dentro de mim, alertando a existência de algo que eu devia ter percebido, mas me escapou.

— Desde o desaparecimento da Denise?

Tainara balançou a cabeça outra vez. Eu não tinha muita paciência para aquele nível de leseira, embora soubesse fingir que sim.

— Não. A Denise sumiu anteontem. Vimos ela a última vez de manhã. O Jorge surtou foi com o sumiço da Valentina, isso sim. — Pisquei, surpresa. Tainara achou melhor esclarecer: — A filha dos ricaços, sabe? Que tá em tudo quanto é jornal? Ele era o motorista.

— Ele ficou agressivo depois de ser mandando embora?

— Não com ninguém de casa. Só sumiu. A Denise tinha alguma ideia de onde procurar ele, mas não me falou nada.

— O Jorge era violento com ela ou com o Pedro?

— Às vezes, mas não muito desde que abraçou Jesus.

— Entendi — respondi, mudando logo de assunto. — E por que o Pedro foi à delegacia sozinho fazer uma denúncia?

— Já falei pra delegada, pras assistentes sociais, pro conselho tutelar inteiro... Eu tava trabalhando. O moleque anda pra cima e pra baixo na zona oeste e tem internet.

— Então você não tá preocupada com a Denise?

— Tô, né? Vai saber onde ela se meteu pra achar aquele maluco.

— Maluco? Ele já sumiu assim antes?

Tainara fez uma careta.

— Não por tanto tempo. O Jorge faz uns bicos às vezes... Ele mudou desde que abraçou Jesus.

Eu preferia obter aquelas informações filtradas pelo escrivão do 93º Distrito. Teria de passar na delegacia mais tarde e pedir para ler a denúncia. Devia ter Ministério Público na jogada, considerando o envolvimento de um menor, o que talvez desse uma acelerada no processo.

Agradeci à mulher e refiz o caminho pelo corredor, menos hesitante agora em posse das chaves e, portanto, de certa autorização legal para entrar na casa. Analisei o quintal diminuto primeiro. Não havia nada em termos de pista, nenhum resquício de energia de qualquer tipo.

Logo ao abrir a casa, estranhei não sentir de imediato nenhuma presença marcante, o que significava um afastamento dos donos do lugar, não apenas físico como psicológico. Como se o elo entre a casa e seus habitantes tivesse se partido. Definitivamente um mau sinal.

Os três moradores — incluindo Jorge Silveira, cujo nome eu anotara no caso de Valentina, mas não reconheci de pronto ao ouvi-lo de Helena — mal haviam deixado rastros de energia afetiva. Três dias era pouquíssimo tempo para tudo ter sumido, a menos que os laços de cada um com a casa já fossem fracos.

De certo modo, era bom que o motorista do caso sobrenatural fosse o mesmo envolvido no desaparecimento para o qual minha amiga pedira ajuda. Eu não precisava mais me render à pressa; se o maldito Corregedor aparecesse, eu poderia dizer que só aceitei ajudar Helena por causa do envolvimento de Jorge em ambos os casos. O Corregedor provavelmente conseguiria identificar a mentira caso desconfiasse, com seus poderes de Jean Grey, mas ele os usaria em mim apenas se eu desse motivo. E eu era esperta demais para isso.

Hora de me concentrar. Reduzi minhas percepções ao espaço daquela casa e tateei as energias remanescentes. Não havia marcas de violência, pelo menos nada recente o bastante para eu captar sem realizar um feitiço. Mas tal esforço seria desnecessário: não fora uma agressão que promovera o afastamento, nem nada rastreável com magia.

Os resquícios dos moradores eram como os de qualquer casa comum: anseios e receios, ambições frustradas, pressa. Faltava carinho, quem sabe, subjugado ao resto. Aquilo não surpreendia. Afinal, Pedro tinha apresentado a denúncia acusando Jorge do sumiço da mãe. Alguma animosidade devia existir entre os dois, ou talvez o menino soubesse de algo.

Para esclarecer essas questões, eu deveria perguntar a Tainara, mas ela era reticente e devota. Pedro seria uma fonte mais segura, mesmo se me fornecesse apenas percepções fantasiosas e enviesadas em vez de fatos. A subjetividade infantil às vezes trazia muito mais informação do que o mero relato da "verdade", esse conceito frágil. Claro, sendo ele um menor, eu precisaria tomar cuidado na abordagem.

A sala da casa estava arrumada, sem pistas nítidas. Fui à cozinha. Encontrei a mesa e a pia limpas, embora houvesse louça no escorredor e o fogão apresentasse respingos de óleo. Na geladeira, alguns potes com restos de comida, um pé de couve amarelada, cenouras ainda bonitas e uma caixa de leite aberta. Denise definitivamente não planejara ficar muito tempo fora, como a preocupação de Pedro já sugeria.

No quarto do casal, a cama mais bagunçada de um lado do que do outro confirmava a versão de Tainara. Era o lado de Denise. Todos os cabides e gavetas do armário dela continuavam ocupados, sem sinal de estar faltando peça alguma. Já na gaveta de cuecas e meias de Jorge, encontrei espaços, assim como na de camisetas. Fui atrás do cesto de roupa suja no banheiro. Vazio. Também não vi sinal de varal ou pilha de passar. Então Jorge havia previsto ao menos alguns dias longe de casa.

Não encontrei computador, mas uma mesinha modesta na sala, agora vazia, poderia ter abrigado um. Talvez a polícia o tivesse apreendido em busca de evidências. Não faria mal tentar localizar os dois sumidos antes de pedir mais detalhes a Helena. Tanto o chão do quarto quanto o do banheiro haviam sido varridos antes do abandono: nem sinal de unhas e cabelos, nem mesmo nos lençóis. A escova de cabelo do banheiro não conservava muito, mas um fio já teria bastado. A julgar pelo comprimento, pela textura e pelo toque levemente acetinado de um creme sem enxágue, pertencia a Denise.

Fui até a sala e me sentei no sofá, me concentrando no material em mãos. Murmurei em atiaia o encanto localizador e esperei os fios apontarem o paradeiro de sua dona. Eu sentiria o elo entre a parte e o todo e simplesmente saberia onde ela estava. Não se tratava de um feito simples para qualquer bruxo, veja bem, apenas para uma intuitiva como eu.

Nada aconteceu.

Um segundo feitiço localizador, num segundo caso de desaparecimento, com o mesmo desfecho. Havia algo esquisito na coincidência. Soltei o ar aos poucos para me acalmar, a cabeça latejando, e lancei o feitiço outra vez.

Nada.

Franzi o cenho, confusa. Denise poderia estar fora da área de alcance do feitiço, portanto fora do campo cujo monitoramento era minha responsabilidade (a cidade de São Paulo). Ou poderia estar morta. Para descobrir qual dos dois, eu precisaria de um feitiço mais forte, mais direcionado.

Revirar a casa à procura de fotos foi uma bela perda de tempo; deviam ser todas digitais. Nenhum porta-retrato na mesa de cabeceira, cômoda ou estante, nenhum quadrinho na parede. Muito suspeito. Deveria haver pelo menos uma fotografia de Pedro, de mãe e filho ou do casal. Nada em nenhuma gaveta ou armário.

Pensando bem, tudo parecia arrumado *demais*, quase cênico. Olhei de novo cada canto onde poderia ficar um porta-retrato ou algo do tipo. Notei, então, uma tênue diferença de cor no pequeno móvel do lado de Denise da cama, condizente com as manchas que se formariam se tudo tomasse sol em algum momento do dia, exceto o ponto de apoio retangular. Eu não tinha percebido a diferença de saída porque haviam passado lustra-móvel na madeira após a remoção do objeto. Fora isso, só encontrei um preguinho na parede da sala e uma levíssima mancha retangular na parede, quase impossível de identificar.

Então talvez uma ou duas fotos e os sinais de sua existência houvessem sido removidos. Briga, separação? Ou apenas algo corriqueiro, como uma limpeza de rotina? Mas, nesse caso, onde estavam os objetos que deveriam ficar naqueles pontos? Procurei. Não achei.

Não esperava encontrar nenhum grande mistério no seio de uma intriga familiar. Uma tragédia, sim, mas não um quebra-cabeça faltando peças. Insatisfeita, deixei a casa e fui devolver a chave para Tainara. O mesmo latido estridente, os mesmos passos arrastados, a mesma porta entreaberta com desconfiança.

— Não tem foto nenhuma da família lá dentro — comentei. — Foi sempre assim?

De testa enrugada, Tainara desviou o olhar. Reação esquisita. Ela não parecia estar refletindo sobre a resposta.

— Como assim?

— Porta-retratos? Não tem nenhum lá dentro. Foi sempre assim?

— Hum... não sei. Tinha, eu acho...

Tentando não deixar transparecer minha impaciência com mais lenga-lenga, aquiesci para libertá-la do infinito esforço de pensar, dei-lhe a chave e um cartão e pedi para que me enviasse por mensagem ou e-mail os links das redes sociais de Denise, Jorge e Pedro, bem como os contatos dos dois adultos. Ela não ficou feliz, mas não reclamou.

5

Andei a passos largos até a Avenida Vital Brasil e parei no primeiro ponto, disposta a pegar um ônibus ou táxi, o que viesse antes. Fazia frio e caía uma garoinha fina demais para ficar esperando na rua. Um homem sentado de pernas escancaradas no banco me olhou de alto a baixo, mas guardou os pensamentos para si.

Graças àquela maravilha do mundo moderno chamada corredor de ônibus, um articulado logo chegou. Lotado, infelizmente. Sentei-me num dos degraus esdrúxulos ao lado de um banco individual e comecei a fuçar no celular reportagens sobre Valentina. Todas davam mais ou menos a mesma informação: Jorge Silveira fora buscar a menina na escola, como sempre. A chave do carro escapou-lhe da mão quando alguém esbarrou em seu braço, e, quando ele se abaixou para pegar, a menina desapareceu no vórtice de mães, pais, motoristas, babás e crianças. As câmeras da calçada gravaram tudo, mas perderam Valentina em algum ponto cego. Não se via o momento exato da abdução em câmera alguma, nem nas do comércio em frente, nem nas dos prédios residenciais vizinhos.

As testemunhas no local alegavam terem visto Valentina, mas nenhuma comoção capaz de indicar sequestro, como as câmeras já prenunciavam. Fora levada por alguém conhecido. A polícia investigou cada pessoa das filmagens, mas ninguém aparecia com Valentina e todo mundo podia ser visto saindo com suas próprias crianças em uma ou outra imagem.

Eu precisaria passar na frente da escola para verificar se não havia algum resquício de energia mágica no ar, além de obter acesso aos vídeos de segurança a fim de buscar pequenas interferências que indicassem feitiços. Era improvável, claro. Alguém capaz de usar bruxaria para sumir com uma criança debaixo do nariz de todo mundo e das tecnologias presentes teria gabarito o bastante para conhecer o Conselho e seus bruxos de campo. Essa pessoa saberia que toda magia ativa é *rastreável*.

A investigação me distraiu durante um bom tempo. Quando ergui a cabeça e massageei o pescoço dolorido após o longo intervalo na mesma posição, o ônibus havia enchido ainda mais. Um homem me olhava de cima com um sorrisinho sacana, em pé sobre o degrau no qual eu estava sentada. A cada freada brusca ou curva acentuada, ele jogava os quadris na minha direção, como se por causa do movimento do veículo. Ergui-me de súbito, enfiando o celular no bolso, e encarei-o com minha melhor expressão de asco. Como em geral acontece, o homem virou o rosto e abriu um espaço considerável para eu passar.

Não estava muito longe da delegacia. Dei o sinal e desci no ponto seguinte, desejando muito encontrar algumas respostas ali e, de preferência, computadores e celulares apreendidos. Entretanto, quando há magia envolvida, a lógica não costuma ser a mesma do cotidiano urbano. Eu logo descobriria que o buraco era bem mais embaixo.

Talvez você esteja se perguntando por que não fui de cara à delegacia. Para começo de conversa, a possibilidade de haver qualquer coisa sobrenatural no caso de Denise era ínfima a princípio. E, mesmo se minha intuição tivesse me levado a investigar seu desaparecimento, o cenário de uma casa costuma fornecer todas as informações necessárias para eu fazer meu trabalho. Além disso, por pior que seja a atmosfera de uma habitação, ela nunca, nunca mesmo, será tão ruim quanto a de um distrito policial.

Os policiais que fumavam à porta se calaram quando me aproximei e me seguiram com o olhar até eu entrar, após cumprimentá-los com um aceno, sem me deter. Cheguei a reconhecer alguns de outras épocas, mas não me meteria em qualquer que fosse o assunto interrompido por minha chegada.

Helena ainda não dera as caras por lá. Eu tinha ligado avisando que estava a caminho para ler o depoimento de Pedro, e ela comentou da possibilidade de demorar um pouco por causa do trânsito.

Saudei de longe o escrivão, que registrava uma ocorrência, e me sentei para esperar. Embora eu fosse figurinha carimbada no DP, ninguém ali me daria acesso às informações da investigação, porque tecnicamente isso era ilegal. Sabiam que eu assessorava a delegada de vez em quando, mas sem ter noção da extensão ou da natureza de meu auxílio. Nem Helena entendia direito essa parte; o Conselho preferia manter a existência da magia às escuras para nos preservar enquanto fazíamos nosso trabalho e impedíamos as entidades de ultrapassarem os limites no plano material.

Para não me render ao incômodo da atmosfera lúgubre e não permitir que suas energias me puxassem para baixo, acabei atentando à única coisa acontecendo ali: uma moça prestava queixa. Pelo andar da carruagem, aquilo desaguaria num pedido de medidas restritivas contra o ex-namorado, que a perseguia e ameaçava havia cerca de seis meses, desde quando ela terminara o relacionamento por causa do comportamento obsessivo do cidadão. Histórias como aquela se multiplicavam na cidade inteira — e ouvi-las me causava um profundo mal-estar.

Se pensava nisso demais, às vezes sentia o impulso de caçar aqueles homens de merda e mandá-los para o Inferno de uma vez. Falta não fariam. Eu só me refreava porque conhecia a Prisão, a implacabilidade do Conselho e a infalibilidade da Corregedoria em encontrar e deter bruxos transgressores. Assim como no mundo das pessoas ordinárias, para mudar a centenária política de não interferência dos conselheiros, a pessoa precisava escolher o caminho mais longo das vias burocráticas.

Era o certo, eu sabia. Mesmo se os bruxos decidissem intervir no cotidiano dos comuns, deveria haver regras e limites, ou nos tornaríamos tiranos (e, nesse caso, a Terra nos arrancaria o poder). Ainda assim, ver a moça assustada na delegacia fazia meu sangue ferver. E se ela viesse a integrar as estatísticas de feminicídio? Eu culparia minha indolência, meu instinto de autopreservação, minha *racionalidade.*

Nos dias mais rebeldes da adolescência, eu debochava da covardia da minha mãe em se sujeitar ao Conselho mesmo quando ele estava tão claramente errado. Para mim, parecia que quem seguia as leis sempre acabava em desvantagem, porque os bandidos tinham total liberdade de agir como quisessem. Apesar de saber o quanto essa lógica era capaz de criar monstros, às vezes alguns ecos daquela voz adolescente ressoavam dentro de mim. Tão ingênua e bem-intencionada, mas tão mal-informada, aquela menina de outrora.

Para alterar as resoluções do Conselho, seria necessário um lobby junto a outros bruxos de campo, o apoio dos corregedores e de pelo menos alguns conselheiros. Eu me cansava só de pensar no nível de politicagem requerido. Não tinha saco nenhum para isso.

A entrada intempestiva de Helena me despertou das considerações amargas. Ela me lançou um olhar de esguelha e me chamou com um gesto, tudo isso sem interromper os passos resolutos até sua sala. Segui a delegada e mais uma vez olhei de relance a moça prestando queixa.

— E aí? — Helena perguntou, muito eloquente, sentando-se à mesa.

Relatei-lhe minhas impressões da visita e meu envolvimento com o sumiço de Valentina. Ela também não sabia que o acusado era o motorista. A sonsa da Tainara não havia mencionado.

— Então não teve violência na casa... — Helena repetiu, revirando a informação na língua como uma balinha barata de sabor incerto.

— Não recentemente.

— A gente não encontrou nenhum celular ou computador — murmurou Helena, esfregando a testa. — Não perguntei nada sobre isso pro Pedro, com tanta coisa pra ouvir dele... Por que você reparou na ausência do computador e das fotos?

— Porque o cabelo da Denise não me levou a lugar nenhum. Pra ter um alcance maior, preciso de fotos. O ideal mesmo seria sangue, mas aí seria o do Pedro e, se *conversar* com um menor já não é fácil numa investigação, imagina extrair sangue pra fazer bruxaria, né?

— Então ela tá fora de São Paulo? — perguntou a delegada.

Torci o nariz, já amargando de antemão minha resposta.

— Ou morta. Pra confirmar isso, só com sangue. Mas tô disposta a trabalhar com as fotos por enquanto. — Conferi o celular. Tainara acabara de enviar algo. — A-há! Talvez isso ajude. — Abri o e-mail e passei os olhos pelo conteúdo. — A tia do Pedro mandou o que eu precisava.

— O quê?

— Redes sociais.

— E isso resolve a sua vida?

— Não, mas ajuda. A foto do Jorge eu vi nas reportagens sobre o sumiço da Valentina. Vou tentar encontrar ele também. Agora, tem como me passar o contato do delegado responsável pela Valentina? Preciso muito ver os vídeos de segurança do colégio e dos arredores.

— Não conheço ele.

— Mas o Jorge tá envolvido no seu caso e no dele, então vocês vão se conhecer, né?

Suspirando, cansada, Helena apoiou a cabeça nas mãos.

— É. Aff, preciso dormir. Não tô mais raciocinando. — Ela fez uma careta. — Vou pegar o depoimento do Pedro pra você. Pera aí.

Ela tirou uma pasta de arquivo da gaveta e me entregou. Só havia três páginas. Enquanto eu lia, Helena saiu e voltou com um café. O depoimento não me trouxe muita informação nova: Pedro falava de uma briga entre a mãe e o padrasto, semanas antes do sumiço, o que poderia ser uma pista, especialmente considerando o histórico de violência doméstica. Talvez a discussão que culminara no sumiço de Denise tivesse ocorrido em algum lugar externo à casa. Apesar de improvável, era possível algo assim acontecer num espaço público. Agora, qual a relação do sumiço de Denise e Jorge com o de Valentina? Devia existir alguma. Seria coincidência demais.

Lamentei um pouco ter ido à delegacia. Estava cansada e não havia lido nada realmente importante. Doía só de imaginar o trânsito com a chuva naquela tarde. Na saída, notei de passagem que a moça já se fora e o escrivão agora jogava paciência no computador com um ar enfastiado.

Minha vontade, abrindo a porta de casa quarenta minutos depois, era cair na cama e esperar o abraço da Morte, mas tive de me contentar com o prazer de ler minhas mensagens largada no sofá.

6

Comecei a olhar as redes sociais da família do motorista, coisa que não tinha dado para fazer em pé no ônibus lotado. O perfil de Denise era quase todo aberto, com foto de casal. Fitei com desgosto aquela selfie mal iluminada, tirada num ângulo horrível que não favorecia nenhum dos dois. Servia.

Se Denise estivesse em qualquer canto da região Sudeste do país, talvez um pouquinho além, eu a encontraria. Um feitiço dessa magnitude exigia uma energia desgraçada, uma que eu já tinha gastado além da conta naquele dia. Por vários minutos, reduzi meu universo de percepção a ela e apenas a ela e, quando julguei minha concentração suficiente, sussurrei as palavras do encanto e esperei o poder se estender em uma teia. Nas condições ideais, o processo inteiro levaria menos de um minuto. Meu fracasso retumbante, porém, não deixou dúvida do quanto não havia nada de ideal naquele caso. Forcei meus limites até a visão enegrecer, desejando captar qualquer fio, qualquer mínimo vestígio — apenas para perder os sentidos.

Em muitos aspectos, executar um feitiço é como praticar um esporte: você cria resistência conforme o treino, por condicionamento, e tem um desempenho melhor de acordo com a alimentação, o grau de descanso etc. Só que cada uso de magia é como jogar uma partida inteira de futebol ou passar a tarde fazendo aula de balé. Além disso, exige um nível de esforço mental comparável ao de passar um dia aprendendo uma língua nova ou calculando integrais. Ou seja, chega uma hora em que não importa o seu nível de esforço e o seu preparo físico, o cérebro e o corpo desligam.

Quando acordei, foi com a cabeça latejando e o corpo moído. A luz parecia pinçar o meu cérebro. Do lado de fora, caía aquela chuvinha insistente, forte o bastante para molhar, mas tão leve que o vento carregava para debaixo do guarda-chuva. O tipo menos recomendado para se enfrentar com enxaqueca, principalmente depois de o seu sono ter sido resultado de um desmaio por exaustão. Olhei o relógio na parede da cozinha, visível naquele ângulo, para descobrir que já era a manhã seguinte.

Só eu saberia o quanto precisei lutar para não me enfiar embaixo das cobertas e dormir o dia inteiro. Coloquei o celular sem bateria para carregar e me arrastei para o chuveiro, onde esperava recuperar uma parte da dignidade. Comer deveria ser o item número um da lista após me exaurir daquele jeito, mas não tinha nada em casa. Eu realmente precisava dar um pulo no mercado.

Enquanto secava o cabelo, verifiquei as mensagens no celular.

Fernanda:

Zi, falei com meu orientador que uma amiga descreveu uma peça etc., e pelas descrições ele disse que tem cara de coisa tupi ou guarani mesmo, mas é impossível precisar sem ver o artefato. Vou continuar procurando, beleza?

Não era exatamente uma novidade, mas fiquei feliz pelo empenho e pela clara intenção de Fernanda em me manter informada sobre seus progressos, parcos que fossem.

Helena também me mandara mensagem, em áudio, provavelmente dirigindo:

— Oi, Ísis. Tenho reunião à tarde com o André Schmidt, do 89º. Ele é o delegado responsável pela investigação da Valentina. Vou tentar te arrumar as gravações. Beijos!

A praticidade de Helena era meu objetivo de vida. Ela havia gravado o áudio na noite anterior, muito depois de seu expediente, talvez a caminho de casa. E a gravação me aliviava muito, por não precisar ficar encarando mais tempo a tela do celular — a luz parecia um par de facas fincadas nos meus olhos.

Eu recebera ainda dois áudios: um de Murilo e outro de Dulce. Ele havia concluído o parecer judicial e perguntava se eu fizera algum progresso e se precisava de consultoria. Infelizmente, não. Se eu tivesse qualquer papelzinho amassado com alguma coisa escrita, algum post de menos de uma semana das redes sociais de Jorge ou Denise, ele talvez conseguisse me apontar um caminho em poucos minutos, como tantas vezes antes. Uma pena.

Dulce Vitória conseguira resgatar três jovens no terreno baldio, drogados além da coerência. De fato, havia um cadáver no local, mas não de uma vítima de overdose. Os rapazes sequer haviam notado sua presença. Era um corpo masculino carbonizado, provavelmente um morador de rua. Torci muito para o moço só ter sido queimado depois de morto, e não atacado por algum delinquente de classe média alta querendo testar a própria crueldade e os limites da barbárie.

Mal acabei de ouvir a voz de Dulce e o celular vibrou de novo. *Pedro Martins te adicionou*. Franzindo o cenho, aceitei de imediato. Até consegui ignorar as pontadas de protesto nas têmporas doídas, tamanha a expectativa. Veio mensagem no mesmo instante.

Pedro:

Oi vc eh a moça q veio aki ontem

Eu:

Oi, Pedro, sim, sou eu. Sua tia falou de mim?

Pedro:

N

T vi da janela

Vc eh amg da delegada Helena

Eu:

S. Td bem?

Pedro:

N kd minha mãe

Considerei a pergunta por um momento. Se soubesse conduzir aquela conversa, talvez obtivesse informações. Mas, primeiro, era melhor bancar a adulta responsável para ele ter algum senso de segurança e confiar em mim.

Eu:

Tá na escola?

Pedro:

S pq

Eu:

A gnt se fala dps então

Pedro:

Ah mas dai minha tia vai saber

Ela fica de olho qnd to no celular

Aquela resposta podia significar tanta coisa que precisei ponderar a melhor maneira de prosseguir. Não queria parecer afoita ou preocupada, mas também não faria caso do menino.

Eu:

Qual é o problema de ela ver?

Pedro:

Ela ficou brava q eu falei c a polícia

Eu queria falar c vc ontem

A minha mãe tinha 1 foto nossa no quarto e 1 na parede da sala

Isso ajuda a encontrar ela?

Eu:

Pq as fotos n tão mais no lugar?

Pedro:

Eles brigaram

Eu:

Qnd?

Pedro:

Outro dia

Eu:

Quem tirou as fotos do lugar?

Assim era foda. Tainara e Jorge podiam ser amantes, inimigos declarados ou nenhuma das alternativas. Ela parecera favorável a ele no dia anterior, mas aquilo podia não significar nada. Ou tudo. Consciência pesada, se tivesse provocado a briga, ou outro tipo de remorso.

Pedro:

Posso te encontrar qnd sair da escola?

Hesitei. Por mais tentadora que fosse a oferta, não deveria aceitar. Era um menor, afinal. Mas, como ele havia me procurado e o caso era urgente, julguei valer a pena me encrencar um pouquinho com a justiça regular se isso me ajudasse a encontrar Denise.

Perguntei-lhe onde estudava (na escola estadual de seu bairro, não muito longe da minha casa) e marquei com ele na padaria lá perto. Meu crânio retumbava quando enfim larguei o celular, mas pelo menos agora eu tinha mais perspectivas quanto a Denise. Desci correndo com um remédio no bolso, tomei um senhor café da manhã na padaria da esquina e engoli o comprimido. Depois voltei ao apartamento para terminar o que havia começado na noite anterior.

Tive de voltar ao celular para me concentrar numa foto de Jorge, um homem nos seus quarenta anos, meio castigado pela vida, levemente bronzeado, com uma barba cerrada preta que lhe emprestava um ar descuidado. Rosto incômodo de se olhar, mesmo não sendo muito feio. Era bem comum, na verdade.

Tão logo lancei o feitiço, senti o puxão mental esperado na noite anterior e o vi chegando num ônibus de viagem na rodoviária do Tietê. Não identifiquei o local de origem, nem se estava acompanhado. Ansiosa, voltei à foto de perfil de Denise. Jorge estava bem diferente nela. Por via das dúvidas, procurei uma melhorzinha nos álbuns abertos. Encontrei uma que me agradou. Ela aparecia numa festa, com um copo na mão e um sorriso largo que fazia seus olhos brilharem de um jeito alegre. Aquela era uma imagem representativa de Denise enquanto indivíduo. Seus cabelos, arrumados de modo simples, decerto alisados num cabeleireiro, com as pontas levemente enroladas, mostravam o tipo de penteado que dava um trabalhão e levava horas e, no fim, parecia uma cuidadosa obra do acaso. Concentrei-me naquela foto, não só pela figuratividade como pelos sentimentos evocados, e lancei o feitiço outra vez. Nada.

Liguei para o celular de Jorge, sem saber o que esperar. Já haviam tentado antes, mas estava fora de área. Dessa vez, dois toques precederam a voz masculina do outro lado da linha:

— Alô?

— Jorge Silveira? — perguntei, surpresa.

— Isso. Ó, se você for repórter, nem tenta. Já disse que não tenho nada a declarar.

— Não, não. Meu nome é Ísis Rossetti. Tô trabalhando com a delegada Helena, do 93º DP.

— Ué... o delegado procurando a Tina não era o dr. André, do 89º?

— Hum, sim... Isso é sobre outra coisa. O senhor tá com a sua companheira, Denise Martins?

Eu já sabia que não, mas queria ouvi-lo. Após a mais breve pausa, ele respondeu:

— Acabei de chegar em São Paulo. Fui fazer um bico no Rio. A Denise deve tá em casa a essa hora, mas não sei, porque não atende o celular. — Ele hesitou. — Qual o problema?

— O senhor poderia se apresentar na delegacia hoje para conversar com a dra. Helena?

Nova hesitação.

— Olha, moça, eu posso ir, acho, mas por quê? Desculpa, não é má vontade… Tô correndo atrás de uns trampos pra pagar o aluguel…

De cara, a explicação parecia muito plausível, mas me ocorreu que Jorge devia ter recebido indenização e fundo de garantia após a demissão. Ou seria um empregado terceirizado? Não, ou não teria ficado responsável por buscar Valentina na escola. Talvez apenas não fosse CLT (mais uma informação para Helena verificar).

— O senhor vai estar que horas em casa hoje à noite?

— Umas oito.

— Ok, vou pedir pra delegada passar lá então, tá bom? Ela só precisa da sua ajuda.

— Tá bom.

O que pensar daquele desfecho? Jorge soava abatido, meio derrotado, mas alheio ao sumiço de Denise. Isso por si só seria ainda mais estranho, se fosse verdade: ele havia ficado três dias sem se comunicar com ela e não percebera nada errado? Ou falara com ela durante aquele ínterim, e por isso não sabia do desaparecimento? Eu não tinha legitimidade para interrogar suspeitos e testemunhas e não achara sinais de magia, apenas uma coincidência bizarra. Gravei um áudio para Helena, descrevendo tudo desde a noite anterior e compartilhando com ela minhas dúvidas. A partir daquele momento, estava em suas mãos.

Agora me restava procurar Valentina, só para desencargo de consciência. Se nada viesse, eu avisaria ao Corregedor. Abri uma das fotos da menina no celular e lancei o feitiço localizador pela terceira vez, já sentindo pontadas nas têmporas, na nuca e atrás dos olhos. Imediatamente, senti-a do outro lado de uma conexão frágil, mas não consegui determinar seu paradeiro; era como se meus olhos estivessem vendados.

Um gosto amargo me veio à boca, pois aquilo só podia significar uma coisa: havia um bruxo envolvido.

7

Eu obviamente já imaginava que Valentina estivesse metida em alguma encrenca de ordem mágica, ou não teria atentado à reportagem na televisão do barzinho. Dito isso, ir atrás de um bruxo que ocultava ativamente uma criança trazia à mente possibilidades terríveis demais de se considerar. E ainda por cima precisaria reportar o fato ao Conselho. *Que bosta*. Não daria para esperar Helena conversar com o delegado. A vida da menina corria perigo, independentemente do propósito do sequestrador.

Apanhei meu anel de energia e um amuleto, além de algumas poções que poderiam ser úteis. Tive de trocar de calças e vestir uma largona, estilo militar, cheia de bolsos. Calcei um tênis de montanha, vesti um sobretudo corta-vento e fiz uma trança, que depois enrolei num coque e enchi de grampos. Nada atrapalha mais num momento de ação do que cabelo solto.

Contando apenas com a sorte e um arremedo de plano, peguei um táxi para a casa de Valentina. Localizava-se no Morumbi, não muito longe da escola bilíngue onde a menina estudava. Só de pensar no trânsito da região àquele horário, minhas entranhas se remexiam.

Helena respondeu à minha mensagem com várias exclamações. Depois disse que não aguentaria esperar até à noite e que seria bom já ter falado com Jorge quando fosse ver o delegado André Schmidt. Por isso, havia ligado e marcado de encontrá-lo ainda de manhã. Adorei a ideia; também estava ansiosa para descobrir o que o motorista diria sobre o sumiço de Denise. Helena não o informaria sobre a acusação de Pedro, apenas o fato de o menino haver notificado o desaparecimento da mãe.

Por ora, uma questão a menos com a qual me preocupar. Voltei a me concentrar em Valentina. Tinha de me preparar para uma série de inconveniências, como a provável presença da imprensa diante da casa, por exemplo. Mesmo a entrada dos fundos devia estar sendo vigiada pelas câmeras ávidas por notícias em primeira mão. Via de regra, o Conselho desejava o máximo possível de anonimato aos monitores. Ser fotografada entrando na casa do casal Bittencourt ou sendo escorraçada de lá estava fora de cogitação.

Usar magia para entrar sem ser vista e sem ter sido convidada, em plena luz do dia, era pedir para levar um esporro. Paciência. *Causas desesperadas pedem medidas desesperadas*, já dizia o ditado. De longe avistei os carros das emissoras de televisão e rádio estacionados no quarteirão da casa. Pedi ao taxista para ficar na esquina mesmo. Imensos muros cobertos de hera e encimados por cercas elétricas de alta voltagem cercavam o casarão. O portão da garagem era um contínuo sólido de madeira, bem como a entrada de pedestres da frente e a dos fundos. O tipo de casa superprotegida semelhante a uma prisão, embora de luxo.

Preparar uma distração para os jornalistas de plantão iria requerer menos sutileza do que eu gostaria. Revirei o anel de energia no dedo, me preparando. Usava-o um pouco todos os dias para acumular ali uma parcela da minha força vital. Um dos artefatos bruxos mais trabalhosos de se produzir e, portanto, muito caro. Minha mãe havia me dado de presente quando o Conselho me admitiu em seu quadro de monitores e me enviou a Santos. Era ela a monitora de São Paulo na época.

Sacudi a cabeça para afastar as lembranças antes que elas me levassem ladeira abaixo. Coloquei o amuleto no pescoço e o ativei com uma onda de energia, causando a imediata suspensão no funcionamento de todos os eletrônicos num raio de cinquenta metros ao meu redor. Caminhei casualmente como se fosse uma transeunte qualquer, com as mãos geladas nos bolsos do sobretudo, cantando baixinho as palavras do feitiço que distrairia a imprensa.

Esperei até chegar à calçada da casa, quando minha presença deu pau no equipamento dos jornalistas, e, justo quando o desespero se alastrava entre eles, fiz o chão tremer mais adiante, o suficiente para estourar alguns encanamentos do outro lado. A comoção foi instantânea.

O grupo mais esperto correu para falar com as pessoas que deixavam as casas no epicentro do tremor, já de bloquinho e caneta na mão, enquanto o outro tentava resolver o problema das câmeras, celulares, notebooks e afins, dependente demais da tecnologia para reagir bem numa situação tão adversa. Sem reduzir o passo nem deixar transparecer de nenhum modo o quanto eu *não* deveria estar ali, alcancei tranquilamente a porta dos fundos, notando a câmera de segurança, inutilizada.

Toquei a maçaneta e murmurei o feitiço para destrancá-la. Não, não é *Alohomora*. Bruxas não usam arremedo de latim em seus encantos. Ouvi o som metálico de três trancas se abrindo e entrei depressa. Nada de cachorro. O jardim onde me encontrava ostentava bonitos caminhos de pedra, grama e flores, do tipo que se vê em novelas, com direito até a uma piscina mais adiante.

Medo e esperança tingiam a atmosfera da casa em doses iguais. Contornei a construção e entrei pela cozinha, vazia por ora, mas com uma cafeteira ligada. Alguém apareceria em breve. Pisando com cuidado, dei a volta no balcão americano e espiei o corredor, deixando minha percepção determinar a localização dos ocupantes do lugar.

Ao abandonar a cozinha, esgueirei-me pela parede até as escadas. Precisei subir o primeiro lance depressa para não me expor, mas não tinha necessidade de me preocupar demais: a discussão vinda da sala abafaria qualquer ruído. Segui a intuição até o quarto de Valentina, onde entrei às pressas — alguém galgava os primeiros degraus lá embaixo.

Era um quarto dos sonhos, com uma alegre decoração lilás e verde-água, uma caminha de princesa e estantes e armários de brinquedos. Deixei meus sentidos me guiarem e circulei pelo espaço devagar, concentrando-me naquilo que buscava: um pertence imbuído o máximo possível de carga afetiva. Abri um dos armários com cuidado. Rangeu o suficiente para chamar a atenção de uma pessoa no corredor, mas julguei estar segura por enquanto. Algo ali era como um ímã para mim.

Numa das prateleiras, senti a presença de Valentina mais do que nas outras. Bichinhos de pelúcia prevaleciam, mas não eram o objeto buscado. Ao tirá-los da frente, encontrei uma lata bonita. Abri a tampa devagar e espiei o conteúdo, um conjunto de peças do Pequeno Engenheiro. Segurando o recipiente, ficava claro por que ele era tão especial: as horas de brincadeira com os pais, as risadas, a felicidade transbordante, a vitória de empilhar as pecinhas de uma maneira sólida o suficiente para não desmoronarem.

A porta se abriu de repente. Dois homens e uma mulher entraram. Sobressaltaram-se ao dar de cara comigo. Eu não devia ter me distraído nem por um segundo.

Ficou bem claro quem eram os pais de Valentina, tanto por causa da energia fluindo entre eles e o objeto em minhas mãos quanto pelo olhar questionador que o terceiro recém-chegado lhes lançou, como se perguntasse se eu deveria estar ali.

— Quem é você? — esbravejou Alexandre Bittencourt, dando um passo em minha direção.

O outro homem imediatamente compreendeu que eu era uma invasora; sacou uma arma, já a destravando, e apontou-a para minha cabeça sem sombra de hesitação e um pio sequer.

— Larga isso. De joelhos. Mão na cabeça.

— Delegado André Schmidt? — supus, obedecendo.

— Como você entrou aqui? — rosnou Alexandre.

— Você tá com a minha filha? — perguntou Joyce, num tom choroso de cortar o coração.

Apesar da pressa, sair dali magicamente era minha última opção. Até porque, para isso, eu teria de alcançar uma poção no bolso, e não planejava levar um tiro na tentativa. Resolver o assunto na conversa parecia inviável, e ser presa e interrogada não estava na minha lista de prioridades naquele momento.

— Sei que cometi um crime entrando aqui sem autorização...

— Como você fez isso? — grunhiu Alexandre, cerrando os punhos. Não apenas bravo; assustado. Duas emoções com rastros energéticos bem distintos.

— Mágica — respondi, consciente de que não entenderiam literalmente. —Também tô atrás da Valentina... numa investigação paralela. — Os três me encararam, perplexos. — Olha, se eu batesse na porta, vocês não atenderiam, né? Por causa dos jornalistas... Eu sou amiga da dra. Helena, do 93º, que o senhor vai encontrar depois do almoço, delegado. — Franzindo a testa, ele hesitou um instante antes de abaixar a arma. — Posso pegar meu cartão? — Ele assentiu. Abaixei os braços devagar, tirei um cartão no bolso e estendi-lhe. — Eu só precisava pegar alguma coisa da Valentina. Não vou ficar no caminho de ninguém, nem entrar aqui de novo.

— Isso não faz o menor sentido — vociferou Alexandre. — Uma pessoa da lei invadindo a casa de alguém? Pra pegar um brinquedo?

O delegado examinou meu cartão longamente, analisando-o com nítido interesse. Era bem elegante, ouso dizer, preto com apenas meu nome, e-mail e celular impressos em branco e verniz localizado na diagonal, criando um losango fosco no meio. Em seguida ele pegou o celular, e presumi que fosse ligar para Helena. Desativei meu amuleto antieletrônicos para o aparelho voltar a funcionar. Ela iria querer arrancar meus olhos quando me encontrasse, mas não me preocupei com isso. Fogo amigo dói, mas não mata.

— Pra... pra que você quer isso? — Joyce apontou a lata.

— É pra me ajudar a achar a sua filha. Sei que é estranho, mas não posso explicar meus métodos.

Embora fosse quase impossível acreditar, minha presença ali era tão sui generis, e Joyce estava tão desesperada, que a mulher ficou balançada. André murmurava ao celular com um ar grave no rosto firme de cinquentão. Meus joelhos começavam a doer e me implorar para me levantar.

— Diz uma coisa: vocês por acaso têm notícia dos pais biológicos dela? — inquiri casualmente. — Isso me ajudaria também.

Alexandre espumou, comprimindo os punhos ainda mais. Joyce enrugou a testa.

— *Nós* somos os pais dela — ele resmungou. — Eu e minha esposa. Pra que servem os pais biológicos, se abandonaram ela? Nada. Eles não são nada na vida dela.

— Sem dúvida — concordei de pronto. — Não quis ofender.

Eu compreendia o sentimento. Infelizmente, para propósitos de bruxaria, laços consanguíneos eram necessários. A boa vontade daqueles pais não faria seu sangue ter poder de localizar a filha.

André desligou o celular e me encarou com uma expressão confusa. O casal se virou para ele, cheio de interesse.

— A delegada Helena Braga disse que, apesar dos métodos pouco ortodoxos, a Ísis já ajudou ela a solucionar dezenas de casos desde que se conheceram, quase dez anos atrás, sem nunca ter cobrado nada nem reclamado os créditos.

Poxa, Helena, devo ser uma santa. Os três me fitaram, incertos. Levantei-me devagar, sentindo e ouvindo os joelhos estalarem. Abracei a lata contra o peito.

— Então... posso ir? Vou devolver isso depois, juro.

— Ir aonde? — perguntou André, desconfiado.

Meu celular tocou.

— Oi, Helena. Valeu. Desculpa o incômodo.

— Que que você tá fazendo, filha? Invadindo a casa da família?

— Não rolava esperar.

— O que mudou? — Agora seu tom soava preocupado.

— Tem uma galera da minha laia envolvida, acho. Vou atrás.

— Gente igual você?

— Não, não igual a mim. Gente com as mesmas habilidades. Eu vou resolver... Mas ainda preciso das filmagens, tá? Vê se me arruma.

— Tá.

— Tenho que ir agora. Depois me conta.

— Tá, vai lá. Tchau.

— Tchau.

Encarei o trio, chocado demais para reagir. Não sabiam o que pensar, coitados. Eu precisava sair dali antes de eles se recuperarem do susto e lembrarem que, ajudando uma delegada ou não, eu havia cometido um crime ao invadir a casa.

— Já tava de saída também — disse André, olhando-os significativamente. Depois se virou para mim. — Por que você não vem comigo e aproveita pra me explicar direito essa história toda?

Não era um pedido. Ele se despediu do casal enquanto descíamos, tranquilizando-os e buscando assegurá-los de que todo o possível estava sendo feito para encontrar Valentina. Alexandre bombardeou-o de dúvidas, enquanto Joyce diminuiu o passo para me acompanhar.

— Me dá seu cartão? — ela sussurrou.

Entreguei-lhe discretamente, sem questionar, escondendo a lata com o sobretudo para ninguém se lembrar dela.

— Por que o Pequeno Engenheiro? — perguntou Joyce. — Não tava fácil, no armário.

— É o brinquedo preferido dela, não é?

Os olhos de Joyce quase saltaram das órbitas.

— Como você sabe? Diz a verdade: você tá com ela? Pelo amor de Deus, não vou abrir o bico. Só preciso saber se ela tá bem...

— Eu só... *sei* — murmurei, penalizada. — Não tô com a sua filha ainda, mas vou te trazer ela de volta, tá bom?

Não consegui encarar os olhos marejados da mulher; sua angústia, entretanto, era como uma névoa nos envolvendo, e dessa eu não tinha como escapar. Eu e André nos despedimos à porta e saímos. A imprensa havia avançado para perto do tremor, onde alguns canos tinham estourado, e só uns três gatos-pingados vigiavam a casa. Escapulimos para a viatura sem grande alarde.

— Agora — disse o delegado, com as duas mãos no volante antes de dar a partida —, pode ir falando. Pra quem você trabalha? O que você sabe do paradeiro da Valentina?

— Não sei de nada, juro. Trabalho pra uma organização não governamental que investiga... hum... criminosos envolvidos com ocultismo.

Ele me lançou um olhar de viés, não tive certeza se de desprezo ou irritação, e deu a partida no carro.

— Quem investiga crimes nesse país é a polícia, Ísis. Por mais bem-intencionada que seja a sua ONG...

— Não teve contato do sequestrador, né? — cortei. — E já faz dias. Isso pode significar muita coisa: tráfico de crianças, "adoção" forçada por alguma louca ou...

— Ocultismo? — O tom do delegado soou quase condescendente. — Tá, pode ser verdade. Tem maluco pra tudo. Você tem alguma evidência disso?

— Não.

— Foi o que pensei. Dessa vez eu vou te deixar ir embora só com uma advertência, porque a minha colega disse que tá te devendo umas. Mas não me deixa te pegar outra vez na casa dos Bittencourt. E na de ninguém, aliás. Você podia ter ido parar na cadeia hoje, sabia? E lá não é lugar pra uma moça como você. — *Branca*, ele quis dizer, mas não disse, o babaca. — Então faz assim: volta pra casa, cuida do seu namorado e deixa que a polícia vai atrás da menina, tudo bem?

Dei um sorrisinho resignado, embora quisesse muito mandá-lo enfiar o paternalismo no cu. No caso, como eu não podia perder tempo me livrando de uma prisão, tive de engolir a bronquinha debochada. Ele me deixou num ponto de ônibus da Giovanni Gronchi, e esperei a viatura sumir de vista para começar a andar na direção do colégio de Valentina.

Até que não tinha saído nada muito errado. Ainda.

8

Àquele horário, pouco antes do almoço, o tráfego estava intenso perto da escola, apesar de ainda não ter atingido seu completo potencial. Circulei por ali procurando vestígios de Valentina, canalizando sua energia através da lata contendo seus brinquedos.

Havia apenas alegria nos rastros tênues que consegui captar, nada tocados por medo ou insegurança. Infelizmente, impossíveis de seguir.

Parei na saída da escola, avaliando o recuo onde os carros pegavam as crianças, e olhei o farol, pouco mais de cinco metros à frente, no cruzamento da Giovanni. O tempo fechado devia ser alto. Talvez até três minutos. Aquela rua estreita provavelmente virava um inferno na hora de entrada e saída de alunos.

Não encontrei o menor resquício de magia num raio de cem metros, como já esperava. O sequestro fora efetuado por meios perfeitamente naturais. Analisei o posicionamento das câmeras do colégio, dos comércios e dos prédios residenciais vizinhos, tentando calcular o ponto cego entre elas e como fabricar algo do tipo sem alertar a segurança. O plano fora orquestrado de modo a coordenar muita coisa ao mesmo tempo: o cuidado com as câmeras e as muitas testemunhas, o farol. O tempo do semáforo decerto fora medido com precisão, mas isso ainda não explicava por que nenhuma testemunha vira o momento da abdução.

O mistério se resolveu pouco depois, quando começou a chegar gente de tudo quanto era canto para buscar as crianças, parando em fila dupla perto do recuo diante dos portões. Nada mais prático para ocultar uma menina miúda do que tê-la espremida entre três carros. Quando o farol abrisse, bastava seguir o fluxo, misturando-se à infinidade de veículos em movimento. Ousado, mas possível.

O celular vibrou.

Pedro:

Kd vc

Eu:

Me atrasei no trabalho, mas tô indo.
Talvez demore um pouco.

Apesar de não ter me esquecido de Pedro, a questão com sua mãe estava bem distante da minha mente naquele momento. Mesmo assim, não custava conversar com ele e ver se descobriria algo útil para a investigação de Helena. Não tinha como continuar minha busca pela menina sem mais elementos. Apanhei um táxi para a padaria próxima à escola de Pedro e comecei a anotar minhas suspeitas e tudo o mais que já havia descoberto, além das muitas perguntas a serem respondidas. Mantive um arquivo para cada um dos três casos.

Enquanto escrevia detalhes do ocorrido no terreiro, lembrei-me de que prometera a Fernanda e mãe Margarete conversar com o pastor Dimas para ele maneirar no discurso de ódio e não incitar os fiéis a cometerem atos de violência contra religiões de matriz africana. O culto era naquela noite.

Assim que desci do carro, um menininho negro e magrelo veio ao meu encontro sem delongas.

— Oi, dona Ísis. Eu sou o Pedro.

— Não precisa desse "dona" — respondi com um sorriso. — Já comeu?

Ele encolheu os ombros e me olhou com uma expressão envergonhada.

— Vou tomar isso como um "não". — Gesticulei para ele me seguir padaria adentro. Arrumamos uma mesinha simpática para nos sentar. — Pode escolher o que quiser. Eu pago, tá? Desculpa a demora, aliás.

— Que nada — murmurou ele. — A senhora parece ocupada. Obrigado por vir... E... hã... desculpa te adicionar assim... Eu só queria ajudar.

— Não tem problema, Pedro. Você falou que a sua mãe e o marido dela brigaram outro dia por causa da sua tia Tainara. E depois disso a sua mãe guardou as fotos que tinha com você, né?

Pedro assentiu. A garçonete veio anotar os pedidos, e o menino a olhou, intimidado. Apesar de bem perto da escola, aquela padaria não era o tipo de lugar que ele tinha dinheiro para frequentar, como os olhares enviesados de alguns clientes na direção de seu uniforme informavam.

— Já escolheu o seu, Pedro? — perguntei gentilmente.

Ele balançou a cabeça, lançando um olhar meio desesperado para o cardápio. Reconheci a origem de sua dificuldade porque já tinha passado pela mesma situação de estar com fome, entrar num estabelecimento caro a convite de alguém com dinheiro para frequentar o lugar e ter muita vergonha de escolher o que eu queria por não ser o mais barato do cardápio. A garçonete foi atender outra mesa.

— Do que você gosta?

— Eu posso comer qualquer coisa...

— Sim, mas do que você gosta? Pode pedir.

Seu olhar recaiu sobre o cardápio, na página ilustrada com um hambúrguer gigante.

— Você quer esse, né? Eu também. E pra beber?

Como quase qualquer criança, ele quis uma Coca-Cola. Fiz os pedidos e, quando a garçonete se afastou de novo, voltei ao assunto principal.

— Sabe qual foi o motivo da briga?

— Não entendi direito... começou com algo que a minha tia disse...

— Pra sua mãe ou pro Jorge?

— Ela falou pra minha mãe e o meu padrasto ouviu... Não entendi direito. Tava tomando banho quando começou. Ele ficou gritando, chamando a minha mãe de puta e mentirosa. Ela pediu desculpas e chorou, e ele saiu de casa.

— Mas depois voltou, né? Sua tia disse que ele sumiu depois do sequestro da Valentina.

— É. Mas ele e a minha mãe ficaram sem se falar.

— E depois disso o Jorge sumiu no fim de semana e a sua mãe desapareceu antes de anteontem.

— Isso. Ela tava em casa de manhã quando saí e não tava mais quando voltei.

— E não agiu diferente, não falou nada?

— Não. Normal. Disse pra eu não enrolar na escola depois da aula, que ia ter sardinha frita de almoço. Era dia de feira...

Sua vozinha mal saía, mas ele não chorou.

— E também não falou nada pra sua tia?

— Não...

— Ela tem alguma família fora de São Paulo?

Pedro balançou a cabeça.

— Era só a mãe e a tia, desde que a vovó morreu.

— Você tem contato com o seu pai?

— Nem sei quem é.

— Você e seu padrasto se dão bem?

Ele franziu o cenho, pensando.

— Ele não gosta muito de mim, mas me trata bem na frente da minha mãe e me ignora quando ela não tá.

Os lanches chegaram. Pedro não parecia assustado ou pesaroso; a possibilidade de nunca mais ver a mãe sequer lhe ocorria. Céus, como rezei para Denise estar viva! Precisei respirar fundo e dar um gole na Coca para voltar à conversa no mesmo tom despreocupado de antes.

— Você sabe por que a sua mãe guardou as fotos?

— Ela sempre faz isso quando eles brigam, porque o Jorge fica com raiva de mim...

Quando Pedro atacou o hambúrguer, lembrei-me de comer também.

— A sua mãe trabalha?

— Era professora de português na minha escola, mas ficava muito cansada e o Jorge falou pra ela parar.

Os detalhes variavam, mas a história se repetia em todo lugar. A gentileza aparente dá início a um relacionamento abusivo do tipo que a parte abusada não percebe. Além de criar a dependência emocional, surge a financeira. Tolerar o filho da esposa deixa de ser uma exigência básica e vira um favor.

— Por que você acusou o Jorge de sumir com a sua mãe? — perguntei por fim.

— Porque ele falou que ela ia ficar sozinha pra sempre se ele fosse embora... Daí a minha mãe respondeu que já vivia sozinha comigo antes e podia fazer isso de novo. Aí ele saiu dizendo: "veremos".

— Hum... — Aquilo tanto podia ser a ameaça vazia mais elementar no rol dos homens abusivos quanto algo que acabaria muito mal. — Há quanto tempo os dois tão juntos?

— Faz uns cinco anos, acho. Eu era criança.

Era. Sorri, depois comi o finalzinho do meu lanche. Pedro parecia incomodado já havia algum tempo.

— Ísis... — murmurou ele, chegando para a frente. Imitei o movimento. — Tem um homem encarando a gente...

Minhas costas se retesaram. Eu vinha presumindo que *o assunto* o afligia, não uma pessoa.

— Faz tempo?

— Uns cinco minutos.

Recostei-me na cadeira, expandindo os sentidos, procurando. Nenhum bruxo. Claro, eu sentiria a chegada de um a dois quilômetros. Uma aura, entretanto, destacou-se perante as demais: o delegado André Schmidt. Praguejei baixinho.

— Já acabou de comer? — perguntei. Pedro fez que sim, dando o último gole no refrigerante. — Então vamos indo, tá? — Entreguei-lhe meu cartão. — Qualquer coisa, pode me ligar. Ah, o Jorge voltou pra São Paulo. Nem eu nem a delegada Helena falamos da sua acusação, só que você tava preocupado com a sua mãe e por isso reportou o sumiço dela.

Pedro assentiu, lançando um olhar injuriado ao delegado, alguns passos atrás de mim, quando nos levantamos.

— Você vai chamar a polícia? — perguntou o menino num sussurro.

— Ele é da polícia — respondi com um sorriso tranquilizador, pegando a lata de Valentina que havia deixado sobre a mesa e me dirigindo ao caixa. — Tá tudo bem, viu?

Senti André se erguer e vir em nossa direção. Pedro pegou minha mão quase por reflexo, olhando-o de cara feia. Espiei o delegado por cima do ombro, estreitando os olhos.

— Decidiu me seguir, é? — perguntei calmamente.

— Você não achou que ia se safar com aquela história furada, né? Olha, eu tinha as minhas suspeitas, mas te ver aliciando um menor pro crime?

Arqueei uma sobrancelha, sorrindo de lado com uma expressão debochada inevitável. Sou muito ruim em disfarçar meu desprezo quando é de ordem intelectual.

— Calma lá, Sherlock. De onde você tirou essa ideia?

— Você invade uma casa e rouba só um brinquedo. É pra acalmar a menina no cativeiro? O moleque vai levar pra ela, é?

Imaginei que aquilo fizesse sentido para um não bruxo. Enquanto a encrenca fosse só comigo, eu poderia zombar até o fim dos tempos, mas eu também precisava proteger o menino. Para aquele tipo de delegado — ou melhor, para aquele tipo de gente —, pouco importava que se tratasse de um menor; tinha uma "cara suspeita".

— Querido, esse aqui é o Pedro Martins, filho da Denise Martins, que tá desaparecida, e enteado do Jorge Silveira, ex-motorista dos Bittencourt — resmunguei. — Foi por causa dele que a delegada Helena te procurou e marcou a reunião.

Chegou a minha vez na fila do caixa. Paguei com cartão, para André ver que eu não tinha medo de ser rastreada. Deixamos a padaria apenas para dar de cara com uma viatura e três policiais — dois homens e uma mulher. André apontou o muro.

— Mão na parede. Olha pra frente. Pés separados — mandou.

Obedeci, suspirando. Pedro fez o mesmo ao meu lado. Um dos policiais pegou sua mochila e começou a revirá-la enquanto o outro revistava o menino, tudo sob o olhar de alguns curiosos mais ou menos distantes no entorno e na entrada da padaria. A mulher veio me revistar e logo me tirou a carteira, o celular e as poções, além do brinquedo de Valentina.

— O moleque tá limpo.

— O que é isso? — perguntou a policial, exibindo meus três vidrinhos.

— Remédios de manipulação — respondi sem hesitar.

— Apreende — mandou o delegado. — Manda pra análise laboratorial.

— Ei, com qual desculpa? — protestei. — Eu preciso desses remédios.

— Cadê a receita?

— Em casa...

— Ótimo, pede pra alguém passar lá e levar pra delegacia, que é pra onde a gente tá indo — disse o filho da puta.

— O moleque não tem nada — resmungou um dos policiais. — É menor; tem que liberar.

O delegado deu de ombros.

— Desculpa essa confusão — murmurei para Pedro. — Não vou parar de procurar a sua mãe, tá?

Ele assentiu, de olhos marejados, abraçando a mochila contra o peito. A policial me algemou e me conduziu à viatura junto com os colegas. André foi para o sedan prateado estacionado ali perto.

A delegacia ficava para os lados do Morumbi, e, ao longo do percurso, tive tempo suficiente para decidir como proceder. Não possuía autorização prévia para usar magia naquele tipo de situação. A coisa ameaçava tomar grandes proporções e atrasar minha busca caso eu quisesse resolvê-la pelas vias normais — afinal, eu tinha cometido um crime e sido apanhada em flagrante delito. E o delegado Einstein decidira pegar no meu pé.

Ou seja, a única saída era chamar o Corregedor.

9

Fui levada ainda algemada para a sala do delegado, que acabava de entrar também, e obrigada a me sentar na cadeira diante de sua mesa. Os policiais nos deixaram a sós, fechando a porta na saída.

— Posso fazer uma ligação? — perguntei.

— Claro — ele disse, com um sorrisinho cretino. — Eu disco pra você.

O delegado tirou do gancho o telefone em sua mesa e esperou. Puxei pela memória o número do Corregedor, decorado para emergências daquele tipo. André conferiu se estava chamando e colocou o telefone na minha orelha, roçando meus lábios com o dedo, pretensamente por acaso. Encarei-o com nojo, quase decidindo mandar todas as regras para o espaço. A lembrança da Prisão, no entanto, me manteve comportada. Os segundos estenderam-se o suficiente para aumentar meu frio na barriga. Eu não sabia se preferia que o Corregedor atendesse ou não.

— Quem é? — soou a voz grave, meio blasé, depois do quinto toque. O celular dele, muito literalmente, pegava até no Inferno.

— Victor, é a Ísis — falei. — Diz uma coisa: tá por aqui?

— Pra sua sorte, perto o bastante. Qual é o tamanho do problema em que você se meteu pra estar me ligando?

Ele me conhecia bem demais, credo.

— Não sei. Tô no 89º DP, algemada, sem ter como explicar pro delegado por que ele me pegou roubando o brinquedo de uma criança desaparecida da casa dela.

Um suspiro.

— Certo. Devo levar mais ou menos meia hora, mas tô a caminho.

— Obrigada.

Sem mais, ele desligou. André devolveu o telefone ao lugar e me olhou longamente sem dizer nada. Encarei-o de volta com a maior cara de bunda do meu repertório.

— Então, qual é o nome dessa sua ONG?

— Você não vai me fichar de uma vez?

— Eu puxei a sua ficha criminal mais cedo. Limpinha. Quem mais, além daquela delegada, você tem no bolso, hein?

Revirei os olhos. O desdém se apossava de mim sem dó.

— Você acha que eu ia entrar na casa dos Bittencourt se tivesse dinheiro pra subornar alguém? — resmunguei. — Tô ajudando a Helena a achar a Denise Martins, e por isso esbarrei no caso da Valentina. — Ok, aquilo não era verdade, mas bem poderia ser. A imensa coincidência só tinha real significado para mim. — O Pedro quis me encontrar. Achei que ele soubesse de alguma coisa.

— E como isso justifica a sua invasão? Você foi pra escola da menina depois. Eu te vi olhando as câmeras.

— Queria descobrir onde era o ponto cego. Os pais formam fila dupla na saída da escola, e os criminosos devem ter usado isso, sincronizando com o tempo do farol, pra tirar ela de lá. Com a ajuda de algum conhecido, lógico. Se a gente falar com a direção do colégio pra...

— Já falei: deixa o trabalho de polícia pra polícia.

O idiota pensava ter solucionado o caso e estava disposto a insistir. Nada do que eu dissesse o faria mudar de ideia; o jeito era esperar o Corregedor resolver aquela situação. Com sorte, ele estaria com pressa demais para demorar muito ali. Sem sorte, eu seria obrigada a aturar uma lição de moral chatíssima dada com ar de cansaço intelectual.

O celular do delegado tocou, fazendo-o abrir um sorriso. Ele me inspirava um asco indescritível, especialmente pelo modo como seus olhos voltavam toda hora aos meus lábios.

— Olha a sua amiga aí. Deve estar chegando — disse ele. — Oi, Helena. Sim, eu tive que vir pra delegacia. Que horas você vem?

Meu coração deu um salto. Eu preferia que Helena não encontrasse o Corregedor, especialmente se ele estivesse de mau humor. A delegada tinha um temperamento digno de nota e não simpatizava muito com os da classe dele, mesmo nunca tendo conhecido um. Apenas sabia o suficiente sobre minha experiência na Prisão para alimentar séculos de ódio contra corregedores em geral.

— Ah, que bom — disse o delegado. — Daí você pode aproveitar e me esclarecer umas dúvidas.

Ele desligou e voltou a me encarar, sorrindo. Exalava triunfo por todos os poros. Achava-se o maior gênio da história da humanidade. Bufei, tentando manter em mente que ele só estava fazendo seu trabalho e sendo machista, mas sua conduta não diferia muito da esperada numa situação daquelas.

— Então, você ia me falar da sua ONG.

— Acho que vou esperar meu advogado chegar.

André cruzou os braços e recostou-se na cadeira, me encarando. As algemas me machucavam e deixavam meus braços formigando por causa da posição horrível na qual os mantinham, mas eu preferia isso à ideia de pedir que ele me soltasse, como deveria ter sido feito quando entrei. Pensando bem, o delegado vinha ignorando procedimentos repetidamente.

— Sabe, Ísis, a sua história não me convenceu — ele declarou. — Tem certeza de que essa é mesmo a sua identidade?

— Desde que nasci. Quer ver fotos de infância? Minha certidão de nascimento? Só o RG não foi suficiente?

Meu tom o desagradava. Eu deveria parecer mais mansa, só não conseguia. Denise e Valentina não saíam da minha cabeça, principalmente a menina, em poder de um bruxo. O tempo era escasso demais para eu continuar ali naquela lenga-lenga.

— Então, onde a Valentina tá?

— *Não sei*, cacete! — rosnei. — Que saco! Se eu tivesse com ela, era só comprar um brinquedo novo! Seria mais fácil do que invadir a casa dos pais dela e roubar um, né? Inferno.

Depois de me ouvir de cara feia, tamborilando com os dedos na superfície de madeira, o delegado bufou e se ergueu com ar de quem se vê obrigado a realizar uma tarefa desagradável. Devagar, contornou a mesa e sentou-se no tampo, bem diante de mim, próximo demais para aquilo ser aceitável. Julgava me intimidar, mas eu só sentia uma vontade sobrenatural de cuspir em sua cara. Sua aura emanava uma energia asquerosa demais para se descrever, um misto de ódio, impaciência e tesão. Eu derrubaria aquela delegacia se ele me tocasse num fio de cabelo sequer.

Então me lembrei de que o Corregedor estava a caminho. E se ele não considerasse autodefesa? Eu não estava de fato ameaçada. Intenção não é ação. Lembranças de meu período presa invadiram minha mente, arrancando-me o ar e trazendo um gosto amargo à minha boca.

— Responde, sua puta — resmungou o delegado.

Olhei-o, surpresa. Ele vinha falando comigo, mas eu não ouvira uma palavra sequer.

— Quê? Eu n...

Uma de suas mãos grandes agarrou minha nuca e a empurrou com um tranco, batendo e pressionando meu rosto de lado no tampo da mesa. O barulho do impacto explodiu junto com a dor em minha têmpora.

— Pra qual comando do tráfico você trabalha, hein, sua vagabunda? Isso é alguma vingança pessoal? Aquele Bittencourt tá envolvido em alguma coisa que eu sei.

— Já falei... — grunhi, sentindo gosto de ferro na boca. — Também tô procurando a Valentina. Eu falaria se já tivesse achado.

André havia agarrado meu cabelo, fazendo-o se soltar dos grampos e a trança se desfazer em parte. Fino como era, nenhum laço o segurava preso por muito tempo.

— Então por que você não me conta, hum? Me fala das pistas que você conseguiu.

Seu dedo roçava meu rosto, passando pelos lábios. Contemplei a ideia de mordê-lo e arrancá-lo com os dentes, mas não conseguia me mexer o suficiente para isso. Senti o instante em que Helena entrou na delegacia. Logo, bateram à porta. André me soltou e se afastou. A aura de minha amiga revelou mais de sua surpresa ao me encontrar ali do que sua expressão, mantida neutra, pendendo para um leve ar de aborrecimento ao me ver algemada.

— Precisa disso? — perguntou ela, indicando meus pulsos. — A Ísis é uma varetinha; não conseguiria ser hostil nem se tentasse.

Ela merecia um Oscar; falou como se não se incomodasse demais e como se acreditasse naquilo. André Schmidt pegou as chaves e deu a volta na mesa para me soltar. Acariciou meus braços e minhas mãos enquanto o fazia. De propósito. Eu já havia sido algemada vezes o suficiente para saber a diferença. Helena me encarou com um semblante vazio, fingindo não notar o inchaço em meu rosto.

— Desde quando vocês se conhecem mesmo? — perguntou o delegado, o tom calculadamente casual.

— Faz uns dez anos — disse ela. — Eu era delegada em Santos. Ísis me ajudou a encontrar e libertar umas meninas sequestradas para tráfico sexual.

O delegado assobiou, olhando para mim. Eu mexia as mãos doloridas e esfregava os antebraços para o sangue voltar a circular.

— E *por que* raios você precisava de um brinquedo da Valentina, Ísis? Por que não pediu aos pais, não foi até lá com Helena? — perguntou ele, agora muito mais respeitoso, sem sombra de deboche.

Minha amiga veio sentar-se ao meu lado e me olhou como se também esperasse um esclarecimento. Sua aura fervia. Sacudi a cabeça para ela, desencorajando um confronto. Eu podia criar encrenca com o poder oficial, pois alguém da Cidade dos Nobres viria resolver o problema se a coisa apertasse. Já Helena precisava andar na linha, dentro das regras dos comuns, ou sua vida seria arruinada.

— Estava com pressa — respondi. — Cometi um erro com a invasão, eu sei, mas a burocracia toda pode custar a vida da menina.

— Como você sabe? — resmungou o delegado, impaciente. — De onde tirou isso? Como um brinquedo pode te ajudar?

— É difícil explicar — murmurei. — Acho melhor esperar meu advogado.

— Advogado? — perguntou Helena.

— Chamei o Corregedor — falei, em tom de desculpas.

O impacto da informação em Helena não passou despercebido pelo delegado.

— *Corregedor?* — repetiu ele. — Você trabalha com a Justiça, então?

Dei de ombros.

— Ela é... do serviço de inteligência — sussurrou Helena, em tom de segredo, me olhando de esguelha. — Trabalha com casos de tráfico de pessoas.

Serviço de inteligência. Quase explodi de rir, mas era uma solução ótima para explicar por que eu agia como se estivesse acima da lei e por que não queria esclarecer nada direito.

— Helena... — resmunguei, com ares de repreensão.

— Você tá atrasando uma investigação gigantesca envolvendo a Valentina — Helena falou para o delegado, em leve censura, ao mesmo tempo parecendo lhe dar um conselho amigável. — E também Denise Martins, moça desaparecida.

André Schmidt me olhou, surpreso. Eu já mencionara Denise antes e não havia falado com Helena desde que fora presa, portanto não tínhamos como combinar aquela história. Senti as variações de sua aura conforme ele processava as informações e enxergava minha insubordinação por outro ângulo, o ângulo de alguém hierarquicamente superior falando com um pobre presunçoso. Um pouquinho de medo tingiu sua arrogância. Imagine: agredir uma agente federal?

— E você tem alguma prova disso?

— Não tô autorizada a compartilhar nenhuma informação sigilosa com você — falei de má vontade, olhando feio para Helena. — Nem a senhora, aliás. Vai tomar um come de rabo colossal.

— Eu me entendo com ele — disse Helena, durona, com toda a naturalidade. Sério, ela poderia ser atriz.

A indecisão do delegado começou a me dar dó.

— Preciso de um modo de verificar a sua história.

— O Corregedor deve estar pra chegar — declarei.

— De qualquer modo, a investigação tá sendo atrasada — disse Helena, tirando algumas pastas da bolsa e colocando-as sobre a mesa. Tinham a marca d'água do 93º DP. — Você já tem o endereço dela, não tem?

— Sim.

— Então qualquer coisa é só ir atrás. Ísis mora no mesmo lugar há uns seis, sete anos.

O poder persuasivo e o raciocínio rápido de Helena acabaram vencendo; André Schmidt me deixou ir embora. Ajudou o fato de ela ser uma funcionária pública de respeito e permanecer com ele para discutirem Jorge Silveira. Peguei de volta todos os meus pertences, incluindo o brinquedo de Valentina, e parti, ligando para o Corregedor, dessa vez do meu celular.

— Ísis?

— Oi. Consegui resolver. Não precisa mais vir, valeu.

Um segundo de intervalo.

— Na verdade, queria mesmo conversar com você. Vou direto pro seu apartamento, tá?

— Tô no meio de uma investigação...

— Não vou tomar muito tempo. Você demora pra chegar lá? Qualquer coisa, posso te buscar.

Que a Terra me livre. Fiz sinal para um táxi no caminho.

— Uns vinte minutos.

— Ótimo. Até já.

10

Muito antes de descer do táxi, senti a vasta aura de Victor Spencer, uma agressiva vitalidade que teria me deixado zonza se minha cabeça já não tivesse explodido com o impacto contra a mesa daquele delegado escroto. Encontrei-o sentado no sofá da sala, lendo um livro. Era um homem bem alto, longilíneo, de cabelos escuros e olhos de um azul fascinante. Vestia-se inteiro de preto, do terno de alfaiataria italiana aos sapatos feitos sob medida. Fechou o volume com calculado desinteresse, voltando-se para mim, prestes a comentar alguma trivialidade, quando seus olhos me encontraram e se arregalaram um milímetro.

— O que houve com seu rosto? — Ele se ergueu de um salto e parou diante de mim.

— É o único que eu tenho.

— *Ísis...*

— Ah, o delegado responsável pelo sumiço da menina que tô investigando é um merda — expliquei com uma careta. Fui para o banheiro, e ele veio atrás. Encarei meu reflexo. Não só metade do rosto tinha inchado como pontinhos de sangue preso se espalhavam ao longo de todo o osso da face, abaixo do olho, onde um hematoma horrível se formava. — Mas não usei magia, viu? — Peguei o frasco de poção curativa na gaveta, arriscando um olhar para o Corregedor através do espelho, e passei a aplicá-la sistematicamente com um algodão. — Então, qual é o assunto? Se fosse visita de acompanhamento, você não interromperia a minha investigação, né?

Ele piscou, engolindo em seco e franzindo e desfranzindo o cenho algumas vezes.

— Você não precisou de magia pra se livrar de alguém capaz de te fazer isso?

— O meu caso se intercruzou com outro da minha amiga Helena, que também é delegada e tinha uma reunião com ele. Ela inventou uma historinha ótima. — O inchaço desapareceu logo. Lavei o rosto e o sequei, suspirando. — Mas então, qual o assunto?

Victor ajeitou a gola da camisa, tomando ar para falar. O movimento revelou o estado deplorável de sua mão.

— Isso é sangue? — perguntei. — Deixa eu ver.

Ele inclinou a cabeça, considerando por um momento. A maior parte das pessoas tremia mais do que vara de bambu quando se via sob o escrutínio do Corregedor, mas nunca fui uma delas. Pelo menos, não quando ele estava calmo.

— Não é nada de mais. — Ele exibiu a palma esquerda com múltiplas camadas de tecido, sangue seco e fresco. — Os últimos dias exigiram muitos saltos de canto em canto.

— Diz uma coisa: você não cura a mão depois de usar portais, não? Olha o estado disso, que horror!

— Não vale o incômodo de fechar a ferida se vou sangrar de novo dez minutos depois.

— Sim, mas essa merda vai infeccionar desse jeito — resmunguei. — Dá a porra da mão logo, que eu não tenho o dia inteiro.

— Fico tocado pela sua preocupação, Ísis — disse ele, no modo sarcástico, enfim me estendendo a mão para eu tratar a ferida.

Limpei aquela lambança, ministrei a poção com delicadeza e enfaixei-a com gaze, tentando imaginar o que o faria viajar tanto.

— Problemas com algum monitor? — perguntei num tom desinteressado. Não ouvira falar de nada errado, mas não me inteirava muito das notícias sobre meus colegas.

Ele torceu o nariz, abrindo e fechando a mão enfaixada.

— Quem me dera — resmungou. — Vocês não me dão metade do trabalho... — Ele se interrompeu, suspirando. — Mas, antes de entrar nesse assunto, me conta da sua investigação atual. Que descuido ser pega invadindo uma casa, Ísis.

Revirei os olhos e passei por ele, deixando o banheiro em direção à cozinha. Victor me seguiu. Oferecer relatórios assim, de surpresa, era um saco, especialmente quando eu tinha pressa.

— Quer café?

Ele encostou um ombro no batente, cruzando os braços.

— Aceito. Agora começa a falar, Ísis.

— Eu tava pra solicitar uma reunião com você — contei. — Só esperava descobrir mais primeiro.

Ele arqueou uma sobrancelha inquisitiva. Narrei-lhe tudo, então, distorcendo um pouco a ordem das coisas para não explicitar que havia aceitado ajudar Helena com o caso de Denise *antes* de saber do envolvimento de Jorge com o sequestro de Valentina. Ele não pareceu preocupado com a ideia de um bruxo ocultando a menina de mim; eu era paga para cuidar desse tipo de situação, afinal. Já a mensagem enigmática de Exu despertou-lhe um interesse instantâneo.

— E você pediu pra uma reles comum pesquisar isso?

— Olha, a Fernanda pode ser uma comum, mas é especialista em religiosidades tupis, que foi o que o artefato de onça me pareceu — retruquei na defensiva. — Ela tem contato com indígenas da região Sudeste inteira e de algumas aldeias espalhadas pelo Brasil.

— Você deve estar confundindo, Ísis. Por que alguém do Orum falaria de uma peça tupi?

— Tô investigando pra descobrir — respondi num grunhido, sentindo o rosto arder.

— Uma *comum* tá investigando, você quis dizer — corrigiu ele, no mesmo tom blasé. Fulminei-o com o olhar, o que o fez inclinar a cabeça de leve. Uma sombra de sorriso repuxou o canto de seus lábios. — A verdade te irrita?

— Por que você faz tanta questão de ser babaca, hein? — resmunguei. — Porra, igual àquele delegado idiota, acha que eu sou ou imbecil ou criminosa.

— Igual a *quem?* — repetiu o Corregedor, baixo. Seu tom me congelou por dentro. Virei-me devagar para vê-lo endireitar-se, inflando as narinas. Lívido. Furioso. — Você acabou de me comparar àquele...?

Ergui as duas mãos, comprimindo os olhos. Em pânico.

— Calma, calma, desculpa! Não quis te ofender! Falei sem pensar! Tô cansada e morrendo de enxaqueca, então, por favor, não transforma a minha cabeça num poço de dor só porque falei bobagem! Retiro o que disse.

Nada aconteceu. Alguns instantes depois, entreabri os olhos para vê-lo, estático, me encarando. Abaixei as mãos trêmulas devagar. Percebi que duas lágrimas grossas tinham escorrido por meu rosto e sequei-as depressa.

— É essa a sua opinião sobre mim, Ísis? — ele perguntou, olhando-me de alto a baixo. — Você tá *tremendo*... Acha mesmo que eu te machucaria...? — Victor titubeava de modo completamente não característico. Ele tinha quase a minha idade, dois anos a mais, porém nunca parecera tão jovem quanto naquele momento, meio perdido sem a habitual empáfia.

Esfreguei os olhos e as têmporas, acalmando a respiração, depois me voltei para terminar de coar o café, envergonhada pelo chilique. Fazer um papel ridículo daqueles diante do Corregedor! Ele acabaria pedindo meu afastamento por instabilidade emocional. E o que eu faria com a minha vida, então?

— Desculpa, Victor. Não é explicação que se dê, mas tô com tanta dor que tá difícil pensar. Ó, vou procurar mais do artefato, tá? Preciso de autorização pra usar a Biblioteca do Conselho. Só pedi pra Fê ir vendo isso porque precisei priorizar o desaparecimento da Denise e da Valentina; elas estão em risco. E pelo menos a menina ainda tá viva.

Ele não respondeu. Virei-me em sua direção, abrindo a boca para repetir meus argumentos. Encontrei-o ainda imóvel, com o olhar distante e um profundo vinco entre as sobrancelhas.

— Corregedor?

Seus olhos encontraram os meus.

— Ísis, você acha mesmo que eu usaria telepatia pra te machucar?

De algum modo, a insinuação o havia ofendido. Magoado, na verdade. Sacudi a cabeça, nervosa.

— Eu te irritei...

— Sim, e isso te deixou apavorada. Você tem medo *de mim*?

A ideia evidentemente o perturbava.

— Não quando você tá de boa...

— Mas você me olha nos olhos — protestou. — Achei que fosse uma prova de confiança... Eu nunca entraria na sua mente, exceto se necessário ou com o seu consentimento prévio...

Fitei-o, intrigada. Minha reação tinha abalado Victor a ponto de fazê-lo perder a pose por completo. Eu mal o reconhecia.

— Nunca te ameacei — ele prosseguiu. — Nem quando você ultrapassou todos os limites do razoável... Você nunca experimentou o poder da minha mente assim. Por que esse pavor tão forte a ponto de te fazer chorar?

— Ai, sessão de terapia agora, Victor? — perguntei, tentando aliviar o clima desconfortável e afastá-lo daquela linha de questionamento. Não queria lembrar, não queria falar daquilo.

— Não tô de brincadeira, Ísis. — Ele suspirou, puxou duas cadeiras, sentou-se numa e gesticulou para que eu tomasse a outra, na perpendicular. — Vem cá.

DR com o Corregedor. O melhor programa para uma sexta-feira. Bom, pelo menos era melhor do que assistir a um culto presidido por um incitador de violência raivoso. Servi duas xícaras de café antes de me acomodar. Ele não manifestou o menor interesse na bebida, inteiramente concentrado em mim.

— Primeiro, já tomou remédio pra essa enxaqueca?

— Já, hoje cedo. Adiantou um pouco, até...

— Aquele animal te bater.

— É.

Ele ergueu as mãos da maneira menos ostensiva possível.

— Posso ajudar?

Vi em seus olhos o quanto ele precisava daquilo — mostrar a parte não destrutiva de seu poder, restabelecer a confiança entre nós. Analisei meus próprios sentimentos quanto ao assunto. Meu tio, segundo minha mãe dizia, curava dores de cabeça assim também. Ele nunca fizera isso comigo, mas já não estava bem para usar telepatia quando eu era pequena.

— Eu preciso fazer alguma coisa? — perguntei.

— Olhar nos meus olhos. Nada que você já não faça. — Muito de leve, as pontas de seus dedos tocaram minhas têmporas. Num instante, foram-se as pinçadas, a sensibilidade à luz, o latejar insistente. — Melhor?

Aquiesci, arriscando um sorriso.

— Obrigada — sussurrei.

Ele deu um sorrisinho melancólico, baixou as mãos e assentiu em reconhecimento.

— Agora, esse seu medo... é só de mim ou de todos os corregedores?

Algo no tom gentil da pergunta ou na imensa quantidade de coisas não ditas, subjacentes a ela, apertou fundo em meu peito e trouxe lágrimas aos meus olhos. O nó na garganta prendia as palavras dentro da boca.

— Ísis, isso é importante. Eu te vigio, sim, e te mantenho na linha, mas sou responsável por você. Achei que você só não fosse com a minha cara, mas *medo*? Isso muda as coisas. Se a questão for só comigo, posso te realocar a outro corregedor.

— Aff, nunca te imaginei sendo tão fofo — comentei, engraçadinha. — Lido melhor com o seu eu babaca.

Ele estreitou os olhos, pretensamente repreensivo.

— Gosto de pensar na sua irreverência como um sinal de confiança. Por isso fiquei tão estupefato de te ver com medo de *mim*. Se você fica à vontade o suficiente para zombar e me xingar a cada mínima oportunidade, em tese eu não te intimido. Mas a ideia de ter me insultado de *verdade* engatilhou uma reação... Se não é por minha causa, tem a ver com Fábio Siviero?

Minha vista embaçou. Quando pisquei, lágrimas idiotas escorreram. Memórias de quase dez anos voltaram, vivas como sempre, lutando para tomar cada cantinho de minha consciência. Sacudi a cabeça e enxuguei os olhos e o rosto, desejando reprimi-las.

— Nada a ver — menti. — É pura TPM. E preocupação com... os casos...

Pude ler em seus olhos que ele não engoliu a desculpa esfarrapada, mas felizmente não insistiu. Eu não queria desmontar de novo.

— Uma dúvida — disse ele, mais circunspecto. — A moça que te ajudou na delegacia é a Helena Braga, de Santos? A que te viu usar magia da terra num caso de... tráfico sexual, é isso? Que não tinha nada de mágico?

Encolhi os ombros, infeliz.

— Achei que você não soubesse disso.

— Quando assumi o posto de corregedor no lugar do conselheiro Siviero... pra ele entrar no Conselho... recebi as fichas de todos os monitores dele. Corri pra ler o seu processo quando vi que constavam dois dias inteiros na Prisão.

Falhei em suprimir o calafrio causado pela simples menção ao lugar. Fui incapaz de comentar o assunto.

— Na época, questionei o castigo tão pesado... ainda mais para uma pessoa tão nova. Quantos anos você tinha mesmo?

— Vinte.

— O conselheiro Siviero me disse que escolheu uma pena desproporcional de propósito, pra te disciplinar e você não repetir o erro.

Aquilo me arrancou um sorriso amargo, carregado de ódio.

— Isso é mesmo a cara daquele arrombado — grunhi, dando um gole no meu café. Já havia esfriado um tanto.

Novo silêncio estendeu-se ainda mais do que o anterior.

— Ísis...

Olhei no fundo de seus bonitos — e, naquele momento, receosos — olhos azuis, vestindo uma fachada de firmeza ao mesmo tempo em que me perguntava o quanto conseguiria mantê-la.

— Com todo respeito, Corregedor, não pergunta o que você não quer saber. Vamos esquecer essa conversa pra sempre, tá bom?

Ele baixou a cabeça; o vinco entre as sobrancelhas reapareceu. Por um instante, apenas brincou com as pontas da gaze na mão enfaixada, pensativo.

— Independentemente das suas impressões e experiências com outros telepatas, Ísis, *eu* nunca vou te agredir, mesmo se você me deixar com raiva. E, se ainda não ficou claro nesses sete anos trabalhando juntos, você pode contar comigo sempre que precisar.

Não soube responder àquilo. A tarde estava sendo a mais íntima entre nós desde que nos conhecemos. Esquisita, mas de um jeito bom. Temi seguir por aquele caminho e não gostar de aonde ele me levaria mais tarde. Agradeci, sem jeito, e me levantei para lavar a pouca louça e me recompor.

— Você... hã... me consegue autorização pra pesquisar sobre o artefato na Biblioteca do Conselho? — perguntei pela milésima vez, forçando meu tom habitual.

— Por que você não cuida da menina e da mulher desaparecidas e me deixa revirar a biblioteca? Tô mesmo precisando de um ou dois dias longe de portais.

— Mas você nem viu o artefato!

— Sua amiga também não. Te mando fotos se achar qualquer coisa minimamente parecida. — Ele se levantou. — Obrigado pelo café e pela conversa. Não vou mais atravancar o seu trabalho.

— Obrigada digo eu — repliquei com um meio-sorriso. — Minha cabeça tá melhor.

— Servimos bem para servir sempre. — Ele sorriu de lado. — Vou abrir o portal na sua sala, tudo bem?

— À vontade, Corregedor.

Só depois de Victor ter partido foi que percebi que ele não mencionara o assunto que o trouxera ali.

11

Acabei não indo conversar com o pastor Dimas naquela noite. Em vez disso, fiquei em casa, imersa em autopiedade e desejando que o mundo desmoronasse e me dragasse para o vazio. Meu esforço em reprimir lembranças antigas era mais exaustivo e agoniante do que simplesmente reviver o sofrimento de uma vez.

Então me permiti descer às profundezas obscurecidas da memória e navegar em seus recantos mais sombrios. Dois dias inteirinhos na Prisão. Quarenta e nove horas e vinte e dois minutos, na verdade, segundo me informaram quando saí. Ficar num ambiente de supressão de magia dói. O corpo aguenta uma hora, talvez, se for bem resistente, mas depois é como se os órgãos virassem do avesso e lutassem para explodir. Queima. Corrói. E, junto com tudo isso, a percepção espaçotemporal se dissolve, os pensamentos se liquefazem e se misturam, criando vívidas alucinações. Destas, levei dois anos para me livrar, muito mais do que a quinzena passada no hospital do Conselho para recuperar o corpo.

De algum modo, acabei de roupa e tudo embaixo do chuveiro, chorando sei lá por quanto tempo. Teria passado a noite ali se meus amigos não tivessem vindo. Mas vieram.

Apareceram na porta do banheiro, assim de repente, Helena, Murilo e Dulce Vitória. Quase morri de vergonha. Dulce foi a primeira a se recuperar do choque de me ver naquele estado lastimável; entrou no banheiro já puxando minha toalha da argola metálica, abriu o box, desligou o chuveiro e se abaixou ao meu lado para envolver meus ombros no tecido macio. Sem rodeios, me pegou no colo e me levou para o quarto. Murilo veio atrás e foi direto ao armário onde eu guardava toalhas limpas.

— Vamos pôr um pijama, hein? — sugeriu Dulce, toda maternal. — Tirar essa roupa molhada, secar o cabelo?

— Ai, desculpa, gente... — murmurei, começando a me despir.

— Desculpa pelo quê, filha? — retorquiu ela, entregando a toalha para eu me secar.

Murilo pegou uns pijamas bem quentinhos e uma calcinha e levou as roupas molhadas à área de serviço. Voltou com um rodo e um pano de chão para secar a molhadeira generalizada.

— Vou pedir uma pizza — anunciou Helena, pegando o celular.

— Boa, gata — disse Dulce.

— Como você tá? — perguntei à delegada antes que ela deixasse o quarto. — Como foi com o André Schmidt?

— Ele fingiu que nada aconteceu — disse Helena. — Foi estranhíssimo, mas acabou sendo bom, porque fiquei com muita vontade de arrebentar a fuça dele. Imagina, te bater...

Ela saiu do quarto de celular na mão enquanto Dulce secava meu cabelo. Depois voltou, cruzou os braços e se recostou na parede.

— O que o Corregedor de merda te fez? — perguntou entre dentes.

— Não, ele foi legal — murmurei, esfregando os olhos. Parecia haver uma panela de pressão dentro do meu crânio. Suspirei, fitando alternadamente os rostos transbordando preocupação. — Não é culpa dele. Foi uma conversa de boa, que trouxe umas lembranças ruins...

— Ruins o bastante pra te tirar do ar por horas — disse Helena.

— Hoje nem levei bronca, pra você ter noção de como foi *light*.

Os três me olharam em silêncio. Eu podia sentir, fluindo de meus amigos em minha direção, a compaixão pelo meu estado deplorável, o medo de falar algo que engatilhasse um novo colapso. Eu não era aquela coisinha estilhaçada que eles viam em mim. Já tinha passado por coisas que nenhum comum sequer seria capaz de conceber; manipulava poderes incompreensíveis às suas concepções cientificistas de mundo. Por que tinham vindo à minha casa me encontrar naquela situação?

— Mas como vocês três vieram parar aqui juntos? — perguntei. Queria vencer a barreira entre nós, erigida sobre a minha vergonha e a pena deles.

— Bom, fiquei preocupada com você, e o seu celular tava fora do ar — disse Helena, descruzando os braços e mexendo nos cabelos crespos. Ela só fazia isso quando estava muito nervosa. — Você não é disso. Liguei pro Murilo, que também não sabia de nada. Achei que ele tivesse as chaves daqui, mas não tem. Fomos atrás da Fernanda, mas o terreiro tava fechado, nenhum dos dois tinha o endereço dela e o celular só dava caixa.

— Então lembrei que a Dulce morou aqui uns meses, quando aqueles caras arrombaram a casa dela — disse Murilo. — Nem eu nem a Helena tínhamos o contato, daí corremos no trabalho dela antes do fim do expediente.

— A gente precisou passar em casa pra eu pegar a chave daqui — disse Dulce. — E o porteiro deixou a gente subir quando falamos que ninguém tinha conseguido contato com você.

— Aff, dei um trabalhão — resmunguei em tom de desculpas. — Não precisava, gente.

— Zi, lógico que precisava — disse Murilo, sentando-se ao meu lado e me abraçando. — Você não tem que enfrentar nada sozinha. Tá, só se um demônio brotar no meio da sala. Daí não vai ter jeito.

Ele me arrancou uma gargalhada. Ficamos assim, num silêncio bem mais confortável, até o interfone tocar.

— Eita, pizza rápida pra uma sexta à noite — comentou Dulce.

Murilo foi pôr a mesa enquanto Helena descia para buscar as pizzas e o refrigerante. Dulce sentou-se ao meu lado, me olhando, apreensiva.

— Isso tem a ver com os seus pesadelos da Prisão, né? — sussurrou. — É a única coisa que te detona assim. O Corregedor te pegou usando bruxaria de um jeito indevido?

— Não. Ele... se irritou com uma merda que eu disse e eu surtei. Ele ficou morrendo de pena. Foi ridículo. Daí vieram perguntas sobre o passado. Eu tava bem quando ele foi embora, sabe? Mas aí comecei a lembrar...

— E você ficou presa nisso até a gente chegar.

— É.

A porta da frente se abriu, e Helena anunciou a chegada das pizzas. Sentamo-nos juntos à mesa, e Murilo começou a contar sobre seu último parecer forense, acerca de uma ameaça anônima cuja autoria ele descobrira por causa de uma expressão específica, replicada nas redes sociais e em e-mails de um dos suspeitos. Sua habilidade não era tanto escolher histórias legais, mas sim contá-las de um modo interessante. Qualquer coisa corriqueira na boca de Murilo virava um *thriller*. Até aplaudimos quando ele concluiu.

Dulce falou sobre o susto dos dependentes químicos ao acordarem com sua chegada e, posteriormente, com a descoberta do cadáver no terreno. Eles não tinham muita noção de nada até serem conduzidos ao centro de reabilitação. A perícia calculou que o corpo havia sido queimado três dias antes.

A conversa prosseguiu mesmo depois de a pizza e o refrigerante acabarem; abrimos um vinho e nos mudamos para a sala. Adentramos um pouquinho a madrugada, mas ninguém ali era tão jovem e todos tinham trabalhado a semana inteira. Helena ofereceu carona, recusada polidamente por Murilo, que não pretendia me deixar sozinha.

— Aceito — declarou Dulce, esticando-se para apanhar a bolsa na mesinha de apoio ao lado do sofá. — Se eu chegar a pé a essa hora em casa é capaz de a polícia ou alguém querendo programa me parar.

Ela falou aquilo no tom prático de quem já apanhou muito da vida e se acostumou a falar de como as coisas são sem muita revolta, apenas uma resignação distanciada. Com quase dois metros de altura e longos cabelos ruivos ondulados, dignos daquelas propagandas de xampu caro, Dulce chamava a atenção de todos por quem passava. E as pessoas não gostavam de reparar em travestis.

As duas se despediram de mim e de Murilo — Dulce me dizendo para ligar quando precisasse, a qualquer hora do dia ou da noite. Meu coração apertou um pouco com a oferta, pois sabia que não era da boca para fora. Se eu ligasse para ela às três e meia da manhã por qualquer motivo, mesmo um bem idiota, ela atenderia. Quando partiram, Murilo se virou para mim e me abraçou longamente sem dizer nada, acariciando minha nuca por cima do cabelo.

— Enxaqueca?

— Depois de vinte anos chorando igual uma tonta...

— Vou te fazer uma proposta: você para com a autodepreciação e eu te faço uma massagem. Onde tá doendo hoje: lado esquerdo ou direito?

— Direito. Deixa só eu dar um jeito nessa louça primeiro.

Ele me ajudou a recolher tudo e levar até a pia e ficou comigo na cozinha enquanto eu lavava. Um lorde. Depois disso, deitei na cama e não vi o fim da massagem. Apaguei para só acordar de manhãzinha. Fui fazer café e esquentar as bordas de pizza abandonadas na noite anterior enquanto abria as mensagens no celular para saber das novidades, já voltando a ser eu mesma.

Fernanda me escrevera de madrugada, falando que o cacique de Krukutu, a aldeia guarani de Parelheiros, havia lhe respondido: conhecia o artefato em forma de onça, mas se recusava a falar por celular. Ela havia combinado de visitá-lo para que pudessem conversar. O tom de seu texto transbordava ansiedade.

O Corregedor era um tonto. Ninguém além de Fernanda encontraria respostas tão rápido com tão pouca informação, porque a maior parte das pessoas sequer saberia onde procurar. Talvez já naquela tarde eu descobrisse o mistério da mensagem de Exu, e o melhor: sem precisar botar os pés no Conselho. Não via a hora de esfregar isso na cara daquele metidinho.

Escutei o chuveiro sendo ligado em algum momento. Abri a mensagem seguinte, de um número desconhecido:

> Oi, aqui é a Joyce, mãe da Valentina. Você perguntou ontem sobre os pais biológicos dela. Do pai não sei, mas a mãe é Adalgiza Pereira dos Santos. É presidiária, até onde eu sei, por tráfico. Isso te ajuda a achar a minha filha?

Respondi com um enfático "SIM!" e mandei o nome para Helena. Eu poderia procurar a informação de onde a moça cumpria pena e tentar ir até lá para vê-la, mas uma delegada me conseguiria o pacote completo em dois tempos. Embora eu não estivesse especialmente ocupada naquele momento, algo me dizia que em breve ficaria. Imaginei o embate de Joyce consigo mesma antes de decidir me enviar aquela mensagem. Ela com certeza tinha a intenção de fazê-lo quando me pediu o cartão, mas levou um dia inteiro (e talvez uma madrugada insone também) para me passar a informação. O que devia ter cruzado sua mente? O que finalmente a convencera a escrever?

De repente, foi como se o centro de gravidade do mundo mudasse, realocando-se na minha sala. O Corregedor. Num portal do Conselho.

12

Surpresa, corri à sala para conferir se não estava imaginando coisas. Não. Quando falo que o Corregedor surge do Inferno para me encher, não é metáfora: a maioria dos portais cruza o mundo dos mortos, e só os corregedores e diplomatas têm acesso a eles. E lá estava Victor, saindo da fenda entreaberta no ar, dessa vez sem terno, com a camisa preta desalinhada, as mangas dobradas até pouco abaixo dos cotovelos. Eu nunca o vira daquele jeito. A fenda fechou-se; ele já abria a boca para me cumprimentar quando Murilo deixou o quarto só de toalha.

— Zi, tem uma...? — vinha dizendo, mas estacou ao perceber o Corregedor plantado ali. — Hã... gente sua?

Ah, Murilo e seu timing impecável... Encarei o Corregedor, hesitante, me interpondo entre os dois antes de perceber o que raios estava fazendo. Eu não teria como defender nem a mim mesma, para começo de conversa.

— Não sabia que você tinha visita, Ísis — disse o Corregedor, cruzando os braços.

Sua aura se tornou quase sólida, atingindo meus sentidos como um golpe físico. Não era de propósito. Provavelmente ele nem mesmo tinha consciência do fato; somente intuitivos percebiam auras com tanta clareza. Murilo, muito senhor de si, recuperou-se rápido e adiantou-se, estendendo a mão com toda a dignidade apesar das circunstâncias. Admirei-o pela presença de espírito. As pessoas, comuns ou bruxos, raramente encontram alguém com a franca arrogância dos modos de um corregedor.

— O senhor deve ser o Corregedor — ele disse. — Eu sou Murilo de Albuquerque Bianchi, um comum que pode estar de saída ou disposto a continuar aqui, dependendo da sua preferência.

Victor me lançou um olhar de viés antes de se voltar para meu amigo e cumprimentá-lo, apresentando-se pelo nome. Eu já não estava mais respirando àquela altura.

— Saindo ou ficando, desconfio que você vai querer estar vestido. — O Corregedor indicou o quarto. — Sem pressa.

— Não sei se isso foi telepatia ou só bom senso — murmurou Murilo com um sorriso conciliatório. — Obrigado.

Torci o nariz, fulminando-o com o olhar quando ele se virou e, sem mais, desapareceu dentro do quarto.

— Espirituoso — comentou o Corregedor, preguiçosamente voltando os olhos aos meus. — Imagino que você tenha encontrado as duas desaparecidas e prendido o bruxo responsável desde que fui embora ontem à tarde? — Baixei os olhos. Meu rosto queimava. — Curioso eu não ter recebido nenhum relatório.

Comprimi os lábios, muda. O que seria pior: deixá-lo manter a ideia errada ou explicar a verdade embaraçosa? Eu não conseguia calcular, e minha demora em responder encarregou-se de escolher por mim.

— O que você faz na sua folga não é problema meu, mas com três casos... — O Corregedor bufou, indignado. — Depois de ontem, pensei que você... fosse responsável. Temos um bruxo por trás de um crime; é seu trabalho proteger a criança de uma gama de destinos terríveis, e você simplesmente larga tudo pra...?

Meus olhos ardiam. Eu havia mesmo desperdiçado horas preciosas na noite anterior. Pobre Valentina. Embora o Corregedor tivesse deduzido errado, a consequência era a mesma: eu estava falhando em minhas obrigações. Falhando por fraqueza.

— O... o que você...? — Pigarreei para clarear a voz embargada, torcendo muito para não chorar de novo. Se agisse com naturalidade, talvez conseguisse sair por cima. — Veio do Conselho?

— É, encontrei umas imagens parecidas com o que você descreveu. Vim te mostrar pra saber se é alguma delas.

— Ué, você não ia me mandar por mensagem? — perguntei.

Victor estreitou os olhos. Eu quis sumir. Murilo escolheu esse momento para reemergir do quarto, já de boca aberta para se dirigir ao Corregedor, mas, ao bater os olhos em mim, estacou.

— Que foi, Zi?

— Não piora as coisas — murmurei, de olhos ardendo.

Indeciso, Murilo lançou um olhar a Victor, que nos encarava de braços cruzados, e pousou a mão em meu ombro, se esforçando para transmitir tranquilidade.

— Vou fazer uma cópia da chave da Dulce, tá? Uma pra mim e uma pra Helena. Um de nós três vem hoje.

— Não — respondi mecanicamente, consciente do interesse do Corregedor na interação. — Preciso trabalhar.

— Trabalha, ué. Vou passar no mercado pra você. Seus armários tão vazios.

Eu não sabia se ria, chorava ou o esmurrava.

— Melhor você ir embora — resmunguei entre dentes.

— Antes disso, por que você não esclarece o motivo de comuns terem as chaves daqui, Ísis? — o Corregedor perguntou.

Estremeci. Era só o que faltava.

— Eles não têm — falei. — A chave da Dulce é antiga. Ela só ficou aqui uns dias... faz anos. Não usei magia no período.

— Mas por que estamos falando em cópias de chave, então? — Victor inclinou a cabeça.

— Não sabia que não podia — disse Murilo em tom de desculpas. — Era só pra caso tivesse outra emergência...

Fuzilei meu amigo com o olhar, interrompendo-o a meio caminho, mas era tarde demais. Victor olhou de um para o outro com as sobrancelhas arqueadas.

— *Outra emergência?* — repetiu. — O que houve?

Murilo me fitou com um ar arrependido.

— Nossa, te encrenquei, né?

— Não, tudo bem. Você só quis ajudar, eu sei. — Sua solicitude me comovia, mesmo enquanto ia me ferrando cada vez mais. Eu me forcei a encarar o Corregedor e falar com naturalidade: — Passei meio mal ontem de noite...

— Mostre — mandou ele, impassível. Perdi a cor; deu para sentir. Victor virou-se para o meu amigo, retornando a seu tradicional modo eu-mando-aqui. — Pode ir, Murilo, obrigado.

Preparei-me para o que viria, porém o único movimento de Murilo foi me abraçar.

— Desculpa, Zi — sussurrou. Tinha compreendido. Sem me soltar, olhou para o Corregedor. — Se o senhor precisar mesmo ver o que aconteceu, será que não dá pra poupar a Ísis? Longe de mim querer te atrapalhar...

— Murilo, só cala a boca e vai — interrompi, me desvencilhando. Eu me arrependeria e pediria desculpas pela grosseria no segundo em que estivesse livre daquele problema chamado Victor Spencer. Meu amigo não merecia um tratamento daqueles, mas o alarme apitando no meu cérebro me perturbava demais para eu conseguir ser delicada.

— Nunca vou me perdoar se você tiver que reviver tudo só porque falei demais — disse Murilo, virando-se para o Corregedor. — O senhor pode ver... na minha mente o que houve? Sério. Poupa ela disso. Por favor.

Victor me olhou de relance, nitidamente intrigado tanto com a oferta quanto com a preocupação. Fiquei com ódio de Murilo. Quem ele pensava que era para me tratar como um cristal? Pareci ainda mais fraca, mais sensível, mais inapta. Daquele jeito, acabaria o dia demitida, obrigada a voltar à Cidade dos Nobres e pedir emprego no Conselho. Meus olhos marejaram. Meu rosto queimava.

— Você vai se sentir um pouco nauseado — avisou o Corregedor no seu típico tom blasé. Ouvi aquela frase como uma sentença. Murilo assentiu e avançou sem vacilar até Victor. — Tente se concentrar no que vai me mostrar e olhar nos meus olhos. Se você sentir um incômodo, seu primeiro impulso vai ser fechar a mente. Tente não fazer isso.

— Essa última instrução não fez o menor sentido...

— Não feche os olhos, não recue, não tente pensar em outra coisa.

Senti um calafrio quando a conexão se estabeleceu. Meu amigo não virou uma marionete molenga, como em geral acontecia; o Corregedor estava tomando cuidado, e Murilo, por sua vez, não impunha resistência. A aura do Corregedor não emanava fúria, nem nada hostil. Na verdade, qualquer traço de irritação fora apaziguado em dois segundos.

Fiquei andando de um lado para o outro até sentir Victor quebrar o contato. Murilo cambaleou de leve e apoiou-se no encosto do sofá enquanto o Corregedor recuava para me deixar alcançá-lo.

— Você tá bem?

— Fique feliz por eu estar de estômago vazio, senão seu sofá já era — respondeu Murilo com um sorrisinho. — Gente, eu sou muito da turma do copo cheio. Consigo até ver um ponto positivo em passar fome na sua casa.

Aliviada, soltei uma risadinha, lançando um olhar grato a Victor, que nos observava do canto oposto do cômodo. Depois dei um tapa no braço do ser humano cabeça-dura.

— Da próxima vez que você me tratar como uma porra de uma donzela em perigo, vou arrancar seus olhos.

— Claro que vai — disse Murilo, endireitando-se. — Mas deixa eu te lembrar que você gosta muito de onde esses olhos costumam ficar. Já falei: não te acho frágil; te chamo se aparecer um demônio na sala. Até mais tarde.

Ele me abraçou, acenou para o Corregedor, que assentiu, e foi embora. Tão logo a porta se fechou, Victor descruzou os braços e se desencostou da parede.

— Desculpa, Ísis — disse sem delongas. — Por hoje e por ontem. Fui injusto agora há pouco e te pressionei demais ontem, pelo visto, num assunto delicado.

— O Murilo é um tagarela — resmunguei. — Não foi nada de mais. E perdi tempo mesmo. Você tava certo.

— Não — retorquiu ele, contundente. — Não mesmo. — Indicou os sofás. — Posso sentar?

— Ah, claro! Nossa, desculpa...

— Chega — ele cortou. — A gente precisa conversar.

Sentei-me no sofá em frente ao dele, infeliz. Uma segunda DR com menos de vinte e quatro horas de intervalo?

— Olha, não que eu teja querendo sair pela tangente, mas, sendo bem honesta, preciso conseguir trabalhar hoje. Todo mundo tem dias ruins. Só porque você viu um não significa que eu não tenha condições de...

— Não vou te afastar — disse ele, num tom calmo e mais amigável. — Ficou claro que trabalhar aqui e ser amiga desses comuns é o que tem te ajudado a lidar com o trauma. — Ele desviou o olhar, ponderando. — Na verdade, você deve saber... Murilo ouviu minha bronca. Ele fingiu se atrapalhar, mas decidiu me mostrar o que houve antes mesmo de deixar o quarto. — Fechei a cara. — Não seja orgulhosa. Não sou seu inimigo, Ísis. Você não deveria me deixar pensar o pior de você. Fui errado em presumir... Mas você há de convir que pareceu...

— *Eu sei.* — Suspirei, abraçando uma almofada. — Eu não fico com a nossa gente, sabe? Não vou no Conselho nem na Cidade dos Nobres. E não dá pra ter relacionamentos com comuns. Quanta coisa eu teria que esconder? — Dei de ombros. Por incrível que pareça, começava a me sentir mais eu mesma. — O Murilo é um amigo de longa data, mais ou menos consciente do que eu sou, e por isso fica bem à vontade aqui. Mas nunca uso magia diante dele.

— Isso não é um problema.

— De novo, *eu sei* — cortei. — Só tô explicando porque entendi o motivo de você presumir que eu decidi passar a noite transando em vez de salvar uma criança das mãos de um bruxo... — Sacudi a cabeça, exasperada comigo mesma. — Não foi isso, mas ferrei tudo mesmo assim, né? Perdi horas demais... — Suspirei outra vez, tentando botar ordem nos pensamentos caóticos. — Mas vou resolver tudo, prometo. Não quero te deter. Mostra as imagens lá.

Por um momento, ele pareceu querer dizer alguma coisa. Após uma breve hesitação, desistiu e veio sentar-se ao meu lado, abrindo a galeria do celular. Mostrou algumas fotos de páginas de livros com ilustrações bem realistas, que retratavam diversos tipos de amuleto com felinos pintados, porém nenhuma onça.

— Olha, isso aqui é um guepardo — apontei. — E esses são leopardos. Eu disse *onça*.

Um vinco surgiu entre as sobrancelhas de Victor conforme ele repassava as fotos.

— Como você sabe a diferença? — perguntou, franzindo a testa.

— Padrão da pelagem, no caso do leopardo — expliquei. — Já o guepardo tem outra forma. Nada a ver com onça.

— Hum... Certo. Vou procurar outros, então.

— Esses são amuletos de origem africana, né?

— Culpado.

Ele teve a decência de parecer envergonhado, pelo menos.

— Da próxima vez, me escuta pra poupar o seu tempo — falei. Curiosamente, estava me sentindo à vontade. — Você tá com cara de quem não dormiu procurando isso, e eu podia ter te dito que nem iorubás nem fons fariam amuletos do tipo que vi. Muito menos com uma onça. Talvez alguma das religiões sincréticas brasileiras, pensando bem, mas o amuleto me pareceu mais antigo do que o processo de sincretismo religioso ocorrido aqui... É só uma sensação, claro.

— Mas o domínio da sua magia é justamente o reino das sensações. — Um sorrisinho repuxou o canto de seus lábios. — Ok, detetive. Devo estar parecendo muito estúpido agora.

— Além de teimoso e arrogante — respondi, concedendo-lhe um meio-sorriso semelhante.

Ele assentiu como quem admite a derrota.

— Pelo menos seu humor tá melhor.

— Só vai ficar bom de verdade depois que eu achar a Valentina. — Levantei-me de um salto, com a energia renovada. — Acabei de perceber que ainda tô de pijama. Vou me trocar e já volto.

Voei para o quarto e peguei a primeira blusinha de manga comprida que encontrei no armário e a calça do dia anterior, aquela preciosidade cheia de bolsos, tão rara na moda feminina. Fui ao banheiro, escovei os dentes, lavei o rosto e prendi o cabelo.

Encontrei Victor parado na sala, de olhos fitos, no mesmo lugar em que eu o havia deixado. Parecia exausto quando observado assim com a guarda baixa. Lembrei-me de seu comentário descuidado no dia anterior, dando a entender que alguma coisa lhe dava trabalho no momento, algo que o mantinha viajando regularmente por portais.

— Ei, tá com fome? — perguntei. — Vou tomar café na padaria aqui embaixo.

Victor ergueu os olhos para mim. Esgotado.

— Obrigado, mas preciso ir. Perdi tempo com a minha *teimosia e arrogância*. — Ele sorriu de lado ao dizer isso. — Agora preciso procurar na biblioteca...

— Dá tempo. Em uma ou duas horas eu consigo te direcionar melhor. — Ele arqueou uma sobrancelha inquisitiva. — A minha amiga-reles-comum Fernanda tá indo conversar com o cacique de uma aldeia guarani daqui de São Paulo. Parece que ele sabe o que é.

Passando as mãos pelos cabelos de modo um tanto displicente, Victor aquiesceu.

— Sabe, entendo por que você me acha babaca. Desculpe por isso também. Não devia falar desse jeito. Te ouvindo agora, soa elitista. — Ele se levantou. — Vamos lá então.

Era estranho pensar em tomar café da manhã com o Corregedor na padaria perto de casa, assim, como se fosse algo corriqueiro. Mas tudo foi se desenrolando de forma tão natural que a estranheza logo desapareceu.

— A mãe da Valentina me escreveu de madrugada, passando informações sobre a mãe biológica dela — contei enquanto descíamos de elevador. — A Helena vai me arranjar um jeito de visitar a moça.

— Por que Helena?

— A mulher tá presa, ao que parece. Esse pode ser um caso... Vou precisar de autorização pra tirar sangue à força, acho.

— Autorizada.

Conferi o celular para ver se alguém tinha mandado novidades. Havia apenas uma mensagem de Murilo:

Ele gosta de você.

Guardei o celular, revirando os olhos, sem nenhuma paciência para os devaneios românticos de Murilo. Victor me atraía, às vezes, mas não era nem bom alimentar esperanças nesse sentido, mesmo se eu tivesse alguma. Conflito de interesses resultaria no afastamento de um dos dois de seu posto, e eu gostava de ser monitora e, apesar dos pesares, gostava dele como meu corregedor. Considerando minha experiência pregressa, ele era cinco estrelas. Além do mais, impossível. Victor não gostava de mim. Pelo menos não dessa maneira.

— Você ficou quieta. Recebeu más notícias?

— Ah, não. Nada importante.

Encontramos uma velhinha na saída do elevador, minha vizinha, dona Aparecida.

— Nossa, você tava com dois homens, é? — Ela torceu o nariz. — Isso aqui é um prédio de família.

— Jura? Nunca vi a sua.

Arrependi-me na mesma hora. O rosto da mulher perdeu toda a cor, e seus olhos empapuçados se encheram de lágrimas. Passei reto, com Victor em meu encalço, e cruzei a portaria.

— Aff! Eu sou uma pessoa horrível! — murmurei assim que deixamos o prédio.

— Por quê? Ela foi grosseira. Você, não.

— É que te falta contexto. Fui triplamente mais cruel. Ela só tem inveja de mim, coitada. O marido era um sapo. Ela já viu Murilo saindo lá de casa várias vezes, e agora você... — eu me interrompi. Victor me olhou de esguelha, decerto percebendo o elogio implícito que não me permiti fazer em voz alta. — O sapo largou dela pra ficar com uma mulher uns trinta anos mais nova, e nenhum dos filhos visita. E ela abandonou a carreira pra ser mãe e dona de casa, sabe? Fico com pena...

— Não se martirize demais. Se uma pessoa decide dizer o que vem à mente, tem de se preparar pra ouvir uma resposta indigesta.

— Gente, que frase elaborada — comentei, rindo. Atravessamos a rua e entramos na padaria. — Tem um ditado pra isso: "quem fala o que quer, ouve o que não quer". — Conseguimos uma mesinha perto da parede. A ideia de ele desconhecer um dizer popular tão batido me levou a outro pensamento: — É bizarro não deixarem gente como você conviver com os comuns.

— É pro bem deles — Victor replicou, sombriamente. Vendo seu óbvio desconforto, deixei o assunto morrer. — Hã... não tenho nenhum dinheiro na moeda daqui.

— Relaxa. Eu pago.

Pedi café da manhã para um exército e acabei comendo quase tudo. Surpreendentemente, conversamos bastante sobre o Conselho, as dificuldades de monitorar atividades suspeitas em meio aos comuns, as limitações dos bruxos de campo. Ele concordava comigo em bastante coisa, exceto numa: julgava indevido usarmos bruxaria para interferir em problemas dos comuns. Mesmo assim, mostrou-se disposto a ouvir meus argumentos sem desconfiar que eu violava nossas leis.

Em dado momento, meu celular tocou. Helena. Perguntou-me se eu estava melhor e, quando a tranquilizei nesse sentindo, contou o motivo da ligação:

— Olha, consegui autorização especial pra você visitar o CPP de Pinheiros, que é onde a Adalgiza tá.

— Ai, valeu! Você é uma santa!

— Às dez, tá? Não se atrasa, que eu precisei cobrar um favor da diretora de lá.

— Beleza. Nossa, obrigada mesmo, Helena!

— Imagina. Ah, chequei a história do Jorge. Viajou pra Paraty na terça e voltou ontem. A trabalho mesmo. Foi levar uma encomenda numa loja.

— Que tipo de encomenda?

— Nada ilícito. Só uns enfeites de madeira. De bichinho. Coisa de loja de souvenir, sabe?

— Sei. Então tá. Obrigada por avisar. — Victor me encarava, cheio de expectativa. — Notícia boa: vou conseguir encontrar a Valentina antes do almoço. Notícia ruim: parece que vou precisar pedir o sangue do Pedro pra encontrar a mãe dele.

— Bom, mas você pode resolver essa questão também, não?

— Sim, claro.

— Vou pra biblioteca do Conselho. Manda mensagem, qualquer coisa. E se tiver notícias da sua amiga.

— Combinado. Começa olhando nos livros sobre guaranis.

Voltamos juntos ao meu apartamento, onde ele poderia usar o portal rumo ao Conselho, e eu, arrumar minhas coisas. Reuni algumas poções e amuletos e coloquei meu anel de energia, apesar de não estar plenamente carregado.

Satisfeita com meus arranjos, peguei um ônibus para o CPP de Pinheiros. Imaginei mil conversas, cada uma começada por um modo diferente de contar sobre Valentina e o que eu precisava para encontrá-la, algumas mentindo pouco; outras, muito. A menina talvez não significasse nada para Adalgiza, tendo sido entregue para adoção ainda bebê, mas, quem sabe, a mulher cedesse o sangue em troca de alguma coisa. Eu odiava tomar à força.

13

Cheguei um bom tanto mais cedo, mas logo fui recebida pela diretora do presídio em sua saleta abafada. Ela era uma cinquentona mal-encarada que, na verdade, mostrou-se bastante simpática, apesar do permanente ar enfadado, tão característico da maioria dos funcionários públicos de carreira longa.

— Ah, mocinha! — ela disse num tom de lamento quando me apresentei. — Você veio à toa.

Murchei um pouco, embora ainda não conseguisse intuir o que ela me diria. Nós nos sentamos à sua mesa de trabalho, entulhada demais para eu discernir elementos singulares.

— Desculpe. Foi um erro do nosso sistema. — Ela mostrou o programa obsoleto na tela do computador. — Tá vendo? A Giza morreu faz uma semana. O funcionário que conversou com a Helena se esqueceu disso, e não consegui mais falar com ela depois de marcarem a sua visita.

Uma semana. Não podia ser coincidência. Feitiços de localização funcionavam em mão dupla, como a maioria deles: se o sangue de um dos pais encontrava o filho, a recíproca era verdadeira. O bruxo rival era bem espertinho, o maldito; tinha eliminado todas as pontas soltas e me feito voltar à estaca zero.

— Puxa... — comentei. — Não queria tomar o seu tempo, mas posso fazer umas perguntas? Só pra não perder viagem.

— Claro.

— Como ela morreu?

— Briga no pátio — respondeu a diretora, sacudindo a cabeça para aquela prática repreensível como se aquilo se tratasse de uma fatalidade do destino. — É foda. E a Giza nem era disso, sabe? Um amor. Mas bastou uma vez. Também, foi se meter justo com alguém barra-pesada.

— Onde a Giza foi enterrada? — Numa emergência, até sangue coagulado e já meio apodrecido ajudaria.

— Não foi. Cremada.

Cacete, que bruxo maldito do inferno! Eu quis urrar. Em vez disso, mantive a postura prática, beirando a indiferença.

— Sabe se tinha família?

— Uma irmã, mas não visitava fazia tempo.

Uma centelha de esperança reacendeu-se. Será que o merdinha do meu rival tinha deixado essa ponta escapar?

— Tem o contato dela?

— Ixi, filha, sei não.

— Como assim? Vocês não falaram com ela quando a Giza morreu?

— Não. Não tá no sistema novo. — Ela torceu o nariz. — Ó, sei que a Giza era de Paraisópolis, então talvez a irmã seja de lá também.

Ah, claro, isso ajudava muito! Uma comunidade de cinquenta mil habitantes! Facílimo encontrar alguém naquele lugar. Obviamente, não reclamei em voz alta, escolhendo adotar o mesmo tom neutro usado até ali:

— Você ainda tem acesso ao sistema antigo?

— Queimou o computador onde ele tava.

— E não ficava em rede?

— Não. Quer dizer, ficava, mas o computador que queimou era o central da rede.

Apertei os lábios numa linha fina, muito tentada a perguntar quanto tempo fazia desde a inutilização do sistema antigo. Contudo, o novo já parecia obsoleto. A dificuldade se converteria em sorte se isso significasse que a irmã de Adalgiza permanecia em segredo e, portanto, em segurança.

— Olha, tem os arquivos em papel, se quiser procurar, mas tão uma zona.

— Quero sim, obrigada — respondi sem titubear. — Eu posso antes só conversar com a outra moça? A que matou a Giza?

— A Solange? Ai, não sei, não, viu? Isso não tava no acordo com a delegada.

Mas também não estava no acordo que eu não conseguiria conversar com a Adalgiza, não é mesmo, amada? Eu não a desafiaria, entretanto. Se a indispusesse contra mim, nem aos arquivos empoeirados eu teria acesso. Olhei ao redor, à procura de uma ideia luminosa, até meus olhos recaírem sobre a garrafa térmica na mesa lateral, atulhada de papel, fios e um fax muito antigo em desuso desde mil novecentos e vovó mocinha, além de miudezas como porta-trecos, clipes de papel, uma tesoura cega etc.

— Aquilo é café?

— É, mas já deve tá morno. Se quiser tomar, é por sua conta e risco.

— Nossa, deve ser duro trabalhar tanto como você e não ter nem um café decente — comentei com simpatia.

— Pois é, filha.

— O que você acharia de ganhar uma máquina daquelas de café expresso em cápsulas? Café fresquinho a toda hora.

Os olhos da diretora reluziram. Ela nem piscou.

— Você quer falar com a Solange, né?

— Gostaria muito.

— Cinco minutos.

— *Dez* — repliquei, sem pausa.

Estreitando os olhos por um instante, a mulher refletiu.

— Tá bom. Dez.

Quinze minutos depois, lá estava eu sentada numa sala com Solange, uma moça muito alta e forte que, mesmo algemada à mesa, tinha a expressão de quem poderia fazer picadinho de mim com as próprias mãos. Sua aura emanava raiva acima de tudo.

— Oi. Meu nome é Ísis Rossetti — cumprimentei logo ao entrar. — Não tenho muito tempo. Preciso saber quem te pagou pra matar a Adalgiza numa briga. Era pra parecer coisa corriqueira, né? Pra ninguém suspeitar que foi crime encomendado?

Solange bem tentou permanecer impassível, mas um medo indisfarçado sombreou seus olhos escuros.

— Não sei do que você tá falando.

Para deduzir a primeira parte, não precisava ser nenhum gênio nem ter poderes especiais. Já conduzir bem aquela conversa em tão pouco tempo exigiria mais de mim. Busquei me concentrar em cada mínima reação de minha interlocutora a fim de captar informações perdidas em meio à confusão de sentimentos que suscitei.

— Não perde tempo negando — falei. — Vamos fazer assim: você me conta quem foi o mandante do crime e por quê, e eu não falo pra minha amiga lá de cima te transferir pro cadeião lá da puta que pariu.

Apreensão. Ansiedade. Medo. Muito em jogo. Tudo a perder. Solange trincou os dentes, mas permaneceu calada. Observei-a por um instante. Devia ter a minha idade, embora as manchinhas no rosto, a pele meio flácida dos braços e a barriga saliente sugerissem mais. Esses e outros sinais, no entanto, juntos, apontavam para gravidezes na juventude com um pré-natal muito precário.

— Me conta uma coisa, Solange: seus filhos te visitam aqui?

Seus olhos quase saltaram das órbitas, e seu coração disparou tanto que cheguei a temer um infarto. Dava para ver o pulso em seu pescoço de onde eu estava. Na fachada, ela só pareceu mais brava. Eu *odiava* a cartada dos filhos, mas, com uma criança para salvar, correndo contra o relógio, não me sobrava muita escolha.

— Já pensou em como vai ser difícil ver eles se você for transferida? Ainda mais depois de matar alguém na cadeia. Quanto a sua pena aumentou?

Dessa vez, Solange sorriu. Eu havia pisado em falso num terreno desconhecido.

— Para de bancar a durona que tá ficando feio, moça.

Ela já cumpria detenção por homicídio, percebi então. Qualquer que fosse o pagamento recebido pelo "serviço", ela devia contar com as consequências, tendo-as aceitado.

Bati o olho no relógio. Toquei meu amuleto antitecnologia, ativando-o para caso a câmera velha funcionasse e houvesse gravadores ou celulares ligados por perto. Solange me parecia descrente, e esse era o melhor tipo de pessoa para ameaçar usando um pouquinho de magia. Com calma, peguei uma de suas mãos, ignorando sua resistência, e, com a expressão mais serena do mundo, sussurrei:

— Querida, é o seguinte: o que você fez condenou uma menininha a sofrer uma morte dolorosa. — Minha mão começou a esquentar muito rápido. Solange arregalou os olhos, assustada, e tentou se soltar, mas a segurei com força. Certamente, ela nunca tinha imaginado que uma coisinha magricela como eu conseguiria agarrá-la com tanto vigor, porém eu usava minhas duas mãos livres e ela continuava algemada. — Não sei quem vai fazer isso com ela, então não tenho como impedir. Agora, eu sei que é a mesma pessoa que te pagou pra matar a mãe dela. — Solange me olhava com um ar aterrorizado, consciente de que nada havia de natural no aquecimento assombroso de minhas mãos. Cerrei os dentes e terminei: — Se a sua teimosia continuar no meu caminho, eu vou fazer com todos os seus filhos tudo o que tiver acontecido com a garotinha da Adalgiza.

— Pelo amor de Deus, moça, eu nem sabia que ela tinha uma filha! Juro! Ela nunca contou!

— Ah, agora ela fala. — Soltei-lhe a mão, recostei-me na cadeira e cruzei os braços.

Solange abaixou a cabeça, me olhando de relance a cada poucas palavras, mantendo-se tão afastada quanto lhe era fisicamente possível.

— Não sei quem foi... Tinha uma carta anônima dentro do livro que eu tava lendo... endereçada pra mim! Tava ameaçando meus filhos se eu não matasse a Giza. Não quis acreditar, mas fiquei pensando nisso, sabe? Daí apareceu uma foto deles em outro livro que comecei a ler! — A mulher balançou a cabeça, despida de toda a pose desafiante e ameaçadora. — Não queria ter feito isso! Tava com bom comportamento antes! Ia ter a pena reduzida!

Era tudo verdade. Desativei o amuleto com um suspiro. Se já me sentia a pior pessoa do mundo antes, só de usar a cartada dos filhos, quanto mais agora.

— Eu não machucaria uma criança — sussurrei. — Mas vou fazer a pessoa que te ameaçou se arrepender de ter nascido. — Levantei-me devagar, recebendo um olhar surpreso, confuso e um tanto indignado. — Obrigada, Solange. Diz uma coisa: o que você tá lendo agora?

— *Crepúsculo* — respondeu ela.

— Ah, esse é bem legal. Boa leitura.

Deixei-a perplexa, mas eu não conseguiria ir embora depois de a acuar daquela maneira sem nenhum comentário mais humano. Não a tinha machucado, claro. Mesmo assim, nunca fui dessas pessoas que se comprazem em chutar cachorro morto; era incapaz de me sentir vitoriosa por subjugar alguém já derrotada, presa e tão infeliz (e duvidava seriamente do caráter de uma pessoa que não fosse).

— Quem tem acesso à biblioteca, além das presas? — perguntei à carcereira que me levava de volta à sala da diretora.

— A gente que trabalha aqui, a bibliotecária, os voluntários que promovem as atividades de leitura, o padre com quem as católicas se confessam, um pessoal da pastoral carcerária e um grupo de evangélicos.

Isso tinha potencial para passar *muito* de cinquenta pessoas. Suspirei pesadamente, cansada dos desencontros. Quantos mais haveria no caminho?

Não quis muita conversa com a diretora do lugar, embora soubesse disfarçar minha contrariedade o suficiente para parecer educada. Pedi para ver os arquivos em papel e fui logo abandonada na saleta imunda que o pessoal da faxina devia ignorar havia pelo menos dois meses. Minha rinite alérgica atacou de imediato, me presenteando com nada menos do que seis espirros seguidos. *Inferno.*

Olhei em torno, tentando entender, pelas marcações nas gavetas metálicas, o sistema de arquivamento: por datas e em ordem alfabética. Eu adoraria saber quando Adalgiza fora presa, mas perguntar para Helena de dentro do presídio estava fora de cogitação. Meu celular não tinha sinal nenhum. Precisaria contar com a intuição.

Bastava pensar um pouquinho: Valentina tinha cinco anos e alguns meses, portanto Adalgiza não podia ter sido presa havia muito tempo. A mensagem de Joyce sugeria que a menina havia nascido na cadeia ou pouco antes. Comecei procurando nos arquivos do período condizente.

Nada seria tão simples, claro. Não demorei muito a descobrir arquivos fora de ordem alfabética e algumas pastas suspensas postas em gavetas com a data errada. Eu não tinha muita escolha; talvez fosse a única maneira de encontrar Valentina. Se preciso, passaria o dia inteirinho ali e olharia um por um. Relutava em usar magia porque já estava fraca e poderia precisar da minha energia logo para alguma emergência.

O fato de eu ter sido amaldiçoada com um corpo humano significava que os espirros não me deixavam em paz. Tive de buscar papel higiênico no banheiro para assoar o nariz, além de lutar contra a coceira infernal no céu da boca e no fundo da garganta. Como se as dificuldades já não bastassem.

Tirei pastas do lugar, verificando-as individualmente. Algo me dizia que eu encontraria alguma coisa ali, mas não achei nada. Procurei de novo, irritada. Se minha intuição resolvesse começar a falhar àquela altura da vida, eu estaria perdida. Uma bruxa de campo responsável por uma área de altíssima densidade demográfica não podia perder sua principal ferramenta de trabalho.

De repente, espirrei com uma explosão. Na tentativa de não lavar a saleta e os arquivos onde vinha mexendo, cobri o nariz com o papel higiênico, mas falhei em equilibrar as pastas com um braço só e derrubei tudo. Praguejei, desejando tacar fogo no lugar, e me abaixei para recolher a confusão de papel velho.

Conforme guardava fichas e documentos nos devidos arquivos, uma pasta rebelde recusou-se a se alinhar às demais. Remexendo entre as outras, percebi a coisinha ofensiva enfiada dentro de outra pasta, como se alguém a tivesse guardado de qualquer jeito na pressa. Sendo um arquivo fininho, passava despercebido.

Olhei o nome só por hábito, pois, no instante em que toquei o documento, soube que era o certo. Abri-o e olhei a ficha contendo um endereço — de fato na Paraisópolis — e algumas observações à mão. Valentina havia nascido dias antes da prisão da mãe biológica, a julgar pela data registrada. Adalgiza fora condenada a oito anos pelo crime de tráfico de drogas por ter sido apanhada com meros vinte gramas de cocaína e dez de maconha. Depois disso, matara alguém dentro da cadeia. *Tráfico!* Quem proclamou que a justiça é cega estava mentindo. Em meio a outros papéis, um envelope velho, todo amassado e rasgado na extremidade — porém com endereço e remetente intactos: Jaciane Pereira dos Santos. Paraisópolis. O sobrenome, apesar de comum, não podia ser coincidência. Dobrei-o com cuidado e guardei-o no bolso da calça, no que tinha botão, na lateral do joelho direito. Em seguida, arrumei tudo e me livrei da saleta.

Os espirros me acompanhariam pelo resto do dia.

— Encontrou o endereço? — perguntou a diretora ao me ver.

— Nada — murmurei com ar de frustração. — Mas obrigada pela ajuda.

— Disponha. Eu te acompanho até lá fora.

— Nossa — comentei, já no corredor —, a Giza tava com bem pouca droga pra condenação que recebeu, né?

— Ah, ela foi burra. Eu lembro disso porque o confessor dela parou de vir depois que ela ficou jurando inocência.

— Não sabia que ela era católica.

— Não era. Evangélica. Se converteu na cadeia. Por causa da pastoral, eu acho.

— Nossa, que engraçado. Geralmente é o contrário.

— As pessoas trocam de religião porque a antiga decepcionou. — A diretora deu de ombros. — Não é só porque acontece mais no catolicismo que as outras igrejas sejam imunes.

— Verdade. É que os evangélicos costumam trocar pra outra igreja evangélica. Sabe qual ela frequentava?

— Não. — A diretora sorriu, sem graça. — Não sei muito das presas. Só lembro desse caso da Giza porque a insistência dela em se dizer inocente aborreceu até o padre... e foi o motivo da condenação dela.

— Como assim?

— A burra não ouviu o advogado e não quis dizer que era pra consumo próprio. Jurou de pé junto que nunca usou nada. Até pediu exame toxicológico, sabe? Ela tava limpa mesmo. Aí a promotoria forçou a acusação de tráfico.

Eu não duvidava nada daquela história. Adalgiza não seria a primeira nem a última pessoa a contar com o sistema judiciário e sair perdendo.

14

Saindo do CPP de Pinheiros, ponderei por um instante o que fazer. Por um lado, precisava correr contra o tempo para achar Valentina. Por outro, a situação de Denise talvez fosse urgente também. Em todo caso, era melhor confirmar isso logo. Enquanto caminhava até um cruzamento mais movimentado, mandei uma mensagem a Pedro perguntando se poderia encontrá-lo em casa. A resposta veio logo, um simples "s". Tomei um táxi para lá, parando numa farmácia a fim de comprar antialérgico e uma água.

Eu já quase conseguia respirar direito quando desci na frente da casa de Tainara e toquei a campainha. O cachorro chato ladrou, como na outra ocasião, mas foi Pedro quem veio atender.

— Minha tia foi no mercado — disse ele baixinho, abrindo o portão para me deixar entrar. — Descobriu onde tá minha mãe?

— Não. Queria te pedir uma coisa estranha.

Entramos na casa, numa sala bonita e arrumada com móveis simples e não muito antigos, que harmonizavam bem entre si.

— O quê?

Tentei imaginar melhor qual tipo de pessoa era Pedro. Ainda não havia decidido minha abordagem.

— Preciso muito de umas gotinhas do seu sangue. Pra guardar o seu DNA.

Ele ficou surpreso. Fitou-me, cheio de expectativa, claramente com medo de perguntar o motivo do pedido. Dava para sentir a dúvida em sua aura: *querem reconhecer o corpo da minha mãe*? Infelizmente, tive de deixá-lo pensar assim; não podia explicar a verdade.

— Isso é pra polícia, né? — ele perguntou, parecendo já saber a resposta. Assenti. — Aquele delegado do outro dia é do caso da menina desaparecida. Eu vi ele na tevê.

— É mesmo.

— Ele acha que você é a sequestradora?

— Achava até ontem. Agora não sei mais.

— Ele te soltou?

— Não tinha como me manter presa. — Peguei um vidrinho vazio de um bolso, um curativo e uma poção. — Tem algodão?

— Vou buscar.

Pouco depois, Pedro voltou com uma caixinha de algodão. Pesquei um chumaço, embebi na poção e pedi o bracinho do menino, imediatamente estendido sem grande hesitação. Passei a poção na pele e usei uma seringa descartável para recolher o sangue no vidrinho. Depois, pressionei de leve e coloquei o curativo.

— Não senti nadinha! — comentou Pedro, admirado. Sorri, guardando minhas coisas enquanto ele testava o bracinho miúdo. — Você roubou mesmo um brinquedo da menina?

— Roubei — confirmei com calma. — Eu precisava pra achar ela.

— Achou?

— Ainda não.

— Como um brinquedo ajuda a achar uma criança desaparecida?

— Tinha impressões digitais nele — inventei. — Agora preciso ir, tá bom? Eu te aviso assim que descobrir alguma coisa.

Com um arzinho apreensivo, ele me levou até o portão.

— Ísis, você jura que não achou a minha mãe? Isso é... pra reconhecer o DNA dela, não é?

— A delegada só quer ter o seu DNA à mão pro caso da gente achar... — deixei a frase no ar, não querendo pôr na cabeça dele a imagem do cadáver da mãe. Claro, já havia posto. Só não tinha necessidade de transpor algo tão terrível em palavras.

Assentindo com um sorriso triste, ele fechou o portão e se despediu. Pobre garoto. Caminhei a pé até a Vital, onde escolhi um self-service a quilo para almoçar. Faria o feitiço localizador em casa e passaria o resultado à Helena, depois iria a Paraisópolis. Fernanda me ligou enquanto eu comia.

— Oiê! — saudou, não exatamente animada, mas *agitada*. — Ó, antes de você perguntar, ele fez uns desenhos perfeitos. Te mandei. Vê se parecem o artefato que Exu te mostrou.

— Tá, peraí. — Abri a caixa de mensagens e aguardei as fotos carregarem. Eram desenhos feitos à mão, com uma impressionante riqueza de detalhes. — Nossa, parece que os desenhos saíram de uma impressora conectada no meu cérebro. Ele te disse o que é?

— Zi, é foda, viu? — ela gemeu. — Se prepara. Eu gravei as explicações e vou te mandar já, mas, pra resumir, é um tipo de selo mágico pra aprisionar uma entidade espiritual.

— Ai, caralho...

— Pois é. Dependendo da posição da onça, dá pra saber o tipo de entidade que ela segura, mas ele não lembra direito. Um avô dele fez o último que ele viu... Faz uns oitenta anos. Ele lembra bastante coisa, como você vai ouvir na gravação.

— Tá. Nossa, era só o que me faltava agora... Mas muito obrigada mesmo.

— Imagina, Zi. Além de ter tudo a ver com a minha tese, não deu nenhum trabalho. Adoro bater papo com o seu Tainã. E a mãe Margarete disse que você protegeu o terreiro, então uma mão lava a outra.

— Nada disso. O feitiço de lá foi pra compensar a mensagem de Exu. Eu te recompenso descobrindo mais sobre as poses das onças, beleza?

— Eba! Vou ficar esperando. Já te passo o arquivo. É grandinho, então deve demorar pra chegar. Qualquer dúvida, me liga.

Saí voando da padaria e peguei um táxi para casa. Mandei áudio para Victor, repassando as informações de Fernanda o melhor possível. Vá saber o que o taxista pensou.

Era incrível como as prioridades mudavam a cada informação nova. Para Exu me avisar sobre um selo, era porque alguém planejava quebrá-lo. Agora eu precisava descobrir *quem, quando, onde*. Isso era assunto de peixe grande, com possível envolvimento do Conselho. Por que raios Exu havia jogado uma bomba daquelas no meu colo? Eu, uma reles bruxa de campo? A parte mais baixa da hierarquia dos servos da Terra? Devia ser por causa da minha área. Lógico. O lugar com a maior frota de helicópteros de uso comercial do mundo e legiões de desabrigados vivendo sob viadutos e marquises. Grandes contrastes sociais sempre causavam desequilíbrios entre as forças supramateriais.

Subi para meu apartamento refletindo sobre essas questões. Tinha de me organizar se quisesse dar conta de tudo. Sentei-me no sofá e respirei fundo algumas vezes para controlar a crescente ansiedade.

Certo. Localizar Denise era fácil e rápido, então eu faria isso primeiro enquanto aguardava a gravação da conversa de Fernanda com o cacique Tainã. Em seguida, escutaria o áudio e o mandaria para o Corregedor. Ele veria com os conselheiros quais seriam minhas ordens. E, enquanto eu esperava a decisão, visitaria Jaciane em Paraisópolis. Pronto. Superfactível.

Não demorei a lançar o feitiço localizador, segurando o vidrinho de sangue entre as mãos espalmadas. Funcionava melhor quando pertencia à pessoa procurada, mas serviria. Nada. Tentei mais uma vez por desencargo de consciência, embora o significado do fracasso já se avolumasse em meu peito.

Nada outra vez. Como eu tinha usado o sangue de Pedro, não havia outra conclusão possível: Denise estava morta.

O sentimento de derrota espalhou-se como bolor. A confirmação não me surpreendia; apenas doía. Por Denise, é claro, mas principalmente por Pedro, que ficava. Quem poderia tê-la matado? Jorge, Tainara ou uma pessoa aleatória? Ele tinha apanhado o ônibus na terça, mesmo dia do desaparecimento.

Doeu mais ainda por eu não poder continuar ajudando na investigação. Não agora. Tirei o vidrinho de sangue do bolso, deixei-o na pia do banheiro e me atirei na cama com o celular.

Victor:

Achei coisas semelhantes. Manda a gravação.

Felizmente, tinha chegado. Encaminhei-lhe primeiro e comecei a ouvir.

Tratava-se de um áudio de quase duas horas. Fernanda descrevia o artefato como se o tivesse visto, com precisão e calma. O cacique era neto de um pajé por parte de mãe e começou discorrendo sobre a grandeza evocada pela figura da onça, seu poder e sabedoria. Fernanda aludiu às muitas crenças de que gatos podiam cruzar as fronteiras entre mundos. O cacique Tainã então explicou que as onças não cruzavam essas fronteiras, mas as enxergavam, escondiam e protegiam.

Ele também contou uma lenda antiga, o relato do encontro de um grande cacique com uma onça, que o presenteou com o conhecimento sobre as fronteiras entre o mundo físico e o espiritual. Ele teria criado o primeiro amuleto após a invasão portuguesa à costa brasileira, quando o aumento da violência fragilizou os véus limítrofes e trouxe entidades terríveis para cá. Naquele ponto, Fernanda comentou nunca ter ouvido falar da lenda.

— Não é uma história guarani — ele respondeu. — Nem daqui. Ela viajou muito pra chegar até mim, tanto no espaço quanto no tempo.

Em seguida, passou a falar dos selos e descrever seu processo de confecção, lamentando não se lembrar tão bem. Questionado sobre a natureza da entidade que seu avô desejava prender, ficou calado por vários segundos antes de começar a contar outra história — essa muito conhecida por qualquer verdadeiro bruxo. Tratava-se da queda das defensoras da Terra e posterior ascensão do povo cristão conforme a expansão de seu domínio e seus múltiplos processos de aculturação enfraqueciam as divindades nativas e traziam outras. Várias vieram com os africanos trazidos à força e prosperaram aqui. O Verbo chegou e se estabeleceu, porém sem a potência esperada dado o volume de fiéis. É que o poder dos deuses vem da fé de seus seguidores. Da fé íntima, legítima, não a proclamada em voz alta.

A única exceção a essa regra é a Terra. Yby. Gaia. O nome não importa; sua natureza dupla — material e transcendental a um só tempo — lhe garante poder suficiente. Qualquer ser humano *depende* dela, tornando supérflua a crença.

Já os deuses incorpóreos só possuem a crença. Os de matriz africana, em especial os de origem iorubá e fon, mesclados e preservados no candomblé e na umbanda, têm proporcionalmente poucos fiéis, mas um estrondoso poder, pois a fé dos religiosos é sólida, bem como a dos incontáveis odiadores.

Crença é diferente de louvor. E, para fins de influência divina, só a crença importa.

Quanto ao Verbo, sua melhor chance é a dúvida. Às vezes, parece que os descrentes o respeitam mais do que muitos de seus sacerdotes, independentemente das religiões por eles representadas.

O áudio estava quase no fim quando a campainha tocou. Olhei o relógio: passava das três. Era cedo para ser Murilo. O Corregedor chegaria direto na sala (e eu o sentiria). Quem poderia ser? Torci muito para nenhum cano ter vazado nem nada desses problemas cotidianos. Corri para abrir a porta, com um "já vai!".

Deparei-me com o sorrisinho infame do delegado André Schmidt e o mandado de busca e apreensão que ele sacudiu na minha cara enquanto meia dúzia de policiais entrava no meu apartamento.

Filho de uma porca.

15

— Que porra é essa, delegado?

— Mais respeito, mocinha — rosnou ele.

Cruzei os braços.

— Com todo o respeito, que porra é essa, delegado?

Agarrando meu braço com uma mão de ferro, ele me arrastou até o sofá e me atirou nele. Caí de bunda com um tranco que explodiu nas minhas têmporas.

— Sabe — disse ele com o mesmo sorriso triunfante —, a história da sua amiga *quase* me convenceu, mas eu conheço gente bem grande. Gente que me deve favores. Então pedi para verificar se você trabalha mesmo com inteligência e... adivinha? Nenhuma Ísis Rossetti.

— Ah, se as suas capacidades investigativas fossem assim eficientes pra tudo!

Ele agarrou meu rosto em um gesto brusco.

— Engole esses seus deboches.

Os policiais reviravam a casa com um descuido agoniante. Se encontrassem a caixa de acessórios de bruxaria no meu armário, ou minhas poções, eu seria obrigada a pará-los para ninguém se machucar. Algumas delas podiam até matar caso inaladas.

— Nervosa, é? — perguntou André, me observando.

— Sim. Eu tava trabalhando e agora vou ter que arrumar essa zona. Se você limpasse casa, ia entender.

Esperei uma nova reprimenda, que nunca veio. Um policial gritou da cozinha:

— Vem ver isso, delegado!

Uma sensação ruim cresceu na boca do meu estômago. Eu conseguia distinguir meu pulso acelerado até nas orelhas. Tirei o anel de energia e o escondi entre as almofadas do sofá — seria levada à delegacia, e não queria que o tirassem de mim de novo. Não guardava nada minimamente suspeito na cozinha. O delegado reapareceu, sacudindo um pacotinho transparente cheio de um pó branco que poderia ser açúcar ou sal, mas não era nenhum dos dois e sim uma terceira coisa. Algo que com certeza não pertencia à minha casa.

— Você veio aqui procurando evidências do sequestro de Valentina e achou drogas — falei, séria como a Morte. Encarei cada um dos policiais, guardei seus rostos e absorvi suas auras. — Você cruzou uma linha hoje, delegado.

— Isso é uma ameaça?

— Só uma constatação.

Ele gesticulou. Um policial veio me algemar e em seguida me puxou para fora. Nossa pequena comitiva chamou atenção ao deixar o prédio, e várias exclamações me acompanharam até a viatura. Eu já devia suspeitar que aquele escroto não deixaria barato. O ódio me incendiava. Torci para me controlar e não fazer nenhuma besteira. *Porra, plantar drogas na minha casa para me incriminar!*

O sangue mal circulava dos meus pulsos para baixo, tamanha a força com que cerrei os punhos. Apertei o maxilar a ponto de a enxaqueca parecer um orgasmo comparada à dor nas articulações da mandíbula. Eu tinha a mensagem de um orixá para investigar! Um bruxo para botar na Prisão! E havia um comum desonesto, baixo e corrupto atravancando meu caminho!

Uma vez a sós com o delegado em sua sala, pedi meu direito a uma ligação.

— Ah, mas você já fez — ele disse, com a maior cara de pau do universo. — Falou com o seu amigo *corregedor* agorinha mesmo. Pena que ele não vai poder vir.

Estreitei os olhos e fitei-o, inclinando a cabeça. Ele não só havia cruzado a linha; decidira ignorar sua existência. Felizmente, a legítima defesa me era um direito garantido pelo Conselho, se fosse preciso.

Não colaborei com nada, não respondi a nenhuma pergunta. Minha raiva aumentou a cada minuto perdido, os segundos transformando-se em uma hora, depois em duas. Só fui entender o motivo de tanta enrolação com os procedimentos "legais" quando André veio informar que já estava tarde e o defensor público só viria na manhã seguinte.

— Pelo visto, você vai passar a noite aí — disse o delegado.

O policial que "achou" o pacote de cocaína no meu apartamento foi chamado para me levar à cela. Ao ouvir a ordem, empalideceu, olhando-me de relance antes de se virar para o chefe:

— Mas tamo cheio hoje.

— Paciência — resmungou André Schmidt.

— Mas, delegado, ela é mulher.

— E daí?

Engolindo em seco, o policial obedeceu. Conduziu-me para a cela nos fundos da delegacia, onde havia oito presos. Homens, instantaneamente alvoroçados com a minha chegada. As mãos do policial tremiam ao me libertar das algemas. Olhei-o, austera, e ele não se atreveu a me encarar. Ele irradiava a consciência de estar agindo outra vez como um criminoso.

Os presos ficaram perplexos ao ver o policial abrir a cela e me atirar para dentro. Fitei-os com um ar avaliador, calculando quanta energia seria necessária para detê-los.

— Caralho, mano, o homem é louco — grunhiu um rapaz de rastafári, sentado no chão, quando o policial se afastou. — Que que cê fez, moça?

— Ele ficou puto que não achou nada contra mim e me incriminou — respondi. — E você?

— Assalto a mão armada na Giovanni. Tô fodido. Não sou primário.

Outro homem se aproximou de mim devagar, se acariciando por cima da calça. Minhas entranhas esfriaram, e instintivamente estabeleci conexão com a terra abaixo de nós.

— Mano, se tu encostar nela eu vou te arregaçar — disse o homem gigantesco sentado no chão a um canto. Seu vozeirão de trovão impunha respeito.

O outro congelou, procurando o olhar dos demais. Não encontrou solidariedade entre os colegas. Eu até sentia o interesse de alguns dos moços, mas nenhum ímpeto de avançar em mim, e não por causa do altão. Ele me olhava com um ar avaliador.

— Tu não parece puta, menina.

— Não sou — expliquei, me recostando à parede. — O delegado me pegou dentro da casa de uns ricaços.

— Mas tu tem ficha?

— Nem.

— Eita — outro comentou.

Curioso estar numa delegacia e me sentir mais ameaçada pelo delegado do que por meus companheiros de cela.

— Obrigada — sussurrei ao moço ameaçador, olhando o tarado de esguelha. Minhas energias haviam sido poupadas. — Qual é o seu nome?

— Wander. E o teu?

— Ísis.

Uma aura inebriada, meio cinzenta, emanava de sua direção. Manchada, mas majoritariamente boa mesmo assim. Havia ali mais dois ladrões de moto já com passagem pela polícia, além de Mateus, o rapaz do rastafári. Também um suspeito de latrocínio, dois traficantes e um "suspeito" de estupro. *Adivinha quem.*

Permanecer numa cela sem nada para fazer era entediante. Passei o tempo ali conversando e, ao mesmo tempo, ponderando sobre as implicações daquela situação absurda e cogitando se deveria fazer algum feitiço para escapulir. Em tese, era melhor evitar. Minha integridade não estava nada ameaçada, mas decerto a urgência do caso de Valentina e do amuleto justificaria que eu tomasse algumas liberdades, não?

Eu não tinha certeza e não quis arriscar. Pensar na Prisão me causava ânsia de vômito.

Cerca de duas horas depois, quando a aura do Corregedor invadiu a delegacia, estávamos no meio de uma rodada de mímica sobre nomes de filme. Era minha vez.

— Sorriso! — exclamou Mateus.

Mostrei o polegar virado para cima e passei à palavra seguinte, ainda mais fácil.

— *O Sorriso de Monalisa!* — gritou Wander, triunfante.

— É! — gritei, e comemoramos mais um ponto para o nosso time.

— Aff, que raio de filme é esse? — resmungou um dos ladrões de moto, inconformado com a derrota.

— Com a Julia Roberts — disse o outro. — Minha mãe adora.

— Ah, pode crer. Mó chatão.

— Chato ou não, cinco a dois pra gente — declarou Mateus alegremente.

Apesar de a discussão ter prosseguido, não consegui mais prestar atenção: de repente, a aura do Corregedor *ferveu* e se expandiu. Eu poderia jurar que havia um feitiço hostil a caminho, mas me enganei; ele ainda se mantinha sob controle. Logo depois, senti sua aproximação.

As portas se abriram de um modo dramático, carregado de ressentimento. O delegado trazia o Corregedor. Eu teria percebido se sua aura débil não houvesse sido eclipsada pela do ilustre visitante, cujos olhos recaíram em mim por um instante e avaliaram brevemente os demais ocupantes da cela. O ar esfriou uns cinco graus.

Com nítida má vontade, o delegado abriu a cela e me mandou segui-los.

— Ué — murmurei, tripudiando um pouco —, como será que ele me encontrou aqui?

A única resposta de André foi bufar alto e me fulminar com o olhar, como se prometendo troco. Acenei para meus colegas de cela e acompanhei os dois homens até a sala do delegado. O Corregedor não disse uma palavra sequer durante todo o percurso, caminhando com a habitual altivez, como se indiferente aos meros mortais. A fachada enganava apenas André; o estado tempestuoso da aura mágica entregava o verdadeiro humor de meu chefe.

— Nos dê um minuto, delegado — o Corregedor disse com frieza.

André deixou a sala a contragosto, fechando a porta atrás de si. Tentei imaginar o que havia transcorrido entre os dois antes de me buscarem na cela.

— Você parece ter superado as adversidades, Ísis — comentou o Corregedor quando ficamos a sós. — Não teve nenhum problema?

— Nada que justificasse uma alegação de legítima defesa perante o Conselho. — Calei-me, considerando seu olhar cansado. — Obrigada por vir logo. Aquele cretino não me deixou fazer a ligação! E plantou cocaína na minha casa!

— E prendeu você numa cela com homens — acrescentou, exasperado. — Espera sair ileso por ter amigos poderosos.

Espera, dissera o Corregedor, estreitando os olhos. A escolha do verbo já anunciava suas intenções. Só me percebi alvo de seu escrutínio quando ele se aproximou.

— Licença — disse, erguendo meu rosto com delicadeza contra a luz. Uma pontada violenta pulsou atrás de minhas órbitas. — Esses hematomas são marcas de dedos.

— Foi no apartamento.

— Isso tem umas quatro horas, não?

— Por aí.

Sua mão abandonou meu queixo e pousou em meu ombro, onde deu um apertão amigável antes de se afastar.

— Eu não ia esperar a vida toda — esclareci. — Mas não tava sob ameaça. Ia esperar eles dormirem, sabe? Nada de magia na frente de comuns. Eu sigo tanto as regras... Mas valeu por poupar meu tempo.

Victor sorriu, tentando dar uma de espirituoso apesar de claramente não estar com disposição para isso:

— Puxa, você sabe fazer uma pessoa se sentir necessária.

Sorri de lado, arqueando uma sobrancelha.

— Você é tipo a minha menstruação: desagradável quando vem e enquanto permanece, preocupante quando atrasa.

Ele riu, um som delicioso e raro, e passou a olhar os documentos sobre a mesa de André Schmidt.

— Vamos sumir com esses papéis e ir logo embora daqui.

— Pronto. Acabou o tempo! — exclamou o delegado, adentrando a sala num passo brusco. — Agora a gente vai conversar.

Victor deu um sorriso frio que eu odiaria se fosse endereçado a mim. Devia ter soado no mínimo irônico ouvir aquele comum todo cheio de si anunciar o próprio fim sem saber que o fazia. Se eu fosse uma pessoa melhor, talvez tivesse pedido ao Corregedor que o poupasse, mas essa história de dar a outra face sempre me pareceu doutrinação para subjugar gente miserável.

Cruzei os braços, esperando. Eu não dava as cartas naquele lugar, não na presença de meu superior. Victor continuou preguiçosamente percorrendo os documentos com os olhos, sem pressa nenhuma. Devia adorar o joguinho de poder, a sensação de reduzir o outro à própria insignificância, como um felino brincando com a presa antes de devorá-la.

— O que você pensa que tá fazendo? — rugiu André Schmidt, avançando até a mesa. Victor sequer piscou. — Eu podia te prender agora mesmo por...

— Ísis — o Corregedor sussurrou, virando-se para mim com uma expressão consternada. — Pensei muito na nossa conversa inacabada de ontem, ainda mais posta em perspectiva com o que vi em Murilo de manhã... Seja honesta comigo: se eu fizer meu trabalho, isso vai desencadear alguma resposta traumática em você? Por favor, não minta pra mim. Se for, te levo pra casa primeiro.

— Nossa, até parece que vou te fazer pegar mais dois portais...

— Eu pegaria vinte — ele replicou, tirando a pedra negra do bolso como se prestes a abrir um.

— *Não* — apressei-me a dizer. — Eu vou ficar bem, juro.

— Tem certeza?

— Juro.

O delegado assistia à cena, entre irritado e curioso. Victor me encarou por mais alguns segundos, em silêncio, talvez indeciso, tentando medir minha reação. Justamente por causa de tamanha consideração, eu sabia que não surtaria; a fúria borbulhante prenunciada na aura de Victor não era endereçada a mim, mas a alguém que me queria mal. Alguém que contava com contatos corruptos e sua significativa dose de autoridade para cometer injustiças.

— Pelo que pude ver — disse o Corregedor, enfim se dirigindo ao delegado, impassível —, a informação sobre a apreensão de cocaína não saiu daqui ainda. Curioso como o fato de hoje ser domingo atrapalha o envio de processos à defensoria pública, mas não dificulta para conseguir um mandado de busca e apreensão. Só o tribunal tem plantonistas eficientes, é isso?

A civilidade fria de Victor foi erroneamente interpretada como fraqueza ou algo parecido; André sorriu de lado e tomou sua cadeira como quem se senta num trono de ouro cravejado de diamantes, nos encarando com um ar satisfeito.

— Infelizmente o nosso sistema judiciário tá sobrecarregado. A Ísis vai ter que passar a noite aqui. Com sorte, amanhã de manhã um juiz vai analisar e... — André berrou de repente, levando as mãos à cabeça e comprimindo os olhos.

Fitei sua figura impotente, conhecendo a exata sensação de estar em seu lugar. Mas nem assim experimentei o menor grau de solidariedade; se ele se comprazia em abusar de seu poder, precisava se sujeitar à própria insignificância quando aparecia alguém capaz de subjugá-lo.

Nada havia sido posto em rede ainda. Nem mesmo o resultado da busca em meu apartamento. Tanto melhor; menos mentes e coisas para alterar. Enquanto eu me ocupava em apagar as evidências sobre minha pessoa dos arquivos digitais e triturar os papéis impressos, incluindo o mandado infame, o Corregedor abaixou-se ao lado do delegado — que havia deslizado para o chão com o nariz sangrando e os olhos cheios de lágrimas — e sussurrou:

— Isso vai ser menos desagradável se você olhar pra mim.

As emanações de sua aura continuavam escarlates, mas seu tom saiu brando. O delegado ainda segurava a cabeça entre as mãos, praticamente embaixo da mesa, comprimindo os olhos.

— O que você tá fazendo?

— Uma invasão mental é um procedimento bastante doloroso pro dono da mente invadida, e ninguém se recupera disso — disse Victor friamente. — Isso é um aviso. As suas chances de sobrevivência aumentam de zero a quase cem por cento se você só olhar nos meus olhos.

Os dois policiais ainda no distrito e o escrivão de plantão bateram à porta.

— Delegado?

— Eles vão estar armados, Victor — alertei.

O trio gritou lá fora. O delegado olhou de mim para o Corregedor e de volta para mim, assustado. Tão diferente de antes. O baque contra a porta fechada e o chão na sala ao lado não foi dos piores. Os três deviam ter acabado meio amontoados. Victor suspirou, virando o rosto do delegado em sua direção.

— Apesar de você ser um lixo de pessoa, não tenho vontade nenhuma de te torturar — disse. — Olhe nos meus olhos pra gente acabar com isso de uma vez.

Seu tom resignado teve mais efeito em fazer *meus* olhos arderem do que qualquer outra coisa naquele diazinho infeliz, e havia sérias concorrentes. André Schmidt, por sua vez, entendeu bem a parte não dita da frase — *não tenho vontade*, disse o Corregedor, *mas posso. E vou se você não fizer o que estou mandando*. Eu quase conseguia enxergar as engrenagens do cérebro do delegado tentando tecer a lógica dos últimos acontecimentos: como ele havia deixado de ser a pessoa no comando e virado o animalzinho indefeso, encurralado embaixo da mesa, com sangue escorrendo do nariz, sem o outro homem, mais magro, embora bem mais alto, sequer tocá-lo?

Sumi com outras evidências de minha passagem por ali: documentos, assinaturas, até mesmo fios de cabelo. Fora meus colegas de cela, ninguém saberia de minha presença, naquele dia ou na sexta. Um ganido escapou da garganta do delegado, e então ele começou a chorar. Olhei-o, curiosa, do outro lado da sala. Victor ergueu-se.

— Uma leve alteração nas memórias dos outros três deve bastar — ele disse, visivelmente cansado, virando-se para mim.

— Você parece ter sido piedoso — comentei, olhando de relance para a figura patética de André.

Victor endireitou-se, realinhando o blazer, e encaminhou-se para a porta.

— Eu não acredito em tortura física como punição — disse ele secamente. — Num caso como o do nosso amigo aqui, sou muito mais cruel.

Dito isso, avançou para os policiais e o escrivão que começavam a se erguer, cambaleantes, sem entender o que raios os havia acometido. Reconheci de longe o policial que "encontrara" a cocaína e me atirara na cela.

— Eram seis no meu apartamento — falei.

A julgar pelas emanações de sua aura, ele efetuava alterações leves nas memórias recentes do escrivão.

— Acho que vou precisar ir atrás dos outros depois — Victor ponderou com um suspiro exausto. — Possivelmente amanhã.

Ao terminar, ele se ergueu com a costumeira altivez, já pondo a mão no bolso da calça.

— Você quer ir de portal? — murmurei ao vê-lo pegar a pedrinha preta, brilhante e angulosa.

— E você acha que eu tenho tempo pra perder com o trânsito intolerável dessa cidade? — retrucou ele, apertando a pedra no punho esquerdo para rasgar a pele da palma já tão mutilada. Estendeu-me o braço direito. — Anda logo.

— Sem chance — declarei. — Olha o seu estado. Não, nada de portal. Você precisa de um banho e uma cama, isso sim. A gente vai de táxi. — O Corregedor já abria a boca para protestar quando o interrompi: — A essa hora é rápido de domingo, juro.

Torcendo o nariz, contrariado, ele concordou com um aceno. Seria irresponsável executar um feitiço que requeria tanta concentração depois de dispender baldes de energia. E eu não sabia se ele estava usando um armazenador.

Tivemos de deixar a delegacia a pé e ir até a avenida.

— Descobriu alguma coisa sobre o selo? — perguntei, tentando puxar assunto sobre algo relevante e também afastar da mente o problema todo na delegacia.

— Sim. Tive de solicitar uma reunião às pressas com o Conselho pra falar da questão. — Victor bocejou. — Pela Terra, tô morrendo de fome. Acho que não consigo ter essa conversa antes de me recuperar.

— Eu vou pedir uma pizza. Não tem nada pra comer em casa.

— Tem sim. Seu amigo Murilo chegou com compras pouco depois de mim. Na verdade, ele me ajudou a achar a sua escova de cabelo pra eu lançar o feitiço de localização.

— Você não tem mais meu sangue em estase?

— Tenho, mas fica em casa. Quis evitar mais um portal.

Nem precisamos alcançar a avenida para apanhar o táxi. O Corregedor cochilou o caminho inteiro e, quando chegamos, se mostrou um pouquinho mais disposto. De volta ao trabalho então.

16

Murilo havia deixado um caldo verde e um suco de maracujá prontos, a louça lavada e um bilhete na pia, dizendo "ME AVISE QUANDO CHEGAR". Precisei ligar para agradecer. Eu não merecia uma pessoa assim na minha vida.

— Murilo?

— Ufa! Que bom te ouvir, Zi. Fiquei preocupado. O homem tava surtado, e ele não parece do tipo que surta.

— Meu, você é um anjo. Obrigada.

— Nada disso, mocinha. Você tá me devendo e vou cobrar.

Ri alto. *Ficar devendo* para Murilo só trazia vantagens.

— *Sei*. Ó, hoje foi foda. Vou fazer ele ficar em casa. Tem um pijama seu aqui pra emprestar?

— Tem sim. — Murilo soltou um suspiro exagerado. — Muito obrigado. Agora imaginei o moço pelado.

— Puxa, você deve estar devastado.

— Tô sim. Eu não vou ver. Faz um favor: dá pra ele e me conta.

— Ai, seu idiota. — Senti o rosto queimar. Felizmente, Victor tinha ido ao banheiro em algum momento no início da ligação. — Tenho que desligar, tá bom? Depois a gente se fala.

— Vai lá. Mas sério: ele gosta de você. Aposto meu...

— Murilo, vai dormir, vai.

— Antes de desligar, o que você aposta?

— Não adianta apostar nada, porque a gente não vai descobrir.

— Nossa, como você tá chata — ele declarou com uma risada. — Certo, vou trabalhar aqui. Boa noite.

Despedi-me e desliguei. Victor reapareceu, de mãos úmidas.

— Ah, preciso pôr uma toalhinha no banheiro — lembrei. — Faz uns dias que não lavo roupa.

Corri para pegar uma das últimas limpas no armário e entreguei a Victor, embora ele me assegurasse não haver necessidade. Na verdade, eu só queria um tempo para me recuperar do diálogo constrangedor com meu amigo.

— Então, te empresto um pijama do Murilo e uma toalha — falei enquanto pegava as tigelas para tomarmos o caldo verde e começava a servir. — Tá tudo lavado, viu? Também vou trocar os lençóis da cama pra você e ficar no sofá-cama...

Eu sentia a pressão de sua atenção na minha nuca, mas ele permanecia calado. Tive de me virar e olhar seu rosto para entender o que o apanhara de surpresa.

— Dormir aqui...? — ele perguntou, tão baixo que mal o escutei.

— A minha casa não é nenhum hotel cinco estrelas — resmunguei —, mas é confortável o bastante...

— Não é isso, Ísis. — Ele ergueu as mãos, apaziguador. — Você sabe que preciso dormir em ambiente controlado e, de preferência, isolado. Algumas paredes não vão te proteger se eu tiver um pesadelo.

— Você tem com frequência?

Ele deu de ombros.

— Às vezes.

Considerei a informação um momento, não por receio, mas sim curiosidade e uma pontinha de compaixão. O poder dos telepatas era, a um só tempo, interessante e avassalador, e trazia diversas consequências desagradáveis. Muito cedo, eram isolados de qualquer convívio social que não o de outros telepatas adultos até aprenderem a controlar a habilidade inata. Por outro lado, apenas eles podiam ser corregedores e, mais tarde, conselheiros. Toda a nossa hierarquia se construía em cima disso — e toda a educação deles era baseada na ética do uso de telepatia para que pudessem desempenhar seu papel em nossa sociedade.

Não adiantava sempre, infelizmente.

Afastei-me da linha de raciocínio, terminando de pôr a mesa, e gesticulei para ele tomar uma cadeira. Sentei-me também.

— Então, você obviamente sabe que o meu tio era telepata. A história dele é de conhecimento público. — Victor assentiu, dando um sorrisinho triste. — Ele vivia dormindo em casa quando eu era pequena e, você deve imaginar, tinha pesadelos sempre.

Um vinco surgiu entre suas sobrancelhas, mas Victor apenas assentiu de novo, me encorajando a prosseguir.

— Minha mãe me ensinou a cuidar disso — continuei —, porque ela precisava sair de noite às vezes.

— Não entendo o motivo de ele não ter ido viver na Cidade dos Nobres — ele disse, lançando-me um olhar incerto, como se tateasse o assunto para descobrir o quão delicado era.

— Águas passadas — falei, calma, tentando não parecer ridícula ao chupar como se fosse macarrão um fio de couve que me escapou. — Pode perguntar à vontade. Bem imagino como deve ser duro pra vocês saber o fim do lendário professor Rossetti. — Victor deu um sorriso amargo, mas também penalizado. — Bom, ele não queria ninguém sentindo dó. Lá, era visto como a decadência de uma glória passada. Comigo e com a minha mãe, podia ser só o tio Guto, sabe? Era mais confortável pra ele, sem o peso da grandeza ou da derrota.

O sorriso de Victor assumiu um ar de simpatia e compreensão.

— É engraçado imaginar o professor Rossetti como "tio Guto". Ele nunca foi uma figura muito convidativa quando lecionava. — Ele tomava o caldo verde com sua graça aristocrática enquanto me ouvia, relaxando aos poucos da rigidez característica. — Isso tá delicioso. Cumprimente Murilo por mim.

— Ele ia preferir ser cumprimentado direto por você, e pessoalmente — disparei.

Victor sorriu de lado, arqueando uma sobrancelha.

— A mente dele foi bem... explícita nesse sentido. Fico lisonjeado, mas as minhas preferências pendem pra outra direção. — Ele pousou a colher e as mãos unidas sobre a mesa. Foi quando notei o leve tremor nelas. — Acho que vou aceitar dormir aqui. Só é descabido você pensar em se desalojar por minha causa; posso muito bem ficar na sala.

Ao perceber que eu estava interessada em suas mãos trêmulas, baixou-as para o colo.

— Você precisa de alguma coisa mais substancial depois de hoje, né? — murmurei, me levantando e indo fuçar a geladeira e o freezer, agora cheinhos. *Santo Murilo*. Eu pagaria a compra, claro, mas isso não o ressarcia pelo tempo, pelo cuidado e pelo carinho. — Vou te fazer alguma coisa.

— Eu devia ser educado e recusar, mas você viu que a minha pressão tá baixa. Obrigado.

O organismo de um bruxo, depois de exaurido, precisa principalmente de carboidrato e proteína, a voz de minha mãe, muito longe, explicou, para aquela menininha espevitada que eu fui, enquanto preparava nosso almoço.

— Arroz e bife? — sugeri, em dúvida. — Fica pronto rápido.

— Tá ótimo. Obrigado. Você é gentil.

Peguei umas azeitonas pretas na geladeira (*Murilo, eu te amo*) e lhe dei num pratinho. O momento caseiro era estranho, mas não desconfortável. Ele tinha sido designado meu corregedor fazia sete anos, e nunca havíamos parado para bater papo daquele jeito. Provavelmente nunca o faríamos não fossem as circunstâncias. Agora era, pelas minhas contas, a terceira vez. Eu me perguntava o que havia mudado, o que tinha feito a diferença naqueles dias. Uma relação amigável entre um monitor e seu corregedor de repente me parecia algo possível.

— Você é bem menos rebelde do que fui levado a crer — comentou Victor, lá pelas tantas, após um longo silêncio. Talvez seus pensamentos percorressem os mesmos caminhos que os meus.

— Ah — resmunguei, muito eloquente. — Siviero?

Victor assentiu, fingindo-se muito interessado no bico de seus sapatos.

— Confesso que acabei te perseguindo um pouco no começo por causa dos avisos sobre seus modos... inadequados.

— Hum. Sem dúvida.

— E a sua agressividade inicial comigo me deixou quase certo da sua culpa — ele disse, voltando a atenção a mim. Eu a sentia como um toque físico em minha nuca. — Se você saísse do controle, eu enfrentaria consequências.

— Eu sei. — Suspirei, incomodada, castigando o alho com raiva ao imaginar o tipo de difamação que havia sofrido pelas costas ao longo daqueles anos.

— Mas você foi fisicamente agredida sexta e hoje por um homem com o dobro do seu tamanho e força, o que criaria a justificativa perfeita de legítima defesa, e nem assim revidou.

— Não foi suficiente para...

— Lógico que foi, Ísis — cortou Victor, algo impaciente. — Foi, e você sabe.

— Qualquer coisa que eu fizesse seria uma agressão desproporcional.

— Justamente. Seria. E você estaria amparada pelas nossas leis. Mas a desproporcionalidade te freou. A sua suposta rebeldia não é plausível, considerando esse cenário como um todo, entende? Então as coisas se encaixaram...

Logo vi aonde ele pretendia chegar. Uma sirene disparou dentro de mim.

— Victor, eu...

— Não. Ouça, Ísis. Isso é importante, porque de sexta pra cá eu compreendi muita coisa, e minha compreensão dos fatos impacta a sua vida. — Prestei atenção demais na cebola refogada, piscando para segurar as lágrimas. A pressão de seu olhar, no entanto, não afrouxou. — Você apresenta sinais claros de trauma e não recorre à magia senão em último caso. *Último mesmo*. Sua animosidade contra mim parece, à luz disso, uma extensão da sua ojeriza ao seu antigo corregedor... Um sentimento que agora me parece de autopreservação. — Ele suspirou. — Olhe pra mim.

— Não posso. A comida vai queimar, e daí você vai ter que comer uma gororoba horrível.

Outro suspiro, mais compassivo dessa vez.

— Quando aliviei sua enxaqueca, pesquei uma anomalia... Na hora, não entendi do que se tratava, mas agora me parece óbvio... Preciso investigar melhor, se você me permitir... Mas tenho certeza de que posso consertar. — Arrisquei um olhar em sua direção, franzindo o cenho. — A sua dor não é uma condição médica qualquer, Ísis. Ela vem do abuso reiterado de invasões telepáticas. — Estremeci. —

Tortura. Algo terminantemente proibido, passível da pena máxima. Se você denunciar...

Dei-lhe as costas, enxugando os olhos. Eu odiava aquele assunto, odiava as lembranças, mas, pelo visto, não conseguiria fazê-lo deixar a questão de lado.

— Você, que vive aqui, em meio à violência cotidiana desse ambiente urbano insano, tão amiga de uma delegada responsável por uma Delegacia da Mulher, deve saber que muitas vezes as vítimas não têm coragem de denunciar por se sentirem ameaçadas ou sozinhas, com medo de piorar as coisas. — Sua voz agora vinha numa cadência tranquilizante. — Não vou questionar o motivo de você nunca ter falado nada sobre isso, mas...

— Ele já tinha sido apontado como sucessor da próxima cadeira vaga no Conselho quando virei monitora — grunhi entre dentes.

— Sim. Mas deveria estar *preso.*

Victor abandonou a mesa e se levantou. Seus olhos mal continham as faíscas de fúria. Ao recaírem sobre o meu rosto, porém, anuviaram--se um pouco.

— Eu posso reparar o estrago, sabe. Você nem vai mais ter enxaqueca. Só preciso de acesso. Livre.

Sacudi a cabeça veementemente.

— De jeito nenhum.

O vinco reapareceu entre suas sobrancelhas.

— Sei que acesso livre é uma perspectiva desconfortável, mas não preciso me deter sobre nada específico... — Ele empalideceu. — Ísis, o que ele fez, além disso?

— Nada do que você possa estar pensando. — Enxuguei o rosto com as costas das mãos, fungando, e virei a cabeça para o alto como se isso pudesse fazer as lágrimas voltarem para dentro dos olhos. Acaso seria melhor ir até o fim de uma vez? Tipo arrancar a cera da depilação num puxão só? — Eu vivo saindo da linha. Uso a minha intuição e minha capacidade de ler auras pra me meter em assuntos dos comuns. — Olhei-o para ver como ele levava aquela admissão. Não consegui decifrar seu rosto. Nem sua aura, aliás. — Eu sempre fiz isso. O conselheiro Siviero era um corregedor complacente quando entrei. — Engoli em seco e me voltei para as panelas, incapaz de continuar encarando Victor. — Eu achava ele lindo, sabe? Às vezes fantasiava... e tinha sonhos embaraçosos de se confessar, mas bem legais de se ter. — Abaixei a cabeça, tentando inspecionar as panelas, mas só morrendo de vergonha mesmo. — Hã... uma vez ele me pegou de surpresa numa visita de inspeção... Eu tinha usado um feitiço localizador pra ajudar uma amiga. — Lancei-lhe um olhar apreensivo; Victor estava apoiado na pia, de tornozelos cruzados, encarando o bico dos sapatos. A expressão vazia. — Foi a primeira vez que um corregedor entrou na minha mente e, na hora...

— O que você mais tinha medo que ele visse, as suas fantasias, veio à tona — completou ele calmamente, num tom desprovido de julgamentos. — É uma reação bem comum. Qualquer telepata se acostuma. E depois?

— Hã... Ele ignorou o incidente do meu feitiço ilegal e tentou me beijar, mas... eu não quis.

— Ele se impôs?

— Não. Pediu desculpas. Eu tava morrendo de vergonha. — Engoli em seco. *Tenho vergonha até hoje.* — Ele começou a flertar comigo nas visitas seguintes... e precisei deixar claro que não queria nada com ele...

— Isso por si só já é terrivelmente antiético, Ísis — Victor rosnou. Escondi o rosto entre as mãos. — *Da parte dele.* Deixe-me adivinhar como as coisas se desenrolaram depois do “não” decisivo: ele se tornou um corregedor severo?

— A ponto de me mandar pra Prisão por quarenta e nove horas e vinte e dois minutos porque usei magia para salvar umas garotas de tráfico sexual internacional — respondi, drenada com aquela conversa, mas um pouco mais leve, ouvindo-o falar.

— Isso é muito grave, Ísis. E nada, absolutamente *nada* nessa história é culpa sua. — Assenti, calada. — Eu gostaria muito de reparar os danos dessa violência, em especial as sequelas na sua mente, se você me permitir. Agora você já me contou o que houve e não tem nada a esconder.

Corei até a raiz dos cabelos, porque, na verdade, tinha sim.

Lendo meu rubor como se já usasse telepatia, Victor soltou um longo suspiro. Apaguei o fogão, evitando encará-lo. O silêncio estendeu-se, multiplicou-se, começou a me ensurdecer. Servi-lhe um prato generoso e aproveitei para pegar um pouquinho para mim também.

— Obrigado. — Sentamo-nos à mesa. Ele provou a comida, me lançando olhares ocasionais. — Isso tá delicioso.

— A sua surpresa me ofende — repliquei, tentando soar bem-humorada.

— Não precisa fingir que tá tudo bem — ele disse. Victor fitava o prato com um olhar imóvel, o cenho franzido. Várias vezes tomou ar para falar e acabou desistindo. Tentou de novo: — Eu... eu não sei se o que vou falar agora é sábio, dadas as circunstâncias... Mas quero que você consiga confiar em mim, e pra isso preciso ser honesto. Se da minha franqueza resultar algum desconforto, vou te passar pra outra corregedora, amiga minha, uma das melhores pessoas que conheço. — Seu tom era quase solene. — Ísis, sempre fui atraído por você, desde que fomos apresentados. Jamais me insinuaria... mesmo tendo percebido, uma ou duas vezes, você estremecendo quando falo mais baixo ou quando te levo num portal. — Meu rosto queimou furiosamente. Victor desviou o olhar. — Tô dizendo isso pra mostrar que eu sei que existe *um abismo* entre sentir atração e agir sobre ela. Entre fantasiar e fazer. Se o seu receio é... passar de novo pelo mesmo constrangimento e pelo mesmo abuso subsequente... Não consigo conceber a ideia de desrespeitar alguém dessa maneira, mesmo se fosse, e não é o caso, uma pessoa por quem não tenho nenhum apreço.

Ergui os olhos para ele, incerta, e voltei a baixá-los para o prato. As palavras combinavam com as ações. Em nenhum momento, em toda a conversa, ele havia me tocado, mesmo de um modo destinado a amparar, como um amigo faria. A possibilidade de desencadear uma reação de pânico parecia muito viva em sua mente — ele me analisava e se mantinha quase encolhido, tentando se fazer o menos presente possível. Até mesmo sua aura parecia menos ostensiva.

Observando-o naquele momento, julguei-o ansioso pela minha reação. Sua confissão, destinada a me tranquilizar, bem poderia sair pela culatra, e Victor tinha plena consciência disso mesmo antes de falar. Apreciei a sensibilidade.

— Aff, o Murilo acertou. Não acredito. — Como previ, ele franziu o cenho, surpreso com a mudança de meu tom e de assunto.

Mostrei-lhe a mensagem no meu celular. *Ele gosta de você*. Victor apenas deu de ombros, inabalado.

— Eu vi que ele percebeu. A mente dele consegue pensar em *muita coisa* ao mesmo tempo. — Com um sorriso hesitante, continuou me fitando com aquela expectativa reservada. — Adiantou? Você não parece mais incomodada. Prometo, não vou entender nada do que vir na sua mente como um convite. Por favor, me deixe ajudar.

Curvei o corpo para a frente, ainda em dúvida, mas interessada. A manobra funcionara, de certa forma: vi-me confiando nele de maneira mais sólida do que antes. Ajudava também o fato de Victor ter percebido boa parte da situação sozinho, e ter me pedido desculpas reiteradamente por ter me julgado mal.

— Como seria?

— É parecido com o que fiz anteontem. Só demora mais.

— Mais quanto?

— Alguns minutos. Até meia hora, dependendo da gravidade. Não deu pra avaliar ainda.

— Vai doer?

— Não. A não ser que você feche a mente no meio do procedimento. Por favor, não faça isso.

Precisei ponderar. A ideia de me libertar da enxaqueca era maravilhosa; já havia perdido tempo demais e deixado de aproveitar muita coisa por causa dela. Nunca considerei a possibilidade de o conselheiro Siviero ter me deixado sequelas tão duradouras, mas parecia óbvio depois de Victor falar.

— Posso pensar com carinho? — perguntei. — Agradeço a oferta e... e a sua gentileza.

— Fique à vontade — respondeu o Corregedor, sóbrio. Depois de um tempo, decerto dedicado à reflexão, declarou: — Sabe, isso tá muito bom e já me sinto recuperado o suficiente pra apanhar um portal.

— Uma ova. Você continua um caco, e não adianta mentir, porque a sua aura tá opaca e ela costuma ser neon. — Ele franziu o cenho, sorrindo sem jeito. Não enxergava auras, como eu, mas conhecia a teoria como qualquer bruxo. Levantei-me. — Bom, caso ainda não tenha ficado claro, tô bem com a sua presença. E te achei fofo depois de querer muito te esganar pela insistência nesse assunto. — Agora ele corou. Que engraçado. — Vou buscar o lençol e arrumar o sofá--cama enquanto você acaba de comer.

Quando voltei à cozinha, quinze minutos depois, ele terminava de lavar a louça. Ainda parecia a quilômetros dali ao se virar para mim, secando as mãos no pano de prato.

— Separei um pijama e uma toalha e deixei no banheiro pra você. — Minha voz o trouxe de volta ao mundo. — Vai lá. Uma boa noite de sono vai te consertar.

Ele sorriu, agradecido, e foi tomar banho. Já eu fiquei sozinha, tentando entender se aquele episódio todo tinha mesmo acontecido. Agi como uma adolescente, então: peguei o celular e contei tudinho para Murilo via mensagens de texto.

17

Meu celular estridente tocou no meio da noite — e durante muito tempo, até eu achá-lo. A luz da tela se projetou com ódio contra meus olhos fotossensíveis, e só consegui apreender o nome de Dulce no identificador de chamadas e o horário: duas e quinze. Sentei-me num espasmo, atendendo, ainda desorientada.

— Dulce?

— Desculpa, Zi, mas preciso de você.

— Que foi?

— Um prédio no Centro... tá pegando fogo. — Sua voz vinha afobada, atropelando um pouco as palavras. — Vi da janela e chamei os bombeiros, mas o fogo tomou tudo... É prédio ocupado, sabe? Você vem e diz se tem gente lá dentro?

Eu já estava de pé e meio vestida, calculando quanto tempo levaria até o Centro àquele horário. Talvez uns dez minutos se não pegasse um motorista lerdo. E se não parasse nos faróis vermelhos.

— Claro. Tô indo praí.

Terminei de calçar os sapatos e abri a porta com tudo, apenas para dar de cara com o Corregedor, recém-desperto a julgar pela cara amarrotada. Droga. Havia me esquecido dele.

— Tudo bem? — perguntou, alarmado.

— Não — respondi, evasiva, indo para a porta. — É a Dulce.

Isso não era explicação que se desse, mas ele me impediria de sair se eu falasse mais. O fato devia ter ficado explícito na minha cara, pois Victor bloqueou meu caminho com o corpo, de braços cruzados.

— Se é uma emergência, eu te levo.

— Não tem magia — grunhi entre dentes.

Victor não se moveu.

— Sua amiga mora no Centro. Ela deve ter amigas que moram mais perto. Se ela te chamou...

— É uma porra de um prédio cheio de mendigo que pegou fogo! — rugi, impaciente. — Ela só quer saber se tem alguém preso lá dentro. Sim, vou usar magia, mas nenhum feitiço ativo! É só parar lá na frente e apontar onde tem gente. — Nem tentei disfarçar a urgência de meu tom. Estava perdendo tempo. — Por favor, isso não é ilegal. Eu posso ajudar.

Crispando os lábios numa linha fina, ele enfim assentiu.

— Espera eu me trocar. Eu te levo.

Dito isso, Victor pegou suas roupas, dobradas com esmero e empilhadas no braço do sofá, e foi para o banheiro, me deixando sem reação. Usar um portal para chegar a um lugar cheio de comuns para resolver problemas de comuns? Decidi deixar para me admirar depois; por ora, a sensação de urgência crescia dentro de mim, gritando a plenos pulmões numa língua incompreensível. Victor emergiu, muito dignamente apresentável, calçou os sapatos e apanhou a pedra negra, estendendo-me o braço.

— Pra onde?

Dei-lhe o endereço e o abracei, nervosa. O braço estendido logo me envolveu com firmeza. Tentei não prestar muita atenção nisso, ainda mais quando Victor sussurrou o encantamento com seu timbre grave. Um rasgo se abriu no ar, de onde verteu um vento quente e seco. Quando imergimos naquele lugar, o rasgo se fechou atrás de nós, e caminhamos alguns passos.

Normalmente, a travessia é horrível, como se cada passo exigisse o triplo de força de um corpo submerso. O ar rarefeito e escaldante penetra as narinas e rasga as vias aéreas. Se Victor me soltasse antes de voltarmos à dimensão material, eu ficaria perdida para sempre, pois só o portador da pedra conseguia se guiar com propósito ali e entrar ou sair. Apesar de tudo isso, a passagem pelo mundo dos mortos foi menos desesperadora do que de costume; a necessidade de chegar sufocava mais. A outra fenda abriu-se numa rua deserta e escura, de onde era possível sentir o fogo e escutar vozes agitadas. Desvencilhei-

-me de Victor e corri para perto dos carros de bombeiro e suas luzes azuladas, procurando Dulce Vitória com os sentidos. Não a encontrei.

Os bombeiros usavam uma escada quase na horizontal no prédio ao lado, a fim de alcançar uma janela do prédio em chamas. Entreouvi berros de um bombeiro no rádio:

— ... aquela trava maluca não deu sinal de vida — bufou. — Deve ter ficado presa.

Um nó duro se formou em minha garganta. Aproximei-me do homem.

— Moço, licença. — Ele me olhou, sem me ver de verdade. — Você disse que uma travesti entrou aí? Alta assim, ruiva?

— É — resmungou o bombeiro. — Essa mesma. Um moleque apareceu gritando no segundo andar, e aí o fogo logo tomou conta da janela. A gente tá tentando chegar lá, mas o térreo e o primeiro andar tão comprometidos. E ela entrou correndo. Louca!

Meus olhos ardiam. Expandi os sentidos, começando a vasculhar o prédio. *Por favor, Dulce.* O calor do fogo já era opressor àquela distância. Seria possível alguém sobreviver lá dentro? Parte da água das mangueiras evaporava antes mesmo de atingir as labaredas vorazes.

Tentei não deixar aquilo me abalar e me concentrei. Dulce tinha uma assinatura energética mais forte do que a maioria dos comuns.

— Tem alguém ali. — Apontei para um setor no quinto andar.

Não era Dulce, mas uma pessoa ainda *viva*, cujo desespero me alcançava em ondas vigorosas. O homem me olhou, estreitando os olhos na direção indicada.

— *Tem alguém ali* — repeti, mais enfática, sem parar de procurar.

O bombeiro hesitou, mas entendeu o subtexto e falou algo no rádio. Uma dupla de oficiais começou a fazer os arranjos necessários para viabilizar o resgate.

— Ali também. — Apontei outro setor, no oitavo andar, e continuei minha busca. Dessa vez, o bombeiro do rádio não hesitou antes de repassar as instruções, provavelmente porque seus colegas haviam encontrado a primeira pessoa apontada por mim.

Localizei vinte e duas delas, desgarradas em meio à fornalha na qual seus lares haviam se transformado, mas nenhuma era Dulce. Àquela altura, eu já me desfazia em lágrimas. Uma mão apertou meu ombro.

— Respire fundo e se concentre, Ísis — disse o Corregedor num tom tranquilizante. — Não deixe o calor te distrair.

Tão quente! Como alguém sobreviveria lá dentro, se ali fora os olhos e a garganta já secavam? Inspirei fundo e exalei devagar, trêmula como se tivesse corrido uma maratona nas areias do Saara. A mão em meu ombro apertou de leve, se fazendo presente. Procurei desde os primeiros andares, tentando não me apressar. Uma área apagada. Estivera em chamas antes, eu tinha certeza. Não um, mas dois corações batiam.

— Terceiro andar! — gritei. — Perto da escada de incêndio.

Não havia janelas nas imediações de uma.

— Tá quente demais — um bombeiro disse. — O prédio vai cair...

— Não vai — grunhi entre dentes. Parei-o, tocando seu peito, e o encarei com firmeza. — *Não vai.* Terceiro andar. Perto da escada de incêndio. São as últimas pessoas.

Ele franziu o cenho para o cara do rádio, que redirecionou a operação. A água das mangueiras foi para a janela do terceiro andar, mas o que apagou a maior parte do fogo no caminho de Dulce veio de dentro. Ela devia ter achado um extintor ou uma mangueira de incêndio. *Vamos, Dulce. Você já venceu tanta coisa. É só mais uma. Só mais uma.*

O prédio estremeceu. Desejei muito ter trazido meu anel de energia, mas não importava agora. Fechei os olhos e expandi os sentidos, não em direção ao alto, mas para baixo. Para a terra, as fundações, o metal quente entortando e cedendo.

— *Ísis...* — a voz de Victor soou em tom de aviso.

— Só preciso fazer isso — solucei, disposta a implorar. — Não me impede, por favor. Eu posso ir pra Prisão. Sério. Só me deixa fazer isso.

Senti a verdade de minhas palavras tão logo deixaram meus lábios. Eu reviveria aquele pesadelo mil vezes se fosse necessário. Tentava evitá-lo, mas minhas escapadas cotidianas eram prova disso. Existia a possibilidade de ser pega no flagra a qualquer momento, e isso nunca me impediu de usar magia para ajudar, se estivesse em condições de fazê-lo. Eu era rebelde, sim.

Minha cabeça latejava, feroz, mas a energia que tirei da Terra percorreu minhas veias e cada nervo de forma prazerosa. Os bombeiros aceleravam com suas operações de resgate, aos berros. Tinham avistado Dulce lá dentro, trazendo uma criança. O prédio estremeceu de novo. Eles precisavam de mais uns dois minutos pelo menos. Comecei a murmurar em atiaia, não um feitiço específico, mas uma prece à Terra. Que meu corpo aguentasse. Que a explosão de dor dentro de meu crânio não me tirasse os sentidos. Que eu fosse digna da fé que minha amiga depositara em mim.

No terceiro estremecimento, a sustentação do prédio cedeu. De longe, ouvi o susto dos bombeiros, senti a certeza do fim em cada um deles, mas tudo como se do outro lado de um véu. A energia fervilhante dentro de mim, vinda das entranhas imundas da cidade, da Grande-Mãe, assumiu a função dos pilares arruinados.

O apoio me permitiu não colapsar ali mesmo, embora eu sentisse a vida se esvaindo do meu corpo, frágil demais para manejar uma força daquelas. O cheiro férreo do líquido escorrendo do meu nariz era o único sinal externo de meus esforços. Minhas pernas bambas fraquejaram, mas não o prédio.

Victor me amparou, murmurando em atiaia algo que não entendi. Sua própria prece, talvez. Meus ouvidos zumbiam; minha cabeça urrava. As fundações derretidas do prédio abandonaram mais peso à minha pobre magia.

— Quase, Ísis — o Corregedor sussurrou no meu ouvido.

Ergui o olhar. Dulce levantou o indicador e o dedo do meio, fazendo o "V" de seu segundo nome, um caco de ser humano trazendo num braço um menininho de no máximo cinco anos. No chão, as pessoas aplaudiram. Os bombeiros recuaram para o perímetro considerado seguro, e então finalmente — *finalmente* — soltei as amarras invisíveis, abandonando a velha construção a seu destino incontornável.

Depois não vi mais nada.

18

Uma horrível luz branca me agredia, mesmo através das pálpebras fechadas. Gemendo, cobri o rosto com os braços apenas para perceber que havia algo preso a um deles. Sentei-me no susto, desorientada, mas logo reconheci meus arredores e me acalmei: estava num hospital, com um acesso na veia, recebendo medicação. O movimento na minha visão periférica alertou meus sentidos o suficiente para me dar conta da aura bem conhecida de Victor Spencer no quarto.

— Acordou rápido — declarou.

Não identifiquei o que havia por trás da calma amigável de seu tom ou da cautela em seus olhos.

— Que horas são? — murmurei.

Talvez por medo, eu já começava a sentir os tremores em meus órgãos, a dor de estar presa num ambiente de supressão de magia. Quanto tempo eu teria para me recuperar antes de ser enviada à Prisão?

— Quatro e meia. O médico acabou de passar pra te avaliar.

— Hum. — Esfreguei os olhos doídos, desejando que a dor atrás deles e as pontadas nas têmporas passassem. Comprimi as pálpebras, tentando não pensar no que estava por vir. — E a Dulce?

— No quarto do lado. Teve várias queimaduras de primeiro grau e as vias aéreas estão seriamente machucadas, mas vai ficar bem.

Assenti, aliviada pelo menos quanto ao destino da minha amiga. O que me aguardava, por outro lado, me deu calafrios. Sentei-me e abracei os joelhos junto ao peito, como se isso pudesse me proteger.

— Obrigada, Corregedor — forcei-me a dizer. — Vou aceitar qualquer punição que você determinar.

Estreitando os olhos, Victor me analisou por um momento, inclinando a cabeça. Sua expressão parecia indecifrável, e a calma de sua aura me confundia.

— Vai, não vai? — ele inquiriu, como se isso fosse um mistério. Então soltou um suspiro entre resignado e exasperado. — A própria Terra atendeu ao seu chamado, mas você vai se sujeitar a qualquer punição que eu, um reles corregedor, determinar.

Encarei-o, perplexa. Apesar de as palavras soarem sem inflexão, numa cadência inexpressiva, o encadeamento das frases, sua lógica semântica, transmitia sarcasmo e certo amargor, como se pronunciá-las lhe trouxesse um gosto ruim à boca. Pela forma como Victor me olhava, esperava uma resposta, embora não houvesse perguntado nada.

— Não se engane: *não quero* ir pra Prisão, mas não posso simplesmente sapatear em cima das leis na cara de um corregedor e achar que vai ficar tudo bem.

Um sorriso duro repuxou seus lábios.

— Você não sabe, né? Não num nível consciente. Fico me perguntando quantos dos seus outros deslizes foram semelhantes...

— Do que você tá falando? Para de me deixar nervosa.

— Perdão. — Ele passou os dedos pelos cabelos lisos e curvou-se para a frente. — Logo quando a gente chegou, captei uma energia suave, mas muito presente, do tipo que sou treinado pra enxergar. No cerne do incêndio.

Senti o sangue deixar meu rosto.

— Um bruxo?

Ele aquiesceu.

— Você não percebeu a força da sua intuição, ainda no apartamento, mas eu sim. Por isso te levei. Você *precisava* ir. Talvez por causa da sua amiga... Talvez *principalmente* por causa dela... Mesmo assim, você tava em pleno cumprimento do seu dever. Aquele prédio seria uma grande pira sacrificial.

— Ai, caralho — grunhi, com a súbita compreensão. — O selo! Ele deve estar tentando quebrar *o selo*! O que você descobriu? Antes de me buscar na delegacia, você veio me contar o resultado das descobertas, né?

— Sim, entre outras coisas. — Ele balançou a cabeça. — Isso é responsabilidade minha. Já é hora de admitir que talvez eu devesse deixar os assuntos do passado pra *depois* de resolvermos o caso. Claro, você não me permitiria vagar livre na sua mente sem o mínimo grau de confiança, o que é difícil de construir em três conversas.

Mal ouvi o fim da frase.

— Resolver*mos*? Primeira pessoa do plural, é isso? *Nós*, tipo eu e *você*?

Outra vez, Victor estreitou os olhos sobre mim com um ar avaliador.

— Naturalmente. Não sei por que a surpresa. É o tipo de coisa que o Conselho deseja acompanhar bem de perto. — Ele se curvou um pouco mais para a frente. — Sinto que só te conheci de verdade nos últimos dias. É bom eu *ficar no seu pé*, pra usar suas palavras, durante esse tempo. Vai me ajudar a escrever o relatório oficial.

— Relatório? — repeti, alarmada. — Pra quê?

Ele voltou a se recostar na cadeira e passou a dobrar as mangas da camisa metodicamente.

— Isso é assunto pra outra hora. Vamos nos concentrar no problema mais imediato. Pelo jeito, o selo mostrado por Exu, que sua amiga conseguiu identificar, é uma criação de pajés nativos para conter demônios cristãos, portanto posterior à chegada dos europeus na costa brasileira.

Claro. As populações nativas criaram meios de se proteger, com o apoio de suas próprias entidades. Surpreendia apenas a força do selo protetor: manter um demônio preso por séculos no Inferno, um local que os indígenas não tinham como conhecer antes das missões jesuíticas (e que, mesmo depois, devia ser apenas uma imagem vaga em suas imaginações), era um feito impressionante.

Minha falta de hesitação em concluir que o demônio estava no Inferno se devia ao fato de que uma entidade de outro plano só pode ser banida ou confinada em seu local de origem. Não se pode prender uma pombajira no Hades, um anjo no Orum ou um nume grego do Céu.

— Queria conseguir localizar esse merda — resmunguei. — Qual a chance de o rastro ainda ser viável quando a gente voltar lá?

— Mínima. Até porque o local onde o feitiço foi lançado tá sob toneladas de entulho a essa altura. Mesmo assim, não tô preocupado. Qual a chance de haver dois bruxos ativos na cidade? — Ele se levantou, tocando minha têmpora. — Mas vamos tratar do mais urgente. Como vai sua cabeça?

— Parece que tem uma panela de pressão dentro dela. Você acha que consigo trabalhar se você… hã…

— Com certeza. Posso fazer agora mesmo.

— Melhor você comer, né? A gente pegou portal…

— Tô bem. Posso fazer e ainda pegar um portal pra casa. Vou buscar umas coisas e… — Ele me observou. — Você se incomodaria se eu ficasse no seu apartamento até o fim disso? Eu poderia ir pra um hotel, claro, só que seria mais prático…

— Bem mais prático se você ficar lá em casa. Ok. — Esfreguei os olhos, sensíveis mesmo à iluminação reduzida do quarto. Fotofobia é um mal subestimado. — Então… hum… como vai ser? É melhor eu ficar deitada, sentada ou em pé?

— Tanto faz. Talvez deitada mesmo. Você ainda tá fraca.

— *É.* Eu devia comer, não ficar presa num hospital inútil.

— O hospital foi bem útil pra sua amiga. E imaginei que o Conselho não tava na sua lista de lugares aonde ir numa emergência.

— Imaginou certo. Ei, quando você deixou de ser escroto e virou um amor de pessoa?

— Talvez você só não me conheça muito bem. — Ele sorriu com simpatia quando revirei os olhos. — Tá bom; eu mostrei meu pior lado quase o tempo inteiro antes de saber… — Ele se interrompeu. — Peço desculpas por isso.

— Nah. Eu te xinguei o bastante, na sua cara e pelas costas, pra não guardar rancor.

Minha doce observação rendeu uma risada bem-humorada, do tipo raro que me dava arrepios deliciosos. O tipo de pensamento que eu *não deveria ter* quando estava prestes a deixá-lo revirar minha mente.

A porta abriu-se devagar, e, quando olhamos para lá, Helena apontava uma arma destravada para a cabeça do Corregedor. Notei a surpresa nos olhos azuis, seguida pela agitação crescente de sua aura. Toquei-lhe o braço depressa.

— Não, Victor. Primeiro, essa é a Helena. Helena, esse é o Corregedor, você já deve saber. — Ela não piscou, não sorriu, não desviou o olhar dele. — Segundo, a arma tá destravada. E, *você sabe*, o primeiro reflexo espasmódico provocado pela dor é a contração imediata dos músculos; se você invadir a mente dela, o dedo no gatilho vai disparar a arma e estourar os seus miolos e *me dar um banho.*

Ele soltou o ar, estarrecido. Sua aura continuava agitada, mas pelo menos não havia feitiço a caminho.

— Que falta de cortesia — comentou Victor. — O que eu fiz pra receber um tratamento rude desses?

— Nada, ainda — disse Helena, séria como a Morte. — Não foi por algo que você *fez* que eu vim. Foi pra evitar *a qualquer preço* que você faça. — O Corregedor franziu o cenho. A delegada deu de ombros, mas a pistola não se moveu um milímetro com o gesto. — Fiquei sabendo do incêndio. Ouvi falar da presença de uma travesti que só podia ser a Dulce. Não consigo imaginar outra pessoa fazendo uma coisa daquelas pra salvar alguém que todo mundo ignora no dia a dia. Daí ouvi sobre o fato de ter sido uma sorte o prédio ter ameaçado cair tantas vezes, mas aguentado firme até todos estarem em segurança. No meu dicionário, esse tipo de sorte se chama Ísis.

Meus olhos marejaram, e algumas lágrimas chegaram a escorrer. Na minha vida, além de ter minha mãe como modelo, eu tentava ser como Helena. E como Dulce. Helena havia, *no meio da madrugada*, escutado uma história sobre um incêndio, feito associações mais rápidas do que o Sherlock Holmes e conseguido descobrir aonde eu tinha sido levada. Helena, diante de tudo isso, viera em meu socorro, me proteger como se meu universo não lhe fosse desconhecido e em tudo ameaçador. Como se eu fosse mais uma vítima indefesa a quem ela havia jurado proteger.

— Tá tudo bem, Helena — eu disse, levantando-me devagar.

— Você falou a mesma coisa da outra vez — grunhiu ela, entre dentes, sem desviar os olhos do Corregedor.

— Ah — sussurrou Victor, só então compreendendo a questão, com a menção *à outra vez*. — Não, não vou... Escuta, *eu* levei a Ísis até o local do incêndio. Quanto ela sabe, Ísis? Sobre nós?

— O suficiente — respondi, me interpondo entre a arma e Victor. Minha amiga travou-a e guardou-a, bufando. Abracei-a apertado, tentando transmitir uma parcela da minha gratidão por sua presença. — Tudo bem comigo, mas não com a cidade. Um bruxo foi o responsável pelo incêndio. Isso quer dizer que não vou pra Prisão.

Helena olhou Victor de relance, ainda desconfiada.

Ficar em pé me deu tontura — e um bônus de mais pontadas na cabeça —, por isso voltei para a cama e me sentei. Além do mais, o frio do piso subia pelos meus pés descalços e agulhava minhas têmporas.

— Mas a Dulce sabia?

— Não. Ela só pediu ajuda. O Victor tava comigo porque foi me tirar lá do 89º — expliquei. — Aquele delegado pé no saco plantou cocaína na minha casa durante uma busca.

— *Domingo?* Ele conhece gente grande, hein? — Helena torceu o nariz e virou-se para o Corregedor. — Nesse caso, desculpa.

Ele apenas assentiu, calado, acompanhando nossa interação com algum interesse.

— Pra que um bruxo tacaria fogo num prédio ocupado no Centro? — perguntou Helena, calmamente tomando a poltrona onde Victor passara as duas horas anteriores sentado. Estava sem pressa alguma, pelo visto.

— Só coisa ruim — eu disse. — Se você quer ajudar, me faz um levantamento de cadáveres carbonizados e incêndios nos últimos dias e... — Calei-me de repente com a força do lampejo que veio à tona. — Ai, cacete...

Os dois me olharam, mas não expliquei nada de imediato. Os dependentes químicos do terreno baldio perto de casa, identificados por mim de passagem quando ia encontrar Murilo na quinta. Havia um corpo queimado. Estaria relacionado? Como ter certeza? Ambos me encaravam, esperando que eu elucidasse meu momento de iluminação. Falei-lhes de minha intuição quanto ao terreno, a ligação a Dulce, a descoberta do corpo, desconsiderada por mim como apenas mais uma tragédia cotidiana de São Paulo. Helena puxou o celular e começou a fazer anotações enquanto eu falava. Victor andava de um lado para o outro com as mãos cruzadas às costas.

— Ok. Isso vai dar um trabalhão, então não vou responder logo, viu? — Helena bocejou.

— Você nem foi dormir ainda, né? — perguntei com simpatia.

— Não. — Ela esfregou os olhos. — Tá foda. Queria dar a notícia pro Pedro, mas não dá pra contar pra uma criança que a mãe morreu e não ter um corpo pra provar. Então tô atrás do Jorge.

— E aí?

— Aí nada. Ele joga bola e vai na igreja, só.

Franzi o cenho, curiosa.

— Ué, ele não tava precisando de dinheiro? Fazendo bicos e tal? Até viajou pra Paraty...

— Mas ele foi demitido depois do sumiço da Valentina — replicou Helena. — Fundo de garantia, rescisão, décimo terceiro... Os Bittencourt eram muito corretos nisso, ele mesmo disse.

Algo estalou com aquela informação, mas ainda faltavam elementos. Eu precisava fazer a pergunta certa.

— Ele me falou de bicos pra pagar o aluguel — comentei. — Mentiu. Pode ser uma bobagem, mas e se não for? Você checou a viagem, né?

— Sim, ele foi levar umas encomendas. Souvenirs pras lojinhas. Já falei.

— Qual tipo de souvenir?

— Uns bichinhos de madeira. Eu tinha te falado. Vi até foto.

Bichinhos de madeira. Era disso que eu estava tentando me lembrar.

— Onças? — insisti.

— Isso — ela respondeu, curiosa. Eu e Victor nos entreolhamos. — Por quê? É coisa importante?

Victor pegou o celular e mostrou uma foto para a delegada.

— Mais ou menos assim? — inquiriu.

Helena inspecionou a tela e olhou-o, surpresa, lembrando-se então de quem ele era e desviando o olhar para mim.

— Exatamente assim.

— O monitor da região de Paraty é dos meus — declarou Victor, buscando o contato na lista do aparelho.

— Vai ter um treco de acordar com você ligando a essa hora...

— Não, só vai me xingar por eu interromper seu jogo — disse ele, andando de um lado para o outro com o celular no ouvido. — Sábado e domingo ele faz uma espécie de maratona com um grupo de amigos, pela internet. *Corujão* é o termo, acredito.

— Aff, você decora essas coisas sobre a gente?

Ele sorriu, pronto para responder, quando atenderam do outro lado.

— Iago, preciso que você descubra tudo sobre chaveiros de madeira de onças, entregues em Paraty na... — o olhar do Corregedor buscou Helena — última quarta. Bônus se obtiver detalhes com a população indígena local. — Uma pausa. — Pra ontem. Ligue assim que souber, a qualquer horário do dia ou da noite. — Uma nova pausa, mais curta. — Certo. Até mais.

E desligou. Helena olhava de um para outro alternadamente, comprimindo os lábios grossos numa linha fina.

— Até onde vocês podem me contar dessa história toda? Seria bom saber mais.

Olhei para Victor. Por mim, diria tudinho, mas, com meu superior ali, eu não dava as cartas.

— Hã... Helena, você poderia nos dar licença? — pediu o Corregedor, num tom deferente. — Ainda preciso me inteirar das investigações de Ísis e depois preciso buscar algumas coisas em casa. Daí vocês duas conversam.

— Fico no corredor — disse ela, levantando-se.

— Ou no quarto da Dulce — sugeri.

As sobrancelhas de Helena arquearam-se tanto que quase sumiram em meio aos cabelos.

— A Dulce? A prefeitura tá pagando bem pra ela conseguir vir pra cá, hein?

Franzi o cenho ante o comentário.

— Onde a gente tá?

— No Sírio, filha.

Virei-me para Victor. Só podia ser obra dele.

— O pronto-socorro do hospital público tava cheio. Iam deixar ela numa maca no corredor. E o garotinho também. Então mandei trazer todo mundo pra cá.

— Todos os resgatados?

— Os que precisavam de cuidados médicos. Sim, é claro. A maioria até já recebeu alta, na verdade. — Ele deu de ombros ante o olhar indagador de Helena. — Dano mágico. Tudo na conta do Conselho.

A delegada aquiesceu, sorriu para mim e nos deixou.

— Ok, ela acabou de te aceitar — falei ao Corregedor.

— Fico feliz em saber — respondeu Victor, realinhando a camisa impecável. — Eu não gostaria de enfrentar outra entrada em grande estilo da sua amiga. Agora, preparada?

A apreensão voltou, pior do que antes. Assenti, inspirando fundo. Ele se aproximou devagar, observando-me. Sentada como estava na cama alta de hospital, com as pernas balançando no ar, a proximidade se tornou sugestiva — e pensar nisso me matou de vergonha, porque ele veria. E era uma *péssima* hora para embaraços e timidez.

— Ísis, isso não vai funcionar se você não olhar para mim. — O sussurro gentil me eriçou inteira. Eu devia estar da cor de um tomate. — *Ah.* O melhor modo é não se fixar em nada. — Ele pigarreou. — Tente deixar os pensamentos fluírem, como na fronteira entre o sono e o despertar ou o adormecer. A parte íntima vai se dissolver no resto.

— Se você me diz pra não pensar num elefante rosa, o maldito elefante rosa vira uma materialização sólida na minha cabeça — resmunguei.

— Verdade. Então não tente esconder o elefante rosa. Vou avistar ele de longe, mas tô em busca de outras coisas.

Ergui o olhar para o seu, soltando o ar. Melhor acabar com aquilo de uma vez. Sem hesitar, os dedos de Victor tocaram minhas têmporas muito de leve. O friozinho na barriga que acompanhou o movimento foi o mais agradável do mundo. Meus joelhos roçaram o tecido de suas calças — e então veio a voz de Murilo: "dá pra ele e depois me conta", e então Murilo me abraçando depois das horas de choro embaixo do chuveiro, e então a conversa na cozinha com Victor, o medo, o vazio, as lembranças, o choro, a Prisão. A Prisão. A Prisão. Minhas unhas na minha carne, meus gritos, minha dor. Tanta dor. O conselheiro Fábio Siviero, meu corregedor na época. O sorriso charmoso, os olhos castanhos, meus rubores quase adolescentes. A raiva. Liguei para a polícia após uma intuição — tortura. Impedi uma velhinha de atravessar a rua naquele momento inoportuno — tortura. Respondi atravessado — tortura. A água do mar estava subindo por causa da maré. Gritos. Helena ligava para os bombeiros ou para a Defesa Civil, não sei, mas a praia estava deserta e a água subia depressa. Gritos. Helena improvisava uma alavanca, mas não daria tempo. Aquela energia da Terra fluindo em minhas veias, o canto sussurrado em atiaia, a pedra removida facilmente. Siviero, a dor, a Prisão. O hospital do Conselho. A exata memória de quando o Corregedor se tornou meu corregedor.

— Meu nome é Victor Spencer.

Rosto bonito, voz bonita, roupas caras, olhar penetrante. Jovem, com um ar de importância. Tom de desprezo. Gostei. Me despreze, me ache feia, me odeie, por favor. Eu faço o meu trabalho, e você, o seu. Não precisamos ser amigos. Um alívio.

O meu cotidiano. Os meus pesadelos. O meu choro. As enxaquecas — fotofobia, mau humor, vômito.

Café com Helena. Meus auxílios nos casos de Helena. O começo da investigação de Denise. Pedro, Tainara, Jorge. Eu, procurando no calendário quando o Corregedor viria me encher o saco. Murilo de manhã, Murilo antes, durante e depois. Murilo me ajudando a identificar o autor de um e-mail, a decifrar uma mensagem enigmática. O encontro com Murilo no bar. O caminho até lá, a pichação no muro do terreno baldio. *Nós somos as filhas de todas as bruxas que vocês não conseguiram queimar.* Queimar.

O incêndio no prédio, o fogo, o corpo carbonizado que não vi, mas senti, dias antes. Dulce Vitória, a minha Mulher-Maravilha da vida real. Dulce ovacionada pelo salvamento do menininho. Dulce-Geni, cuspida, ameaçada, esfaqueada. Dulce com a bolsa da prefeitura-rechaçada-de-esquerda, graduando-se em serviço social. Dulce formada, exibindo os dedos em "V" de Vitória. Dulce me tirando do box como me tirou a faca das mãos nas noites de pesadelos. Memórias insuportáveis.

Fernanda sugerindo que Obaluaiyê aceitaria um grão de feijão como oferenda para empestear Siviero. Fernanda enfrentando o policial cristão de queixo erguido. Fernanda em sua banca de defesa do mestrado, coberta de elogios. Fernanda dedicando sua dissertação a mim. Fernanda pedindo ajuda para saber onde escavar. E eu ajudando com magia, claro. Sempre com magia.

Em meio ao mar de lembranças incriminadoras, eu tinha vaga consciência de ainda estar sentada na cama do hospital, encarando os olhos firmes de Victor, e me perguntei se havia sido bom negócio deixá-lo livre para ver tanto. Eu deveria lhe pedir para parar antes que ele resolvesse me afastar da monitoria.

Revi então, em detalhes, meus dias desde que recebi os três casos, agora interligados na pessoa de Jorge Silveira, o padrasto-motorista. Não dois, mas três. Não era coincidência.

Mas ele não era um bruxo... era? Eu precisaria ter estado em sua presença para saber. Bem poderia ser — as fotos de Denise e Pedro não estavam em lugar algum da casa, e não as encontrei guardadas. Um bruxo saberia do poder localizador das fotografias. *Merda.* Eu precisava ir atrás dele.

Nesse momento, os dedos do Corregedor se afastaram de minha pele. Ele cerrou os punhos e recuou, dando as costas. A primeira coisa que percebi foi a ausência de dor. Não só da enxaqueca recente, mas de qualquer dor. Era como se minha cabeça estivesse mais leve, e meus ouvidos, livres de um zumbido perene ao qual eu nunca atentara senão quando cessou.

— Uau! — sussurrei, sem palavras. — Victor, isso... Uau! Saiu um peso de cima de mim agora...!

— Fico feliz — ele disse, meio rígido, por sobre o ombro. — Escuta, preciso ir. Apareço em uma ou duas horas na sua casa. Pode conversar com Helena, mas sem detalhes sobre nós.

E assim, sem mais nem menos, abriu um portal e partiu.

19

Fiquei estática durante vários minutos, sem entender o que raios tinha acontecido e por que ele fora embora como se fugido, sem nem olhar na minha cara. Mas decidi não alimentar nenhuma neura; havia muito a fazer, e eu teria sentido algo errado em sua aura se o caso fosse grave.

Arranquei o caninho que trazia soro ao acesso em meu braço e deixei a ponta para cima a fim de não derramar o que restava no chão do quarto. Pé ante pé, saí para o corredor e deixei a intuição me guiar até o quarto de Dulce. Encontrei-a acordada, sentada na cama, conversando com Helena. Ao me ver, sorriu e estendeu o braço me convidando a me juntar a ela, o que fiz sem hesitar, como uma criança indo para a cama da mãe numa noite tempestuosa.

— Você é maluca — murmurei, deitada em seu peito. Sentia um aperto só de imaginar tudo o que poderia ter dado errado para ela não estar ali naquele momento, e era muita coisa.

Dulce riu baixinho.

— Então... já me disseram isso — ela sussurrou. Sua voz soou rouca, arranhada, difícil.

— O que te deu, hein? Você podia ter morrido.

— Eu sabia que você vinha — disse ela simplesmente.

Aquela frase era nossa declaração de amor uma para a outra: eu sabia que você vinha. Cada uma de nós já havia passado por maus bocados — ela, piores do que eu —, mas essa verdade incontestável só se tornava mais sólida. *Eu sabia que você vinha, porque você sempre veio*. Toda santa vez. Nos problemas mais banais e naqueles que pareciam preceder o vale das sombras da morte.

Uma vez, Dulce chegou a me recitar esse trecho do salmo. Teve uma criação muito católica no interior, quando ainda a chamavam por um nome de menino que não importa mais. Sempre achei que ex-católicos dão os melhores pagãos, os mais blasfemos, e lá foi ela me provar certa:

— Ainda que eu caminhe pelo vale das sombras da morte, não temerei mal algum, pois você está ao meu lado — dissera ela na ocasião.

Céus, como rezei à Terra para estar à altura disso. Rezo até hoje.

— Você parece um bebê — acusei-a baixinho. — Confia cegamente e se entrega à sorte porque não sabe o tamanho do risco.

— A senhora diz isso, mas tô aqui, vivinha da silva. — Dulce pontuou a frase com um beijo no alto da minha cabeça, para não parecer que fazia pouco-caso de meus esforços. — Helena me contou que quase estourou os miolos do bonitão. Você tá enrascada?

— Não. Não muito, pelo menos. — Lembrei-me, com um calafrio, das provas de minhas transgressões, compartilhadas com o Corregedor durante a sessão telepática.

— Fiquei com um pouco de medo quando vi a figura do seu lado — confessou Dulce. — Sabia quem era mesmo sem saber. Mas daí você desmaiou e ele te pegou no colo com tanto cuidado e ficou te olhando de um jeito... Tava nem aí pro prédio caindo bem do nosso lado.

Não comentei. Não sabia o que dizer.

— Vou me dar alta daqui a pouco — falei depois de um tempo. — Então deixa eu contar umas coisas.

Narrei toda a questão com meus três casos, agora tornados um, sem deixar nada de fora, por mais insignificante que parecesse, e apontei minhas dúvidas e suposições. As duas escutaram, pedindo esclarecimentos pontuais. Helena anotava coisas no celular, de testa franzida e vinco entre as sobrancelhas. Ao final, sussurrou:

— Pode ser coincidência, mas... — Ela parou, refletindo. — Ísis, sobre a mensagem de Exu... Por que naquela hora e não antes ou depois?

— Como assim?

— Você vive falando sobre como a crença dá poder pras entidades, certo?

— Certo.

— E daí, com a manifestação do poder das entidades, a crença dos fiéis fica mais forte, né?

— Geralmente.

— Então uma entidade vai querer proteger os seus fiéis, né? Tipo, se eles morrerem, ela perde o poder.

— Isso.

— Então... Por que Exu foi escolher o momento após um ataque ao terreiro pra te dar a mensagem? Você mesma falou: não tinha oferenda, e a mãe de santo tava com a pressão alta. Arriscar a vida de uma sacerdotisa... pra te dar uma mensagem... Se tem uma coisa que aprendi é que o teor de uma mensagem não é a única informação útil. A apresentação... e *quando*...

— Aonde você quer chegar, minha linda? — perguntou Dulce.

Eu me perguntava o mesmo.

— Teve um ataque ao terreiro, promovido por radicais evangélicos. Fernanda liga pra Ísis e pede pra ela ir na mesma hora — Helena virou-se para mim —, porque a mãe Margarete não vai arredar o pé de lá até falar com você. Quando você chega lá, é um orixá que tá esperando. *Por que nessa hora, Ísis?* Por que justo nessa hora, nesse contexto, ele resolve te avisar do selo? Por que não um dia antes ou dois depois?

— Deve ter sido quando ele soube do selo... ou quando se tornou um problema. O ataque ao terreiro... — Calei-me. Compreendi. Enxerguei direitinho a conclusão do raciocínio, clara como a água. — É isso! O ataque em si. Uma ação... como o incêndio? Para fins de bruxaria?

— Não fui tão longe, filha, porque isso não é lá muito minha praia, mas você pulou o principal.

Franzi o cenho.

— A igreja — disse Dulce, olhando para Helena, que assentiu. — Crentes violaram o terreiro. Jorge é convertido.

Ai, eu era tão *estúpida*.

— Genial — sussurrei, boquiaberta. — O Jorge... ele frequenta...?

— A igreja lá do pastor Marco Dimas — Helena completou. — Pode ser coincidência, né, mas e se não for?

— Nossa, genial mesmo. Um pastor fanático pode alimentar mil psicoses numa pessoa.

— Eu que o diga... — murmurou Dulce, tocando a cicatriz na barriga meio sem perceber.

— Me faz pensar na motivação do Jorge... — disse Helena. — Ele tá envolvido no sequestro de uma menininha... *Tem que estar, né?* Até aí, não vejo tanto problema, porque ele trabalhava pros Bittencourt fazia menos de um ano. Mas matar a esposa? Eles viviam juntos fazia sete.

— O Pedro me disse que os dois brigaram porque o Jorge ouviu a Tainara dizendo alguma coisa pra Denise — lembrei.

— Traição, talvez? — perguntou a delegada. — Não seria o primeiro nem o último homem a matar por ter sido traído.

— Acho difícil — respondi. — A Denise tinha os dois juntos na foto de perfil... escondeu as fotos com o filho depois da briga... Não, o relacionamento dos dois era muito importante pra ela.

— Ok, então vamos fazer assim: você vai pra Paraisópolis ver se encontra a Jaciane enquanto eu faço levantamento de incêndios e mortes relacionadas e vou falar com a Tainara e com o Jorge.

— Eu ligo pras meninas da assistência social — ofereceu Dulce. — Talvez algumas pessoas em situação de rua saibam de alguma coisa. Elas veem e ouvem de tudo e são ignoradas.

A triste verdade das grandes cidades, dita daquele jeito, como uma simples constatação, doía às vezes — e tanto mais por eu ser culpada também. E pensar que a vida de milhares de pessoas podia depender de alguém para quem eu já tinha virado o rosto, cujas falas desconexas nem entraram nos meus ouvidos quando apressei o passo.

Dulce tossiu, fazendo uma careta para o fluido negro que ficou em sua mão: muco e fuligem. Sentei-me na cama.

— Melhor chamar um médico — falei.

— Não, só tô meio cansada.

— Então a gente vai te deixar em paz — proclamou Helena, erguendo-se de um salto. — Obrigada pela conversa. Fica bem.

Dulce soprou-lhe um beijo. Eu a abracei e deixei o quarto com Helena, partindo pelo corredor em busca de um enfermeiro. Dei de cara com uma médica novinha, provavelmente residente. Surpresa, ela desceu o olhar para o acesso em meu braço.

— O que você tá fazendo fora do quarto?

— A minha amiga tá tossindo um catarro preto — eu disse logo.

— Ah, a do incêndio no Centro, né? — respondeu a médica, andando conosco. — Vou dar uma olhada. Volta pro seu quarto.

— Eu queria receber alta. Preciso trabalhar.

Estreitando os olhos com ares de pretensa censura, ela gesticulou na direção de onde Helena e eu tínhamos vindo.

— Vai pro quarto e espera. Já passo lá.

Melhor não discutir e resolver logo. No fim, não levei mais de meia hora para sair do hospital, e Helena me deixou em casa antes de ir ver Tainara. A delegada não dormia, era impressionante.

Tomei um banho rápido, peguei um pacote de bolachas no armário da cozinha e tomei um táxi para a casa de Jaciane. O motorista não entraria na comunidade, mas isso eu podia fazer a pé. Era até melhor. Como ficou claro assim que desci do carro, as pessoas sabiam que eu não era dali só de bater os olhos em mim. Olhavam-me de viés, cochichando entre si. Eu precisava pedir informação para me localizar. Avancei um pouco pelas ruas estreitas e cheias, as calçadas praticamente inexistentes, com casas coloridas de vários formatos, em busca de um comércio. Avistei um rapaz de bobeira fumando na calçada e avancei até ele. Tirei do bolso o envelope amassado que havia encontrado nos arquivos do presídio e lhe mostrei.

— Oi, bom dia. Tudo bem? Talvez você possa me ajudar. Tô procurando essa moça, mas não sei se ela ainda mora nesse endereço.

O rapaz coçou a cabeça, olhando o papel velho e encardido.

— É aqui perto. Te levo lá. Então… por que você tá procurando essa Jaciane?

— A irmã dela morreu no CPP de Pinheiros semana passada. Não sei se ela já sabe.

— Foda.

— Pois é.

— Poxa… Ó, é aquela casa ali. Tomara que seja mesmo ela a moradora.

Com isso, o rapaz se despediu, puxando o celular para ligar para alguém. Bati à porta com uma ansiedade crescente. Logo atenderam; do outro lado, apareceu uma mulher bronzeada, com algumas rugas precoces e um ar bem-humorado.

— Jaciane?

— Eu. — A testa franziu-se. — Quem é você?

Apresentei-me, alegando trabalhar para a polícia.

— Preciso te pedir um favor — acrescentei.

Os olhos de Jaciane quase saltaram das órbitas. Foi um péssimo começo; sua aura de Jaciane denunciou uma mudança brusca de humor. Decidi contar logo a história da carochinha que soaria mais plausível do que a realidade.

— A sua irmã teve uma filhinha entregue pra adoção, certo? A menina tá com leucemia e precisa de um transplante de medula urgente. — Jaciane era puro choque. — Daí, como a sua irmã não pode mais ajudar, queria ver se você não aceita fazer um teste de compatibilidade.

— Por que a... a Adalgiza não pode ajudar? — murmurou Jaciane. — Eu não vou ser compatível, se ela não é.

Puta merda. Ela não sabia. E agora eu precisava dar a notícia. Pela Terra, não nasci para isso. Para Jaciane, foi o pior modo possível de descobrir sobre a morte da irmã. Primeiro, ela só congelou, com o olhar se desfocando. Depois, lágrimas escorreram por seu rosto, fixo numa expressão quase vazia, exceto pelo lábio trêmulo. Ela pediu com um gesto o envelope que eu trazia. Entreguei-o na mão instável, que se fechou sobre o papel e levou-o ao peito.

— Eu não falava com ela fazia três anos — sussurrou, passando as costas da outra mão sobre o rosto para enxugá-lo. Não funcionou muito. Ela recuou. — Entra.

Segui-a pelas escadas apertadas depois da porta até o andar de cima, cujo patamar se abria numa sala simpática, comprida e estreita, que emendava na cozinha. Um balcão americano ainda incompleto separava os dois cômodos contíguos, delimitando-os, mas permitindo a convivência de quem estivesse em cada um. Sapatos pequeninos no chão, a um canto, denunciavam a existência de no mínimo duas crianças.

— Quer café? — ofereceu, talvez no automático.

— Aceito, se não for incomodar.

Calada, ela passou um café novo e me serviu com bolo de fubá. Enquanto ia e vinha, perdeu a noção do tempo e se entregou a reminiscências. Dei-lhe alguns minutos, apesar da pressa. Era seu direito lamentar a morte da irmã. Na pior das hipóteses, eu poderia enfeitiçá-la e tirar sangue à força, mas eu lhe concederia o mínimo de dignidade antes de recorrer a algo assim.

Em silêncio, Jaciane sentou-se e deu um sorriso triste de partir o coração.

— Foi muito difícil acreditar quando a Giza foi presa — murmurou. — Ela era muito certinha. Dava até raiva. — Esfregou os olhos, suspirando, distante. — Desculpa, você é o que exatamente?

— Detetive particular — respondi com naturalidade. — Ninguém do banco de medula é compatível o bastante. Os pais dela ficaram arrasados com a morte da Giza.

Jaciane assentia enquanto eu falava, com uma expressão infeliz.

— Eu... convenci a Giza a dar a menina, sabe? Eu não tinha como criar, e ela... ela achava errado, mas tinha muita raiva.

A fagulha da intuição inflamou-se dentro de mim.

— Raiva do quê? Da bebê?

— Mais ou menos. Tadinha. Eu não devia falar disso; minha irmã tá morta, e a gente não deve falar mal dos mortos. — Olhou-me, curiosa, numa análise crítica que se estendeu da cabeça aos pés. — Se te contrataram pra me achar, é porque têm grana e amam a Valentina.

— Muito mesmo — confirmei.

— Graças a Jesus — ela disse. — Glória a Deus. Eu faço o teste, sim.

Certo alívio misturou-se à força crescente das pontadas intuitivas. Primeiro o principal, depois eu tentaria obter mais informações.

— Posso tirar sangue agora? — perguntei, abrindo a bolsa.

Ela pareceu surpresa, mas logo assentiu.

— É urgente mesmo, né? Você sabe fazer isso?

— Sei. Tenho treinamento em enfermagem.

A explicação a relaxou. Eu tinha tudo necessário — álcool, algodão, seringa, curativo. Meus dedos até formigaram com a ansiedade de localizar Valentina quando o calor do sangue encheu o vidrinho encantado. Jaciane suspirou.

— Tomara que não seja em vão — murmurou. — Seria uma pena o último traço da Giza no mundo morrer... apesar de... — Ela se calou.

— Apesar do quê? — Tentei não soar desesperada.

Desconfortável, Jaciane balançou a cabeça, parecendo dez anos mais velha do que quando abrira a porta.

— Não. Tem coisa que é melhor esquecer. A Giza tá com Jesus agora.

Jesus. Elas eram crentes. Meus sentidos apitaram. Eu tinha de conduzir a conversa de modo a fazê-la falar.

— Em qual igreja você vai?

— Congregação, graças a Deus. E você?

— Eu fui católica — menti. — Mas aí desencantei, sabe? Não sentia Deus lá.

Vi seus olhos brilharem com a chance de evangelizar e tive a ótima oportunidade de me sentir um monstro por usar a fé de uma pessoa assim. Esse tipo de atitude bem poderia indispor o Verbo contra mim, se eu não tivesse as melhores intenções do mundo.

— Muito católico passa por isso. São os ídolos...

Talvez eu devesse ouvir um pouco e fingir ficar balançada. Seria mais humano. No entanto, me faltava tempo.

— Me disseram lá no presídio que a Giza virou católica. Isso não é comum. Nunca tinha ouvido falar de alguém abandonar a Congregação e ir justo pro catolicismo.

Uma sombra tomou os olhos de Jaciane, ainda mais tristes agora.

— A gente não era da Congregação antes — disse ela, pesarosa. — Frequentamos uma igrejinha neopentecostal lá perto da escola onde a nossa mãe trabalhava.

Igrejinha neopentecostal. Quis morder a mão para me impedir de gritar.

— Ah, puxa. E por que saíram?

Jaciane mordeu os lábios, desviando o olhar. Balançava a cabeça quando algo em seu semblante mudou. Iluminou-se. Uma ideia acabava de lhe ocorrer, com certeza.

— Nossa, Ísis... Acabo de pensar... Não sei direito como funciona, mas vi uma vez na novela... Se os pais da criança doarem medula, tem mais chance de salvar, né?

— Muito mais.

Ela suspirou, olhando para cima. Para o teto ou para além ou para dentro de si mesma.

— Ai, coitada da Giza... Mas ela ia querer ajudar a filha se tivesse aqui. É o certo. É o que Jesus faria. — Ela me encarou. Aguardei, tensa, me esforçando para transmitir simpatia e compreensão. — Olha, o pai da menina da Giza deve poder ajudar. Ele é uma pessoa ruim, mas num caso assim Deus há de tocar o coração dele.

— Amém. Nossa, obrigada. Quem é? Tem o contato dele?

— Não, nem quero. Mas se você me achou, ele vai ser fichinha. É o seguinte: a Giza... ela se afastou um pouco antes de ser presa porque engravidou do pastor, que era casado. Ele quis que ela abortasse, e daí eu saí da igreja porque isso não é de Deus.

— Qual pastor?

— Ele é famosinho hoje em dia. O Marco Dimas. Tem um templo grande lá pros lados do Butantã.

Eu quis *urrar*. Tudo se encaixava. Tudinho mesmo. Faltavam detalhes, mas o ciclo estava completo e eu tinha todas as informações necessárias para agir. Sabia a exata identidade do meu inimigo.

O pastor Marco Dimas era o bruxo.

20

Aqui talvez caiba uma nota sobre as muitas naturezas da bruxaria, porque variam bastante conforme o lugar e a época. A parte histórica em si fica para outra hora, mas hoje em dia existem basicamente dois grandes grupos: os bruxos cujo poder vem da Terra, através da genética ou de um despertar tardio (neste, estamos eu, outros monitores, corregedores, o Conselho, a Cidade dos Nobres toda), e aqueles que, como a História narra, firmam pactos com demônios. Estes são umas baratas radioativas, uma nódoa cancerosa no equilíbrio das coisas.

Demônios refletem tudo o que há de mais degenerado na humanidade, mas raramente ousam fazer alguma coisa no plano material. Pactos lhes exigem mais energia do que têm, e humanos não costumam valer o esforço. Ao contrário da crença popular, eles têm mais o que fazer em vez de ficar encorajando alguém de dieta a comer um doce de gema ou a cometer um crime. São variadas as "tentações" supostamente criadas por esses seres, embora elas costumem ser fruto do próprio íntimo do indivíduo e da forma como a sociedade o molda.

Alguns, no entanto, alimentam-se da degeneração e podem querer passar ao plano material para expandir seu poder. Nunca entendi para quê; o simples timbre da voz de Lúcifer chamando seu nome os reduz a uma coisinha patética implorando clemência.

Mesmo assim, um demônio saidinho desses devia ser o tipo exato a acabar aprisionado por um selo durante quatro séculos. Sacrifícios diversos podiam romper um selo, mas, se o bruxo responsável sacrificasse um laço consanguíneo forte, o rompimento era garantido.

Foi difícil me despedir de Jaciane. Busquei ser gentil e não demonstrar pressa, mas não havia mais um segundo a perder. Eu ainda não imaginava por que o selo já não fora rompido, nem queria descobrir. Mal coloquei o pé na rua e já mandei um longo áudio ao Corregedor, resumindo a descoberta. Em seguida, mandei outro a Helena, pedindo-lhe para descobrir o paradeiro do pastor, se pudesse, e para verificar a igreja. Eu mesma iria para lá assim que conseguisse, depois de localizar Valentina.

Subi a passos largos para a Giovanni, ignorando o ardor nas pernas. Depois do episódio do prédio, que me enfraquecera consideravelmente, o ideal seria descansar pelo menos uma semana antes de me meter a enfrentar um bruxo repleto de energia demoníaca. Porém, eu não podia esperar sequer uma hora.

Apesar do risco, lancei o feitiço localizador do banco de trás do táxi mesmo. Se o motorista resolvesse me espiar pelo retrovisor naquele momento, veria meus olhos fitos, sem piscar e sem focar em nada do plano físico. Talvez me julgasse delirante. Ou apenas louca. Não importava muito. No fim das contas, ele me levaria até o meu destino e eu o pagaria, sem danos a nenhum dos envolvidos.

Eu não precisaria ter me preocupado; o trânsito caótico de uma típica manhã paulista, povoado de motoqueiros e suas buzininhas infindas, carros fechando passagem ou entrando com tudo sem dar seta, manteve o motorista atento à rua. Vez por outra, praguejava ou xingava alguém, baixinho mesmo, protestando contra a direção absurda dos outros.

O sangue de uma tia não era tão forte quanto o de uma mãe, um pai, um filho ou um irmão (os únicos parentescos de primeiro grau para fins mágicos). No entanto, derrubava facilmente as proteções erguidas pelo pastor. Boas, sólidas, bem profissionais. Eu as sentia como grandes muros ao redor de Valentina.

A menina estava ali, ao meu alcance, e eu sabia onde. Sozinha, num grande espaço de pilares retangulares descascados, iluminado apenas pela luz natural da manhã nublada, filtrada por vidros quebrados e imundos de janelas distantes. Um antigo prédio comercial abandonado, um dos muitos do Centro, aguardando as movimentações da especulação imobiliária. Não muito longe do local do incêndio daquela madrugada.

Pedi ao taxista para mudar o trajeto para lá, o que ele fez, emburrado. Continuávamos presos no engarrafamento, o suficiente para a mudança não fazer nenhuma diferença imediata. Talvez ele não planejasse adentrar o buraco entupido, sem possibilidade de escoamento, que era o centro da cidade.

Gravei um áudio para Helena, explicando que eu tinha encontrado "quem precisava" e ia buscá-la. Para o Corregedor, eu precisaria fornecer detalhes, e acabei optando por atualizá-lo via mensagens de texto. Ele ainda não tinha visualizado as anteriores nem sequer dado o menor sinal de vida. Tentei não pensar demais nisso para não ficar nervosa. Se considerasse por mais de um segundo tudo o que ele vira e associasse o episódio ao silêncio atual, ficaria desesperada.

Embora Victor tivesse me dito que eu não iria parar na Prisão, se ele reportasse suas recentes descobertas ao Conselho, talvez eu acabasse indo. Tive um calafrio ao imaginá-lo em reunião com os conselheiros naquele exato momento, contando aos rostos desaprovadores sobre minhas desventuras.

Depois me concentrei em outra coisa. Uma criança para salvar. Uma menininha em cativeiro durante dez dias, sozinha num ambiente inóspito ou acompanhada de gente hostil. Provavelmente com saudade dos pais, do quarto, do colégio, dos brinquedos.

E, para salvá-la, eu precisava estar em boa forma. Falei ao taxista para parar no *drive-thru* de um McDonald's por onde passávamos e pedi o maior lanche disponível, com refrigerante, batatas fritas grandes e uma tortinha de maçã de sobremesa. Não era a opção mais saudável do mercado, mas, veloz e calórica, sua eficiência seria próxima do ideal.

O motorista reclamou um pouco, temendo pelo estofado do carro. Fingi não ouvir. Outras coisas ocupavam minha mente, como o preparo físico e psicológico para usar magia enquanto minhas mãos ainda davam sinais parecidos com os sintomas iniciais de Parkinson. Se encontrasse o pastor Dimas, ele veria meu tremor e eu estaria lascada. E, pelo andar da carruagem, eu não poderia contar com reforços do Corregedor.

O celular tocou. Helena.

— Ísis, o Jorge não tava. A Tainara disse que foi trabalhar. Mas conversei bastante com ela. Só que antes de eu contar a história toda, pode ir me passando o endereço lá da Valentina.

— Vai ser perigoso…

— Lógico que sim. Por isso seria triplamente idiota você ir sozinha. Pelo que sei, bruxaria nenhuma para uma bala.

— Não mesmo.

— Ótimo. Então passa logo a porra do endereço.

Passei, mas só por ela ter pedido com tanta delicadeza.

— Só não entra lá sem mim — avisei.

— Não sou idiota — resmungou Helena. — Agora se prepara pra mais um capítulo trágico da história das mulheres, porque sei o motivo do crime.

— Você falou em crime pra Tainara?

— Sem chance. A bichinha é arredia. Mesmo assim, acho que ela desconfia… A Denise nunca "sumiu" assim… e ainda mais sem dar notícias pro Pedro. Enfim! O Pedro falou de uma conversa entre as duas que o Jorge ouviu, né?

— É. O teor da conversa parecia ser o motivo do crime.

— Com certeza. O Jorge queria ter um filho dele. Acontece que a Denise pagou os pecados na gravidez do Pedro, teve pressão alta e anemia aguda. Não tinha dilatação nenhuma, mesmo depois de catorze horas em trabalho de parto. Quase morreu antes, durante e depois. Pelo menos, o neném era saudável.

— Ou seja, ela abominava a ideia de ter outro filho.

— Muito. Ninguém quer morrer, né? O Jorge conhecia a história, mas insistia… Pressionou tanto que ela aceitou em voz alta.

— Continuou tomando anticoncepcional?

— Isso. E uma ou outra pílula do dia seguinte quando alguma coisa dava errado.

— E o que a Tainara pensa disso?

— Entende e apoia a irmã, mas acha que ela devia ser honesta com o Jorge.

— Mesmo que o método da honestidade tenha falhado antes.

— Pois é. — Helena suspirou. — O Jorge ouviu as duas falando disso e ficou puto, daí a briga.

— E por isso a Denise escondeu as fotos com o Pedro.

— É. O crime não foi passional; passou um tempo entre a briga e o sumiço…

— Deve ter sido muito bem aconselhado pelo nosso bom pastor — resmunguei, amargando aquela história.

— Talvez. A Denise desapareceu na última terça, mesmo dia em que Jorge foi pra Paraty levando os símiles dos selos. Aliás, notícias disso?

— Não. O Corregedor não me responde. Deve estar em reunião ou ter parado pra resolver uma treta no caminho. — Tentei manter a voz livre de preocupação. — Eu levo mais meia hora pra chegar lá, com sorte. E você?

— Mais ou menos isso.

Meia hora, presa no trânsito com aquele sentimento ruim e o medo de chegar atrasada, era uma eternidade.

21

Eu não sabia onde Helena estacionara o carro, mas perto não devia ser, levando em conta os calçadões, a Zona Azul e as contramãos do Centro. Provavelmente num dos muitos estacionamentos superfaturados dos arredores. Encontrei-a parada na esquina, de jaqueta, blusa de lã com gola alta e cachecol, segurando um copinho de isopor contendo um expresso para viagem sobre o qual ela soprava com os olhos grandes fixos na calçada de pedrinhas portuguesas, outrora brancas. Aquele chão já havia tido um calçamento tradicional nas vias públicas paulistanas: pedras pretas compondo o desenho do mapa do estado, delimitadas por gêmeas brancas num padrão agradável.

O olhar de Helena encontrou o meu assim que me aproximei, mas demorou um instante mais a focar.

— Não sinto nada — foi logo dizendo, como era de seu feitio. — Seria útil sentir o que tá acontecendo aí dentro, igual você, mas não consigo, apesar de tentar. Só me vem o fedor de mijo e sujeira no nariz e esse café vagabundo. E o frio na cara, lógico.

Eu já sondava o prédio desde que descera do táxi, mesmo antes de avistar a figura despretensiosa de Helena na esquina. Ela não levara reforços policiais por prever que talvez eu precisasse usar bruxaria, algo bem difícil de se explicar a terceiros. Encarei a construção de novo. Uma magia de viés demoníaco escorria de lá, pegajosa, mas nem sinal de aura bruxa num raio de dois quilômetros — mais ou menos o limite de meu alcance sensório para isso. Uma boa notícia, de certo modo. Digo "de certo modo", pois, por um lado, eu não estava em condições de lutar contra ninguém, e, por outro, aquela novela ainda continuaria, qualquer que fosse o desfecho da nossa empreitada no prédio.

— Vamos lá, então — disse Helena, deixando o copinho de isopor na mureta encimada por uma grade descascada e enferrujada. Não havia sinal de lixeira à vista.

Cruzamos a rua para as portas duplas do prédio, nada discretas. Talvez tivéssemos chamado a atenção de algum transeunte ou acordado o morador da marquise vizinha ao mexer nas correntes grossas e no respectivo cadeado que encerravam a entrada decadente. Como tantas outras no entorno, aquela construção narrava o sepultamento de glórias passadas.

Tive de lançar um feitiço que nos permitisse passar, e cuidei de fechar bem a porta depois. Haveria outras entradas, sem dúvida, mas manter a principal liberada seria como um convite. Eu sentia Valentina andares acima de nós.

— Tem mais alguém? — sussurrou a delegada, de arma na mão.

— Sim. Duas pessoas. — Eu percebia suas auras, nítidas como silhuetas envoltas em sol. — No mesmo andar, o quarto.

Devagar, cruzamos o saguão imundo de poeira, jornal velho e dejetos de rato, cachorro e pessoas havia muito ressequidos. O edifício abrigara gente até poucas semanas antes. Não mais. Ao nos aproximarmos das escadas, a solidez da barreira mágica tornou-se mais marcada, agredindo tanto meus sentidos que o fedor putrefato de lixo emanando das paredes mal me fez cócegas. Àquela altura, o bom pastor já sabia da minha presença ali, mesmo sem me conhecer. A barreira decerto o avisaria da presença de uma serva da Terra.

— Não consigo avançar — disse Helena, estarrecida, quando entrei na área da escadaria de emergência. — Você... é como se tivesse do outro lado de um véu.

— Relaxa, já resolvo.

Estendendo os limites de percepção, busquei a ancoragem física da barreira. A própria estrutura do prédio. Muito bom para um bruxo novato, mas não se impede uma serva da Terra de entrar em porra de lugar nenhum. Parei, pousando uma mão em cada parede lateral da escada de incêndio, com os dois pés bem fincados no chão, e soltei uma descarga de energia que teria derrubado uma barreira mágica erguida pelo demônio sustentáculo do pacto em pessoa.

Era algo simples — mas me deu uma tontura dos diabos. Helena juntou-se a mim no instante seguinte, com ar de curiosidade.

— Cara, queria conseguir enxergar o mundo que nem você...

— Tem suas vantagens — admiti, começando a subir os primeiros degraus.

Helena veio logo atrás, segurando a arma apontada para baixo com as duas mãos. Subimos devagar, sem fazer barulho, respirando fundo e pausando bastante para os três lances por andar não nos causarem tontura e não destruírem os músculos das nossas pernas. Meu corpo já estava prestes a despencar, e eu ainda não tinha feito nada. Desejei muito não precisar lançar mais nenhum feitiço.

Ouvimos vozes. Dois homens conversavam, suas palavras abafadas pelo eco dos sussurros e pelos sons da cidade lá embaixo. Gesticulei, apontando a direção geral da dupla e a de Valentina, informando mais ou menos a distância. Helena tomou a frente e avançou pé ante pé, analisando o cenário.

A porta corta-fogo para o andar encontrava-se aberta, emperrada assim por umas lascas de pau podre fazendo as vezes de calço. Atravessei o curto corredor logo atrás da delegada, ainda oculta pelo abrigo de uma pilastra e uma divisória caindo aos pedaços.

— Não aguento mais esse fedor — resmungou um homem. — Lugarzinho foda de esperar.

Continuamos avançando, devagar e sempre.

— Culpa tua, que fodeu tudo! Mandar sair com a garota sem a porra do selo! Que ideia de jerico! — bufou o outro.

— A Joyce tava querendo buscar ela, já falei — retrucou o primeiro, alteando a voz. — Ia terminar o aviso prévio dela e ela ia ficar livre pra ir todo dia. E daí quando a gente ia pegar a Tina, hein?

— Tô com fome — veio a vozinha infantil da outra ponta do amplo recinto.

Os homens se movimentaram, mas, nessa hora, Helena adiantou-se, apontando a arma com firmeza.

— Mão na cabeça, elemento! — gritou.

A dupla quase infartou de susto. Um deles, vi então, era Jorge.

— De joelhos — rugiu minha amiga.

Algemei-os para ela, que não poderia fazer isso empunhando a pistola de calibre .38; baixar a arma seria pedir alguma reação. Os dois estavam armados com calibres maiores, mas não lhes adiantaria nada agora. Depois de rendidos, tirei-lhes as pistolas e entreguei a Helena, que já falava no celular, chamando policiais. Fui até Valentina, sentadinha num colchão imundo, porém ela mesma limpa e bem penteada. Não estavam ali havia muito tempo.

— Oi, Tina — sussurrei calorosamente. — Meu nome é Ísis. Sou amiga dos seus pais.

Ela piscou os olhos grandes e escuros para mim, lançou um olhar na direção dos dois homens e voltou a me encarar.

— Ei, você não tá com fome? — perguntei, tentando uma nova abordagem.

Mastigando uma mão, Valentina assentiu.

— Quer um super-hambúrguer? — ofereci, sorrindo abertamente. Eu comeria uns três. Ela repetiu o gesto. — Então vamos lá.

— Mas ele falou que se eu sair sem ele a mamãe vai ficar doente e morrer — murmurou Valentina.

Fiz uma careta cômica, apesar do ódio incendiário que me consumia. Não perguntei quem era "ele". Não precisava.

— É mentira. Falei com a mamãe ontem mesmo e ela tá morrendo de saudade de você. Quer ir pra casa?

Novamente, Valentina assentiu. Levantei-me de um salto (um verdadeiro feito, considerando minhas pernas tão bambas) e estendi-lhe a mão. Meio segundo de hesitação depois, a menina se levantou e a tomou com a mão babada.

— O que vai acontecer com eles? — perguntou.

— Não podiam te trazer aqui sem a sua mãe deixar — expliquei. — Então vão precisar conversar com a polícia.

— Ela é da polícia? — Valentina apontou Helena, que lhe sorriu.

— Sou — respondeu a delegada. Ergueu os olhos para mim. — A gente já pode descer. Algum sinal do nosso amigo?

— Não. Mas, se aparecer, é atrás de mim que vai vir.

— Por isso tô preocupada. — Helena virou-se para os dois homens. — Vão na frente.

Desci com Valentina logo atrás de minha amiga, falando sobre desenhos de televisão. A criança não parecia ter nenhum trauma, pelo menos, e sua reticência talvez se devesse à timidez natural da infância. Não demonstrou temer Jorge ou o outro cara.

Já havia uma viatura na porta do prédio quando enfim deixamos o lugar fedorento. Não que as ruas do Centro cheirassem muito melhor. Os elementos foram levados para a delegacia depois de trocar algumas palavras com os policiais.

— Sabe de uma hamburgueria? — perguntei.

— Meu carro tá cheio de tralha que comprei pra você — Helena disse, indicando uma rua transversal. — A gente precisa ir fazer o exame de corpo de delito da Valentina. Ela não tá em segurança com o cretino à solta, né?

Sacudi a cabeça discretamente, porque a menina parecia distraída, mas com criança nunca se sabe.

— Falando nisso, preciso de sangue. — Indiquei-a com os olhos. — A gente tem que achar esse cara...

— Hum. Deixa comigo.

Eu não fazia ideia do procedimento legal, mas Helena ajeitou as coisas rapidinho e, de algum modo, encontramos a psicóloga oficial e um médico. Consegui um vidrinho de sangue pouco antes de Joyce e Alexandre Bittencourt chegarem, atônitos, e abraçarem a filha, aos prantos.

O olhar grato e cheio de cumplicidade que Joyce me lançou enquanto abraçava a filha e o marido ficaria comigo para sempre. Escapuli e liguei para o Corregedor, já que ele não respondera a mensagem nenhuma. Tocou até cair em três tentativas, mas eu não podia desistir dessa vez.

— Ísis, tô ocup... — atendeu a voz meio irritada do outro lado da linha.

— Preciso duma sentinela — fui cortando, seca. — Se o filho da puta for atrás da menina agora, eu vou cair morta.

Uma pausa.

— Ok. Vou providenciar.

Desliguei sem dizer mais nada, travando o maxilar. Sentia mais raiva do que medo àquela altura. Se Victor fosse me levar para a Prisão, já teria levado. Eu entendia que ele estava ocupado, mas *sumir* depois de todo aquele papinho de me ajudar com a investigação e tal?

Poucos minutos depois, uma aura bruxa surgiu próxima. Logo a reconheci: Sabrina, a sentinela mais *badass* da galáxia, vindo muito provavelmente do banheiro feminino. Juntou-se a mim num passo tranquilo, no corredor do hospital, onde a psicóloga conversava com Valentina a um canto, assistida por Joyce e Alexandre.

— Ísis — ela saudou, me abraçando, então se afastou, séria. — Tá precisando dormir uns três dias, hein?

— Agora que você chegou, eu posso — respondi com um suspiro. — Preciso ir atrás do bruxo, mas não tô em condições.

Ela jogou os cabelos loiros para trás. Parecia uma estrela de cinema.

— Já assumi o alvo — disse calmamente. — Pode ir pra casa. O Ti vem me substituir no turno da noite. Eu te ligo se sentir qualquer proximidade indesejada.

Sorri, agradecendo.

— Só uma coisa... Quem te trouxe? — perguntei, meio sem graça. — Você veio num portal do Conselho, né?

— Uhum. Foi a corregedora Marcela, por quê?

— Só pra saber. Valeu, Sabrina.

Helena apareceu com um café. Expliquei-lhe rapidinho a função de Sabrina e o motivo de eu tê-la chamado, mal disfarçando a ansiedade para ir embora. Quanto mais cedo descansasse, mais cedo poderia caçar o pastor Dimas e encerrar aquele episódio lamentável de uma vez por todas.

— Te deixo em casa. É mais ou menos caminho pra delegacia.

Faltavam-me forças para recusar por educação a generosa oferta. No caminho, comi um pacote de salgadinho e outro de batata chips. E cochilei também, mas só percebi quando Helena me acordou, já em frente ao meu prédio. Não me lembro do caminho até meu apartamento; apenas capotei na cama sem nem tirar os sapatos.

22

Poderiam ter passado três horas ou três meses. Meus músculos pareciam feitos de gelatina. Eu definitivamente estava enferrujada demais no uso de magia. Gemi com o esforço de me levantar da posição torta e me espreguicei, estalando alguns ossos com o movimento. O que não senti — percebi de repente, maravilhada — foi dor de cabeça. Nem sombra de pontada na têmpora, fotossensibilidade, *nada.* Mal acreditei.

Peguei uma poção revigorante na gaveta. Não me deixaria inteira, certamente não apta a usar magia, mas pelo menos funcional. Tomei um banho rápido e vesti uma calça quentinha de flanela e um moletom tão velho que poderia andar sozinho. Enquanto penteava o cabelo, vi as notificações do celular. Pedro pedindo notícias da mãe, Joyce agradecendo efusivamente o retorno de Valentina, Sabrina avisando da troca de turno, Helena dizendo para eu ligar quando acordasse. Duas ligações do Corregedor.

Fitei a tela, indecisa, mas retornei. Caixa direto. Eu já me preparava para deixar todos os xingamentos do meu latim na secretária eletrônica quando a atmosfera mudou daquele jeito peculiar, anunciando a chegada de um bruxo via portal. Cheguei à sala bem no instante em que Victor deixava uma malinha no tapete ao lado do sofá. Parecia exausto, apesar de não ter um só fio de cabelo fora do lugar.

— Oi — disse ele, guardando a pedra negra no bolso com a maior casualidade. — Você deu uma bela adiantada no trabalho hoje de manhã.

— Uhum — murmurei, hesitante, e fui apanhar gaze e a poção curativa no banheiro.

Gesticulei para ele se sentar no sofá ao meu lado, com sua mão da pedra no colo. A ferida estava a um passo de infeccionar, sinal de fraqueza no corpo. Apliquei a poção devagar, garantindo que penetrasse bem nos cortes sobrepostos.

— Desculpe não responder suas mensagens mais cedo — ele disse. Apliquei mais poção, só para garantir. — Tava bem ocupado.

— Percebi — comentei secamente.

Enfaixei a mão com cuidado, depois guardei tudo no banheiro com grande diligência. Eu o evitava, por *vergonha*, depois da sessão telepática daquela manhã. Parecia distante após tantas reviravoltas e a súbita resolução do caso, mas só fazia umas doze horas. Voltei à sala devagar.

— Ei, você tá bem?

A pergunta atenciosa me pegou um pouco de surpresa.

— Esgotada. — Torci o nariz. — Fora de forma.

— Fora de forma, Ísis? Quantas pessoas você acha que teriam segurado aquele prédio?

Seu tom indignado saiu morno, a meio caminho entre o elogio e a repreensão. Sorri e sentei-me no sofá perpendicular.

— Obrigada pelo... hã... procedimento? Não sei como se chama o que você fez. Só sei que adiantou. Mesmo depois de lançar um localizador e desmantelar a muralha ao redor de Valentina... nada de enxaqueca.

Ele sorriu, inclinando a cabeça.

— Fico feliz em saber. Então... a Helena foi com você.

— Isso. Porque, segundo ela, bruxaria nenhuma para uma bala.

— Isso daria um belo ditado — Victor declarou, ainda sorrindo, e virou-se para a malinha modesta. — Eu te trouxe uma coisa.

Curiosa, observei-o tirar um envelope de um dos bolsos internos. Dali, puxou o que logo reconheci como sendo o anel de energia dado por minha mãe.

— Isso tava no sofá, e percebi que você usou. Tomei a liberdade de levar à Cidade dos Nobres pro Ferreiro carregar e melhorar o feitiço. — Ele me entregou a joia. — Agora o anel vai puxar energia vital e carregar automaticamente enquanto você tiver descansada. Pode usar o tempo inteiro.

Fitei a peça, estarrecida, e coloquei-a. Um incômodo cresceu em meu peito.

— Isso deve ter custado uma fortuna... — murmurei, desconcertada.

— Ando lutando há um tempo pros monitores terem direito a essas peças, como instrumento de trabalho que são — ele disse, olhando o envelope. — Um dia consigo, mas até lá providencio as necessidades mais óbvias dos meus.

Victor me estendeu o envelope. Peguei-o, incerta, e espiei o conteúdo. Meu estômago congelou. Fiz menção de devolver, mas ele recusou.

— Não posso aceitar... Você não vai me convencer de que dá joias do valor de uma casa pra todos os seus monitores. Isso é muito constrangedor.

— É uma reparação. Não leve a mal. Você passou anos cuidando da nossa região mais povoada, quase sem ajuda e com uma dificuldade física causada por tortura. Por favor, é ofensivo você ler segundas intenções nesse presente. É uma ferramenta de trabalho. Pense em como seria se você tivesse encontrado o bruxo hoje.

Aquilo realmente me fez hesitar. Alguém poderia acabar morto; um demônio, livre no plano material. Fitei o bonito e discreto par de brincos, que combinavam com o anel, me perguntando quanto da minha dignidade ficaria intacta se eu aceitasse. Bem, eu tinha a herança do meu tio na Cidade dos Nobres. Poderia pagá-lo quando tivesse coragem de pôr os pés lá de novo.

— Aceito se você me deixar te devolver o dinheiro — sussurrei.

— Feito — ele concordou de pronto. — Até lá, ponha e não tire.

Coloquei os brincos com um suspiro resignado. Deveria ter comprado algo assim havia anos, mas era fácil esquecer que meu tio fora tão importante quando só o conheci como alguém frágil.

— A Valentina tá segura agora. Sabrina disse que não houve nenhum contratempo, e as primeiras notícias de Tiago apontam na mesma direção. Falei mais cedo com Iago, e parece que o Jorge quis a colaboração dos indígenas locais para encontrar o selo. Por isso levou os símiles pra Paraty.

Os símiles. As pecinhas de madeira em forma de onça que Helena identificara. Jorge devia tê-los distribuído para facilitar a busca. Acaso

Dimas conseguira alguma pista do paradeiro do selo original, para direcionar Jorge a Paraty assim?

— E aí? — perguntei.

— Eles alegaram não saber do que se tratava, mas alguém reconheceu... O pajé negou ter informações do paradeiro da peça, mas Iago disse que ele devia estar mentindo, porque ficou perturbado.

— Então o Jorge não sabe do selo — comentei, aliviada. Para mim, não importava se o pajé sabia ou não onde estava, contanto que o arremedo de pastor não pusesse as mãos no artefato.

— Não — Victor confirmou. — Deve achar que foi viagem perdida.

Eu esperava que sim. Bruxo de campo, Iago era intuitivo, como eu, e talvez só por isso tivesse percebido que o pajé mentira.

— Os homens com a Valentina... Jorge e um outro. Eles tavam discutindo quando a gente chegou. Parece que não têm o selo ainda. Sequestraram a Valentina cedo demais por medo de não ter mais oportunidade, mas parece que foi um movimento ruim; deviam saber que eu ia atrás.

— É possível. Essa história sobre o pastor ser o pai biológico da menina... é óbvio, agora que sabemos. Um sacrifício de sangue costuma ser a etapa final pra ruptura de um selo. Só tem algum elemento mal encaixado. O incêndio no Centro... o cadáver do terreno baldio... talvez até o cadáver de Denise, ainda não encontrado... Se fossem relacionados à quebra do selo, seriam coordenados. A sequência tá meio desigual, não?

Meu celular começou a tocar. Corri ao quarto para buscá-lo.

— Fala, Helena — atendi. Victor me olhou, interessado. — Ó, vou te pôr no viva-voz, que o Corregedor tá aqui e assim me poupa tempo de passar as informações pra ele, tá?

— Certo. — Helena suspirou como quem se prepara para anunciar o fim dos tempos. — Filha, acabei de interrogar o Jorge e o outro cara. Se chama Pascoal.

— Hum — grunhi.

— É como você suspeitava; gente conhecida da menina tava envolvida, além do Jorge. No caso, o Pascoal, professor. E foi tudo como você imaginou: usaram a fila dupla e o tempo do farol pra fazer a Valentina sumir na muvuca. — Helena bufou. Sua voz tornou-se mais distante, provavelmente porque ela entrara no carro e passara a ligação para o rádio a fim de poder dirigir. — Foi o Pascoal que acenou pra ela. Ele já tinha dito que ia buscar ela na escola a pedido da Joyce, sabe? Outro cara tava dirigindo, ainda foragido.

— Caramba.

— Mas você não adivinha a melhor parte.

— Frequentador da igreja do nosso bom pastor? — palpitei.

— Aff, adivinhou. — Helena estalou a língua. Eu quase podia enxergá-la agora: as duas mãos no volante, os braços rígidos, os olhos grudados no carro da frente como se pudessem fulminá-lo. Ou, possivelmente, num motoqueiro que acabara de dar uma enfiada arriscada. — Antes de continuar, acabei de pegar os dados sobre os corpos carbonizados encontrados. Eu peço pra Kiara te mandar por e-mail ou te levo a impressão aí?

— O que for melhor pra você, Helena.

— Então vou aí e aproveito pra te contar o resto ao vivo.

— Beleza. Só me diz uma coisa: acharam mais corpos queimados aqui pros meus lados na última semana?

Victor me olhou de relance.

— Hum... não. Eu chequei. Fiquei procurando padrões, na verdade, mas não encontrei nada. Talvez você veja algo que não vi. *Aff, filho da puta!* Desculpa, Ísis. Um arrombado numa SUV acabou de me fechar. Ó, vou desligar. Levo uma meia hora pra chegar, tá?

— Tá bom. Até já.

— Até. Tchau.

E desligou. Victor me encarou.

— Você tá achando que o incêndio no prédio foi pra um feitiço localizador? Por isso perguntou se tinha mais cadáveres carbonizados?

— Você é ligeiro, hein? — Levantei-me e me espreguicei. Ainda me sentia moída. — Vou preparar um café porque isso vai longe.

— Seria melhor você dormir cedo e descansar — ele disse.

— Seria, mas tem um bruxo à solta, ele botou fogo num prédio cheio de gente e tava planejando matar uma menininha pra soltar um demônio. — Fui à cozinha pôr água para ferver. — A gente não sabe se funcionou ou não, mas, supondo que tenha morrido gente suficiente pra ele lançar o feitiço... Ei, a gente pode tentar descobrir isso. — Peguei o celular e liguei para Dulce. Ela atendeu antes do segundo toque. — Oi, gata. Ainda tá no hospital?

— Tô. — Uma tosse seca. — Alta amanhã, a médica disse. Precisa de alguma coisa?

— Tava querendo uma informaçãozinha, mas acho que daí você não tem como me arranjar.

— Você me subestima, Ísis — replicou ela com uma risada. — Fala o que é.

— A estimativa do número de pessoas vivendo naquele prédio do incêndio.

A quantidade de gente que havia morrido era importante, mas mais fácil de conseguir. Já o número de habitantes ajudaria a dizer o alcance que Dimas pretendia obter com o feitiço.

— Vou ver se mexo os pauzinhos.

— Ai, valeu. Sei que não vai ser fácil...

— Amore, tô morrendo de tédio aqui. Não tô conseguindo ler e não tenho saco pra tevê. Ir atrás de informação deve ser a coisa mais empolgante que vai me acontecer até de manhã.

— Achei que já tava bom de aventura pelo resto do ano depois de entrar num prédio em chamas.

Um suspiro.

— Vou ver o que dá pra fazer. A essa hora pode ser difícil, mas fica esperta com o celular que vou te ligar na hora se conseguir alguma coisa.

— Beleza, Dulce. Obrigadão. Se cuida aí e me liga qualquer coisa.

— Pode deixar. Até mais tarde, Zi.

Apoiado no batente de braços e tornozelos cruzados, Victor me fitava.

— Será que ele tá mesmo usando o feitiço pra procurar o selo? — sussurrou, mais para si mesmo do que para mim.

— Como assim?

— Se o Dimas mandou o Jorge atrás dos indígenas de Paraty, buscando a colaboração deles... deve ser porque imagina que o selo tá pros lados de lá. Agora, o feitiço localizador deve ficar circunscrito à cidade. Ou, no máximo, à Grande São Paulo.

Entendi, enfim, o que ele queria dizer. Utilizar sacrifícios humanos para um feitiço localizador era um modo torto de encontrar algo muito bem escondido com uma magia estável. Não se escondiam apenas selos com uma bruxaria pesada daquelas.

— O que você tem em mente? — perguntei. — Se disse isso, é porque suspeita de alguma coisa específica.

O Corregedor aquiesceu, comprimindo os lábios e desviando os olhos para o alto.

— Eu não devia falar sobre isso. Posso contar com a sua discrição?

— Claro que pode. Mesmo se eu fosse fofoqueira, pra quem falaria? Não mantenho contato com o nosso povo, você sabe.

Ele me analisou, a expressão ganhando contornos de simpatia.

— Sabe o que tem me dado muito trabalho e me obrigado a viajar sem folga? Não, porque não foi divulgado. Andei avaliando os pontos de contato mais frágeis entre o plano dos mortos e aqui. Cheguei a ter a companhia de Samael num dos trechos. — Minha expressão chocada provocou-lhe um sorriso. — Pois é, pra você ver quanto tempo passei circulando pelo Inferno.

— E por isso você tava pros lados de cá quando te liguei da primeira vez!

— Exato. Dito isso, sei onde fica uma passagem bastante frágil aqui em São Paulo, e em qual parte do inferno ela dá. — Victor torceu o nariz; eu apenas o encarei, embasbacada. — Não é uma região nobre... em nenhum dos planos. Mas pensei nisso porque... existe uma possibilidade de Dimas estar em busca da passagem também. Naturalmente, mesmo com o rompimento do selo, seria muito mais fácil pro demônio em questão passar pra este plano num lugar assim.

Fitei-o, estarrecida. Como responder àquilo? Mapear pontos de contato entre planos não era trabalho de corregedores, e sim de diplomatas muito, mas muito mais elevados nas hierarquias nobreanas. E já ter encontrado um dos Príncipes do Verbo também apontava nessa direção. Eu deveria pensar no caso, mas não foi esse rumo que meus pensamentos tomaram.

— Hã... que mal lhe pergunte, Victor: até quando você continua como corregedor?

Um sorriso amargo repuxou o canto de seus lábios.

— Não sei. Pelo menos até a gente resolver a questão desse falso pastor.

Eu não sabia como me sentir a respeito. Victor era um bom corregedor e — eu descobrira recentemente — uma boa pessoa. O afastamento me magoava um pouco, por mais que a ascensão fosse maravilhosa para ele. Não quis refletir sobre isso. Nem deveria, com tanto em jogo.

— Bom, então tem um ponto de contato em São Paulo e você acha que o selo pode abrir ele?

— Não, mas a quebra do selo talvez permita que o demônio preso por ele consiga abrir a passagem sozinho. Talvez Dimas esteja procurando o local pra quebrar o selo ali. Isso certamente daria mais energia pro demônio.

— E você não pode... hum... contatar Lúcifer pra avisar?

— Você sabe como são as regras desse povo... — Victor revirou os olhos. — Se o livre arbítrio do humano envolvido provocar alguma coisa, ele será punido de acordo. O demônio já tá no Inferno. Se sair, Samael virá atrás e pronto.

— Garantir que nada aconteça com as pessoas da cidade no processo é o meu trabalho — murmurei.

— Pois é.

— Puxa, que reconfortante — resmunguei.

Voltei a atenção à água prestes a ferver e coei o café em silêncio. Pensei na extenuação dos dias anteriores, com tantos feitiços seguidos. Olhei o anel da minha mãe, alterado e carregado. Lembrei-me dos brincos dados por Victor. Um presente de despedida? Uma forma de tentar se desculpar pelos anos de dificuldade, sabendo que iria embora e outro o substituiria? Querendo deixar uma boa impressão mais duradoura, para apagar o tempo de rigidez desnecessária e a leve perseguição que admitiu empreender contra mim? Embora houvesse um assunto mais urgente pressionando com insistência outros recantos da minha mente, aquelas perguntas se intrometiam.

Valentina estava segura; Denise, morta. Faltava o terceiro caso, aquele ao qual menos atentei desde o princípio e que ligava os outros dois.

Voltei ao começo de tudo: o ódio incitado pelo pastor, usando a crença inocente de fiéis do Verbo para radicalizar alguns devotos a ponto de se tornarem o completo oposto do Cristo louvado. Pensei na mãe Margarete, no terreiro, nos tentáculos de energia negativa que restaram após a invasão e a destruição do local de culto. Claro que os orixás teriam interesse no selo. Como não, se o ódio de uma maioria religiosa mal guiada poderia feri-los indiretamente?

Não adiantava pedir ajuda ao Verbo, pois ele não interferia no plano material. Aos seus Príncipes, só se a coisa apertasse. À Terra, apenas se eu precisasse executar magias muito complicadas e exaustivas, coisa que não tinha a menor condição de fazer no momento. Já aos orixás... Seu modo de existir baseava-se na interferência direta e reiterada no cotidiano mortal. Eu iria ao terreiro no dia seguinte, pedir ajuda à mãe Margarete para fazer uma bela oferenda a Oiá e Ogum. Se Dimas, o falso pastor, queria brincar com fogo, veríamos como se sairia. Talvez o Verbo até se dignasse a manifestar apoio aos orixás, do jeito que odiava quem manipulava a fé das pessoas e usava seu nome para instigar o mal. Nem os deuses gregos conseguem ser mais rancorosos do que ele num caso assim.

O celular tocou. Esperava Dulce ou Helena, mas foi o nome de Murilo que apareceu na tela.

— Oi — atendi, meio aérea.

— Zi, eu tava analisando uns discursos do pastor Marco Dimas aqui... Acho que posso ajudar.

— Eu não tinha te contado nada ainda...

— A Dulce ficou entediada hoje cedo e me ligou — explicou ele. — Passamos umas duas horas no telefone, o que foi ótimo, porque o Marcos não tá tendo tempo de me ligar de tanta ponte que tá calculando na viagem... Ficar a tarde toda em cima disso ajudou a me distrair, já que não chegou nada novo.

— Adoro como você se diverte com o seu trabalho. E o que tem pra mim?

— Prefiro te mostrar ao vivo. Posso ir aí?

— Do jeito que vai, vou montar um comitê investigativo — comentei com uma risada.

— Por quê? Quem mais tá aí?

— O Corregedor, pro seu delírio... e a Helena tá vindo. Chega aí.

— Tá bom. Prepara o estômago, porque esse cara pregando dá vontade de vomitar.

Desliguei o celular, soltando um longo suspiro.

— Você sabe que uma parte da conversa precisa ficar de fora até seus amigos irem embora, não? — perguntou Victor num tom tranquilo.

— Sei, sei. Mas geralmente consigo descobrir muita coisa com a ajuda deles, como você já deve ter percebido.

Liguei para a pizzaria. *Era segunda-feira*. Tentei quatro números até encontrar uma aberta e pedi duas pizzas e uma Coca-Cola. Com o jantar devidamente providenciado, voltei aos problemas de maior grandeza.

— Então, a gente precisa descobrir se o Dimas sabe onde tá a passagem, como pretende quebrar o selo, se dá pra fazer isso sem a Valentina ou se ele só tá escondido porque deu tudo errado. O melhor, a essa altura, seria lançar um feitiço localizador usando o sangue da Valentina pra achar ele o quanto antes.

— Você não tá em condições e *eu* não vou poder incapacitar o homem; o Conselho não só quer ele vivo como intacto. Não tenho como garantir uma mente inteiramente sã se usar meus poderes telepáticos — disse o Corregedor, impassível. — Posso te levar até o Dimas, claro, e pôr qualquer aliado dele fora de combate, não importa quantos forem, mas preciso de você apta a conter ele. Enquanto você se recupera, nossa prioridade é achar o selo e descobrir quem mais sabe do plano e entende o que tá em jogo. Pensei em conversar pessoalmente com Pascoal e Jorge. Será que a sua amiga me arranja acesso fácil aos dois, ou terei de entrar lá do nosso jeito?

— *Conversar*.

— Você me entendeu — ele disse, rígido. — Acho que vou querer um café também.

23

O interfone tocou, anunciando a chegada da pizza, antes de Helena ou Murilo aparecerem. Ele viria de metrô e, se estivesse em casa quando me ligou, não demoraria muito. Já Helena talvez estivesse presa no trânsito.

Victor desceu comigo para buscar as pizzas num silêncio contemplativo, pelo menos no elevador. Avançando pelo pátio até a portaria, murmurou:

— Ísis, você gosta de ser monitora?

Não esperava que ele resolvesse puxar papo assim do nada, ainda mais com um assunto tão trivial no meio daquele vórtice de insanidade que estávamos vivendo.

— Bastante. Por quê?

— E prefere São Paulo ou a Baixada Santista? — indagou, ignorando minha pergunta.

— Sei lá. Eu gostava da praia, mas aqui tem suas vantagens. Nunca parei pra pensar nisso. Por quê?

Alcançamos o portão, e Victor reimergiu em suas reflexões, sem abrir a boca.

— Íris? — perguntou o entregador.

— É.

Nunca acertavam meu nome. Uma vez conheci uma Íris, e ela me disse que sempre a chamavam de "Ísis". Vá entender. Paguei ao moço, entreguei as pizzas a Victor e eu mesma levei o refrigerante.

— Sabe, de manhã, fiquei morrendo de medo de você ter ido denunciar as minhas escapadas — confessei. — Você foi embora de um jeito tão esquisito...

— Eu não...

— ÍSIS! — um grito o interrompeu.

Ambos giramos no lugar para descobrir sua origem. Fernanda. Gesticulei para o porteiro deixá-la entrar. Ela correu até mim e me abraçou às pressas, muito agitada.

— Você não atende o celular, criatura! — censurou. — Só dava ocupado e agora tocou até cair.

— Deixei lá em cima. Que foi?

— Você não vai acreditar!

— Só se você não me falar.

Ela revirou os olhos, então se dando conta da presença de Victor.

— Ah. Oi.

Ele assentiu formalmente.

— Meu nome é Victor Spencer, mas desconfio que você me conheça como *o Corregedor*.

— Ah! Oi. Prazer. — Ela se apresentou e me olhou, incerta. — É meio urgente, Zi, mas se for uma hora ruim...

— De jeito nenhum. O Murilo e a Helena tão vindo também, cada um pra uma coisa.

Subimos para o apartamento e deixamos tudo na mesa da cozinha, à qual nos sentamos para conversar.

— O que aconteceu, Fê?

— O pajé Moacir lá de Paraty me ligou! — exclamou ela, novamente agitada. — Disse que na última semana foram duas pessoas diferentes procurar ele atrás de um objeto muito perigoso! Tem noção? Daí eu pedi detalhes, e ele me disse o quê? Uma pecinha de madeira em forma de onça!

Senti o interesse de Victor faiscar em sua aura, mas ele felizmente manteve a compostura para não intimidar Fernanda.

— Ele tá com a peça?

— Não, mas tem medo de torturarem ele pra achar, porque sabe onde tá. Me pediu ajuda pra esconder, porque acadêmico nunca tem fé em nada, então não vão querer usar o artefato e tal. Disse que a peça em si tem um feitiço muito forte pra deixar ela escondida, então não teria problema eu pegar, só que aí... Fiquei com medo e na hora pensei em você, por causa da mensagem que Exu te mandou.

— Fê, a gente tá desesperado atrás desse selo. Uma dessas duas pessoas que foi atrás do pajé é um colega meu.

— Iago, né? Ele falou. Mas o Moacir sentiu algo estranho e não quis confiar.

— Você vai falar pra ele que me contou sobre o selo? Por que ele confiaria em mim, se não confiou no Iago? Nós dois somos subalternos do mesmo corregedor, e todos trabalhamos pro Conselho.

— Sei lá. Ele confia em mim e sabe que tenho uma amiga bruxa. Só que não pode me dizer o paradeiro do selo por telefone; eu preciso ir lá. As coisas tão meio caóticas, eu sei, mas seria bom você ir comigo pra Paraty.

Olhei para Victor, cuja postura havia se retesado inteira.

— Vamos ainda hoje? — perguntei.

— Só não digo agora mesmo porque seus dois amigos estão vindo e preciso comer antes de levar duas pessoas.

Fernanda fitou-o, depois se voltou para mim como quem pede esclarecimentos. Eu mesma não estava acreditando que o Corregedor se dispunha a levar uma comum via portal. Hesitei apenas um momento, pedi licença e chamei-o de canto na cozinha, alegando à minha amiga que precisava tirar uma dúvida sobre questões mágicas. Na prática, era verdade.

— Olha, é urgente, eu sei — cochichei. — Mas você não vai levar Fernanda via portal sem ela saber exatamente as implicações disso.

— Não sou obrigado a alterar a memória de comuns cooperando conosco, desde que a gente mantenha o nível de exposição deles à magia o mínimo possível — explicou.

— Desde quando?

— Desde minha mudança de status. Não se preocupe, Ísis, eu não faria uma amiga sua testemunhar um feitiço para depois usar telepatia nela sem nenhum tipo de acordo prévio. Confie um pouquinho em mim.

— Ah, eu confio — resmunguei, lançando um olhar à sala. — Já provei isso, né? Mas uma coisa é confiar a mim mesma, que sei todas as regras. Outra bem diferente é confiar a Fê e a boa vontade inocente dela. Então, pra confirmar: virar um diplomata te dá direito de decidir não alterar a memória de um comum se ele vir a gente fazendo magia?

— Sim. Posso tomar essa decisão sem precisar me reportar a nenhum superior. Mas isso não é um convite pra você executar feitiços diante de ninguém.

— Ok, mas você ainda não assumiu o posto novo, né?

Victor desviou o olhar.

— Já tô trabalhando com assuntos diplomáticos na maior parte do tempo, portanto tenho alguns dos benefícios também.

— Hum. Tá bom então. — Voltamos à sala, onde Fernanda escrevia uma mensagem no celular. — Você vai ter um vislumbre do Inferno depois do jantar, Fê.

Ela parecia estar com a cabeça a quilômetros dali. O interfone tocou de novo: Murilo e Helena chegaram praticamente juntos.

— Se a gente tivesse marcado uma reuniãozinha, não teria dado certo — comentou Murilo quando abri a porta. Seu tom soou agradável, mas desprovido dos habituais bom humor e leveza. — Falta a Dulce pra completar o esquadrão.

— Só vai receber alta amanhã — informei.

— Pena — disse Fernanda. — Mas pelo menos ela ficou bem.

— Sorte a minha, né, senão eu estaria nadando em ignorância sobre essa história toda, já que a senhorita Rossetti não se dignou a me contar nadinha — disse Murilo num falso tom de censura que certamente tinha um fundo de verdade.

— Até uma hora atrás eu tava apagada — resmunguei. — As coisas foram se encavalando... Eu não parei, sabe? Não parei até desligar. Agora, quem vai falar primeiro? Helena? Você ia contar do Jorge. Descobriu sobre a morte da Denise?

— Ele confessou o assassinato. Não precisou de muito incentivo pra descrever nos mínimos detalhes. Vou poupar vocês disso, mas, pra resumir: ele esfaqueou a Denise na barriga, porque, segundo suas palavras, "ela com certeza abortou várias vezes, aquela puta, assassinou bebezinhos inocentes". Não, ele não tinha nenhuma evidência disso. Mas... adivinha? O pastor da igreja disse que uma mulher que não quer ter filho faz qualquer coisa. Enfim. Ele queimou o corpo e deixou num terreno perto da rodoviária. Uma equipe foi verificar o local.

À menção da queima, Victor e eu nos entreolhamos. Feitiços de localização lançados por bruxos de pacto requeriam triangulação da área onde se suspeitava estar a coisa buscada. Ou seja, supondo que o cadáver no terreno baldio perto da minha casa fosse um dos pontos de ancoragem do feitiço e o prédio no Centro fosse outro, havíamos agora achado o terceiro.

— Barra Funda? — perguntei.

— Não, Tietê — respondeu ela, olhando-nos alternadamente. — Por quê?

Victor tirou do bolso interno do casaco um papel dobrado e uma caneta. Ao abri-lo, revelou um pequeno mapa de São Paulo, onde já havia marcado um asterisco na altura da minha casa e outro no Centro. Acrescentou mais um na zona norte, onde deveria ficar a rodoviária do Tietê, e traçou um triângulo tosco com os três pontos.

— Isso vai mudar quando a gente souber os números do prédio — observou ele, erguendo os olhos do papel para mim.

— A passagem tá nessa área? — perguntei. Ele sacudiu negativamente a cabeça. — Mas e quando a gente souber que a proporção de mortes sacrificiais não é de um pra um?

Dessa vez, Victor fez uma careta, voltando a fitar o mapa. Quanto maior o número de mortos num ponto de ancoragem, maior o alcance do feitiço no raio daquele ponto.

— Só se as mortes efetivas não tiverem permitido a expansão da ancoragem... — sussurrou ele, mais para si mesmo do que para nós.

— Do que você tá falando? — perguntou Murilo.

Em vez de oferecer uma desculpa vaga, Victor gesticulou para os três se aproximarem e usou a caneta para apontar o papel enquanto falava.

— Aqui tá o corpo da Denise. Aqui, o de um anônimo. Se, no prédio, só uma pessoa tivesse morrido, esse meu desenho seria a área abrangida por um tipo muito específico de feitiço localizador.

— Vocês... têm feitiços com sacrifícios humanos?! — indagou Helena.

— De jeito nenhum — respondeu o Corregedor. — Nós, servos da Terra, temos muitos tipos de bruxaria para diversos fins, mas só quem trabalha com magia sacrificial são bruxos por pacto. Pra achar algo ou alguém, usamos gente como Ísis, intuitivos.

— E o que é a tal ancoragem? — perguntou Murilo.

— Os três pontos do triângulo. Geralmente, existe um mais forte do que os demais, o último a ser estabelecido. Quanto maior o número de mortos, maior a área abrangida. — Victor indicou um círculo ao redor do prédio e simulou um aumento de seu raio, traçando com a caneta, sem riscar. — Então, se o número de mortos for superior a um aqui no prédio, o que é bem provável, o feitiço alcança a área do triângulo mais o círculo em torno do ponto principal da ancoragem. No caso, o prédio do Centro.

Tão didático. Vi no rosto de meus amigos que haviam entendido e agora digeriam a explicação. Victor me olhou pelo canto do olho. O celular tocou outra vez.

— Dulce? — atendi. — Tudo bem?

— Não. Umas cem pessoas moravam no prédio. Vinte e oito morreram. — Dulce fungou. — Isso ajuda?

— Muito. Obrigada mesmo. — O suspiro do outro lado da linha apertou meu coração. — Dulce, você tá chorando?

— Alguém tem que chorar por esses coitados, né? Não vai mudar nada, mas todo mundo merece o respeito de ter a sua morte lamentada. — Ouvi-a soluçar. A verdade de suas palavras era inegável, e Dulce, uma presença sólida mesmo quando distante, uma raridade entre comuns. — Sabe o que é foda? Nas redes sociais, tem um monte de animalzinho comentando as reportagens com um caminhão de merda. Ficam "ai, mas por que tem gente que vai morar nessas condições?" e eu quero urrar. Você acha que alguém vai morar num prédio abandonado porque *quer*, cacete?

— Mas pra que você vai ler comentário, Dulce? Vai ouvir um System of a Down, ler umas fanfics. Alguma coisa divertida, sabe?

— É, eu sei... — Ela suspirou. — Ai, desculpa o desabafo, Zi.

— Magina. Ajudou?

— Mais ou menos.

Meus amigos gesticulavam.

— Ó, tá todo mundo mandando beijos, Dulce: o Murilo, a Helena e a Fernanda. O Corregedor envia saudações cordiais.

Ele sorriu de lado, assentindo. Dulce gargalhou.

— Eu vou querer ouvir a história completa dessa reunião depois, tá? Agora pode voltar pro trabalho.

Despedi-me e desliguei, retornando à gravidade anterior. Informei o número de mortos no incêndio e a estimativa dos moradores. Um vinco surgiu entre as sobrancelhas de Victor ao ouvir aquilo, seus olhos descendo para o mapa diante de si. Meus amigos permaneceram calados, intuindo que ele precisava se concentrar. Alguns minutos passaram.

— Hum... Helena? — ele disse. — Você pode, por favor, pegar o que a Ísis te pediu?

A delegada levantou-se de um salto, correu à sala e voltou com um relatório contendo tabelas e um mapa.

— Ísis, descubra se tem mais algum sacrifício ritual relacionado ao caso — disse Victor, correndo os olhos por seu próprio mapa.

Abri espaço na mesa. Murilo e Fernanda rapidamente puseram as louças na pia e me ajudaram a espalhar as páginas do relatório e esticar melhor o mapa com os dados trazidos por Helena. Victor cruzou os braços sobre o tampo, aguardando.

— Hã... gente, vocês podem esperar na sala, por favor? — murmurei.

Os três retiraram-se sem reclamar. Estiquei o braço para a gaveta de talheres, equilibrando a cadeira sobre as duas pernas de trás, e peguei uma faca de cortar carne.

— Não vai dar tempo de ler tudo pra deixar a minha intuição resolver o resto. Vou precisar lançar um feitiço pra acelerar as coisas... né?

— Sim. É urgente.

— Pelos seus cálculos, ele chegou perto de descobrir a passagem?

— Muito.

Estendi a palma da mão para cima e ofereci-lhe a faca.

— Me ajuda? Não consigo me cortar.

Victor fez uma careta.

— Por que você não usa sangue menstrual? Tão mais prático e menos bárbaro...

— Acabou o que eu tinha guardado no último caso e ainda não menstruei de novo depois disso.

Torcendo o nariz, Victor não discutiu mais; pegou a faca e cortou a palma da minha mão sem hesitar. Gemi e me sobressaltei, afastando-me por reflexo. Ele se levantou e deixou a cozinha, em silêncio, enquanto eu sussurrava as palavras do feitiço em atiaia, me concentrando no mapa de Helena.

Não eram tantos corpos assim, embora fosse um exagero para o período de uma semana. A polícia certamente ainda não encontrara alguns, e muitos dos que constavam naquela lista marcavam assassinatos bem anteriores. Mesmo assim, era um ponto de partida.

O sangue pingou no papel três vezes enquanto eu lançava o feitiço. Devagar, caminhou pelo mapa sem manchar nada, até se dividir — uma grande gota para a zona norte, perto da rodoviária, e a outra, menorzinha, para a zona oeste, próxima à minha casa. Esta última indicava apenas o cadáver que já conhecíamos. Perto da rodoviária, no entanto, havia quatro.

— Maldição — praguejou Victor atrás de mim. — Pegou a passagem. Ele sabe onde tá.

Encarei o mapa sem vê-lo realmente, tentando entender qual era o grande plano. Victor tomou assento ao meu lado e pegou minha mão com delicadeza. Só então reparei que ele havia buscado gaze e a poção curativa, já quase no fim.

— A gente precisa definir prioridades — comentou enquanto tratava minha mão.

— Algo me diz pra não esperar. Vamos logo atrás do pastor Dimas.

— Para de chamar esse cara de "pastor". Ele não faz jus ao título. — Victor enfaixou o ferimento. — Eu não ignoraria a sua intuição, Ísis. Consegue lançar o localizador agora?

Assenti e corri para buscar o sangue de Valentina no bolso da calça. A preocupação fluía da sala em ondas palpáveis. Dei um sorriso nervoso aos meus amigos ao passar de volta para a cozinha. Sem mais delongas, lancei o feitiço para localizar Marco Dimas.

Nada.

— Quê? Como assim?

Victor estreitou os olhos.

— Sem resposta?

— Nada. Ele não deve tá morto... Mas eu...

— As emanações da sua aura foram as de um localizador bem executado, eu senti perfeitamente. — Franzindo o cenho, ele pegou o celular. Aproximei-me, curiosa. Victor buscava uma foto do novo alvo. — Vejamos.

Seguiram-se as pequenas vibrações características da aura de qualquer bruxo não intuitivo lançando um feitiço de localização.

— Nada, também — ele declarou. — Mas o meu alcance é bem limitado.

— Eu faço. — Peguei o celular e me concentrei na imagem utilizada por Victor. Novamente, sem resposta. — Será possível?

— Bom, ele é um bruxo e uma figura pública — ponderou Victor. — Deve alterar significativamente a aparência pra não sair dando material pra ser encontrado fácil assim.

— Mas e o sangue da Valentina?

— Talvez o Dimas não seja pai dela, afinal.

— Ele mandou sequestrar a menina!

— Talvez ele não soubesse.

É, talvez. Restava ir atrás do selo e torná-lo inacessível. Guardá-lo no fundo dos cofres do Conselho, onde ficaria esquecido para sempre na companhia de outros artefatos igualmente perigosos. Fomos nos juntar ao pessoal na sala.

— E aí? — perguntou Helena, de braços cruzados, um misto de nervosismo e tédio.

— Vamos encontrar o pajé Moacir agora mesmo — disse Victor, metodicamente removendo a gaze da mão. Assistindo à cena, Murilo fez uma careta ao ver a palma cheia de cortes irregulares.

— Ele não me atende — resmungou Fernanda, frustrada, enrolando algumas trancinhas com os dedos.

— Preciso de um endereço claro — disse Victor. Seus olhos passaram a Helena. — Você me autoriza a conversar com Pascoal e Jorge?

— É o tipo de conversa que deixa sequelas?

— Não se eles colaborarem.

— *Sei*. — Helena me lançou um olhar incerto. — Você pode ir na delegacia comigo quando voltar.

— Obrigado. — Ele se virou para Murilo. — O que você tinha a dizer pode esperar?

— Eu achava que não, mas tudo parece tão urgente… Vou contando pra Helena enquanto vocês vão.

— Certo. — Victor nos encarou, indeciso. — Não bruxos não podem testemunhar bruxaria, como vocês já sabem. Não quero ter de alterar a memória de ninguém, então seria melhor Murilo e Helena esperarem em outro lugar.

Nenhum dos dois gostou de ser expulso, mas não discutiram. Quando se foram, Victor sentou-se perto de Fernanda com um ar todo solícito.

— A gente precisa ir de portal pra chegar depressa em Paraty. Não costumamos fazer a travessia com não bruxos. A experiência pode ser um choque. Você aceitaria usar uma venda? Preservaria a sua sanidade mental.

Fernanda concordou de pronto, aliviada. Victor me olhou, silenciosamente pedindo que eu providenciasse algo para tapar os olhos dela. Eu por acaso tinha algo melhor do que um pano improvisado, mas sentia o rosto queimar só de pensar. No quarto, remexi no armário a caixinha onde guardava as coisas para entretenimento adulto. Pesquei lá dentro minha venda preta de cetim e considerei-a por um instante, até decidir que a integridade da mente de Fernanda se sobrepunha à minha vergonha. Aquela venda, feita especificamente para essa função, não sairia do lugar na hora errada.

Peguei um lenço na gaveta, molhei-o na torneira e voltei à sala, me esforçando para manter a cara de paisagem, especialmente ao entregar a venda a Victor. Ele arqueou uma sobrancelha ao pegá-la, mas não teceu comentários.

— Licença — ele disse a Fernanda. Somente depois de ela assentir, o Corregedor colocou a venda, com toda a facilidade da prática, me lançando um olhar que preferi não interpretar.

— Fê, ó, tá aqui um lencinho pra você cobrir o nariz e a boca quando tiver lá.

— "Lá" quer dizer o Inferno? — Fernanda perguntou com uma risadinha nervosa. Ela se levantou, hesitante. — Então... como vai ser?

Expliquei-lhe brevemente. O Corregedor pegou a pedra e nos envolveu cada uma com um braço. Dei uma mão para Fernanda às costas dele. Ela a segurou como se sua vida dependesse disso. O portal se abriu diante de nós. Avançamos. Ela grunhiu, apertando o lenço contra o nariz.

— É só continuar andando — Victor sussurrou no tom mais gentil de seu repertório. — Já estamos bem perto.

Trocar de plano em vida, mesmo se por segundos, é uma experiência sufocante para qualquer pessoa, mas infinitamente mais para comuns, cuja percepção espaçotemporal está sempre presa ao plano material. O fato de Fernanda conseguir caminhar sem cambalear ou tropeçar depunha muito a seu favor.

O portal de saída abriu-se e chegamos enfim à serra perto de Paraty. Um vento gelado soprava do mar. Fernanda grunhiu, desvencilhando-se e arrancando a venda. Sua respiração descompassada arranhava o silêncio noturno.

— Eu volto de ônibus — resmungou, sem nos olhar, encaminhando-se decidida para um conjunto de casas mais adiante.

Não lhe tirei a razão. Guardei a venda e o lenço úmido no bolso da calça e a segui, ladeada por Victor. Ela precisava vir conosco, sendo a pessoa de confiança de Moacir, mas não tinha por que fazê-la passar pela experiência de novo.

Havia uma comoção quando chegamos: um grupo de pessoas reunidas diante de uma das casinhas. O pajé Moacir — soube logo quem era, pois Fernanda correu em sua direção — chorava. Ao alcançá-lo, notei logo suas vestes enlameadas e ensopadas, sujas de folhas e gravetos.

Ninguém sabia o que acontecera. Fernanda murmurava com ele em nheegatu, que a maioria dali claramente não falava, especialmente os mais jovens. Moacir assentia com um sorriso eivado de desesperança, sentado numa cadeirinha de madeira ao lado da porta. Victor e eu trocávamos olhares cheios de preocupação e impaciência, mas não apressamos a conversa. Se os dois escolheram falar em outro idioma, era para não interferirmos.

O pajé parecia assustado, mas não ferido. Sua aura não era a de um bruxo, tampouco a de um comum. Tinha as mesmas marcas de mãe Margarete, de uma pessoa mortal que lidava com outros planos de existência, mas não a serviço da Terra nem ao de um demônio.

— Confiável? — inquiriu Victor num sussurro, provavelmente percebendo minha avaliação.

— É um sacerdote legítimo — sussurrei em resposta.

— Então sim.

— Então sim — repeti. — Isso significa que a gente precisa conquistar a confiança dele.

— Significa que preciso reavaliar Iago — disse Victor, puxando o celular.

Não fiquei olhando enquanto ele mandava mensagem a alguém; voltei-me para minha amiga e para o pajé. Agora também ela demonstrava nervosismo, e sua prosódia me soava mais incisiva, embora eu não compreendesse nem de longe o suficiente da língua para julgar direito, apenas as ocasionais palavras de origem portuguesa para conceitos recentes.

Depois do que me pareceram anos, Moacir ergueu-se e gesticulou para entrarmos, dispersando a aglomeração em português com um agradecimento. Fernanda adentrou a casinha, seguida por Victor e por mim. Sem dizer nada, o anfitrião foi direto até a geladeira e nos serviu água.

— Obrigada — eu disse, após entornar meu copo goela abaixo. — Desculpa aparecer assim, senhor.

Moacir me encarava com um misto de surpresa e fascínio, os olhinhos muito negros reluzindo.

— Você... ibyatiaia? — murmurou, boquiaberto.

— Eu... hum... não sei o que isso quer dizer — respondi, lançando um olhar a Fernanda na esperança de um esclarecimento. Ela só balançou a cabeça, também confusa.

O pajé lhe imitou o gesto, sem oferecer explicação, passando a olhar Victor de viés, meio ressabiado.

— Você é aquele que pode abrir minha mente como uma jaca pra ver o que tem dentro, né?

O Corregedor deu um sorriso exasperado, abaixando a cabeça.

— Iago deixará o nosso quadro de monitores imediatamente — informou num tom tranquilizante, embora sua aura borbulhasse. — Peço desculpas por qualquer ameaça que ele tenha feito em meu nome, senhor. Ele será devidamente punido pelo desrespeito.

Dando de ombros, Moacir sentou-se pesadamente no sofá.

— O mal já tá feito, filho. Não faz mais diferença.

— Como assim? — perguntei. Algo apitou na minha cabeça, amargo e espinhoso.

— Os espíritos me disseram para ir ver o selo mais cedo e não fui, com medo de me seguirem — explicou Moacir, angustiado. — Foi quando liguei pra Fernanda...

— Mas o senhor foi ver há pouco... — murmurei, me sentando ao seu lado.

— Fui — confirmou. — Os espíritos tavam inquietos.

— E o selo não tava no lugar? — palpitei.

Devastado, ele balançou a cabeça devagar. O peso da culpa.

— E você acha que o Iago tem a ver com isso?

— Não sei, filha. Desculpa.

— Eu *posso* tentar ver na sua mente o que houve, se o senhor autorizar — disse Victor. — Depois vamos ao local do selo buscar pistas.

Moacir coçou a cabeça e me olhou, indeciso. Depois disse alguma coisa a Fernanda em guarani e voltou-se para nós.

— Eu mostro onde é. Deixo você procurar a informação na minha mente.

— Mas? — indagou Victor, todo prestativo.

— Quero saber o que vocês vão fazer com o selo, se acharem.

— Vamos achar — assegurei.

— Ele vai ficar guardado — explicou Victor. — Num lugar inacessível a quase todo mundo, onde só entram conselheiros.

— E esses conselheiros são confiáveis? — perguntou Moacir.

O olhar de Victor encontrou o meu brevemente.

— Nem todos. Mas pra tirar qualquer item do cofre é preciso autorização do Conselho inteiro.

— Quantas são as cadeiras? — inquiriu o pajé.

— Treze — respondi.

Talvez os esclarecimentos de Victor não fossem os mais felizes, mas ao menos eram honestos. Moacir enxergou isso, sem dúvida. Seu olhar para o Corregedor beirava o solene quando enfim aquiesceu. Levantei-me de um salto e levei Fernanda para fora.

— Zi, eu tô com uma sensação muito ruim... — murmurou. — Esse tal Iago não roubou o selo, na opinião do pajé... mas e se ele quiser se vingar depois de ser afastado?

Olhei-a sombriamente.

— Ele não vai se vingar, Fê — garanti. — A Terra tira poder de bruxos que fazem merda contra comuns. E o Conselho não fica nada feliz com nenhum desvio de conduta.

Como um presságio, senti as vibrações da telepatia de Victor começarem. Fernanda andava de um lado para o outro. Estava difícil prestar atenção numa coisa só.

— Moacir falou alguma coisa que você não quer me contar?

— Se falou e eu não quero contar, não vou contar, né? — disse ela com uma risadinha. — Mas não tô agitada por causa de nada disso. Zi, se o Inferno existe mesmo... e eu estive lá... minhas crenças da vida toda são mentira? Como pode ser? Exu te trouxe a mensagem sobre o selo, não trouxe?

Amaldiçoei meu senso pragmático por subestimar o choque da travessia para Fernanda. O fato de ela conhecer minha natureza e saber uma coisa ou duas sobre a vida secreta das bruxas não a tornava imune à grandeza da experiência de usar um portal, apesar de não ter visto o Inferno. A sensação de estar lá era inconfundível com qualquer experiência do plano material.

— Olha, Fê, os orixás existem mesmo, e o Orum também. É tudo verdade. Se você for má durante a vida, não é pro Inferno que você vai, porque você não é de nenhuma das religiões que admitem a existência dos conceitos de Céu e Inferno.

— Mas é verdade! Agora eu sei que é! Não preciso crer! Isso... isso não muda nada em mim?

— Não posso ajudar, Fê, porque não entendo nada sobre fé. Eu só sei. Conversa com a mãe Margarete sobre isso quando voltar. Ela deve te guiar melhor. Mas, assim: os orixás existem *mesmo*, não duvida.

Ela ainda tinha um ar perdido de partir o coração. Contudo, as emanações da aura de Victor pararam e, como a questão do selo era urgente, não pude mergulhar naquela discussão existencial. Passei o braço ao redor de seu ombro e a conduzi de volta para a casa, onde encontramos os dois conversando baixinho. Moacir chorava.

— Que foi? — Fernanda avançou até ele.

— Aquele crápula — resmungou Moacir, sacudindo a cabeça. — Obrigado, Victor. E me desculpa...

— Não é culpa sua. — O Corregedor ergueu-se, me olhando de relance. — Precisamos ir atrás dele agora mesmo. Hã... Fernanda, se mudar de ideia sobre a volta pra casa, ligue pra Ísis. Senão passe pra ela todas as despesas, que reembolsamos.

— Tá bom. Vou só de manhã agora. — Ela hesitou, olhando o pajé de esguelha. — Hum... ele tá bem?

— Fisicamente, sim. Eu desbloqueei uma memória dolorosa que havia sido inibida. Ele vai te contar. Agradeço aos dois pela ajuda. Até a próxima.

Victor se despediu com uma mesura e se afastou a passos largos. Tive de correr para alcançá-lo e esperar até que ele mandasse mensagem a quem quer que fosse antes de obter esclarecimentos.

— O que houve, Victor?

— Ontem. O falso pastor veio buscar o selo ontem.

24

— Como assim?

Victor guardou o celular, tirou a pedra do bolso e estendeu-me a outra mão. Abracei-o. Dessa vez, o portal foi tão rápido que nem deu tempo de a garganta secar. O lugar aonde chegamos transpirava resquícios de uma magia muito antiga, provavelmente estável durante séculos. Era uma espécie de santuário, cercado de árvores por todos os lados, à beira de um espelho d'água com um véu de noiva.

— Dimas usou uma poção pra alterar a percepção de Moacir, transformando uma memória em mero pesadelo. O pajé foi torturado, como a Fernanda disse que temia. Não ficou marca disso porque Dimas curou tudo antes de partir. Pra cá. — O Corregedor bufou, olhando em torno. — E aquele idiota do Iago sem querer ajudou a fermentar o medo da tortura e suprimir ainda mais a lembrança. Com ele, eu me acerto depois. — Sem mais, Victor entrou no espelho d'água e avançou para o véu de noiva num passo resoluto. As águas ocultavam uma gruta pequenina. Acompanhei seu rastro. — Já alertei as sentinelas de Valentina e pedi pro Conselho deixar alguém a postos na passagem. A menina não deve ser filha do Dimas, mas vá saber se ele já descobriu.

Enquanto a poça gélida só batia na batata da perna, dava para aguentar, mas passar sob as águas em queda me congelou até a alma. Batendo os dentes, deixei meus sentidos se expandirem em busca de pistas. Senti a barreira mágica esfacelada no entorno, muito mais forte ali naquele invólucro natural de rocha. Além da marca mais antiga e sólida, captei também, em meio a suas bordas desfiadas, um sabor já conhecido, o mesmo que antes ocultava Valentina. Sim, o falso pastor passara por ali. Procurei me concentrar naquele vestígio, avaliando seu alcance, calculando quanta energia fora despendida para desestabilizar a proteção secular que envolvera o selo.

Deixei-me guiar pela intuição até uma reentrância que eu não notara antes. Escondida pelo breu e pela forma das rochas, havia uma passagem estreita, de onde vertia uma magia corrupta cuja assinatura era em tudo demoníaca.

Consegui me espremer para entrar — não sem me arranhar inteira —, usando a lanterna do celular para iluminar o caminho. Não dava para avançar muito: a passagem terminava numa câmara claustrofóbica de cara com a parede onde o selo passara os últimos séculos incrustado.

— Ísis? — a voz de Victor me alcançou. — Tudo bem?

— Tudo.

Descrevi o que via e sentia naquela câmara diminuta. Ele não conseguiria atravessar a estreita abertura de jeito nenhum. Não sem mover a rocha, e não havia necessidade disso.

— Dá pra seguir o rastro de magia até ele? — perguntou o Corregedor.

— Não, muito dispersa. E muito misturada com os feitiços mais antigos, que impregnaram tudo. A magia do Dimas é muito débil pra durar num ambiente assim.

— Imaginei. — Victor suspirou. — Não achei unha, cabelo ou sangue. Ele é cuidadoso. Sabe que não pode nos parar, então nos atrasa o quanto consegue.

Enquanto o escutava, eu estudava a câmara pequenina, tentando desfazer o emaranhado de energias mescladas. A urgência atrapalhava; eu seria capaz de encontrar a proverbial agulha no palheiro se me concentrasse e fosse persistente o bastante. Traços do feitiço que ocultara o selo espiralavam, concentrados onde o objeto estivera até o dia anterior. A energia de Dimas misturava-se tão completamente à demoníaca que parecia impossível separá-las. A segunda vinha da primeira, ficou claro: o demônio do selo era o retentor do pacto de Dimas.

— Acho melhor a gente voltar e você descansar — disse Victor. — Amanhã vamos esperar o Dimas na passagem. Ele também deve estar esgotado depois dos feitiços lançados aqui. E ainda precisa de um sacrifício de sangue pra quebrar o selo.

Ignorei-o, apesar de tê-lo ouvido. Uma parte de minha consciência refletiu sobre aqueles comentários, a parcela preocupada com o futuro próximo. Já outra resolveu se dedicar à questão mais imediata: os tentáculos infernais se estendiam. O local afastado onde a gruta ficava talvez mitigasse seu poder, bem como os bravos resquícios da barreira mágica erguida pelo pajé que um dia o enfrentara, mas uma energia tão ruim poderia corromper gente de moral mais frágil que passasse a centenas de metros dali. Aquilo não podia ficar assim. O demônio devia ser mesmo poderoso para vazar desse modo através do artefato responsável por mantê-lo preso.

Victor estava certo: eu precisava descansar e me preparar para um embate. No entanto, nenhuma fraqueza podia me impedir de fazer meu trabalho, e sabia-se lá se um dia eu retornaria àquele lugar — se os tentáculos conseguiriam se estender até alcançar alguém, arrebatar suas emoções. Estávamos na jurisdição de Iago, mas, naquele momento, não considerei o fato. Pensei no pajé Moacir e em Fernanda e em como devia isso a eles.

Toquei o local onde o selo havia permanecido tanto tempo, estudando sua carga vestigial. Dado o devido afastamento da matriz que a originara e de comuns propensos a se deixar consumir, talvez se dissipasse sozinha em alguns meses ou anos. Porém, seria muito insensato contar com isso. Até eu, que tinha plena consciência de como a energia se comportava, já sentia seus tentáculos tentando agarrar minhas emoções menos nobres e trazê-las à superfície.

— Ísis? — a voz de Victor chamou, como se do outro lado de um vidro.

Não respondi. Tirei os sapatos, enfiando os pés na gelada terra lodosa, e arranquei a gaze da mão cortada, expondo a ferida ainda aberta. Toquei a rocha, conjugando sua força à minha, me alinhando às espirais restantes da magia indígena e fazendo-as trabalharem comigo. Não era fácil, mas me pouparia de desperdiçar muito da minha própria energia vital.

O Corregedor decerto percebeu o que eu estava fazendo, pois não se manifestou mais. Fiquei grata; manejar simultaneamente forças mágicas tão diversas e alinhá-las exigia muita concentração. Ocorreu-me que eu teria morrido de enxaqueca com o esforço se ele não tivesse consertado as sequelas deixadas pelo cretino do Siviero.

Usei esse sentimento de gratidão para extirpar os tentáculos demoníacos grudando em mim qual sanguessugas e impulsionei as forças da Terra ancoradas em mim, canalizadas por meus pés e minhas mãos — a ilesa, na parede do selo; a ferida, na rocha nua oposta. Sussurrei em atiaia o feitiço destinado a expurgar energias de demônios abrâmicos.

Os vestígios recusavam a se deixar varrer de volta ao seu plano de origem, quase como se fossem uma força senciente. Não eram, claro. Apenas continuavam fiéis à própria natureza parasitária. Repeti o curto verso em atiaia muitas vezes, imbuindo-o de determinação. As espirais seculares envolveram-se na força da Terra, confundiram-se com minha aura e atacaram nosso inimigo comum.

Chiando no confronto, os vestígios malignos resistiram mais um segundo antes de cederem e enfim sumirem. A súbita vitória foi como passar muito tempo empurrando um móvel pesado para depois o ver se mover com facilidade de repente; caí aos tropeços e me escorei na parede, arquejando. Minhas pernas tremiam, e minha visão escurecia. Eu já não sabia se o problema era a escuridão da gruta ou meus olhos.

Um praguejar soou distante. As trevas de silêncio fecharam uma cortina ao meu redor.

Acordei na minha cama, quentinha e confortável, meio desorientada. Sentei-me de um salto, com o baque de todas as memórias da noite anterior vindo à tona ao mesmo tempo.

— Calma, calma... — a voz de Murilo sussurrou. Ele lia um livro de análise do discurso numa cadeira da cozinha posta ao lado da minha cama.

— Que horas você voltou pra cá? — perguntei, surpresa.

— Tipo uma hora depois de sair — respondeu ele. — O Corregedor me pediu pra voltar.

— Pra quê?

— Eu gostaria de pensar que foi por causa do meu charme magnético, mas na verdade ele precisava de uma babá pra você. Foi com a Helena lá pra delegacia logo que cheguei.

— Era só me largar aqui e ir, ué.

— Não. Você tava com as roupas imundas. Ele disse que você precisava dormir bem pra se recuperar, então eu te troquei. E fiz café agorinha.

— Ai, desculpa! Você ainda teve que dormir aqui! Isso foi um exagero do Corregedor...

Abandonando o livro no colo, Murilo se espreguiçou ostensivamente.

— Não foi sacrifício nenhum. Eu não tinha outros planos mesmo. E isso me dá a oportunidade de te apontar as coisas que observei nos discursos do pastor Dimas. Assim eu sinto que ajudei em alguma coisa nessa história toda. Não é lá uma ajuda nível Helena, mas...

Levantei-me e fui para o banheiro, ouvindo-o falar, de repente consciente de ainda estar toda grudenta em razão das aventuras da noite anterior.

— Cada um faz o que pode, Murilo, e você é o nerd linguista — murmurei. — Calma aí. Já venho.

Não demorei a entrar debaixo do chuveiro. Já me sentia melhor quando voltei ao quarto.

— Sabe, o Corregedor ficou bem puto depois de falar com o Jorge. Não sei por quê. Ele só explica tudo bonitinho quando você tá olhando.

Revirei os olhos, vestindo a primeira roupa que puxei do armário, e anunciei minhas intenções de tomar café da manhã já a meio caminho da cozinha. Murilo veio atrás.

— Os seus brincos são novos?

— Uhum. São armazenadores de energia.

— Hum... — Ele serviu café para nós dois enquanto eu esquentava as sobras de pizza. — Então, nos discursos religiosos do pastor Dimas, a figura do Diabo é citada mais vezes do que a de Deus. São baseados na lógica do medo e da ameaça.

— Em qual sentido?

— Se você não "abraçar Jesus" por bem, isto é, por fé e louvor, vai por mal, ou seja, pela ameaça de que algo terrível vai acontecer se você não seguir o caminho certo.

— A ira vingativa de Deus — comentei.

— É. Mas sustentar isso causa incômodo quando se quer pregar também que Deus é amor e perdão.

— Sim. A velha problemática católica. Daí entra o Diabo. Essa discussão tem quase a idade do catolicismo. Não é uma novidade do pastor Dimas.

— Não mesmo, mas ele dá uma ênfase especial ao poder do Diabo, identificado como inimigos mais palpáveis e muito bem direcionados: pessoas LGBTQIAP+, feministas, seguidores de religiões de matriz africana... Tá tudo lá no discurso dele. Isso também não é uma exclusividade da igreja dele, eu sei. O destaque pro Diabo e pra uma variedade de pecados e pecadores traz a ideia de que o mal se espalha por aí, ameaçando a estabilidade do núcleo familiar. Que *não é* estável de verdade. Achar culpados externos pra isso é uma ideia atraente pra quem perdeu o controle da própria vida. — Murilo balançou a cabeça. — Algumas igrejas ilustram essa *ameaça* com sessões de descarrego, exorcismos públicos durante cultos.

— Mas não o Dimas. Não tem nada disso na igreja dele, até onde eu saiba.

— Não. Ele usa imagens da degeneração do nosso tempo quando fala. A diferença é que ele *aponta* endereços de terreiros de umbanda e candomblé, menciona drag queens conhecidas e regiões específicas da cidade... Ele não tem pudor de falar nomes. Acho que tem advogados bons pra lidar com o monte de processos que esse comportamento causa.

— Foi algum discurso inflamado que fez atacarem o terreiro da mãe Margarete — lembrei. — Mas aonde você quer chegar?

— Ele não faz exorcismos na igreja porque incentiva os fiéis a exorcizarem o mal *do mundo*. Na verdade, vou denunciar pro Ministério Público; só falta ele falar "matem essa gente", porque o resto da incitação tá todinho lá. — Murilo soprou o café e o bebericou. — Agora, depois de tudo isso, o que me saltou aos olhos foi ele citar problemas em várias partes da cidade, apontando a aglomeração de pessoas em situação de rua, condenando o alcoolismo e as drogas. Fala de tudo quanto é canto, de norte a sul e de leste a oeste, sem papas na língua, com endereço completo e até nome de prédio. — Seus olhos brilharam de triunfo. — Tem um lugar com todas as características negativas na opinião dele, talvez o mais emblemático da cidade, que ele *nunca mencionou*. Eu assisti a muitas pregações, muitas mesmo, e nem a mais remota alusão ele fez.

Alguma coisa se agitou em meu peito, contagiada por sua empolgação. Murilo curvou-se para a frente.

— Esse lugar tá dentro da área que o Corregedor tava calculando ontem — acrescentou ele, prolongando o suspense.

— *Onde é?*

Ele respondeu. Não divulgo aqui a informação por temer que alguém com um espírito aventureiro demais para seu próprio bem leia o presente relato e se sinta impelido a visitá-lo. Na hora em que ouvi a palavra, eu soube que era onde ficava a passagem. Se Murilo estivesse certo, Dimas devia saber a localização aquele tempo todo, e havia lançado o feitiço sacrificial para, talvez, encontrar o caminho até lá. Provavelmente ficava em algum ponto subterrâneo.

— Você sentiu alguma coisa, né? — perguntou Murilo, atento. — Eu acertei, não foi? O que o Corregedor tava tentando descobrir ontem... É lá, né?

— Ele sabe onde é... Tava querendo ver se o Marco Dimas conseguiu descobrir também. — Dei-lhe um beijo nos lábios. — Obrigada. Ainda não sei o motivo, mas foi importante você me contar.

Erguendo a xícara como se fosse uma taça, Murilo sorriu, cheio de si. E bem devia se orgulhar mesmo; acertou sozinho o que eu e Victor mobilizamos mil forças para investigar.

Meu celular tocou na sala. Era Helena.

— Ísis, o Pedro sumiu.

25

O formigamento na boca do meu estômago marcava uma intuição em sua forma mais crua. Eu nem mesmo pedi esclarecimentos; corri para o banheiro em busca do sangue de Pedro. Não me lembrava de tê-lo descartado, então devia estar ali ainda. Avistei o vidrinho em cima da pia, onde eu o deixara dois dias antes.

— Que foi? — perguntou Murilo, parando à porta.

— O Pedro, filho da Denise, sumiu. Tô com um mau pressentimento. Preciso lançar um feitiço. Espera na sala, por favor.

Ele hesitou, como se quisesse dizer alguma coisa, mas deixou o quarto e fechou a porta. Sentei-me na cama com o vidrinho entre as mãos e lancei o feitiço localizador pela milionésima vez em poucos dias. Assim como quando eu procurava Valentina, senti Pedro encoberto. Claro, tendo o sangue dele comigo, não havia feitiço capaz de ocultá-lo de uma intuitiva. Mas a tentativa fora feita, e isso significava que Dimas não fazia ideia de que eu podia rastrear o garoto. Um ponto a meu favor.

Apanhei o celular e liguei para Victor uma, duas, três vezes. Nada. Aonde raios ele tinha ido?

Não importava. Pedro estava na passagem, e eu precisava tirá-lo de lá. Simples assim. Havia uma chance imensa de Marco Dimas estar presente também. Mesmo não tendo muitas condições de entrar em combate, eu poderia atrasá-lo o suficiente para atrapalhar seus planos até alguém chegar. Deixei uma mensagem de áudio para Victor, calcei o tênis e fui para a sala.

— Achou? — perguntou Murilo, apreensivo.

— Achei. O Dimas tá com ele. — Avancei até a porta. — Vou atrás. Se o Victor aparecer, fala pra ele que eu tô na passagem. Hã... melhor você esperar no quarto. Ele vai chegar de portal e, se você vir...

— Vai alterar a minha mente, eu sei. Se cuida, Zi.

Na avenida, apanhei um táxi e prometi pagar o dobro do valor da corrida se chegássemos ao destino em vinte minutos. Não se tratava de uma meta fácil, considerando o trânsito, mas eis a função do incentivo financeiro: superar as adversidades.

Como era de se esperar, o taxista fez algumas apostas imperdoáveis (com nossas vidas), avançando em faróis vermelhos e chegando a subir um pouco na calçada para escapar de um ônibus lerdo. Para ele, valeria a multa? Problema dele. Eu tinha uma emergência com que me preocupar.

Pedro. Com qual finalidade Dimas o sequestrara? Seria muita coincidência ele ser pai do menino. O mau pastor não era um astro de rock para sair passando o rodo em todo mundo assim. Contudo — minha cabeça repetia febrilmente —, quebrar o selo requeria um sacrifício de sangue. Em outras palavras, um parente de primeiro grau deveria assassinar outro no local e momento apropriados para a realização do feitiço. Pedro não tinha irmãos. Denise estava morta. Então qual outra explicação restava? Marco Dimas devia ser pai de Pedro.

Minha intuição se recusava a aceitar essa conclusão. Tinha de ser outra coisa. Tentei ligar para Victor mais mil vezes. Acaso ele teria compartilhado alguma de suas descobertas com Helena? Àquela altura, valia a pena explorar qualquer possibilidade, por mais improvável.

— Alô, Helena?

— Oi, Ísis, tá melhor?

— Um pouquinho. Diz o seguinte: o Victor te contou alguma coisa sobre a conversa com o Pascoal e o Jorge?

— Não, mas ele ficou horrorizado com o Jorge. Tipo, perturbado mesmo. E eu tenho pavor do que é capaz de transtornar aquele homem.

Eu também. Ainda mais considerando que Helena não sentia auras, então o Corregedor devia ter ficado visivelmente transtornado.

— Ísis, aproveitando que você me ligou, tem uma novidade. Nada boa. Não localizaram o corpo da Denise onde o Jorge falou que tava. Tô indo falar com o merdinha sobre isso.

Um alarme tocou dentro de mim. Não. Denise estava morta. O sangue de Pedro não levara a lugar algum.

— Helena, quem informou o sumiço de Pedro? A Tainara?

— Não. Quer dizer, sim. Mas ela não foi na delegacia, nem ligou. Fui na casa deles ontem quando vocês saíram, pra falar da morte da Denise. O Pedro não tava. A Tainara ficou em negação, disse que ele devia estar com os amigos. Ele não atendia o celular. Hoje de manhãzinha, passei lá outra vez e ela tava oficialmente em pânico. Vou dar como desaparecido.

— Nem precisa. Já tô indo atrás dele.

— Ufa! Tem a ver com o Dimas?

— Tem.

— Passa o endereço.

— Dessa vez não dá, Helena. É muito perigoso.

— Você disse isso da outra vez e foi de boa com nós duas juntas. Fala o endereço que eu vou te encontrar.

— Dessa vez não dá — repeti. — É melhor assim.

— Deixa de ser orgulhosa, Ísis!

Desliguei o celular e coloquei no silencioso. Ainda nem sinal do Corregedor. Qual era o problema do cara? Não podia nem ter me mandado uma porra de uma mensagem depois de sair da conversa com Jorge? Precisava ter me deixado dormir feito uma porca por quase quinze horas? Tudo bem, eu me sentia melhor — e estar com o anel e os brincos carregados provavelmente salvaria minha vida. Mas qual a necessidade de me deixar assim no escuro?

Uma sensação ruim se avolumava em meu peito. Comecei a sentir a aura de Marco Dimas. Um frio na barriga. O táxi parou no engarrafamento. Ali não havia faixas de ônibus, e as ruelas estavam tão entupidas que nem os motoqueiros conseguiam passar. O motorista praguejava.

— Tá bom, eu fico aqui — falei, arrancando um maço de notas e lhe estendendo. — Fica com o troco. Valeu.

Saí do táxi para a calçada suja. Se eu sentia a aura de Dimas, ele também sentia a minha. Eu precisava alcançá-lo logo. Parei no meio da rua, fechei os olhos e inspirei fundo, deixando meus sentidos se expandirem. A passagem não seria aberta na superfície. Mas, se eu enveredasse pelo caminho errado no subterrâneo, poderia ficar presa em alguma câmara sem ligação com o local certo.

— Poupe suas energias, filha da Terra — disse uma voz ressonante.

Abri os olhos no susto. Ao mesmo tempo, uma aura dourada rasgou o tecido da materialidade. Um homem negro e anormalmente alto me encarava com um largo sorriso encantador, trajando vestes vermelhas com detalhes em dourado, exaltando o esplendor de sua presença.

— Exu...! — exclamei, sem ar.

— Não temos muito tempo — ele disse. Sua voz retumbava dentro de mim como o som de um carro com *subwoofer*.

— Obrigada — sussurrei. — Como...? Por quê...?

O sorriso alargou-se. Eu praticamente corria ao seu lado enquanto ele caminhava como um rei, flutuando milímetros acima do chão.

— Sabe onde está a mãe Margarete agora? — ele perguntou.

Olhei-o, sem entender. — No terreiro.

— De manhã?

— Pois é, menina. Sentiu que você precisava de ajuda. Sabe onde está Fernanda? Numa cachoeira em Paraty, de branco, com seu colar de contas. Foi Orunmilá que a avisou em sonho.

— Mas vocês... não podem lutar contra mortais... — murmurei.

As pessoas com quem cruzei me olhavam como se eu fosse louca. Não viam o orixá, claro. Enlouqueceriam se pudessem enxergar o homem de quase dois metros e meio de altura que emitia um brilho dourado.

— Oh, não, isso desequilibraria a ordem das coisas, filha da Terra. Mas... — Ele fez uma mesura, indicando a rua à frente — Posso mostrar o caminho.

Alcançamos o lugar. Quase ninguém passava por ali. Filas e filas de pessoas dormiam sob marquises de lojas havia muito fechadas. Exu encaminhou-se para um antigo comércio abandonado, uma portinha metálica pichada e carcomida, trancada a corrente e cadeado. Um senhorzinho envolto em jornal e retalhos de tecido engordurado nos olhou, assustado. Via Exu, a julgar por seus olhos arregalados, vagamente alucinados, incapazes de se desviar do orixá.

Exu agarrou a corrente e puxou, arrancando-a como se fosse de crepom. Segui-o. Um cheiro pungente de mofo e podridão atacou minhas narinas. Ratos e insetos afastaram-se à nossa passagem. Não precisei de lanterna, porque o brilho do orixá banhava o ambiente indigno como o sol crepuscular.

Passamos por meia dúzia de cômodos de paredes descascadas, em parte arruinadas por infiltrações, até uma portinhola de madeira podre com as dobradiças capengas. Destruí-a com um chute. Escadas estreitas com degraus irregulares de cimento desgastado desciam para o completo breu. Exu, agora um ponto de luz dourada, desceu primeiro. *Louvadas sejam, mãe Margarete e Fernanda.*

O fedor de umidade abafada persistiu durante a longa descida para os subterrâneos da cidade até o que imaginei se tratar de um antigo túnel escavado, porém nunca terminado. Provavelmente, a obra fora embargada por alguma irregularidade ou abandonada na troca de gestão do governo. Seu esqueleto, no entanto, permanecia, oculto da população, esquecido.

Uma luz azulada cintilava do outro lado. Eu não sabia precisar a distância naquele breu. Exu já não me acompanhava. Não adiantava o fator surpresa; apenas a cautela me ajudaria. Dimas não devia estar sozinho. Pausei ao pé da escada, ampliando a percepção. Se o pastor estivesse acompanhado de comuns armados, eu precisaria me livrar deles primeiro.

Fiquei ali durante vários minutos, tentando captar quantas pessoas estavam no espaço e sua exata localização. Não encontrei ninguém até o trecho iluminado, onde havia uma pequena concentração de auras muito próximas. Senti Pedro e mais cerca de meia dúzia de comuns. Repassei com meus sentidos expandidos a longa extensão do túnel, só para garantir, e comecei a avançar.

O chão era relativamente uniforme, de terra batida salpicada de pedras. Não tive problemas ali; intuía sem esforço o formato do solo, contanto que caminhasse devagar. Os primeiros ruídos de vozes começaram a chegar até mim, ainda distantes, pouco discerníveis como sons humanos. Os comuns espalharam-se de modo mais ou menos organizado, ao mesmo tempo, postando-se alinhados, de costas para sua luz azul. Esperando.

Brilhos menores e amarelados dançaram pelo chão e pelo teto, algo frenéticos. Lanternas. Parei, lançando um feitiço para brincar com as sombras. Não alteraria a percepção de Marco Dimas, mas a dos capangas, sim. Voltei a avançar, com cuidado para não fazer barulho e denunciar minha posição. Fiz as sombras deles alterarem-se como se numa sala com a janela entreaberta e iluminada por uma única vela.

Andei na diagonal, me aproximando da parede de um dos lados. As lanternas tornaram-se mais frenéticas; a voz autoritária, mais impaciente. Eu já enxergava as pessoas, distinguia os fuzis em suas mãos. A aura de Dimas transmitia agitação e... bem, medo. Engatinhava na bruxaria, ainda. Conseguia sentir minha aproximação, mas não determinar ao certo onde. Minha maior vantagem.

A luz azul emanava de uma espécie de aquário gigante. Não entendi o que era aquilo. E os capangas armados eram minha maior preocupação naquele momento; eu deixaria para avaliar a curiosa fonte de luz depois.

— Pra lá — veio o primeiro rosnado inteligível. Dimas indicava a parede ao lado da qual eu me esgueirava. Suas feições começavam a ganhar nitidez. Havia, afinal, alguma iluminação vinda do alto, não só do aquário atrás dele. — Ela tá aí.

Parei. Todas as lanternas apontaram em minha direção, percorrendo a extensão da parede. Alucinadas. Daquele jeito, eu poderia estar de azul e laranja e não me veriam. Mesmo assim, fiz as sombras mudarem, dançando um balé macabro para o outro lado. Como um bando de amadores podia causar tanto estrago? Sua aparente organização só duraria até a primeira adversidade.

Marco Dimas deu ordem para dois capangas se destacarem do grupo e virem me procurar. Àquela altura, eu já os enxergava bem. O ângulo também me permitiu distinguir Pedro, amarrado no chão no centro de inscrições circulares, ladeado por uma mulher cuja aura eu não sentia, de pé, imóvel como uma estátua. Ao avançar mais um pouquinho, percebi dois corpos no chão diante do aquário azul. Lá dentro, havia uma espécie de madeira de uns dois metros por um e meio. Uma porta, talvez?

Eu não identificava nenhuma fragilidade no véu entre os planos, mas o falso pastor estava ali, afinal, com tudo a postos para quebrar o selo. A energia ruim que vazava do selo vinha da mesma direção do círculo desenhado no chão, quase fraca se comparada aos vestígios na gruta. Aquele acúmulo tinha mesmo sido obra dos séculos; o vazamento era ínfimo, e a força da magia do selo em si era muito superior.

A dupla designada me alcançou, interrompendo minhas observações. Eu havia me escondido num nicho, mas, se o investigassem, me achariam com certeza. Joguei com as sombras enquanto esquadrinhavam o paredão de terra, até passarem reto por mim. Esperei-os afastarem-se uns cinco metros antes de enviar um tremor sob seus pés, forte o suficiente para chacoalhar tudo e criar o impulso necessário para eu abrir o solo sob os dois sem me desgastar demais. Ambos gritaram — assim como seus companheiros, que testemunhavam a cena — ao serem engolidos. Poeira choveu sobre nós. Não os fechei lá dentro; apenas garanti que estivessem fundo o suficiente para não conseguirem subir sozinhos. Pelo menos, não logo. Nunca me senti no direito de tirar uma vida humana, por mais inútil ou asquerosa que parecesse.

Dimas praguejou. Os outros cochichavam entre si.

— Você jurou que ela não sabia desse lugar! — esbravejou o falso pastor, me dando as costas, voltando-se para o aquário.

Havia alguém ali! Mas eu não captava sua aura, assim como não captava a da mulher-estátua ao lado de Pedro.

— Eu disse — soou a voz de Victor, rouca, trespassada de dor — que não tinha falado onde era, não que ela não podia descobrir sozinha.

Meu estômago se contraiu. Achei que fosse vomitar. Victor estava ali. E eu não o sentia! Isso só podia significar uma coisa: o grande aquário era um ambiente de supressão de magia. Como a Prisão.

— Ísis! — gritou Dimas. — Apareça!

Victor fora com Helena à delegacia depois de me trazer para casa, chamar Murilo e esperá-lo chegar para ficar comigo. Supondo que tivesse saído de lá e apanhado um portal direto para aquele túnel e sido capturado imediatamente, devia estar ali havia quase doze horas. Céus. Meu coração retumbava, apertado. Dilacerado.

Como um telepata ia parar numa situação daquelas? Pego de surpresa, atacado pelas costas e nocauteado antes de se dar conta da emboscada. Era o único modo. Dimas devia querê-lo vivo por algum motivo; do contrário, o Corregedor estaria morto; era perigoso demais antagonizar um telepata. Faltava algum componente. O ritual estava preparado, mas em suspenso.

— *Ísis* — repetiu Dimas. Seus olhos vagavam perto de mim, sem me achar, confusos pelas sombras dançantes. — Não quero ter que lutar com você. Aparece pra gente ter uma conversa civilizada.

Eu não conseguiria sustentar aquele feitiço para sempre; precisava me concentrar demais para mantê-lo ativo, e outras coisas requeriam minha atenção. Otimizar o tempo era vital. Primeiro, libertar Victor. Ele não poderia ajudar, mas eu não conseguia, de jeito nenhum, saber que alguém estava preso injustamente num campo antimagia e não libertar essa pessoa. Medi com meus sentidos as dimensões do aquário. Talvez eu devesse tentar rachar o vidro. Se fosse uma obra do Conselho, seria resistente como titânio. Pensando bem, aquilo *devia* vir do Conselho; um bruxo novato precisaria de *décadas* para construir sozinho um ambiente estável de supressão de magia.

O Corregedor estava preso a uma estrutura de madeira semelhante a um potro inquisitorial — o que eu tomara por uma porta antes de chegar perto o suficiente. Pelo menos o equipamento não parecia estar sendo utilizado em sua plena capacidade; apenas para mantê-lo na vertical. Jamais alguém conseguiria ficar em pé ali dentro só com as próprias forças.

Agora tão perto, senti outro tipo de energia: uma aura pútrida, infecta. Emanando da mulher ao lado de Pedro. Eu conhecia aquela energia, embora não a visse fazia muitos anos. O menino não estava desacordado, como eu tinha imaginado, mas paralisado de terror, olhando para a figura diante de si. De repente, compreendi o estado de perturbação de Victor na noite anterior conforme descrito por Helena.

Necromancia.

A mulher imóvel era Denise. Não viva; apenas reanimada com magia. Uma magia proibida em todas as circunstâncias, a maior ofensa possível à Terra. A pena para essa hedionda transgressão era a morte — instituída pela Natureza em si, não pelo Conselho. Dimas não sabia disso? Ou sabia e achava que se livraria da punição se libertasse o demônio? Tolo. Não se pode escapar da Grande Mãe.

— Ela tá nessa direção! — grunhiu Dimas, furioso. — Atirem!

O instante que os quatro capangas levaram para se posicionar, após brevíssima hesitação, foi suficiente para eu percorrer a distância restante até onde eles estavam e me atirar no chão fora do caminho.

Eu teria chamado atenção se as armas não tivessem disparado no momento seguinte até esvaziar os pentes. Baixei a luz para uma penumbra, mandei minhas sombras dançantes para o outro lado e engatinhei até Pedro o mais depressa que ousava, avaliando a situação. O menino parecia fisicamente ileso, apesar de congelado pelo choque e atado com cordas embebidas em querosene.

O selo jazia sobre seu peito. Arranquei o artefato dali e pousei um dedo na boca do menino com delicadeza, pedindo silêncio. Seus olhos deixaram o cadáver animado da mãe e me procuraram, mas ele não emitiu som algum. Arrisquei um olhar para Denise. Um calafrio subiu pela minha coluna. Seu corpo já começara a apodrecer quando o reanimaram, mas segurava na mão inerte uma faca novinha e muito bem afiada. Eu não sabia se usá-lo para assassinar Pedro funcionaria como ritual sacrificial — nem pretendia descobrir.

Aproximei-me do aquário devagar, o tempo inteiro agachada, e me espremi contra a espessa parede vítrea, fora de vista. Com certeza aquilo era obra dos peritos antimagia do Conselho. Victor parecia alheio à minha presença, acompanhando com interesse os movimentos dos capangas para recarregar suas armas. A cada alguns momentos, ele tossia, e sangue manchava seus lábios. Um pouco lhe escorria do nariz também. Não, ele não havia ficado doze horas ali dentro, de jeito nenhum. Deviam tê-lo mantido desacordado do lado de fora até o início daquela manhã, no mínimo.

— Nada de sangue — disse um dos capangas. — Será que a gente acertou ela?

— Você não disse que essa puta podia ficar invisível, pastor — reclamou outro.

— Ela tá viva — resmungou Dimas, irado e assustado. — E ela não fica invisível. Só tá de sacanagem com a nossa cara.

Sua testa brilhava de suor. Ansiedade ou cansaço. Animar o corpo de Denise devia tê-lo esgotado, e ele não dispunha dos ourives nobreanos para confeccionar joias de armazenamento de energia. Fiz a terra estremecer perto da parede onde os capangas haviam atirado, a fim de distraí-los, e drenei energia de um dos brincos para causar um tremor mais expressivo, separando os quatro homens de nós e derrubando mais poeira e pedras da parede e do teto. Abri uma vala grande o bastante para que não conseguissem pular e ergui um paredão do nosso lado. Não ousaria fazer mais; correria o risco de derrubar o túnel. Seria um saco sair depois.

Dimas, àquela altura, já sabia onde me encontrar. Senão pela minha aura, irradiando magia, pelo esgotamento das minhas sombras e o fim da penumbra artificial que criei. Felizmente, se tinha uma arma, não estava em sua mão.

— Você enche o saco, sabia? — rosnou ele.

Levantei-me devagar, medindo sua aura para prever quando viria o primeiro feitiço hostil.

— Eu meio que sou paga pra isso, né?

Ele riu, num misto de raiva e histeria. Em situações de estresse como aquela, eu tendia a esfriar, me dissociando do medo, e a avaliar as coisas sem absorvê-las. Percebi, ao mesmo tempo, discussões abafadas sobre o que fazer vindas do outro lado do muro de terra, os movimentos sutis de Pedro para tentar se soltar, evitando olhar Denise, e as tosses do Corregedor, cada vez mais sofridas. Senti a concentração de energias na aura de Dimas.

— Pra que ele ainda tá vivo? — inquiri, indicando Victor com a cabeça. Eu ainda não sabia o motivo, mas precisava ganhar tempo. — Não é fácil capturar gente do tipo dele. E é bem arriscado.

— O feitiço do portal — disse Dimas, exibindo a pedrinha preta que não deveria estar em sua posse. — Eu quero saber.

Não era muito inteligente rir numa situação daquelas, mas não me aguentei. Um bruxo de pacto querendo abrir um portal! Era uma besta quadrada mesmo. Primeiro: cada pedra era produzida de modo a responder apenas à magia contida no sangue de seu corregedor. Segundo: o feitiço era em *atiaia*, a Língua da Terra. A Grande Mãe o queimaria com um relâmpago se ele se atrevesse a pronunciá-la.

— Você sabe que nunca vai conseguir abrir a passagem sozinho? — perguntei.

— Ela me disse — ele respondeu, virando um dos corpos no chão com o pé.

Uma sentinela. Morta com um tiro na cara. Não dava para saber quem era, mas reconheci o bracelete de sua classe. Olhei o outro corpo estirado no chão e logo avistei o bracelete gêmeo.

— Seu amigo se recusou a abrir a passagem mesmo depois de eu torturar e matar esses dois bem aqui na frente dele — disse Dimas.

Lancei um olhar ao Corregedor por sobre o ombro. Ouvi o estalo de uma arma sendo destravada. Eu estava na mira do lixinho do Dimas.

— Vamos ver se com você ele cede.

— Mas você é burro mesmo, hein? — debochei. — Pra abrir um portal, ele precisa fazer magia, e pra isso vai ter que sair daí de dentro. Esse aquário é a única razão de você ainda estar vivo.

— Ah, ele tentou blefar. — Seu olhar correu para Victor, um sorriso carregado de ódio tomando sua expressão. Dimas era meio maníaco. — Não deu certo, né? Agora, vamos? Meu mestre tá impaciente.

O Corregedor suava, nitidamente febril. Sua testa franziu-se quando ele olhou para mim.

— Como posso te ajudar? — perguntou em atiaia.

Victor não disse que jamais abriria a passagem, não importava o que fosse acontecer comigo, mas não precisava.

— Já ajudou — respondi, com um sorriso triste de simpatia.

Ignorei a ordem do falso pastor para voltarmos a falar em português. Descalcei os sapatos. A Terra despertou sob meus pés, em meu âmago, como nunca antes. A Grande Mãe estava puta da vida. E escolheu o instrumento de sua vontade, *euzinha*. Ganhei consciência das profundezas, da cidade fervilhante acima.

— Os brincos — continuei em atiaia, mas encarando o pastor. — O cuidado. A correção das minhas sequelas. Já ajudou muito, Victor.

Dimas mirou direto na minha cabeça — desesperado de impaciência e frustração, sua aura anunciava, praticamente aos berros —, disposto a atirar. Joguei-me no chão, ao mesmo tempo fazendo o muro de terra atrás dele engoli-lo numa avalanche controlada. Cobri Pedro com meu corpo quando os capangas começaram a descarregar os fuzis sobre nós. Algumas balas atingiram o vidro e ricochetearam, passando muito perto.

Quando precisaram recarregar, aproveitei o intervalo para arrastar Pedro até a lateral do aquário, uma pseudocobertura. Não funcionaria para sempre, mas me deu tempo para soltar as mãos dele.

— A minha mãe... — ele balbuciou.

O zumbi continuava mais ou menos de pé, apesar de ter sido atingido umas três vezes.

— Aquilo não é a sua mãe, Pedro — eu disse, tentando avaliar o posicionamento dos capangas e quanto tempo eu ainda tinha. Estavam em seis novamente. — Só parece ela, mas não é, entendeu?

Os olhinhos assustados do garoto correram para o cadáver reanimado brevemente antes de voltarem aos meus. Ele assentiu.

— É tipo um fantoche do Dimas. Vai se mexer quando ele quiser. Vou distrair todo mundo e resolver isso. Fica aqui, tá?

Pedro assentiu de novo, olhando para Victor.

— O que ele tem?

Os capangas tentavam transpor a vala ou arrumar um ângulo para me alcançar. Uma energia demoníaca forte exalava do montículo de terra sobre Dimas.

— Ficar dentro desse lugar é venenoso pra gente como eu e ele.

— Ele é seu amigo, Ísis?

— É.

Uma bala passou a centímetros do meu rosto. Empurrei Pedro mais rente contra o aquário e me levantei. Se movesse muito mais o túnel, a estrutura ficaria comprometida. Poria em risco a cidade acima e as estruturas de água e esgoto entre nós, além de nossas vidas, claro. Mas manipular terra era a única coisa que não me desgastava demais, e eu não podia desmaiar ali. De jeito nenhum.

— Cadê o pastor? — gritou um dos capangas.

— Prestes a sair de debaixo desse montinho usando o poder do demônio com quem fez um pacto — respondi.

Silêncio. Segundos depois, voou terra para tudo quanto era lado, e Dimas ergueu-se, fedendo a enxofre. Havia recebido uma bomba de energia das mãos do mestre. Viam-se até pequenas feridas em sua pele. Um corpo humano não aguentava tanto poder advindo de entidades de outros planos sem o mínimo de preparação. O demônio não se importaria de perder uma marionete se ela o levasse aonde queria — mas o imbecil do Dimas sabia disso?

Seu poder crepitava no ar ao seu redor, opressor. Ele não segurava mais nenhuma pistola; tinha os punhos comprimidos para controlar a nova e volátil capacidade.

— Não deixa ele te acertar — disse Victor em atiaia. Sua voz saía a muito custo.

Dimas estendeu as mãos para mim, e foi como se correntes de poeira preta se formassem, chicoteando. Saltei para o lado no último instante, rolando no chão. Bem na mira dos fuzis. Ergui a terra abaixo dos capangas, pulando para fora de outro golpe das correntes mágicas.

Um tiro diferente soou, logo seguido de outro. Dois capangas caíram. Escapei de um terceiro ataque de Dimas, que logo se distraiu com a chegada do novo elemento.

Helena.

Não a vi, mas senti sua presença claramente.

Ergui às pressas uma mureta de terra para lhe servir de cobertura, pois os demais capangas se voltaram em sua direção. Eu não havia lhe dado endereço algum, mas Murilo sabia. E Helena era uma coisinha obstinada. Ouvi mais tiros de fuzil. Quando as armas descarregaram, outro tiro de pistola soou e outro capanga caiu.

— *Ísis!* — Victor gritou, desatando a tossir os pulmões.

O aviso me ajudou a sair do caminho mais uma vez, por um triz. *Você é um merda, Marco Dimas.* Para o feitiço que o deteria, eu precisava encostar nele, de preferência no rosto. Qualquer oportunidade seria uma janela minúscula que eu precisava aproveitar.

No ataque seguinte, rolei para dentro da vala e fui escorregando, amparada pela terra como um colo de mãe. Cuspi no solo, sussurrando um feitiço. Dimas veio para a beira da vala, procurando. O chão sob mim se reconfigurou, criando uma plataforma que subiu e subiu, me trazendo à altura dele e fechando a vala.

As correntes ressurgiram e chicotearam. Cruzei os braços em X à frente do peito, e a terra ergueu-se na velocidade do golpe, barrando-o. Ele tentou mais uma vez. Quando aparei o ataque, o falso pastor mudou de tática. Fez alguns gestos ridículos e atirou a energia corrupta sobre mim como uma névoa. Sussurrei um canto em atiaia, dispersando-a. O cheiro de terra molhada predominou sobre o de enxofre, como deveria ser. Dimas bufou, incomodado com a própria incompetência ou com minha insistência em não morrer.

Seu próximo feitiço não foi um novo ataque direcionado a mim, mas algo que despertou o corpo reanimado de Denise do estado de *stand-by*. Ferido por balas, movia-se com dificuldade, mas, sem dor para freá-lo, se tornava uma máquina. Reparei que a faca não estava mais com Denise. No meio da confusão, Pedro havia saído do arremedo de esconderijo, pegado a faca, se bandeado para o outro lado do aquário e aberto a porta. Agora, já soltava a segunda mão de Victor.

Eu e Dimas percebemos o fato ao mesmo tempo. Ele grunhiu e avançou para lá. O cadáver de Denise também. Depressa, cuspi no chão outra vez e fiz surgir dele uma espécie de golem para agarrar Denise enquanto eu voltava a atenção ao pastor. Contudo, usar uma magia tão pesada sem o devido tempo de canalização cobrou seu preço, e a tontura que me tomou me fez perder a deixa para atacá-lo.

— Onde tá o meu selo, seu bostinha? — grunhiu Dimas.

— Tá comigo! — gritei, tirando o artefato de aparência singela do bolso e exibindo-o.

À menor distração, fiz o golem chutar o corpo de Denise para dentro do aquário (onde ele tombou como o peso morto que deveria ser) e depois se virar para atacar o falso pastor, cujo rosto estava repleto de feridas, marcas do uso exagerado de uma magia incompatível com o corpo.

— Para tudo ou eu estouro os miolos dela! — gritou uma voz atrás de mim.

Um dos capangas. O último em pé. Vinha com Helena à frente, desarmada, com as mãos erguidas, sob a mira do fuzil.

— Desfaz essa porra de areia — ordenou.

Deixei meu golem reduzir-se a um monte de terra inerte outra vez. Devagar, alinhei-me com a entrada do aquário, fazendo parecer que eu apenas trocava o peso de perna.

— Muito bem, Robson — elogiou o pastor. — Agora me dá o selo, Ísis.

Olhei para Helena, que me encarava. O pastor poderia pegá-lo, mandar o capanga tirar o corpo de Denise do aquário, reanimá-lo e proceder com o ritual. Usar a mão do cadáver para matar Pedro. Victor ainda se recusaria a abrir a passagem, mas isso não devia ser necessário para a quebra. Apenas facilitaria a chegada do demônio. Dimas estivera tentando obter acesso ao portal, quase sem pressa, porque não imaginava que eu fosse interferir.

E não imaginava porque era burro.

Fiz que ia entregar o selo, mas, quando Dimas estendeu a mão para apanhá-lo, deixei-o cair no chão. A terra o engoliu de imediato às minhas ordens, surpreendendo o inimigo o suficiente para dar tempo de Helena reagir. Ela se jogou de lado no chão e chutou o joelho de Robson, que soltou a arma com um berro de dor. Os dois se engalfinharam pela posse do fuzil.

Tirei meu anel e joguei-o pelo chão do aquário até Pedro.

— Põe isso no dedo dele — instruí.

Dimas agarrou meus cabelos e pressionou minha cara contra o vidro, depois puxou e bateu minha cabeça no mesmo lugar, mais forte. Vi constelações. Não me surpreenderia se tivesse fraturado o crânio e meu cérebro escorresse pela orelha. Eu devia ter topado fazer aulas de autodefesa com Helena, porque agora não tinha ideia de como sair daquela situação, e, para usar magia, minha cabeça tinha de funcionar. Não era o caso.

Comecei a entrar em pânico. Precisava me recuperar o suficiente para mais um feitiço. Parar aquele homem de uma vez por todas. Dimas me largou no chão como se eu fosse uma boneca de pano.

— Traz o selo de volta!

Sacudi a cabeça. Sangue escorria do meu nariz e da minha boca para a terra. As correntes mágicas ressurgiram, enrolando-se em meu pescoço. Seu efeito foi imediato: como se todas as minhas células ficassem sem ar e começassem a consumir a si mesmas. A aura de Victor ressurgiu — fraca, opaca, mas inegavelmente *dele*. Bastou um segundo: Dimas levou as duas mãos à cabeça, urrando, e as correntes de fumaça escura desapareceram.

O Corregedor caiu de joelhos, convulsionando e tossindo sangue. Atirei-me sobre o falso pastor, sem perder tempo, e toquei seu rosto machucado e lacerado, consumido por aquela energia demoníaca que ele jamais conseguiria dominar porque seu corpo não fora feito para isso.

— A Terra não o clamou — sibilei em atiaia, proferindo sua sentença. — A Terra não abriu os seus olhos para o véu entre os planos. Você desdenhou do presente da Grande Mãe. Sua vida. A Terra se recusa a continuar provendo pelo seu corpo mortal.

— O que é isso? — gritou o falso pastor.

— Sua sentença — murmurei, arfando.

Helena havia dominado o último capanga, mas levara uns bons socos tentando. Pedro me olhava, incerto, assustado. Victor jazia prostrado, respirando com dificuldade, trêmulo em decorrência de uma dor que eu conhecia muito bem. Voltei a encarar Dimas.

— Todas as religiões se preocupam com o destino da alma, porque até as doutrinas mais presunçosas sabem que o corpo pertence à Terra. — Arrastei-me até ele e busquei a pedra do Corregedor em seu bolso até encontrá-la. Dimas permaneceu imóvel, estirado como havia caído. — Você pode irritar quantos deuses quiser; eles te esperam morrer pra acertar as contas. Mas a Terra... — Aproximei-me de Victor aos tropeços e ajudei-o a se erguer até conseguir se sentar sobre os calcanhares. Pedro, Helena e até Robson prestavam tanta atenção em mim que mal piscavam àquela altura. — Agora você vai ter que usar o poder do seu *mestre*, Dimas. Só que, sem a proteção que a Terra dá a todos os mortais, ele vai te consumir num instante. Se você fizer qualquer feitiço, por mais simples que pareça, seu corpo vai se reduzir a pó. Foi isso que eu tirei de você. O dom da Grande Mãe a todas as criaturas.

Envolvi a pedra negra com a mão esquerda de Victor — onde, na segunda falange do dedo mínimo, fora colocado o anel — e ajudei-o a apertar o punho o suficiente para rasgar a pele.

— Não sei se aguento a travessia... — sussurrou ele. Sua respiração soava difícil, entrecortada.

— Eu te ajudo — encorajei-o, levantando-o como podia. — Helena, tudo sob controle?

— Vai ficar — garantiu a delegada. — Pedro, vem cá. Fica olhando pra mim. O Dimas não vai causar...?

— Ele pode tentar — eu disse, abraçando a cintura de Victor e passando seu braço por cima dos meus ombros. — E vai virar cinzas se isso acontecer, num sentido bem literal.

Victor endireitou-se, drenou mais energia do anel e murmurou o feitiço. Com um estalo, lembrei-me do selo. A terra o trouxe à tona, erguendo-o num montinho até entregá-lo em minha mão. O mestre de Dimas não tinha como nos fazer mal, mesmo que nossa passagem cruzasse o Inferno; não poderia nos ver ou nos tocar, mas decerto sentiria a proximidade do selo. Se o visse, eu mostraria o dedo do meio.

O portal abriu-se. Entramos. Victor mal tinha forças para pôr um pé na frente do outro, e seu peso me fazia cambalear e andar aos tropeços. Com medo de que ele perdesse a consciência e largasse a pedra, segurei seu punho fechado enquanto fazia o melhor possível para mantê-lo andando.

— Aguenta só mais um pouquinho.

— Você não tinha de vir — arfou. — É arriscado... Não dá pra contar comigo...

— E de que jeito você ia vir sozinho?

— Muito arriscado... — repetiu. Sua pele fervia. Ele tossiu e tropeçou, levando-nos ambos ao chão. Eu fui junto, agarrada a seu corpo. Não podia soltá-lo ali de jeito nenhum. Mesmo em sua fraqueza, Victor me segurou com suas últimas fibras. — Não consigo... Minha cabeça...

— Abre a saída — falei num tom calmo.

Victor tossiu de novo, com dificuldade de respirar. O Inferno já não era um lugar fácil, muito menos naquele estado. Ainda arquejando, ele balbuciou um feitiço. Uma pausa. De má vontade, o portal se entreabriu.

— *Victor!* — chamei, mais enérgica. Puxei-o para a saída com uma força que não tinha.

Com seu último fôlego, ele abriu o portal direito e se arrastou comigo para fora, onde caímos ambos, quase mortos.

No meio da sala de reuniões do Conselho.

26

Por um lado, foi bom; cuidaram dos arranjos para levá-lo ao hospital em poucos segundos, antes mesmo de eu explicar o que tinha acontecido. Acompanhei a comitiva para conversar com os médicos e receber os cuidados de que necessitava. Por outro, depois de passado o pior, quando eu já havia tomado banho e colocado umas roupas limpas que me arrumaram, fui chamada para apresentar um relatório oral direto aos conselheiros.

A cadeira de Fábio Siviero estava vazia, e por isso consegui falar sem me atropelar. Os doze me escrutavam do meio círculo que suas cadeiras formavam na sala de audiências. Convenientemente ou não, a mesma usada para julgamentos. Eu estava na posição de ré, testemunha, auditora. Não me intimidei, apesar de não pisar ali havia quase oito anos. Foi como se o hiato não tivesse existido.

— Mas você proferiu a sentença da Terra sem autorização expressa do seu corregedor? — perguntou a conselheira Tânia Sabaneff, algo indignada.

— Senti que devia — respondi. — E o Corregedor não estava em condições de resolver nada, como os senhores bem podem imaginar. Eu precisava trazer ele pro hospital e não podia deixar o criminoso à solta.

— Com três comuns testemunhando tudo — resmungou o conselheiro Eduardo Kasten.

— Dois deles nos possibilitaram sair de lá vivos — repliquei entre dentes.

Naquele tipo de caso, o Conselho costumava ordenar que se alterasse a memória dos comuns envolvidos. Eu lutaria contra isso com todas as minhas forças.

— Sim, você já disse — comentou o conselheiro Bettarello com seu habitual tom tranquilo. — Você tá com dificuldade pra desempenhar sozinha o seu papel, Ísis?

Dei de ombros. Afrontosa. O conselheiro Kasten sibilou. Eu quase ouvia seus pensamentos: *insubordinada, atrevida, malcriada.*

Foda-se.

Eu tinha feito o meu melhor: o demônio continuava preso, o selo, seguro, e a ameaça, contida. Se achassem isso insuficiente, eu não podia fazer nada. Estava fora das minhas mãos. A conselheira Sabaneff se curvou para a frente, me fulminando com o olhar.

— Você não respondeu à pergunta do conselheiro Bettarello, Ísis.

— Eu sou boa — falei, séria. — Meu trabalho sempre foi executado a contento. A Terra condenou o falso pastor e me escolheu para executar sua vontade. Podem perguntar pra ela se a minha palavra não valer.

Os conselheiros entreolharam-se. Aguardei a admoestação, que nunca veio. Fui dispensada em seguida, três horas depois de ser admitida ao salão. Antes de tudo, corri os olhos pelas mil mensagens no celular. Helena, Pedro, Murilo, Dulce Vitória, Fernanda. Estavam todos em contato e ávidos por notícias minhas. Em meio à multiplicidade de relatos entrecortados, apreendi que Helena aparecera na hora certa por ter pegado o endereço aproximado com Murilo, depois de eu ter me negado a dizer aonde ia, e uma carona na moto com Dulce, que conversara com os mendigos da região até achar um que soubesse apontar aonde eu tinha ido.

Agora Pedro estava em casa com Tainara, e o capanga Robson, preso. Marco Dimas não tinha me dado ouvidos. Virara cinzas, exatamente como prenunciei. E brinquedo de capeta no Inferno, decerto. Eu queria saber como estava a cabeça de Pedro depois de testemunhar tanta insanidade. Pobre menino. Tão bonzinho. Eu me perguntava o que decidiriam a respeito dele, se alterariam sua memória e o quanto.

Durante a leitura das mensagens, minhas pernas me levaram para fora do prédio principal, através do pátio, até o hospital. Não precisei perguntar onde Victor estava; segui o instinto e a direção de sua aura escandalosa até o terceiro andar, a ala cheia de proteções reservada aos telepatas e suas mentes, tão voláteis mediante a menor anomalia em seus organismos. O enfermeiro de plantão na entrada fez menção de me parar, mas congelou ao me reconhecer.

— Rossetti? — perguntou.

Assenti. Ele remexeu umas fichas e me estendeu um papel, pedindo-me para assinar. Eu o fiz, agradeci e avancei até o quarto de Victor, digitando mensagens para tranquilizar todo mundo. Ser sobrinha do meu tio era a única coisa me permitindo circular naquela área tão perigosa para visitantes — e mesmo para médicos e enfermeiros. O diagnóstico do velho professor Augusto Rossetti fora, quando eu ainda era pequena, o de uma rara doença degenerativa, o que o tornara uma bomba capaz de nos assassinar a qualquer momento. Tipo o professor Xavier em *Logan* (aquele filme devastador). O fato de eu ter cuidado dele e sobrevivido para contar a história me tornava especial, de certa forma, embora pouco do mérito fosse meu.

Parei na frente da porta 13. Bati de leve e entrei. Victor dormia na cama, monitorado por máquinas e medidores diversos, cercado por cortinas que fediam a magia supressora de telepatia. Estava com acessos nos dois braços, por onde tomava mil medicações diferentes, e diversos leitores no peito e nas têmporas, conectados a monitores por todo lado. Seu quadro, apesar de tanta parafernália, parecia estável a julgar pela leitura dos aparelhos.

Suspirando, sentei-me na cadeira ao lado da cama, escolhi um livro no aplicativo do celular e comecei a ler. Cerca de uma hora depois, a porta abriu-se silenciosamente. Ergui o olhar, esperando encontrar um médico, mas era o conselheiro Bettarello em pessoa. Sorriu ao me ver.

— Imaginei que você estaria aqui — ele disse, gentil. Puxou uma cadeira e a trouxe para perto de mim. Sentou-se. — Você tá bem, Ísis?

A pergunta me apanhou de surpresa, especialmente depois de o próprio conselheiro Bettarello questionar a minha competência em plena sala de audiências. Nenhum dos conselheiros era muito de conversa fiada.

— Hã... tô. Sei lá. Cansada só.

— Depois de todo o esforço, você não teve enxaqueca?

Um alarme ressoou dentro de mim. Sentindo o rosto arder, lancei um olhar à forma do Corregedor na cama.

— Estamos a par de tudo o que ele descobriu na sua mente, se essa é a sua dúvida, Ísis. A primeira coisa que Victor fez depois de te deixar no hospital foi nos reunir com um pedido de urgência.

Meus olhos marejaram.

— Ele não te contou?

— Tanta coisa aconteceu depois que ele voltou...

— Imagino.

— Hã... — pigarreei, enxugando o rosto com as costas da mão. — Onde... o conselheiro Siviero... tava hoje...?

— Na Prisão, é óbvio — respondeu ele, como se não houvesse outra resposta possível. — Ele foi destituído antes de deixar o salão no fim do dia. Agora estamos investigando todo o trabalho dele para descobrir se mais alguém foi vítima desse comportamento atroz.

Escondi o rosto entre as mãos.

— Ai... eu sei que devia ter denunciado...

Suas mãos enrugadas me interromperam ao segurar as minhas. Ele me olhava com um ar benevolente.

— Filha, isso só nos mostrou o quanto andamos insuficientes. Você não se sentiu segura... não confiou que poderíamos te proteger. Isso é uma falha grave. *Da parte do Conselho.*

Fungando, engoli em seco e enxuguei mais lágrimas.

— Acho... Eu não devia deixar meu posto muito tempo, mas... — Indiquei Victor. — Ele vai virar diplomata, né? Daí não vou ter muita ocasião pra conversar com ele.

O conselheiro Bettarello franziu o cenho para Victor, como se algo estivesse lhe escapando. Um afeto paternal transbordava de seu olhar, agora distante.

— Ele não é de deixar nenhum trabalho inacabado. Ele já é diplomata. Esse mês seria a última visita aos monitores pra apresentar a substituta. Mas você teve um problema antes.

— Ah.

Lamentei os anos desperdiçados com animosidade entre nós, tudo por causa de uma intriga criada por um escroto de merda.

— Bom... preciso voltar pra São Paulo — murmurei. — Larguei tudo de qualquer jeito lá perto da passagem.

— Mandamos gente nossa cuidar de tudo assim que vocês apareceram — ele me tranquilizou. — Inclusive, agora mesmo estamos demonstrando a nossa *gratidão* aos seus amigos comuns envolvidos nessa história toda.

Só consegui encará-lo, surpresa. O Conselho era severo como ninguém face qualquer irregularidade, mas sua gratidão era memorável.

— Você é bem-vinda a passar a noite, se quiser.

— A casa do meu tio tá abandonada há tanto tempo que deve estar uma ruína.

— Pode ficar no chalé de hóspedes. — O conselheiro levantou-se. — Se não quiser, pode pedir pra qualquer corregedor te levar de volta. Eles já receberam as devidas ordens.

— Obrigada, conselheiro.

Ele assentiu, sorrindo, e retirou-se. Eu decididamente não passaria a noite longe da minha cidade, mas resolvi ler mais um pouquinho e ver se Victor acordaria. *Spoiler*: não.

Voltei para casa cerca de meia-noite, levada pela corregedora Marina. Encontrei a malinha de Victor ao lado do sofá, onde havia ficado desde a tarde anterior, e senti um aperto no peito. Enquanto eu dormia, duas sentinelas haviam sido torturadas e mortas; Victor, capturado e mantido num ambiente de supressão de magia; Pedro, preparado para morrer num ritual sacrificial insano pelas mãos do cadáver reanimado da mãe.

Apesar de ter me defendido diante dos conselheiros — puro senso de autopreservação —, eu *havia* falhado. Nada disso deveria ter acontecido na minha área, no meu turno. Um bruxo não deveria conseguir contatar um demônio e fazer um pacto bem debaixo do meu nariz para começo de conversa.

Fiquei me criticando enquanto arrumava as coisas deixadas fora do lugar no quarto, mas o que minha mente ficava martelando, insistindo em trazer à tona, era: Fábio Siviero destituído. *Preso*. Chegou uma hora em que não aguentei mais; desatei a chorar com o alívio de uma pressão que havia pesado sobre mim durante anos e eu nem sabia estar ali. Eu não precisava mais ter medo de ser convocada diante do Conselho, de encontrá-lo num corredor. *Preso onde merecia.* Que apodrecesse lá.

Liguei para Dulce, que atendeu antes do segundo toque.

— Zi, tá bem?

— Tô ótima — respondi, rindo e chorando. — Ei, tá com pique de sair pra dançar? Queria te contar uma coisa boa.

— Isso tem a ver com o cara pomposo que veio me convidar pra presidir uma fundação com uma verba ri-dí-cu-la de alta pra cuidar de pessoas em situação de rua?

— Não. Bom, mais ou menos.

— Eu tô dentríssima. Já passo aí pra te pegar.

27

Cheguei um pouco atrasada à pizzaria. Já estava todo mundo à mesa, mas me esperavam para pedir. Cumprimentei Fernanda, Dulce, Helena, Murilo e Marcos, que tinha vindo dessa vez.

— Ai, gente, desculpa, precisei concluir uns relatórios e me enrolei... — murmurei.

Na verdade, eu andara estudando sobre magia da terra para discutir com o Conselho a questão de eu ter executado uma sentença da Grande Mãe. Nem todos estavam inteiramente convencidos. Contudo, Marcos não sabia sobre mim, e eu não queria preocupar meus amigos falando dos meus problemas.

Helena estava no meio da explicação sobre o processo criminal contra Jorge, que responderia pelo sequestro de Valentina e pelo feminicídio de Denise. Recuperamos o corpo de perto da passagem, Helena e eu, e o pusemos em outro lugar, denunciando anonimamente a localização. Não era seguro anunciar a existência daquele túnel à população. No fim, pelo menos Tainara e Pedro puderam enterrá-la.

Naquela última semana, o sumiço do pastor Marco Dimas causou alvoroço nas mídias de todo o país. Não se falava em outra coisa. O delegado responsável, André Schmidt, aparecia com uma cara meio assombrada no jornal, repetindo seu velho mantra de que "todo o possível estava sendo feito" para encontrá-lo. Vendo seu semblante pálido, senti um pouco de pena. Depois fiquei com raiva por nutrir qualquer compaixão por alguém que havia se sujeitado a tentar me incriminar só para me levar presa.

O telefone tocou.

— Quem pode ser, se tá todo mundo aqui? — perguntou Murilo.

Olhei a tela. Acho que perdi a cor.

— Victor? — atendi. — Tudo bem?

A mesa mergulhou num silêncio ansioso. Só Marcos não entendeu o motivo, e Murilo lhe sussurrou qualquer explicação suficiente para aplacar sua curiosidade. Não ouvi qual.

— Oi, Ísis. Ocupada?

— Bom, tô na pizzaria com o pessoal, mas posso...

Dulce arrancou o celular da minha mão.

— Gato, vem pra cá.

Encarei-a, estarrecida. Dulce no modo "festa" era bem espontânea, mas nunca imaginei que isso pudesse se estender à minha gente. Ela escutou um instante.

— Você nem é paulistano pra estar sempre com pressa — disse ela. — Chega aí, come uma pizza. A não ser que seja mesmo uma urgência impossível de contornar... — Uma pausa. — Não incomoda, não, magina. Incomoda, gente?

Ao fazer a pergunta, ela estendeu o celular para o resto da mesa, que respondeu um entusiasmado "não" coletivo, repetindo em diferentes frases que Victor deveria vir. Dulce voltou o celular à orelha, fazendo a tela tilintar em contato com seu brinco enorme.

— Convencido? — Ela sorriu. — Ah, bom. Quer falar com a Ísis? — Outra pausa, muito curta. — Tá bom. Até já.

Dulce desligou e me entregou o telefone. Olhei-a, incrédula.

— O que foi isso?

— Relaxa, amor. É só uma pizza.

Eu ia responder, mas, naquele instante, a aura de Victor estalou no ar a cerca de dois quarteirões de distância, estrondosa e vibrante. Saudável. Em seu estado normal.

— Por um momento, achei que não seria o único estranho aqui, mas pelo visto todo mundo já conhecia o seu amigo, Zi — disse Marcos.

— De ouvir falar — repliquei.

Murilo deitou a cabeça no ombro do namorado.

— Só vi o cara umas duas vezes.

— E você não é estranho, Marcos, que é isso — garanti. — Podia sair mais com a gente, isso sim...

— Ah, não, ele tá sempre ocupado calculando ponte — disse Murilo com uma risada.

Marcos revirou os olhos, mas sem conseguir conter um sorriso. Murilo o beijou.

— Mas você é uma adição muito necessária ao nosso grupo — falei. — Sem você, a gente não sabe dividir a conta.

O resto da mesa concordou com um entusiasmo adolescente. Céus, aquela piada nunca envelhecia, e era tão ruim.

— Inventaram um artefato superinovador, não sei se você já ouviu falar. Chama "calculadora".

Mostrei-lhe a língua, muito adulta. Ele sorriu, satisfeito com sua superioridade de engenheiro. Helena falava com Fernanda alguma coisa sobre aulas de boxe. Dulce tirou uma selfie conosco, depois pediu ao garçom para acrescentar um lugar à mesa, do meu lado. O rearranjo aconteceu pouco antes de a pizza e Victor chegarem, praticamente juntos.

— Isso é que é *timing*, hein? — comentou Helena.

Victor acenou para todos, algo constrangido, embora disfarçasse bem, e acomodou-se.

— Vai beber? — perguntou Dulce.

— Não posso, obrigado. — Ele me olhou de viés, curioso, antes de se voltar a ela. — Obrigado pelo convite também. Só não dá pra ficar muito.

— A pizza daqui é a melhor — declarou Fernanda com um sorriso amistoso.

Uma comoção se fez enquanto serviam, e aproveitei para observá-lo. Victor tinha um ar abatido.

— Ei, quando você acordou? — perguntei baixinho.

— Anteontem, mas só me liberaram hoje cedo — ele disse. — E o Conselho, claro, quis um relatório imediato sobre os últimos acontecimentos.

— Claro — resmunguei num tom reprovador. — E você já tá bem pra pegar... a passagem mais rápida pra cá?

O olhar de Victor correu para Marcos, do outro lado da mesa com Murilo, antes de retornar a mim com um arquear da sobrancelha. Ele entendeu depressa o motivo de eu não mencionar o portal. Quando apanhou os talheres para comer, notei sua mão esquerda muito bem enfaixada.

— A-há, aprendeu! — observei.

O fantasma de um sorriso tocou seus lábios e brilhou em seus olhos.

— Adoraria ter deixado isso pra você uma última vez, mas não ia chegar aqui sangrando.

Um nó estranho se formou na minha garganta à menção da "última vez". Tentei não me incomodar demais. Murilo, felizmente, começou a contar um caso antigo, quando decifrou o autor de uma ameaça à testemunha central de um processo pelo uso de uma gíria que só se falava na zona leste em determinada época, ganhando nossa atenção e nosso silêncio. Ele parecia mágico. Marcos mal piscava, cheio de admiração e fascínio. Bonitinho de se ver. Ultrafofo.

A conversa fluiu como de costume. Victor chegou a se sentir à vontade para perguntar a Helena sobre a corregedoria da polícia e como funcionava, depois quis saber mais sobre o doutorado de Fernanda. Dulce passou um bom tempo explicando a Marcos e Murilo sobre a fundação e o trabalho necessário para levar o projeto adiante, e ambos ofereceram ajuda.

Helena, animada, tagarelou sobre uma excelente professora de autodefesa que me apresentaria na semana seguinte. Foi engraçado e divertido estar ali tão à vontade na presença de Victor, sempre tão sisudo. Depois de me acostumar à ideia, relaxei e quase me esqueci de maneirar na informalidade.

Umas duas horas depois, Victor anunciou que precisava ir. Levantei-me junto, pagamos a nossa parte no caixa e saímos andando em direção à minha casa.

— Foi legal, né? — perguntei, enfiando as mãos nos bolsos do casaco e semicerrando os olhos após tomar um golpe de vento gelado na cara.

— Foi — ele concordou. — Você tem bons amigos aqui.

— Não são propriedade minha, viu? Pode ser amigo deles também.

Victor olhou-me, sorrindo como se a ideia lhe parecesse disparatada.

— O conselheiro Bettarello me contou que você tentou me esperar acordar no primeiro dia — disse ele. — E que te chamaram a atenção por aplicar a sentença no falso pastor. Pessoalmente, te agradeço muito por isso. Você pensou rápido lá no túnel. Várias vezes.

Não respondi. Era esquisito caminhar com ele pela cidade à noite, assim, sem pressa aparente. Ele olhava ao redor, franzindo o cenho para as pessoas dormindo sob marquises, os comércios fechados, a lâmpada queimada de um poste público.

— Essa região é atribulada de dia, mas sinistra à noite — comentou.

— A cidade quase toda é assim — eu disse.

— Engraçado eu ser um diplomata tão jovem — Victor respondeu depois de um tempo, num tom casual nada rotineiro. — Conheço o Inferno, os outros planos e os caminhos entre eles... e nada dos comuns. Preciso corrigir isso.

— Posso ajudar.

— Aprecio a oferta. — Suspirou, olhando os carros parados no semáforo, depois as motos. Era como se tudo fosse uma grande novidade. Ou como se ele quisesse me evitar mesmo enquanto falava comigo. — Você vai conhecer a sua nova corregedora na próxima semana. Ela já tá com a sua ficha e as dos meus outros monitores. Vou me reunir com ela amanhã.

— Victor, obrigada — murmurei. — Pelo que você fez... a respeito do Siviero...

— Era o certo — tornou, dispensando o agradecimento. — Ele era um perigo pra nossa sociedade, ainda mais na posição que tava.

— Eu sei... Quando o conselheiro Bettarello falou de investigar a possibilidade de existirem outras vítimas... eu me senti horrível. Achei que seria só comigo, sabe? Mas depois pareceu óbvio...

— É possível que fosse só com você. A gente não sabe ainda. Infelizmente, comportamentos abusivos tendem a se repetir. E é culpa dele, não sua, Ísis.

— Eu sei, mas...

— Sem “mas”. — Ele sorriu, aplacando o tom peremptório.

— Você veio buscar as suas coisas?

Por um instante, Victor só franziu o cenho, então sua expressão se iluminou.

— Verdade. Eu trouxe mudas de roupa pra passar uns dias. Não, não foi pra isso, mas agradeço a lembrança. — Olhou-me de esguelha. Tinha seus ares altivos de costume, mas sua aura era uma explosão de incertezas. — Quis me despedir. E perguntar se poderia te visitar às vezes. E se você vai mais à Cidade dos Nobres agora que aquele cretino tá preso.

— Ah.

Não foi muito eloquente como primeira reação, admito. Victor caminhava a certa distância, com as mãos cruzadas às costas, e olhava as ruas com aparente interesse. Sentindo seu esforço tão nítido em não se impor, uma torrente de simpatia inundou meu peito, alimentando a mudinha de afeição que já existia ali. Eu já abria a boca para responder quando um homem dobrou a esquina e, ao passar por nós, me olhando de alto a baixo, aproximou-se de última hora e grunhiu um asqueroso "gostosa". Bufei, lançando-lhe um olhar injuriado por sobre o ombro. Ele tinha se virado para olhar a minha bunda e sorrir de um jeito infame.

— Vai tomar no seu cu! — gritei.

— O que ele te falou? — perguntou Victor, surpreso.

— Nada — resmunguei. — Nada que valha a pena repetir. Desculpe. Você fez uma pergunta. Eu ia adorar receber visitas suas. E te visitar lá também. — Uma ideia me veio à cabeça de repente. Avaliei-a por um instante, pesando prós e contras antes de lhe dar voz. Quem sabe? — Ei, você já foi no cinema?

Um sorriso inadvertido ganhou sua expressão, anormalmente leve.

— Não.

— Mas sabe o que é, né?

— Claro.

— Ok, se você quiser conhecer melhor os comuns, é um ótimo começo — declarei. — Da próxima vez que tiver um tempo, me avisa.

Ele respondeu com um sorriso mais caloroso. Alcançávamos a altura do terreno baldio, o mesmo onde eu havia sentido a morte e os dependentes de crack.

Somos as filhas de todas as bruxas que vocês não conseguiram queimar, anunciavam as furiosas letras em rosa, tornado um marrom indeciso à luz amarela da iluminação pública. Um frio na barriga, um aperto no peito. Parei. Olhei a pichação, expandi os sentidos. Victor parou ao meu lado.

— O que foi?

— Tem mais alguma coisa nesse terreno baldio — observei, embora não sentisse nenhum resquício de bruxaria ali. Toquei o muro no alto do "X". A sensação intensificou-se. — Amanhã volto aqui pra investigar. — Considerei-o, voltei a encarar o muro. — São Paulo esconde um mistério em cada esquina.

Sorrindo outra vez, ele aquiesceu. Retomamos o passo.

— Sabe, tô de férias por uns dois meses — ele informou. — Quando você tiver livre, a gente pode ir nesse cinema.

Ri alto pelo tom desajeitado dele ao falar de algo tão corriqueiro. Victor ainda sorria. Nem parecia quase ter morrido pouco mais de uma semana antes.

— Combinado. Nem sabia que o seu povo tirava férias.

— Benefícios da promoção — esclareceu. — É desgastante saltar de portal em portal. E ainda não me recuperei totalmente.

Chegamos ao prédio. Acenei para o porteiro da noite, o seu Jairo, e cruzamos o jardim coberto até minha torre.

— Já que você tá com tempo, vamos ver TV — sugeri. — Algum filme com bruxas, pra você ver como os comuns representam a gente.

— Eu vou ficar escandalizado, né?

— Vai — respondi com uma risada.

Ele sorriu de novo. O elevador veio. Subimos.

PORÉM... CONTOS!

Obra de estreia de Carol Chiovatto e que logo consagrou a autora como um dos grandes nomes da fantasia urbana brasileira, *Porém Bruxa* foi publicado em 2019 e reuniu milhares de leitores e fãs fiéis. Desde então, o romance já rendeu algumas histórias e conteúdos extras. Esta edição inclui, a seguir, dois contos posteriores à publicação da obra. O primeiro, "Apesar de telepata", foi publicado em 29 de outubro de 2020 na newsletter da autora, Porém Carol Chiovatto. O segundo, "Agora diplomata", é inédito e exclusivo da nova edição.

APESAR DE TELEPATA

— **Uau!** — Ísis sussurrou, com uma rara dificuldade de articular as palavras. — **Victor, isso... Uau! Saiu um peso de cima de mim agora...!**

As pontas de meus dedos ainda formigavam com a memória do contato com suas têmporas. As imagens de suas lembranças e devaneios permaneciam comigo em um vórtice de vozes, ruídos e cores. A tontura habitual de se deixar a mente de alguém após tão longa exploração, dessa vez, misturou-se a um amargor. E a gratidão — a alegria borbulhante daquela voz — me fez querer gritar.

Eu não conseguia encará-la.

— **Fico feliz** — respondi, um tanto rígido por sobre o ombro. Ela merecia mais do que as minhas costas e o meu desconcerto, mas eu não suportava a ideia de ver sua expressão grata. — **Escuta, preciso ir. Apareço em uma ou duas horas na sua casa. Pode conversar com a Helena, mas sem detalhes sobre nós.**

Cravei a face pontiaguda da pedra de portal na carne e abri uma vereda sem olhar para trás. Se eu tivesse de ouvir mais um agradecimento sequer, alguma parte de mim explodiria. Mal me dei conta da passagem pelo Inferno, exceto pela vaga consciência de que o sangue pingando de meu punho cerrado atraía demônios das classes rastejantes.

Na altura do Parque dos Jacarandás, abri a saída do portal e inspirei o ar úmido da manhã. Faltava ainda algum tempo para a alvorada, e eu o aproveitaria para pôr os pensamentos em ordem. Teria de agir estrategicamente. Guardei a pedra no bolso e avancei a passos largos pela trilha principal entre as árvores centenárias.

A presença de Ísis em minha mente era quase tangível, como se *eu* tivesse passado por tudo aquilo. A Terra a havia ajudado a mover a rocha da caverna em Santos *na frente de Helena*. O suposto deslize que a levara à Prisão. Seria possível Siviero não ter percebido o envolvimento da Grande Mãe? Punir alguém a quem Ela manifestava apoio era um crime grave.

Isso, no entanto, havia sido apenas o desvio mais leve do conselheiro. Os fios quebradiços da mente de Ísis teciam uma dolorida rede de sequelas. E ela conseguira lidar com esse obstáculo durante sete anos, quase oito, e ainda fazer seu trabalho. Pensei nos relatórios de seus casos, semana a semana, mês a mês, ano a ano. Sua irreverência desdenhosa sempre me divertiu, marcada pelo bom humor, embora fosse evidente que ela me preferia longe. Agora, pensar que resquícios daquela violência jaziam sob a superfície o tempo inteiro? Imaginar a cabeça de Ísis latejando a cada uso prolongado de magia? Ver suas contemplações suicidas nos primeiros anos após o trauma? Se Helena houvesse disparado a arma no hospital, eu teria merecido.

Em tantos aspectos, fui conivente com Siviero... Eu deveria ter percebido. Questionado mais. Cheguei a perguntar sobre os dois dias na Prisão quando recebi a ficha de Ísis, mas não insisti, muito embora a pena houvesse me soado pesada demais. Mesmo uma hora teria sido pesado demais.

— Aquela maluca tá se comportando? — perguntou-me uma vez o conselheiro, aos risos, quando me encontrou lendo um relatório dela.

E eu *ri*.

Eu ri.

Parei e sentei-me num banco, esfregando o peito, lutando contra o nó duro na garganta.

Ísis fora minha responsabilidade durante quase oito anos, e só percebi que havia algo errado quando ela não conseguiu conter o pavor de me ver irritado. E como reagi? Fiquei indignado por ela me julgar capaz de feri-la.

Bufei, exasperado comigo mesmo. Minha mente evocou sua figura trêmula na cozinha diminuta de seu apartamento e contrastou-a com as agressões reiteradas de Siviero. Imaginei como seria me sentir ameaçado por uma pessoa contra quem não havia chance de defesa.

Que direito tinha eu à indignação? Jamais saberia como era estar em seu lugar — pelo simples fato de não existir ninguém capaz de invadir a *minha* mente. Aquela vulnerabilidade de Ísis, que a sujeitara a Siviero, não fazia parte do meu rol de experiências. Eu havia me tornado corregedor da região mais povoada do país aos vinte e quatro anos de idade. Para mim, a vida era uma escada que só dava para subir.

Levantei-me do banco e tomei a trilha rumo ao prédio do Conselho. Minha culpa teria de esperar.

Os cinco andares da construção constituíam uma aberração na Cidade dos Nobres, cujas casas térreas eram engolidas por trepadeiras e árvores. Eu me detive diante da entrada. Aquele cenário sólido da minha vida inteira parecia mais perto de desmoronar do que o prédio de vinte e tantos andares do centro de São Paulo.

Mantido em pé somente pela magia de Ísis durante vários segundos.

Isto é, até *a Terra* vir ao seu encontro, de um modo que não fazia nem para o Conselho já havia alguns anos.

— Victor?

Virei-me para avistar justamente quem eu pretendia procurar primeiro. O sol começava a despontar no horizonte.

— Bom dia, Yara — saudei.

Seus olhos levemente puxados, de um tom âmbar-esverdeado, escuro como musgo, estreitaram-se.

— Qual a crise pra você ter chegado aqui a essa hora?

— Eu já ia atrás de você.

Ela era a Auditora, chefe da Corregedoria, minha superior até algumas semanas antes.

— Você tava com a Ísis, não? Ela deu problema de novo?

Senti meus punhos cerrarem-se contra a minha vontade.

— Não — respondi num tom calmo, mas sério. — Na verdade, a Terra atendeu a um chamado dela nessa madrugada. Eu vi.

Tive certeza de que os globos oculares de Yara saltariam das órbitas. Ela faria bem em manter essa informação em mente ao escutar o resto. Peguei o celular.

— Vou solicitar uma reunião com os conselheiros — avisei. — Por favor, vem comigo pra minha sala.

Entramos juntos e subimos as escadarias em silêncio enquanto eu mandava uma mensagem geral aos treze: "Bom dia. Gostaria de uma audiência com os senhores o mais cedo possível. Surgiu uma questão que requer a atenção imediata do Conselho. Aguardo resposta".

— A sua sala não é mais nesse andar, Victor. — A voz de Yara veio encharcada de uma simpatia maternal.

Eu tinha parado no terceiro piso e já me encaminhava para o corredor central onde minha antiga sala se situava. Dei meia-volta e juntei-me a ela outra vez na escada. Galgamos os degraus para o quinto andar.

— Mensagem às seis da manhã pedindo as treze cadeiras presentes ainda hoje... — Yara olhou-me de viés. — Isso só é possível porque é você.

— Eu sei. Mas não abuso dessa prerrogativa.

— Eu sei. E por isso tô ficando preocupada.

Abri a porta cuja plaquinha exibia meu nome acima de meu novo cargo, a respeito do qual ainda precisava informar Ísis. Não sem antes consertar o estrago. Ao menos, a parte dele passível de conserto. Gesticulei para Yara entrar e fechei a porta à minha passagem.

Ela olhava em torno, espiando a imensa janela com vista para o Parque dos Jacarandás. Quando o sol nascesse de vez, seria uma visão espetacular.

— Isso aqui é um latifúndio perto da antiga.

Dei de ombros. Havia espaço suficiente para me movimentar e até chegar via portal sem esbarrar na mesa. Eu já havia observado uma redução drástica dos hematomas nas minhas pernas em decorrência da novidade.

Ainda em pé, liguei o computador e peguei água. Yara acomodou-se em silêncio, a verdadeira mestra da paciência.

— Eu ia tirar sarro do seu lado *drama queen* hoje — disse ela. — Mas a sua preocupação tá mais óbvia a cada segundo que passa. Você voltou da Ísis. Ela recebeu apoio da Terra. Aí você veio *me* procurar. E pediu uma reunião de emergência com o Conselho. Eu consigo imaginar onde isso vai dar.

Pousei o copo em cima do filtro e me virei em sua direção.

— Ah, não consegue. — Tomei minha cadeira e digitei a senha para iniciar o sistema. — Sim, creio que a Terra deixou clara a Sua posição quanto a Ísis. Isso ajuda.

— Ainda mais porque Ela não se manifesta perante o Conselho há uns... dez anos, talvez?

Se eu ficasse procurando o melhor modo de falar, não chegaria ao cerne do assunto nunca.

— Yara, Siviero torturou a Ísis com invasões telepáticas quando era corregedor dela. Durante quase um ano.

Silêncio. Sentindo seu olhar sobre mim, abri a pasta dos relatórios de Ísis e coloquei para imprimir.

— Caralho. — Yara levantou-se e veio para o meu lado. — O que você tá fazendo?

— Depois de descobrir... fiquei pensando. Ísis tem fama de insubordinada desde a época em Santos. Magia diante de uma comum, dois dias na Prisão. Certo?

— Certo. E aí?

— A Terra ajudou a Ísis naquele dia também.

— Ah, minha mãezinha...!

De fato, a presença da Grande Mãe seria o modo mais fácil de conquistar o interesse dos conselheiros.

— Mesmo assim, a gente não sabia disso — continuei. — Vamos deixar essa informação *vital* de lado por enquanto. Por que escolheram justo a Ísis pra substituir Lúcia Rossetti depois de sua morte?

A Auditora cruzou os braços e foi andando até a janela, decerto consciente da minha linha de raciocínio.

— Ísis era uma monitora brilhante na Baixada Santista. A gente precisava de uma intuitiva muito atenta em São Paulo. E ela já conhecia bem a cidade.

— Que monitora vai pra uma cidade *maior* depois de dois dias na Prisão?

— A justificativa dela era... aceitável. Salvar mulheres destinadas ao tráfico sexual, presas numa caverna... — Yara executava um feitiço telepático para ampliar o alcance de sua memória. — Ela não deveria interferir, mas era novinha e bem-intencionada. Por isso a gente desconsiderou a passagem dela pela Prisão quando tava decidindo a sucessora da Lúcia.

— Então a pena foi dura demais?

— Bem, sim...

— E ninguém questionou Siviero. — Levantei-me, peguei as páginas impressas e voltei a me sentar. — A gente achou estranho, mas aceitou as explicações vagas dele. Sabe por quê? Porque somos um bando de classistas. Nós achamos que a telepatia nos torna de algum modo superiores. E a Ísis sabia disso. Tanto é que não denunciou. E o trauma dela com o uso de telepatia era tamanho que ela não falou nada, mesmo sabendo que a gente tinha como verificar a veracidade da história.

Um novo silêncio estendeu-se entre nós, cortado apenas pela impressora furiosa cuspindo mais papel recém-impresso. Busquei relatórios cujos casos eu vira na mente de Ísis, todos contando com a participação da Terra. O fato de a Grande Mãe a acudir não constava em nenhum; Ísis julgava isso a coisa mais corriqueira do mundo. Ela não fazia ideia do quanto o fato era extraordinário. Marquei-os à mão.

— Victor, eu sei que você vai contar a história inteira na reunião, mas preciso começar a tomar algumas providências e, pra isso, faltam informações importantes.

Suspirei.

— Ele viu uma fantasia sexual quando entrou na mente da Ísis por causa de um deslize dela no trabalho. Ela de fato ajuda comuns com magia às vezes. Por algum motivo, ele entendeu o que viu como um convite e tentou... Ela recusou. Siviero não se impôs fisicamente, mas a torturou e puniu a cada oportunidade depois do incidente.

A Auditora rosnou uma risada de fúria e puxou uma folha de papel em branco da mesa, junto com uma caneta. Eu já imaginava que seria essa a sua reação.

— Certo. Primeiro, vou puxar as fichas de todos os monitores dele e procurar punições com a Prisão. Depois, verificar se algum pediu pra trocar de corregedor e com qual justificativa. Isso pra ontem. — Ela me encarou. — Daí vou levantar auditoria sobre todos os envios de monitores pra Prisão. E investigar a conduta de todos os conselheiros. E, então, de todos os corregedores.

Assenti. Seria trabalho para mais de ano, mas a tarefa lhe competia. Assegurar que nenhum nobreano de alto status abusasse do poder era a função de seu cargo. Por isso eu a chamara em primeiro lugar.

— Vou reler todos os relatórios da Ísis — avisei. — A intuição dela é melhor do que a média, e ela nem sempre percebe que tá tendo uma. Vou usar a reunião pra limpar o nome dela. É o mínimo que posso fazer.

Yara concordou.

— Vou pra minha sala. Não é bom os conselheiros verem a gente junto, ou vão desconfiar.

— Mas você vai na reunião, né?

— Lógico. Vou preparar o terreno. Me avisa quando te derem um retorno.

Ela se retirou, e eu voltei ao passado. Reli os relatórios de Ísis em ordem, desde o primeiro, um tanto resumidos, nitidamente frutos da insegurança de uma novata quanto ao modo correto de se reportar. E isso porque ela havia sido monitora de Siviero por dois anos antes de mim. Depois de ver sua mente, eu conhecia bem seus temores no período. Não era inexperiência o que eu estava lendo, mas seu receio em relação às minhas expectativas.

Puxei minhas anotações da época e revirei as profundezas da memória. O exercício me trouxe a perfeita oportunidade de me sentir um lixo. Ísis era irreverente, mas não insubordinada. Seus deslizes não excediam os de outros monitores. Ou talvez excedessem, mas nada capaz de comprometer seu serviço à Terra. Tanto é que Ela a atendia com frequência.

Como comprei tão fácil a historinha de Siviero?

Fiquei naquilo durante cerca de uma hora, até baterem à porta.

— Entra.

Uma fresta entreabriu-se e uma cabeça surgiu. Torci o nariz.

— Oi, Lari. Desculpa. Esqueci totalmente.

Ela entrou, fechou a porta e recostou-se à madeira.

— Eram sete e meia. Ainda tenho uns quarenta minutos pra você, se não quiser desperdiçar o meu tempo.

Murchei os ombros, contrito.

— Desculpa. Agora não dá. Eu faço duas sessões na semana que vem. A Terra sabe que vou precisar.

Suas feições mudaram no mesmo instante. Ela me conhecia melhor do que qualquer outra pessoa, viva ou morta. Quando desviei o olhar para as folhas em minha mesa, ela se aproximou e pegou algumas, franzindo o cenho enquanto lia por alto o conteúdo.

— Aconteceu alguma coisa com a Ísis? Faz tempo que você não fala dela...

Larissa Matsuki era a única pessoa, à exceção da minha priminha, a mexer nos meus pertences assim sem expressa autorização. Meu olhar fulminante não adiantava com nenhuma das duas.

Estendi a mão, com o cotovelo ainda apoiado na mesa, para Larissa me devolver os papéis. Ela continuou imóvel.

— Achei que você ia chamar a Ísis pra sair agora que não é mais chefe...

A memória daquela mulher era um fenômeno. Eu havia comentado algo nesse sentido havia *meses*.

— Era a intenção — resmunguei, sentindo o rosto arder.

— *Era?* O que mudou?

Indiquei os relatórios.

— *Isso* mudou. E eu... prometi pra ela.

— Prometeu?

— Os papéis, Larissa — grunhi.

Ela os entregou no mesmo instante, porém ficou me fitando em expectativa. Comecei a organizar os relatórios já lidos numa pilha, voltados para baixo. Era inútil resistir; ela passaria o resto do horário da minha sessão esperando, mesmo se eu não abrisse a boca. Já havia agido assim incontáveis vezes. Eu a amava por isso, apesar de no momento estar contrariado.

Fui seu primeiro paciente. Larissa havia acabado de se formar em psiquiatria na época. O Conselho jamais teria me passado para alguém inexperiente, mas ela fora a única a se voluntariar a assumir a tarefa. Eu tinha catorze anos e um ego do tamanho da Lua. E um estresse pós-traumático ainda pior do que aquele ao qual todos os telepatas estão sujeitos.

Não seria exagero dizer que eu devia minha lucidez a ela.

Ou seja, eu perderia a guerra do silêncio, como sempre.

— Anteontem, fiquei irritado com a Ísis por causa de uma bobagem. Ela entrou em pânico. Começou a tremer e chorar e me *implorou* pra não invadir a mente dela.

— Eita...

Curvei-me para a frente, cravando os olhos nos dela.

— Lari, você acha que *eu* fiz isso alguma vez?

— Não.

— Não — confirmei. — Então?

— Alguém fez. — Seus olhos arregalaram-se em súbita compreensão. — O conselheiro Siviero?

— Pois é.

— Pela Terra... Nem tô mais brava por você ter faltado hoje.

— Até porque você tá aqui, me obrigando a falar, não?

Ela teve a decência de parecer desconcertada.

— Vou embora. Só, antes...

— Hum?

— Como isso altera os seus planos de chamar a Ísis pra sair? O que descobrir isso muda na prática? Quer dizer, eu sei o que isso muda pro Conselho e tal. Mas entre você e ela...?

Sacudi a cabeça.

— Essa não é mais uma daquelas ocasiões em que me culpo por coisas fora do meu controle, Lari. — *Não de todo, pelo menos*. — O que ela sofreu foi assédio. Ele se vingou por ter sido rejeitado. E isso começou quando ele viu na mente dela indícios de atração... — Olhei para a janela, mas só vi lembranças atormentadas de Ísis, o choro sofrido no chuveiro, seus amigos aparecendo. — A Ísis tinha sequelas... bem graves. Ao usar magia, vinha uma enxaqueca violenta. Eu disse que podia resolver isso, só precisava de acesso livre à mente dela.

— E a Ísis concordou, né?

— Morreu de vergonha. Pra resumir, ela tem alguma atração por mim, quase tanto quanto eu por ela.

— E ficou com medo de reviver o pesadelo? — Larissa adivinhou. Assenti. — Coitada... Ah, e *daí* você prometeu...

— ... que não entenderia nada do que visse na mente dela como um convite. — Suspirei. — Isso não importa agora. Eu eliminei as sequelas essa madrugada. Agora preciso derrubar Siviero. E acionar o setor de psicologia. Ela tem estresse pós-traumático, surtos depressivos...

— Isso eu posso fazer.

— Agradeço. Só espera eu liberar. A reunião com o Conselho precisa acontecer primeiro. Se você designa um psicólogo pra Ísis e isso chega no Siviero antes de ele ser preso...

— Pode deixar. Eu espero.

Meu celular apitou com o alerta de mensagem.

— Áudio da Ísis — murmurei.

Coloquei para tocar no viva-voz já que Larissa estava ali mesmo e aquilo com certeza viraria assunto na semana seguinte.

— Victor, você não vai acreditar! Acabei de sair da casa da tia biológica da Valentina. A menina é filha do pastor Marco Dimas! Entendeu? É ele o bruxo. Deve ter sequestrado ela pra quebrar o selo. — Ela suspirou e praguejou baixinho. — Desculpa a afobação. Acho que falei tudo na ordem errada. Esse cara é o que atiça fiéis contra terreiros... E a Helena falou que o Jorge frequenta a igreja dele! Ainda não sei onde o sumiço da Denise entra nessa história, mas tô indo atrás da menina e logo acho eles.

Quando a voz de Ísis cessou, apoiei os lábios nas mãos unidas em punho, os cotovelos fincados no tampo da mesa. Um ódio primitivo borbulhava em meu peito.

— Quer traduzir isso tudo? — murmurou Larissa, hesitante.

— A Ísis acabou de encontrar a ligação entre três casos que vinha investigando. Helena é uma amiga comum dela. Delegada de polícia. Os outros são pessoas envolvidas no caso. — Olhei para ela. — Eu me despedi da Ísis há três horas, mais ou menos. Nesse período, ela saiu do hospital onde tinha ficado em observação, foi pra casa dessa mulher, num bairro favelizado de São Paulo não muito perto do hospital, e decifrou uma parte do enigma. Ela começou a investigação *anteontem*.

Larissa me encarou, espiou os relatórios com minhas marcações na mesa e então suspirou.

— Vou te deixar trabalhar. E vou agendar *duas* sessões pra semana que vem.

Não discuti. Nem mesmo a vi sair, pois o conselheiro Bettarello em pessoa chegou via portal sem ao menos se anunciar antes.

— Você tá com sorte — declarou ele. — Hoje todos nós reservamos a agenda pra balanço. Anda logo. Pra sala de reuniões.

Ficava no térreo. Acompanhei o primeiro-conselheiro sem discutir, pegando o celular para avisar Yara por mensagem. Acaso ela conseguiria resolver tudo a tempo?

— Ficamos curiosos — ele disse. — Para pedir os treze juntos...

— Se o senhor me permitir, conselheiro, prefiro falar pra todos de uma vez.

— Claro, claro. Já estão esperando.

Eu não havia imaginado conseguir a atenção deles tão cedo. Fora mesmo um golpe de sorte; em qualquer outro dia, cada um estaria resolvendo um assunto em um lugar diferente do planeta.

O celular apitou três vezes.

Ísis:

A Valentina tá num prédio abandonado no Centro

Vou p lá

Já passo o endereço

— Ela deve ser louca — resmunguei, preparado para lhe escrever para me esperar.

— Quem? — perguntou o conselheiro Bettarello.

Outro aviso de mensagem chegou, provavelmente contendo o endereço do local em questão.

— Diplomata Spencer!

A voz alegre percorreu meus nervos, transformando dúvidas, raiva, culpa e incertezas numa frieza absoluta. Eu e o primeiro-conselheiro nos viramos em sua direção. Fábio Siviero era menos de quinze anos mais velho do que eu; andava, falava e sorria transpirando jovialidade. E tinha dentes demais dentro da boca.

— Bom dia — saudei. — Agradeço a bondade de acomodar meu pedido na agenda atribulada dos senhores.

— Quanta formalidade! — comentou Siviero, dando uma batidinha amigável em meu ombro. — Guarda esse tom pra conseguir a boa vontade do Kasten, que te odeia.

Era verdade. Eduardo Kasten não havia me perdoado por um desentendimento anos antes. Nem eu queria perdão, na verdade. Não havia feito nada errado.

— Vi a dra. Matsuki saindo da sala do Victor — disse o mestre do Conselho com ar de simpatia.

— Ai, não! Outro episódio? — A expressão condoída de Siviero me causou náusea. Nós *éramos* próximos, de certa forma. Como não enxerguei a verdade antes? — Espero que esteja melhor.

A autorrepulsa ameaçou me sufocar. Dei de ombros como quem pede desculpas para não desperdiçar a excelente explicação do conselheiro Bettarello para meus modos. A alternativa seria explicitar meu asco cedo demais.

Os conselheiros tomavam seus assentos, cochichando entre si, lançando-me olhares curiosos vez por outra. Eu queria ler a última mensagem de Ísis e lhe responder, mas alguém vinha falar comigo sempre que eu ensaiava pegar o celular. O jeito era terminar aquilo de uma vez. Ela era inteligente; não confrontaria um bruxo sozinha sem nenhuma energia para tanto.

— Você vai começar a falar logo? — trovejou o conselheiro Eduardo Kasten. — Ao contrário do que você pensa, a gente não tá à sua disposição.

O antagonismo dele não me incomodava mais. Até porque viria a ser muito útil dentro em breve.

A Auditora entrou na sala, acenando para mim, e fechou a porta. Os conselheiros entreolharam-se. A atmosfera ficou carregada. Na maior casualidade do mundo, ela passou com uma cestinha diante de cada um, dizendo:

— A pedra de portal, por favor.

Ninguém escondeu o espanto. Nem houve recusa. Esperei recostado à parede, de braços cruzados, fitando o bico dos sapatos a fim de não permitir a meu olhar denunciar o que eu tinha a dizer.

Yara fechou a cestinha e tomou uma das cadeiras diante da meia-lua elevada na qual estavam.

— Ainda não tinha amanhecido quando encontrei Victor aqui — ela disse. — Com uma denúncia contra um dos senhores, como já deve ter ficado claro pelo recolhimento das pedras. Lia Ho tá com uma dúzia de sentinelas e o Ferreiro a postos pro caso de algum dos senhores criar alguma dificuldade. Esta sala vai virar um ambiente de supressão de magia em menos de um minuto se eles detectarem qualquer feitiço aqui dentro sem meu aviso prévio.

Os treze assentiram, quase todos com semblantes estarrecidos. Era uma situação delicada: a maioria dos conselheiros estava ali para condenar Siviero, embora não soubessem ainda. No entanto, precisavam receber o mesmo tratamento, a princípio, para não lhe dar a oportunidade de escapar. Não seria difícil localizá-lo, supondo que ele conseguisse, mas o maldito poderia causar um estrago antes de ser contido.

— Agora o diplomata Victor Spencer vai falar e nós vamos escutar sem interromper, combinado? Victor, por favor.

O tom peremptório disfarçado de afabilidade? Aprendi com ela. Todos os olhos recaíram sobre mim, e nenhuma voz soou. Postei-me ao lado dela sem me sentar. Embora eu demonstrasse indiferença, por dentro estava um turbilhão. Não conseguiria disfarçar a ansiedade se tentasse ficar parado numa cadeira.

— Bom dia, conselheiros. Agradeço por terem concedido meu pedido de reunião tão rápido. Vou tentar ser breve. — Cruzei os braços. — Ainda não passei todos os meus monitores pra Giana, como sabem. Uma das que falta é Ísis Rossetti, da cidade de São Paulo. — Siviero retesou-se. Ignorei-o, continuando com a mesma inflexão vazia: — Ela me ligou há dois dias solicitando ajuda...

Contei em detalhes todas as minhas interações com Ísis no período. Quando mencionei seu ataque de pânico na cozinha, alguns olhares incertos correram na direção de Siviero. Prossegui como se não houvesse notado, revelando minhas descobertas à medida que ocorreram: o constrangimento de Ísis ao me falar do ocorrido, o assédio, nossa confissão de atração mútua. Guardar partes embaraçosas da narrativa não ajudaria em nada àquela altura.

Falei das sequelas em sua mente, das enxaquecas e da presença da Terra na madrugada anterior. Não me detive muito sobre aquele último assunto, apesar das expressões admiradas, passando logo ao que encontrei durante nosso contato telepático. A presença da Terra na famosa ocasião que levara Ísis à Prisão causou exclamações de revolta, pois provava sua inocência, muito embora ela mesma não soubesse disso.

— Portanto, em vista dos fatos apresentados, gostaria de peticionar a destituição de Fábio Siviero, bem como sua imediata prisão — concluí. — Além de um pedido de desculpas público a Ísis por parte do Conselho e da Corregedoria.

Yara entregou-me um copo d'água. Agradeci e virei-o numa golada. Minha garganta estava seca após falar mais de uma hora sem parar.

— Que acusações graves você me fez... — disse Siviero, como se indignado, mas muito contido. — Nunca pensei que a sua ambição pudesse chegar a esse ponto, Victor. É senso comum que a próxima cadeira livre vai ser sua. Não dava pra esperar um dos mais velhos morrerem? Você quer *a minha*? — Ele se virou para os colegas. — Todo mundo sabe como a Ísis é desequilibrada...

— Pelo contrário; é uma das pessoas mais equilibradas que conheço, especialmente se considerarmos tudo pelo que ela passou — retorqui, ignorando seus outros comentários.

Eu não morderia a isca. Não correria o risco de fazer daquela discussão grave algo a meu respeito.

— A única forma de provar a minha inocência dessas acusações horríveis é trazer a Ísis aqui. — Siviero dirigiu-se aos colegas outra vez: — Se vasculharem a mente dela, não vão encontrar nada disso.

Ah, então seria esse seu jogo. Como não havia escapatória, tentaria ganhar tempo à custa de traumatizá-la ainda mais.

— Só sobre o meu cadáver — eu disse, muito sereno, baixando a voz duas oitavas.

Os treze me encararam, Siviero com um meio-sorriso vitorioso. Em vez de me irritar, relaxei. Ele estava sendo coerente em sua covardia.

— Você não pode estar pedindo para condenarmos um colega apenas com base na sua palavra — resmungou o conselheiro Kasten.

— De modo algum. — Avancei um passo. — Apenas considerem o seguinte: se eu estiver falando a verdade, e os senhores hão de convir que tem pelo menos cinquenta por cento de chance... Querem mesmo trazer a Ísis pra cá, o lugar que ela evita há anos? Ainda que o conselheiro Siviero não fique na sala... catorze telepatas com ela no mesmo ambiente, sendo oito homens, duvidando da veracidade de algo que ela não denunciou *por medo*? Um após o outro, entrando na mente dela pra fazer a Ísis reviver aquilo?

O silêncio prolongou-se. Meu olhar encontrou o de Siviero. Ele comprimiu os lábios numa linha fina, quase invisível. Acaso ele achou que havia a possibilidade de algum dia voltar a respirar o mesmo ar que Ísis?

— O que você sugere? — perguntou a conselheira Sodré.

— Tô disposto a mostrar pra quem quiser ver — falei friamente. O silêncio ganhou solidez, como eu sabia que aconteceria. — Os senhores provavelmente preferem evitar a minha mente, eu sei, então um grupo confiável pode verificar minhas afirmações. Sugiro a Auditora, o primeiro-conselheiro... e alguém que jamais ficaria ao meu lado.

Dei um sorriso paciente para Eduardo Kasten. Seus colegas menearam a cabeça em aprovação.

Uma coisa não se pode negar sobre o conselheiro Kasten: ele nunca se furta a suas responsabilidades. Levantou-se sem delongas e tirou o casaco.

Não era igual a entrar na mente de outros bruxos ou de comuns. O processo envolvia certo grau de risco para ambos os lados. Eu teria como ocultar coisas, se quisesse, mas ele perceberia, através de certas marcas impossíveis de se explicar a alguém não familiarizado com o uso de telepatia.

A Auditora avisou às sentinelas do lado de fora sobre a iminente realização de três feitiços de compartilhamento telepático prolongado e, ao voltar, sentou-se à mesinha destinada à secretária de sessão, cedendo sua cadeira anterior ao conselheiro. Eu me sentei à frente dele, nada ansioso pelo que estava por vir.

Fixamos nossos olhares e lançamos o feitiço ao mesmo tempo. Por padrão, minha mente avançou sobre a dele, e vi que Kasten acreditava em mim. Ou melhor, acreditava na minha inteligência e sabia que eu não me exporia daquela maneira se não tivesse como provar minhas declarações.

Então, recuei e deixei-o mergulhar em minha mente, facilitando o caminho. Mostrei-lhe o percurso inteiro que eu havia narrado, desde Ísis chegando a sua casa de olho roxo até as explorações daquela madrugada. O conselheiro Kasten lacrimejou com o ataque de pânico e com as sequelas que encontrei na mente dela. Ficou boquiaberto ante a inegável presença da Terra na madrugada anterior. Cerrou os punhos quando vieram as lembranças de Ísis.

Ele se retirou de minha mente com um suspiro exausto cerca de quarenta minutos depois, abaixando a cabeça durante vários instantes, calado. Enxuguei o suor fino da testa com as costas da mão trêmula. Compartilhar a mente era um dos procedimentos mais desagradáveis de todos.

Enfim, o conselheiro Kasten ergueu-se pesadamente, pousou uma mão no meu ombro e apertou de leve antes de se dirigir à Auditora. Para todos os presentes, inclusive para mim, aquele gesto tão simples continha o peso do mundo e de todas as palavras não ditas revolvendo ao seu redor.

— Deu início à ata, Yara?

— Sim, senhor. — Ela agitou umas quatro folhas de papel preenchidas à mão.

— Eu vou assinar agora — disse o conselheiro. — Vá você antes do Álvaro.

Ela lhe entregou as páginas e sentou-se na cadeira ao lado da minha, de frente para mim. Sem maiores preâmbulos, estabelecemos contato telepático, e tive de reviver tudo mais uma vez com o mesmo detalhamento excruciante. Nem podia pensar em outra coisa para me distrair. Eu não percebia o resto do ambiente, exceto a rigidez dos músculos após tanto tempo na mesma posição e o suor escorrendo nas têmporas.

Depois do que pareceram horas, Yara deixou minha mente com um rosnado e juntou-se ao conselheiro Kasten, ainda debruçado sobre a ata, escrevendo. Alguém havia me servido água.

— Obrigado — murmurei, sem saber a quem, e bebi o copo inteiro de um só fôlego. — Conselheiro Bettarello?

— Não quer descansar um pouco? — ele ofereceu.

— Preciso averiguar uma coisa com o Iago de Paraty e Angra e voltar pra São Paulo ainda hoje — respondi. — Prefiro resolver esse assunto logo.

A mente do mestre do Conselho era mais forte do que as outras e, assim, me desgastou menos. Foi um alívio. Garantir a segurança de quem estabelecia contato telepático comigo me extenuava demais. Eu poderia acabar matando meu interlocutor se não tomasse o devido cuidado.

Como tanto meu pai quanto minha mãe haviam sido telepatas, nasci com a magia mais forte nesse sentido. E esse fato me causava dores de cabeça — literais e metafóricas — desde então. Por um lado, eu tinha alguns privilégios perante o Conselho, que recorria a mim nas situações mais espinhosas. Por outro, *o Conselho recorria a mim nas situações mais espinhosas*. Larissa sabia tudo a respeito disso.

Meu celular começou a tocar. Ignorei-o, não querendo interromper o feitiço desgastante. Insistiram mais duas vezes, e então outra. A mente do conselheiro mestre desligou-se da minha.

— Melhor atender — falou.

Era ela. Atendi no viva-voz.

— **Ísis, tô ocup...**

— **Preciso duma sentinela** — ela me cortou depressa, indiferente ao meu tom irritado, fruto do cansaço. — **Se o filho da puta for atrás da menina agora, eu vou cair morta.**

Senti minha boca repuxar num sorriso. Aquilo era *tão típico de Ísis*. Então ela já havia resgatado a menina e não encontrara o falso pastor. Nas circunstâncias, aquele desfecho não poderia ter sido melhor.

— **Ok. Vou providenciar.**

Ela desligou sem dizer mais nada. Devia estar ultrajada com meu silêncio ao longo das horas anteriores. Corri os olhos por suas últimas mensagens antes de guardar o celular, uma breve atualização de seus passos e descobertas.

— A criança em questão ia ser sacrificada pra romper um selo — expliquei ao Conselho. — O bruxo responsável ainda tá livre. Ela não tem muita chance contra ele sozinha, depois de ontem.

A Auditora foi até a porta, entreabriu-a e chamou Lia, a chefe das sentinelas. O conselheiro Bettarello voltou-se para mim.

— Você não falhou com a Ísis, sabe — sussurrou ele, apenas para meus ouvidos. — A sua conduta foi inteiramente profissional pra lidar com essa história.

— Eu devia ter percebido antes. Existiam indícios.

— As nossas estruturas hierárquicas podem obstruir nossa visão dos fatos. Você agiu certo agora. Daqui pra frente, é com o Conselho.

A Auditora fechou a porta e assentiu para mim. O conselheiro Bettarello não perdeu tempo em voltar à minha mente. Senti sua simpatia por Ísis, sua admiração ao vê-la procurando Dulce no prédio. Ele não se deteve muito na parte sofrida; preferiu os detalhes de sua dedicação ao trabalho investigativo, pelo que lhe fui grato.

Minha visão escurecia quando ele se desvencilhou e se ergueu do assento sem nenhuma pressa. Yara entregou-lhe a ata e voltou para meu lado, apoiando uma mão nas costas da minha cadeira. O primeiro-conselheiro leu o documento em pé mesmo, sob os olhares de todos, e, ao fim, curvou-se sobre a mesa secretarial para assinar.

Meu celular apitou com novas mensagens.

— Sabe, Fábio, não faço ideia do que você estava esperando — comentou ele, endireitando-se. — Ganhar tempo? Pra quê? Não adiantaria nada.

Siviero abaixou a cabeça e encolheu os ombros como se estivesse arrependido.

— Tenho muita vergonha do que fiz — murmurou.

— Por que *raios* você queria trazer a Ísis aqui? — esbravejou a conselheira Cruz.

— Eu achei... Vocês entenderiam por que perdi a cabeça — ele continuou no mesmo tom dócil. — Não sei como foi ver a mente dela através dos olhos do Victor, mas ela imaginava cada coisa... Eu nunca fiz nada do tipo com mais ninguém, entendem? Eu só... *ela*...

Aquele verme.

— Pela Terra — intervim com um sorriso frio —, o que você é pra se abalar tanto assim com as fantasias de uma garota de vinte anos? Uma princesa virgem do século XIII?

Ele me fulminou com o olhar. Mal sabia que minha zombaria era a única coisa a poupá-lo do meu ódio, um último recurso de autocontrole.

Felizmente, aquele tipo de justificativa, tão aceito na justiça dos comuns, não fez cócegas no Conselho.

— Fábio, Fábio... — O conselheiro Bettarello avançou devagar para a porta. — Você sabe qual a pena pra quem pratica tortura, não? Lia, pode vir.

A sentinela entrou, trazendo uma constrição antimagia nas mãos enluvadas. Siviero desceu do elevado e passou pelos colegas, indo na direção dela. Por um momento, achei que se entregaria com alguma réstia de dignidade.

De repente, ele se virou, agarrando a cesta das pedras de portal. *Quem foi a besta que a deixou ao alcance dele?* Reagi antes de os outros perceberem o que havia acontecido: expandi a percepção telepática e ataquei a mente de Siviero com o equivalente a um peteleco para a minha. Ele se atirou no chão, agarrando o crânio com um grito. Inclinei a cabeça, fitando a criatura patética prostrada aos meus pés.

Lia agradeceu-me e prendeu os pulsos do bruxo, arrastando-o dali. O verme rastejante seria posto em seu devido lugar.

Peguei o celular para ler as mensagens.

Ísis:

A Helena tá me levando pra casa.

Queria ir atrás do fdp mas tô SEM CONDIÇÕES

Vou dormir qnd chegar

Qnd recuperar as energias resolvo isso

Hj à noite ou amanhã, sei lá

— Sei que você precisa resolver alguns assuntos — disse o conselheiro Bettarello.

— Vários — confirmei, guardando o celular.

Se Ísis já tivesse chegado, estaria dormindo, e eu não queria atrapalhar seu sono respondendo algo estúpido como "ok" ou "nos vemos mais tarde".

— Você tá com tempo pra contar mais? Fiquei curioso. A intuição da Ísis parece superior a tudo que já vi. E perceber auras comuns? Distinguir comuns assim? Extraordinário. Ela pode ser a chave para entendermos tanta coisa...

— Ela tá exausta, pelo que disse no telefone. — A conselheira Sodré juntou-se a nós. — E *você* também. Algumas horas de descanso vão te fazer bem.

Aquiesci. Os conselheiros mereciam a atenção; haviam arranjado espaço para mim em suas agendas num intervalo de uma hora do pedido. Encontramos na porta a figura idosa e muito encurvada do Ferreiro, recolhendo seus materiais. Foi mais um golpe de sorte; eu já pretendia procurá-lo.

— Bom dia — saudei. — O senhor me faria um favor pra hoje ainda?

Ele inclinou a cabeça, e seus olhos negros reluziram com um bom humor que nunca se traduzia em palavras.

— Filho, eu não faço favores. O que você quer?

Tirei do bolso o anel armazenador de energia de Ísis, que tinha encontrado entre as almofadas do sofá dela, e entreguei-lhe.

— Ajuste o feitiço disso — falei. — Ponha um melhor, que carregue mais rápido.

Suas sobrancelhas espessas uniram-se, seu fino lábio superior levantando um canto quase num rosnar.

— Que coisinha ultrapassada — resmungou, virando a peça nos dedos, com os sentidos expandidos, sondando a magia contida nela. — Pra hoje ainda?

— Isso. E um par de brincos que combinem. Pequenos, mas com o seu melhor feitiço de armazenamento.

— Hum... Posso deduzir o valor direto dos seus créditos?

— Claro. Quer que eu assine a autorização agora?

Ísis iria *me matar*. Talvez recusasse. Existiria algum modo de fazê-la ver que eu estava tentando comprar alguma paz de espírito depois de tê-la deixado se virar sozinha durante anos?

Eu realmente devia ter percebido antes.

— Puxa, achei que você nos obrigaria a assinar a conta — brincou o conselheiro Kasten com um raro bom humor. Mecanismo de defesa, decerto. Ele estava se sentindo tão mal quanto eu, pelo menos a julgar pelo conteúdo de sua mente.

— Eu não tenho mais paciência pra falar disso — admiti. — O Conselho deveria fornecer armazenadores de energia pra todos os monitores. Os senhores já sabem a minha opinião. Eu cuido disso agora, e daí podem pensar no que vão fazer quando forem divulgar o pedido de desculpas público a Ísis.

— Eu queria saber mais sobre como a Terra se manifestou nessa madrugada — disse a conselheira Cruz, rejuvenescendo uns quarenta anos com a empolgação. — Imagine só, pra uma *monitora*!

Assinei sem olhar o papel que o Ferreiro me entregou, tentando não fazer uma careta. Céus, éramos classistas demais. Que vergonha. Então a Grande Mãe tinha de se sujeitar às nossas hierarquias também e aparecer apenas para os conselheiros?

— Por que a Terra *não* ajudaria uma monitora? — resmunguei. — A gente passa a maior parte do tempo aqui, na Cidade dos Nobres, sem nem lembrar da existência dos comuns, a não ser quando fazem alguma besteira. O trabalho *de verdade*, aquele pro qual existimos, quem faz são *eles*.

Não me restava muita energia para discutir. Assim, a caminho do salão, cercado pelos conselheiros, falei das ocasiões em que a Terra ajudara Ísis, começando pela que testemunhei ao vivo e continuando com as que vislumbrei em sua mente. Passamos por alguns corregedores no corredor, meus ex-colegas, e li nos lábios de dois ou três deles um dos meus apelidos mais populares entre os telepatas da minha geração. *Cadelinha do Conselho*.

Ignorei-os. Concentrei-me em falar de Ísis, da forma como sua magia parecia mais bem-treinada do que a dos intuitivos residentes na Cidade dos Nobres. Levantei a suposição de que fosse o mesmo com outros bruxos de campo. Discorri sobre a forma como ela analisara minha aura. O conselheiro Kasten sugeriu que, talvez, viver em meio a tantas auras bruxas nublasse os sentidos dos intuitivos nobreanos.

Eles se empolgaram com as possibilidades. Queriam se encontrar com Ísis o quanto antes. Conversamos a manhã inteira, almoçamos juntos, e a discussão adentrou a tarde. Àquela altura, eu olhava o celular a cada alguns minutos. Nenhuma mensagem dela. Devia estar mesmo exausta.

Tentei ir embora algumas vezes, mas alguém sempre puxava assunto de novo. *Você ainda não se recuperou* e *verdade que a Ísis conseguiu encontrar mais de vinte comuns que estavam* dentro *do prédio?* Acabei cedendo à curiosidade deles durante todas aquelas horas por dois motivos. Primeiro: faria bem a Ísis, que, sem saber, fora prejudicada pela fama de rebelde sem causa durante quase toda a carreira. Segundo: percebi que os conselheiros logo sofreriam o mesmo processo que eu, assumindo sua parcela de responsabilidade. E, para eles, seria ainda pior: haviam dado poder a um homem capaz de torturar alguém daquele jeito. Deixaram uma pessoa inocente ir parar na Prisão durante um período disparatado, sem nunca questionar.

Quando nossa conversa acabasse, cada um deles passaria por essa autoanálise. Cada um marcaria novas sessões com seus respectivos terapeutas. E tomariam as providências cabíveis, pois eram, em sua maioria, bons servos da Terra. Mesmo se ofuscados pelas estruturas, pela própria burocracia e pela crença mais ou menos aceita de que o poder da telepatia era superior. Teriam de rever muitas coisas e, com sorte, acertariam o que haviam feito de errado. E então talvez a Terra voltasse a dar o ar de sua graça.

Eu não contaria nada a Ísis quando a encontrasse. Os conselheiros a informariam quando a chamassem para conversar. Esperava que ela recebesse o devido reconhecimento e se reintegrasse à comunidade bruxa, mesmo não saindo de São Paulo com frequência. Ela precisaria reaprender que podia ir e vir da Cidade dos Nobres como qualquer um de nós.

Eu provavelmente não participaria desse processo. Isso me entristecia um pouco: aprender tanto sobre Ísis pouco antes de nos afastarmos. Mas ficaria feliz se ela conseguisse transmitir o que sabia aos conselheiros. A Cidade dos Nobres como um todo teria muito a ganhar.

Entrei em casa desejando um banho e uns vinte minutos de sono, mas o cheiro de chocolate estava por toda parte. Tirei os sapatos junto à porta e fui andando de meia até a cozinha, onde a figura ruiva e nanica saracoteava de um lado para o outro, mexendo uma panela e transformando a pia num cenário de filme de terror.

— Caramba, dá pra sentir o seu cansaço daqui — ela comentou. — Fiz brigadeiro!

— Tô vendo.

Ela parou e se virou para mim com um sorriso travesso. Tinha treze anos e olhos iguaizinhos aos meus, herança de nossas mães, gêmeas idênticas. O fino cabelo cheio, porém, armado em todas as direções, era obra do pai dela.

— Vou limpar tudo depois — garantiu, e me estendeu uma bandeja com docinhos disformes decorados com confeitos coloridos.

— Desculpa, Anna, eu preciso sair daqui a pouco — murmurei, mas não ousaria recusar a oferta. Peguei um.

— Eu sei. Você vai pra Ísis. Vai contar pra ela que o conselheiro Siviero não é mais conselheiro e tá preso? Ele deu mesmo um grito de ratinho quando você parou ele?

Estreitei os olhos. Anna encolheu os ombros, embora não estivesse nada arrependida. Eu conhecia a peça.

— Eu poderia perguntar como você já tá sabendo de tudo isso...

— Ouvi o Tiago conversando com a Lia, e depois a Giana e o Samuel comentando da prisão...

— Claro que ouviu. — Comi o doce. Apesar de feio, estava bom. Quase valia a pena o estado da cozinha. Apoiei o quadril na parte menos suja do balcão. — A sua mãe sabe que você tá aqui?

— Sabe.

Rápido demais.

— Aonde você disse que ia? — perguntei, fingindo desinteresse, pegando outro doce.

— Pra biblioteca.

— Você não tem vergonha?

— Bom, a sua casa tem uma biblioteca.

Ela não tinha vergonha.

— Eu ajudei o Ferreiro a escolher os brincos — declarou, cheia de si. — Ele ia pegar um muito feio. Agora são bonitos.

Anna tinha um belo futuro em espionagem. Ou jornalismo.

— E como você sabe que a Ísis vai gostar?

A coisinha ruiva sacou o celular e abriu os arquivos das fotos *oficiais* dos monitores, aos quais supostamente não tinha acesso. Ísis não devia passar dos dezoito anos na imagem. Senti um aperto no peito. Sua expressão já era irreverente, meio irônica, meio mal-humorada.

Mas ela ainda não havia ajudado uma amiga com magia. Siviero ainda não havia entrado em sua mente pela primeira vez.

— Olha esse brinco aqui — apontou. — Escolhi um do mesmo estilo. — Ela parou e me olhou do modo como faria um gato virando as orelhas na direção de uma confusão. Pousou a mão em meu braço. Seu rosto e seu tom ganharam seriedade. — Pode me agradecer depois. Agora eu vou arrumar a cozinha e ir mesmo pra biblioteca.

Fingi acreditar.

— Obrigado, Anna. Conversamos melhor outro dia. Não tô muito bem.

Eu tinha cerca de uma hora para chafurdar na culpa antes de me recuperar o suficiente para encontrar Ísis e ajudá-la a encerrar aquele caso. Melhor aproveitar.

AGORA DIPLOMATA

1

— O seu humor tá bom demais pra quem acabou de ter as férias adiadas de novo — comentou o conselheiro Bettarello, as mãos apoiadas uma sobre a outra na mesa da cozinha. — Vai pra São Paulo hoje, é?

Eu estava de braços cruzados, com o quadril apoiado na pia e as pernas entrelaçadas na altura dos calcanhares. Assim continuei. Ninguém imaginaria que a maior autoridade dentre todos os bruxos se acenderia tal e qual uma árvore de Natal ante a expectativa de uma fofoca diretamente da fonte. Mas ali estava.

— Muito sutil, conselheiro — comentei, dando-lhe as costas a fim de coar o café, como se o interesse não me incomodasse. — O que o senhor queria me pedir?

— Por que você acha que vim pedir alguma coisa?

Espiei-o por sobre o ombro, estreitando os olhos, e voltei a fitar o coador. Ele não apareceria às cinco da tarde de uma sexta-feira na minha casa se não quisesse algo. Decerto extraoficialmente, ou teria me convocado ao Conselho. A expressão de labrador e a conversa fiada eram seu *modus operandi* nesses casos, e virariam chantagem no instante em que eu me mostrasse indisposto a cumprir qualquer que fosse a ordem. O assunto seria desagradável, portanto.

Coloquei as xícaras sobre a mesa e fui à sala buscar uísque para temperar o café. Ele só tomava assim. E eu começava a ver o charme da combinação, apesar de estar em plantão da Diplomacia até meia-noite. Servi-o antes de me sentar na cadeira à sua frente.

— Primeiro, vai parecer intrusivo — avisou ele, com ar de desculpas, rodopiando a xícara ao modo de uma taça de vinho. Deixei parte de meu descontentamento transparecer. Considerando a jocosa menção a São Paulo, não precisava ser um gênio para imaginar onde aquilo iria desaguar. — Infelizmente, é necessário esclarecer a situação toda antes de continuar, porque pode ter um conflito de interesses.

Beberiquei o café, embora a tentação de abandoná-lo pela garrafa de uísque crescesse a cada segundo.

— Qual é exatamente a atual natureza da sua relação com a Ísis? — o conselheiro indagou.

Quase preferi que se tratasse apenas de fofoca barata. Porém, ele não seria nem tão solene nem tão direto se fosse o caso.

— Seja lá o que o senhor quer, a resposta é não.

— Ah, então vocês estão juntos? — ele perguntou, os olhinhos brilhando.

Tive de engolir a indignação com o ultrajante ataque à minha privacidade, mas a careta aborrecida não consegui reprimir.

— Não. Mas a gente anda próximo.

O conselheiro Bettarello torceu o nariz.

— Eu só queria saber...

— Continua sendo um não contundente — cortei. Eu seria mais educado se aquela fosse uma discussão oficial, mas não era, nem poderia ser. — Qualquer que seja a sua dúvida, conselheiro, pergunte direto pra Ísis. Ela *não sabe* que manter contato constante com a Terra é excepcional. Eu já teria esclarecido isso se não fossem as suas ordens.

Ele voltou a inspecionar a xícara, um tanto cínico, certamente para evadir-se a outra discussão sobre a idiotice de guardar esse segredo.

Meu celular apitou com uma notificação de mensagem. Conferi no mesmo instante, feliz pela distração; sexta e sábado eram os dias preferidos das pessoas para criar incidentes diplomáticos, porque tendiam a se soltar mais e desafiar limites. Dito e feito. Lamentavelmente, não era algo que eu pudesse resolver. Continuei sem desculpas para enxotar o conselheiro mestre das minhas vistas.

Liguei para Valéria, a colega diplomata que me cobria quando o assunto me impossibilitava de ir a campo. Ela atendeu na hora, já perguntando qual dos gregos estava criando problemas.

— É a Hécate, Val — respondi. — São Paulo teve um incidente menor envolvendo ela no fim do mês passado. Deve estar procurando alguma brecha. Não faz duas semanas.

— Uhum, passa os dados.

Encaminhei-lhe o chamado ao desligar, anexando também o relatório de Ísis sobre o idiota tentando abrir uma passagem para o Hades em Pinheiros. Manifestações de deuses gregos eram raríssimas no Brasil; não devia ser coincidência, e, portanto, teríamos de averiguar. Eu auxiliaria nas partes burocráticas da investigação — compilar evidências e documentos, redigir relatórios —, só não podia pisar numa vereda olímpica. Nunca.

Uma limitação inconveniente para alguém na minha posição.

Comecei a imaginar as etapas dessa apuração e a quem eu delegaria cada tarefa, tentando otimizar o tempo para quando Valéria me enviasse os detalhes do chamado. Fiz algumas anotações no celular.

— Eu só queria que você observasse sinais que confirmem ou desmintam aquela nossa hipótese — disse o conselheiro Bettarello, calmo. — Nada trabalhoso quando você já vai encontrar a Ísis mesmo, certo?

Levei um instante para entender que ele voltara ao assunto anterior como se a interrupção não houvesse existido. Baixei o aparelho devagar.

— Não. — Sacudi a cabeça. — Inadmissível.

Seus dedos compridos e nodosos tamborilaram no tampo da mesa. Eu sentia sua impaciência borbulhando apesar da aparente tranquilidade.

— E se eu te oferecer algo em troca?

— Não.

— Um veto — ele disse, com os olhos reluzindo e um sorriso ante meu espanto indisfarçado. — *Aha!* Sim, eu veto uma decisão do Conselho, *à sua escolha*. — Ele gesticulou na direção de meu celular. — Não deve demorar muito pra você precisar, parece.

Travei o maxilar. Sim, estávamos circulando *o assunto*, aquele do qual nunca falávamos e do qual jamais havíamos deixado de falar desde o episódio de maior insubordinação da minha adolescência. Claro que a oferta indecente de me vender um veto qualquer tinha a ver com *aquilo*. Ele *nunca* vetava decisões votadas pelo Conselho, por mais que discordasse do resultado. Era afeito demais ao processo democrático para utilizar sua prerrogativa enquanto mestre. Ou seja, discutira a questão com os colegas. Eu só queria de verdade uma única coisa, o motivo pelo qual me sujeitava àquele bando de egocêntricos, e eles sabiam.

Era, de fato, a única oferta capaz de abalar minha decisão. No entanto, planejavam usar o primeiro bruxo em quem Ísis confiava em muitos anos para espioná-la. Não tinham más intenções, mas algo assim estava fadado a arruinar a pouca confiança que ela vinha tentando restabelecer em seus iguais.

— Muito tentador, conselheiro — admiti. — Mas não.

Ísis nunca saberia do que eu acabara de abrir mão.

Havíamos combinado de almoçar perto de sua casa no dia seguinte — a principal razão de eu ter aceitado três dias seguidos de plantões de dezoito horas. Com isso, achava improvável me chamarem se alguma urgência surgisse, o que me permitiria desfrutar da companhia de Ísis sem pressa.

O conselheiro Bettarello foi incapaz de articular uma resposta durante um minuto inteiro, o mais agradável daquela visita. Terminei meu café enquanto procurava deduzir o que o levara a jogar sua cartada mais alta. Nunca me oferecera um veto antes. Ísis intrigava o Conselho, claro, mas a tal ponto?

— Não me ocorreu que você fosse recusar — confessou ele, apesar de *óbvio*. — Não sei o que dizer.

— Tenho uma sugestão: pede pra Giana trazer a Ísis aqui. Aí o senhor faz todas as perguntas convenientes e ouve as respostas dela. Brilhante, não? Pensei nessa estratégia sozinho.

Ele semicerrou os olhos, mas não reclamou da impertinência. Serviu-se de mais uísque na xícara vazia.

— Não se ofenda — pediu, retomando a expressão de labrador. — Isso não é... A gente só precisa saber. Ninguém quer o mal da Ísis.

— Eu sei. Mas o senhor entende que explorar uma relação pessoal ainda incerta pra vigiar alguém que tem bons motivos pra não confiar em nós... não só é uma conduta abominável como estúpida?

O conselheiro Bettarello abaixou a cabeça e deixou escapar uma risada contrariada pelo nariz. Guardei meu alívio para mim. Ele não parecia propenso a insistir.

Para conter o ímpeto de lhe pedir para ir embora, perguntei sobre o substituto do ex-conselheiro Fábio Siviero.

— A Lilia aceitou a cadeira — contou ele, após um generoso gole de uísque.

Arqueei as sobrancelhas.

— Finalmente.

Atual reitora da Universidade da Cidade dos Nobres, Lilia Castello havia recusado quatro vagas anteriores no Conselho. Provavelmente só aceitara porque, dessa vez, precisavam de sua respeitabilidade para recuperar a credibilidade abalada. Dadas as recentes descobertas sobre seu caráter, Siviero mancharia a instituição por um bom tempo. Eu me perguntava se essa era a razão para a Terra não se manifestar mais na Cidade dos Nobres — consciente de que tal hipótese me convinha. *A outra* nunca parava de me atormentar.

— Ela me pediu pra arranjar novos orientadores pros telepatas mais sensíveis — contou o conselheiro, com pretensa casualidade.

Sorri. Ou seja, ele persistira na questão sobre Ísis porque sabia que, depois de eu recusar, ficaria mais predisposto a aceitar um pedido irritante, porém admissível, como *aquele*. Um modo de declarar que não se ressentia e, ao mesmo tempo, me forçar a colaborar. Genial.

— Dessa vez o senhor se superou — declarei, servindo-o de mais dois dedos de uísque.

Ele riu, a um só tempo relaxando e fingindo não ter ideia do que lhe rendera tal juízo.

— Então? — Seus olhinhos cintilavam. — Você aceita, né? Senão ela vai voltar atrás.

— Tem alguém igual a mim entre esses orientandos?

— Um rapaz, Igor. Ficou em isolamento mais tempo do que você, até. Mesmo agora, não sai dos ambientes antitelepatia.

Aquiesci e fui buscar a agenda na biblioteca. Voltei, folheando-a à procura de algum horário livre.

— Posso conversar com ele na terça, na hora do almoço — informei. — Ou segunda, por volta das dez da noite, se for urgente.

Ele disse que terça estava ótimo e levantou-se depressa, borbulhando de triunfo. Alegou ter muito a fazer ainda naquele dia e agradeceu o café antes de desaparecer pela porta, decerto para não me dar a chance de mudar de ideia. Era realmente tão sábio quanto sua fama alardeava.

Anotei o novo compromisso, procurando ver o lado positivo das coisas: o horário da noite, quando eu falava com Ísis ao telefone, continuava disponível. Fui estender a roupa que me esperava na máquina desde a chegada desavisada do conselheiro Bettarello mais cedo. Eu tinha ainda umas horas de plantão para pôr a casa em ordem e, talvez, adiantar relatórios.

2

Eram cerca de nove horas quando Ísis mandou mensagem perguntando o que eu estava fazendo. Conectei os fones ao celular e liguei para ela, deixando o aparelho na escrivaninha e voltando a guardar a imensa pilha de livros de que não precisaria mais.

— E aí, como tá o plantão? — Ísis perguntou ao atender.

— Já tive piores. E o seu dia?

— Cheguei em casa há uma hora. Fui pra zona leste hoje.

— Problemas? — indaguei.

— Achei que era só uma ronda, mas daí eu tava na Mateo Bei e dei de cara com um fantasma numa lojinha onde parei pra comprar uma calça. Nada pra se preocupar. Era só o antigo dono, um senhorzinho que tava lá há cinquenta anos. Gente finíssima, por sinal. Só deu trabalho banir ele desse plano porque era muito apegado, coitado. *Literalmente*. Grudado feito ovo frito sem óleo em frigideira velha.

Pelo visto, ela conversara um tanto antes de despachar o espírito. O que me chamou atenção na história, contudo, foi aquela nova evidência da intimidade de Ísis com a própria intuição. Esbarrar em trabalho ao acaso era normal para bruxos intuitivos, e por isso eram eles os monitores. Agora, em geral, tinham completa consciência da ação de suas habilidades mágicas. Já com Ísis, nem sempre era assim. *Com qual frequência? Por quê? Em quais situações percebia e em quais não?* Eu conhecia exemplos de ambas, mas não o suficiente para chegar a uma conclusão.

As perguntas para as quais o Conselho queria respostas orbitavam meus pensamentos. Fazê-las, no entanto, soava-me como uma forma requintada de traição.

Hesitei com *Um guia prático sobre intuitivos* em mãos, prestes a voltar à estante. Acabei deixando-o de fora e guardei o próximo da pilha. Revisitaria os estudos de início de carreira em busca de alguma explicação perdida nas páginas, mesmo já tendo folheado o livro sem sucesso nos dias anteriores.

Ela mencionara a "ronda diária", seu método de trabalho que consistia em passear cada dia numa parte da cidade. A Avenida Mateo Bei, até onde me lembrava, ficava no bairro Cidade São Mateus, a uns trinta quilômetros de sua casa. Logo que nos conhecemos, quando Ísis me entregou os primeiros relatórios e perguntei por que ela se dava ao trabalho de sair a esmo assim, respondeu-me com sarcasmo que, se fosse para cuidar apenas do Centro expandido, ela viraria a Prefeitura da cidade, não uma bruxa de campo. Na época, seu senso de humor e meus preconceitos haviam nublado minha atenção para aquela evidência do quanto a intuição a puxava para um lado ou para o outro conforme suas andanças, sem se fazer notar.

Seria frutífero voltar a seus relatórios em busca de pistas. Eu não entregaria nada ao Conselho, mas Ísis acharia minha pesquisa útil quando viessem inquiri-la sobre suas habilidades. Alheia a meus anseios, ela continuou:

— Tava querendo circular um dia lá pros lados do Ibirapuera e pensei em te chamar pra ir comigo, mas daí mudei de ideia. — Seu tom bem-humorado prenunciava zombaria. Resolvi morder a isca e perguntei por quê. — Tentei te imaginar com uma roupa adequada pra ir num parque e minha cabeça deu tela azul.

Na mente de Ísis, eu aparecia quase inteiramente vestido para o trabalho mesmo em situações nas quais a nudez convinha mais. E, em seu caso, isso não se resumia a fetichismo, como inúmeras fantasias com que eu já havia me deparado. Para Ísis, eu era uma pessoa incompleta, difícil de dissociar da minha função.

Melhor não pensar nesse assunto, pelo menos durante a ligação. Qualquer comentário a respeito a constrangeria e arruinaria nossa camaradagem.

— Pro seu governo, eu corro — informei. — E jogo vôlei quando dá tempo.

Uma exclamação de surpresa.

— Agora te imaginei correndo de terno e gravata.

— Ah, é, de sapato social também. Além disso, não suo. É uma habilidade muito invejada.

Por um momento, perguntei-me se não havia soado sério demais. Então percebi que Ísis estava rindo, um ofegar abafado na linha. Quase consegui esquecer que não teria as férias de que vinha precisando havia *anos*.

Quase. Minha agenda transbordante, parecendo indefesa na escrivaninha, debochava de meu cansaço a cada nova pilha de livros que eu buscava para guardar. Meus olhos voltaram ao *Guia*, como se atraídos magneticamente.

— Pela Terra, você tem *tênis*? — A ideia parecia diverti-la. — É isso, cheguei no limite da minha criatividade. Não consigo imaginar. Preciso ver pra crer. Vamos no Ibira semana que vem?

A pergunta apanhou-me de surpresa, embora eu devesse ter esperado, pelo rumo da conversa. Passando as páginas da agenda, contei-lhe que mal restavam horários livres, salvo refeições e plantões, já preparado para o tipo de resposta irritada ao qual me habituara ao longo dos anos. Inabalada, ela proclamou que meu trabalho era horrível. Pisquei duas vezes.

— Não te incomoda? — perguntei.

— Incomoda, ué. Mas vou fazer o quê? Sou campeã em desmarcar encontro em cima da hora. Os desocupados gostam de esperar eu ter compromisso pra fazer cagada com os outros planos. Paciência, a nossa vida é assim.

O comentário me fez sorrir. Pensando bem, os amigos comuns de Ísis deviam ser compreensivos; parecia natural que ela me oferecesse o mesmo grau de empatia.

Eu traçava o título do *Guia* com a ponta do indicador. Gostaria de convidá-la para vir almoçar ou jantar um dia, mas não queria passar a ideia errada. Assistir a um filme em sua casa, por mais dúbio que soasse em outros contextos, não tinha o mesmo peso: eu a visitava todo mês quando era seu corregedor. Embora nunca houvéssemos sido próximos, minha mera presença em sua sala não insinuava intimidade.

— Durante o plantão, você pode ir comigo enquanto não chega nenhum chamado?

Engoli em seco.

— Em tese, posso. — Amaldiçoei-me por isso, mas obriguei-me a avisar: — Tem o risco de eu precisar te largar no meio do passeio. Você sabe.

— Claro. A gente também pode ver um filme em sete mil pedacinhos!

A sugestão parecia animá-la. Eu me perguntava quando ela perderia a paciência com meus horários, porque isso *iria* acontecer.

— Eu adoraria, Ísis. Obrigado por entender.

Ela não achava ter feito grande concessão. Imaginei-a dando de ombros daquele seu modo displicente.

— Como falei, é bem provável a gente estar na parte mais legal do filme e a minha intuição me mandar pros confins da zona sul.

Realmente.

— Se isso acontecer, eu te levo.

Ísis soltou um suspiro exagerado, beirando o cênico. Com certeza tinha revirado os olhos. Ela preferia uma hora em pé num metrô lotado a poucos passos dentro de uma vereda infernal.

Aquilo estava além da minha compreensão; eu vira vídeos de áreas internas das estações onde havia transferência entre linhas, como Sé, Luz, Brás, Pinheiros e Paulista-Consolação. Anna estivera obcecada pelo assunto na semana anterior, a ponto de procurar estatísticas. Contou, com uma expressão estupefata, que o metrô paulistano tinha quatro milhões e meio de usuários por dia. Eu não duraria três segundos num desses lugares. Minha natural dificuldade de controlar a mente em meio a multidões também não ajudaria os desafortunados que cruzassem meu caminho.

Terminando de guardar o último livro e colocando o *Guia* na escrivaninha para voltar a ele mais tarde, fui para a sala e larguei-me no sofá.

— Onde você vai fazer as rondas amanhã? — perguntei.

— Zona oeste — respondeu. E acrescentou: — Sabe, tenho compromisso na hora do almoço e não quero chegar atrasada.

— Pode ir pra qualquer lado. Eu vou te buscar.

— Não, a zona oeste também precisa de carinho. — Ela fez uma pausa. — Hã... Victor? Nosso almoço amanhã vai te atrapalhar?

— Muito pelo contrário. Tô a semana toda esperando por ele.

Ísis levou um instante para responder. Eu havia cruzado uma linha que não deveria. Era desnorteante viver esse tipo de incerteza depois de adulto, quando me habituara a ir direto ao ponto sem meias-palavras. Ela, por sua vez, costumava ser desinibida nesses assuntos, então também devia estranhar. O problema era *eu* — bruxo, telepata, ex-chefe. A pessoa que expusera Siviero. *Porque era o certo a fazer*. Não podia deixá-la imaginar que eu esperava alguma forma de recompensa.

— Desculpa — emendei com um suspiro. — É só que...

— Tô ansiosa também.

A confissão me fez hesitar.

— É engraçado... Quando me promoveram, nunca pensei que você ia querer manter contato comigo. Eu ia tentar, mas sem muita esperança.

Ísis riu.

— Victor, você é a única pessoa da Cidade dos Nobres inteira com quem eu quero manter contato desde que meu tio morreu — disparou, entre exasperada e afetuosa. — Tá tudo bem. É legal falar da minha rotina com quem pode saber os detalhes. Tô até considerando dar um pulinho na Cidade dos Nobres sem ser obrigada.

Mais um motivo para eu me pôr em meu devido lugar. Hora de mudar de assunto.

— A área em si é bonita. Do que você se lembra?

Ela falou da sede do Conselho e dos prédios circundantes, da biblioteca, do Parque dos Jacarandás. Relaxei contra o encosto do sofá e deixei a cabeça pender para trás, fechando os olhos. Ísis tinha boa memória, em grande parte afetiva, embora provavelmente não se desse conta. Era uma pena que o lugar idealizado para ser um refúgio dos servos da Terra lhe fosse tão opressor. Não, uma *pena* não. Uma *vergonha*.

Só desligamos mais de uma hora depois, porque Ísis estava bocejando. E eu preenchi relatórios até o fim do plantão, adiantando o máximo de trabalho possível.

3

Fui caminhando até o prédio do Conselho apenas pelo prazer do exercício. Anna havia passado em casa antes de eu descer e deixado um bolo de cenoura na mesa da cozinha — o suborno —, com um bilhete adesivado contendo uma lista de títulos e os dizeres: "Já que você vai pra SP, me traz esses livros?".

Valéria já me transferira um de seus casos mais azucrinantes para compensar o favor da noite anterior. Assunto do e-mail: VOCÊ VAI ADORAR ESSE! Senti a careta de desgosto tomar conta de minhas feições ao abri-lo. Passei os olhos pelo resumo, um processo aberto por umæ anjæ da guarda, Abdiel, solicitando o afastamento da monitora de Recife. *A audácia*. Suas alegações prenunciavam a existência de um iceberg gigantesco sob a superfície:

A conduta de Amanda Cruz, encarregada do Grande Recife, é desnecessariamente antagônica; ela não colabora nos casos em que deveria, furtando-se a suas responsabilidades, e atravanca meu trabalho a cada oportunidade. É desrespeitosa com frequência e se recusa a discutir questões vitais para o bom andamento de nossas tarefas quando se sobrepõem. Gostaria de solicitar a substituição imediata da monitora Cruz por alguém capaz de valorizar as interferências imprescindíveis do plano supramaterial no cotidiano dos seguidores do "Verbo".

Formalidade demais para informação nenhuma, certo desdém nas aspas finais. Não era possível que Abdiel realmente esperasse uma substituição com base naquele pedido vago. A única resposta de Amanda, num e-mail sem saudação, despedida ou pontuação, tudo em minúsculas, consistia em: "não fiz nada errado e daqui não arredo o pé". Não parecia preocupada.

Verifiquei as estatísticas dela: tinha um dos melhores desempenhos do país. Isso explicava o descaso numa correspondência formal com a Diplomacia. Abri o arquivo da sucessão de ocupantes do cargo: a mesma família desde o estabelecimento do sistema, cerca de duzentos anos antes. Amanda havia crescido na capital pernambucana e sido indicada para lá já fazia quinze anos, após a aposentadoria do pai, o responsável anterior.

Nos grandes centros urbanos, o Conselho preferia bruxos de campo familiarizados com a cidade. A alta taxa de sucesso deles incentivava esse tipo de escolha, embora houvesse importantes exceções, como o atual monitor do Rio de Janeiro, natural de Juiz de Fora.

A dificuldade diplomática no caso *Amanda × Abdiel* resumia-se ao fato de que eu, tão servo da Terra quanto ela, não tinha imparcialidade numa disputa contra emissários do Verbo. Se a beneficiasse, seria acusado de favoritismo. Se cedesse à solicitação de Abdiel, talvez incorresse numa injustiça. Precisava apurar os detalhes, mas com base em quê? Fitei aquele parágrafo desavergonhado em minha tela, então liguei para Valéria, que me atendeu com um "Victooooor" esfuziante.

— É por isso que você adora quando não posso atender um chamado num plantão — acusei, sorrindo a contragosto.

— Lógico. — Ela gargalhou. — Melhor negócio da minha vida. Nem precisa me ajudar em nada do incidente de ontem. Foi simples de doer.

— Você falou com a Amanda, pelo menos? Ou com Abdiel?

— Com ela, só. Esclareceu alguma coisa? Não. Disse que Abdiel é, e aqui cito, *um babaca*. Usou o masculino, aliás. Essa informação deve te ajudar, mas não sei nem quero saber como. Boa sorte, meu querido.

Valéria continuava rindo ao me desejar um excelente dia. Desliguei, achando graça, talvez em decorrência de meu próprio bom humor. Reli o relato inicial e fiz algumas anotações de esclarecimentos a pedir tanto a Abdiel quanto a Amanda. Voltei ao estranho texto e seu palavreado vazio. Qualquer que fosse a razão da desavença, devia ser grave para elæ se sentir no direito de abrir uma solicitação daquelas. Eu precisava da história completa, de algum exemplo concreto da conduta "desnecessariamente antagônica" da monitora. Seria de fato grave se eu tomasse a acusação por verdadeira, mas achava difícil lhe dar crédito quando não se baseava em nada palpável.

Desisti de tentar adivinhar. Seriam necessários mais elementos para decifrar o não dito, e eu teria de refletir um pouco para direcionar minhas ações do modo mais eficiente. Passei a outra tarefa.

Por volta das onze, bateram à porta, e a professora Castello apareceu na fresta entreaberta.

— Tem um minuto? — perguntou. Sem demonstrar surpresa, convidei-a a entrar e indiquei uma cadeira. — Obrigada por aceitar me substituir na orientação do Igor. — Ela deu um sorriso doído, acomodando-se. Exalava cansaço, e ainda nem assumira plenamente as funções de conselheira. Se já estava assim, o novo cargo a consumiria até não restar vestígio. — Vai ser bom pra ele.

— É um prazer, professora — respondi. — Sua visita veio em boa hora, na verdade; queria saber detalhes sobre esse menino. É telepata de pai e mãe igual a nós dois, pelo menos segundo o conselheiro Bettarello deu a entender. Puxei a ficha dele ainda há pouco. Passa o tempo inteiro em alas antitelepatia? Com *dezesseis anos*?

Ela cerrou os olhos por um momento como se algo pinçasse suas têmporas. Pelo que me constava, ela e eu (bem, e Igor) éramos os únicos na situação deplorável de prole de dois telepatas. Isso nos dava mais poder — e o quádruplo de chances de não sobreviver à primeira infância, quando nossas mentes eram tão aptas quanto nossa coordenação motora.

Todo telepata ficava isolado até cerca dos dez anos, recebendo apenas a visita de adultos com o mesmo poder, em ambiente controlado, para a segurança dos envolvidos. Eu havia permanecido em isolamento alguns anos a mais — e aprendido muito com a professora Castello e o finado professor Rossetti, sobretudo as habilidades reservadas àqueles como nós, isto é, usar as formas mais invasivas de telepatia contra nossos pares.

O Conselho esperava que Igor adquirisse certas aptidões necessárias, porém atrozes, como invadir a mente de infratores em busca de informações, aplicar bloqueios mentais contra o uso de magia nos criminosos condenados etc. O rapaz não fazia ideia do futuro que o aguardava.

— Igor tem vergonha de mim — contou a professora Castello. — E a mente dele é insondável, Victor. O garoto não tem controle nenhum.

— É perigoso com essa idade não conseguir sair das áreas antitelepatia. Sem prática, ele nunca vai aprender.

A reitora suspirou, piscando devagar.

— Falei a mesma coisa, e agora tô com uma dor que não passa. — Ela massageou as têmporas, cerrando os olhos outra vez. Percebi então que o gesto não derivava de mero aborrecimento ou exaustão, mas de um desconforto físico. — Subestimei o poder dele. Ou superestimei o meu.

Aquela história *deveria* ter chegado aos meus ouvidos. Um acidente? Curvei-me para a frente.

— Quando foi isso?

— Faz uns dias.

— Por que só fiquei sabendo agora? — perguntei, mal ocultando a surpresa. — A senhora deveria ter me procurado *imediatamente*.

— Eu sei. — Ela esfregou o rosto. — Não tive oportunidade de te encontrar a sós antes e não queria que o Conselho considerasse o menino um caso perdido, senão teria te mandado uma convocatória. Mas aí eles iam ouvir falar.

— A compaixão não pode conflitar com o seu senso de autopreservação — recitei. — Não foi a senhora que me ensinou isso?

Ela fez uma careta derrotada. Um telepata deveria priorizar a própria segurança acima de tudo porque, do contrário, viraria uma ameaça. Qualquer lesão capaz de nos fazer afrouxar o controle sobre nossas mentes resultaria em desastre. E ela sofrera um acidente com um telepata poderoso e destreinado e agora estava andando por aí como se nada houvesse acontecido.

— Anda, vai, deixa eu ver — pedi, no tom mais neutro de que era capaz nas circunstâncias.

A dor devia ser pior do que sua expressão anunciava, pois ela fixou os olhos nos meus sem hesitar. Estabelecemos contato com cuidado, e fui tateando os caminhos de sua mente. Foi como adentrar a cena de um massacre sanguinolento, com vísceras para todo lado. E essa cena se estendia por quilômetros a perder de vista. Parei, engolindo em seco.

Daquele momento em diante, toda vez que me considerasse forte, eu me lembraria da professora Castello ali, falando e andando normalmente, agindo com coerência e dignidade, mesmo de dentro daqueles destroços. Por impulso, cobri sua mão pequena e enrugada com a minha por cima da mesa entre nós, deixando-a ver que eu não sabia por onde começar. Acabei avançando direto para o centro de dor, onde procurei costurar algum alívio.

— Isso vai ser um trabalho de meses — proclamei ao recuar de sua mente. Finas gotículas de suor formavam-se na linha do meu cabelo. Tratar aquilo seria como limpar o Louvre (museu e obras) com um trapo velho. E as mãos amarradas às costas. — Melhor a senhora evitar o uso de telepatia por enquanto.

Enunciei a última frase como uma recomendação, mas estava mais para uma ordem. Ela assentiu com um suspiro, sem dúvida consciente, e agradeceu.

Aquela era sua verdadeira razão para aceitar a cadeira no Conselho; não se sentia mais útil na universidade. Um cargo burocrático era mais administrável do que um que requeresse o uso de magia na maior parte do tempo. Isso também significava que todos os trabalhos envolvendo entrar na mente de outros telepatas recairiam *sobre mim*.

Tentei não me render ao ressentimento; era preferível me encarregar de tarefas inconvenientes a ter a mente dilacerada daquele modo. Como ela estava *em pé*?

Ninguém mais sabia de sua condição. Se eu deixasse a Auditora de sobreaviso, ela repassaria a notícia aos conselheiros, e sabia-se lá qual seria o destino de Igor. A preocupação com o rapaz, é claro, não eclipsava meus receios quanto à própria reitora. Circulando naquele estado, ela era um perigo. A fortaleza de sua mente poderia desmoronar a qualquer momento e esmagar todos ao redor.

Combinamos que ela iria à minha casa toda manhã, logo às seis. O horário, para mim, sempre fora o melhor para procedimentos de reparação. Eu precisaria dormir direito nos próximos dias. Poções ou remédios de comuns, infelizmente, afrouxavam meu autocontrole mental. Suco de maracujá e chá de camomila aos galões, então.

Mandei mensagem a Anna.

Eu:

Me avisa sobre qualquer comportamento anômalo de L. Castello. Depois te explico. E fica por perto, se possível.

Anna:

OK

Eu:

Por favor, me chama ao menor sinal de algo errado.

Anna:

OK

Cheguei a tirar a pedra de portal do bolso e fitar o brilho ônix da face pontiaguda prestes a ser cravada na ferida em minha palma esquerda. Seria egoísta ir almoçar com Ísis quando um problema daqueles acabara de cair no meu colo. Para quem observasse de fora, a professora Castello parecia bem. Eu sequer imaginaria a verdade se ela não tivesse me mostrado. Ainda assim, não podia me dar ao luxo de ser tão irresponsável.

Fitei na tela do celular a troca de mensagens com Ísis. Meus dedos detinham-se, impedidos de digitar pela frustração. Se eu explicasse, ela sem dúvida entenderia. Ao menos daquela vez. Na seguinte, até. E na outra, porque era muito compreensiva. Contudo, sua paciência se esgotaria. Nada mais natural. Eu também não me suportaria.

Enquanto eu vacilava entre o que queria e o que deveria fazer, chegou uma notificação de mensagem.

Anna:

A professora Castello foi pra casa dela. Lá é tudo antitelepatia!

Eu:

Você sabe o que aconteceu?

Anna:

Agora sei O.O

Eu não fazia a menor ideia de como ela conseguia essas proezas e já desistira de descobrir. Havia maneiras mais eficazes de empregar o tempo.

Anna:

Vamos fazer brigadeiro juntas. Acho que ela precisa se distrair. Você também, Victor! Por favor, não desiste de ir pra SP. Quero meus livros :*

Aquelas palavras foram decisivas, embora no sentido contrário ao pretendido pela pirralha. Eu não degradaria Ísis à posição de alguém que me *distrairia*. Não era isso que eu buscava em sua companhia. Decidi telefonar em vez de me desculpar por mensagem. Era o mínimo.

— Oi, Victor, algum imprevisto? — Foi assim que Ísis atendeu.

Contei-lhe sobre a exata natureza do *imprevisto* e meu receio em deixar a Cidade dos Nobres sendo o único a ter consciência do perigo. Uma parte de mim, na verdade, considerava a ideia (odiosa) de persuadir a reitora a se confinar em prisão domiciliar. Por outro lado, ela passara *dias* naquela situação e tudo continuava em pé, sem vítimas, sem ninguém desconfiar.

— Pela Terra, virar conselheira nesse estado... sem os outros saberem...

— Ela *vai* contar, e logo — assegurei. — Só tá me esperando conversar com o Igor pra ter meu apoio quando for discutir com o Conselho quais providências tomar. Por isso me sinto na obrigação de ir agora mesmo. Não é o tipo de coisa que dá pra deixar pra depois.

Veio uma pausa. Chamei seu nome para ver se a ligação caíra.

— Tô me sentindo meio tonta — ela confessou com uma risadinha autodepreciativa que em nada lhe cabia. — Não sabia que você era um figurão.

A palavra incomodou-me sobremaneira; Ísis a empregara como uma descrição objetiva, não um insulto. Se fosse este último, seria uma gracinha, sem aquele peso de triste verdade da vida. E eu sequer podia negar.

— Isso é um problema?

— Bom, ontem eu tirei sarro das suas roupas. Tagarelei um monte de bobagem nada a ver. Enquanto isso, tem conselheiro pedindo seu apoio político. Aff... você deve me achar muito idiota.

Ela falou como quem não acredita nos próprios disparates, cheia de constrangimento. Se eu permitisse, viraria uma figura inacessível, um posto que não queria.

— De jeito nenhum — retorqui com uma risada. — Na verdade, tá na minha lista de prioridades te provar que uso agasalho e tênis. Só tô decidindo se vou pôr um conjunto preto pra manter a personagem ou se já escolho um laranja de uma vez. Tenho medo de você não se recuperar do choque.

Ísis riu também, ainda comedida demais para o meu gosto.

— Você tem um agasalho *laranja*? — arriscou.

— Não. Mas eu compraria um só pra ver a sua cara.

Sua risada soou mais franca dessa vez, mais como ela mesma.

— Você acha que pode ajudar os dois? — Ísis acabou perguntando.

— Ele, não sei — admiti. — Preciso avaliar. A professora Castello... vai levar meses, mas sim. Facilita que a magia dela mesma tem como auxiliar no processo.

— E se acontecer algo assim *com você*?

Considerei a gravidade em sua voz. A perspectiva parecia inquietá-la, o que decidi tomar como evidência de afeto em vez da imensa probabilidade de Ísis apenas ter pavor da criatura que eu me tornaria se minha mente sofresse um ataque daqueles. *Eu* tinha.

— Vou encontrar ele em ambiente controlado — expliquei num tom tranquilizador.

— Depois me liga pra contar como foi?

Prometi que sim, reiterando o pedido de desculpas e o agradecimento pela compreensão. Ísis desejou-me boa sorte.

4

Como de costume em ocasiões do tipo, decidi ir a pé para a Ala de Isolamento porque a distância me ajudaria a fazer as pazes com a decisão. Como era mesmo a frase do filme a que Anna assistira em casa outro dia? Eu tinha acabado de chegar do trabalho e a fala me recebeu como um soco. *Com grandes poderes vêm grandes responsabilidades*. O tio do herói só se esquecera de mencionar que essas responsabilidades também sugariam sua vontade de viver e o afastariam do que importava. Que o reduziriam a uma função que esmagaria o homem por baixo. E ele ainda por cima teria de ouvir dos chefes que era muito melodramático (e nem valia a pena tentar negar).

Atravessei a praça, os calçadões da área residencial, os laboratórios de poções e galpões de treinamento das sentinelas e adentrei a floresta pela trilha de pedra, minha velha conhecida. A Ala de Isolamento, conforme evidenciado pelo nome, era reclusa por receio de um massacre acidental.

Cruzei com uma amoreira carregada, o chão à volta sarapintado de tons arroxeados. Quando eu era pequeno, via da janela as crianças livres subindo e catando as frutas. Parei. Colhi um punhado e comi, ganhando veios rosados nas mãos, depois apanhei uma folha na bananeira vizinha e colhi mais uma boa quantidade para levar comigo. Se o caso de Igor fosse tão grave quanto tudo indicava, ele não seria admitido às áreas externas, como o pátio ou o jardim, onde instituir ambientes antitelepatia estáveis era impraticável. Por conhecer na pele sua situação, eu me compadecia.

Um adolescente. Trancafiado.

Ou seria ensimesmado e arisco, submerso em inseguranças, ou arrogante e cheio de rancor — como eu àquela altura da vida. De um jeito ou de outro, eu não previa uma conversa fácil. E aquele dia eclipsara a face mais luminosa da minha personalidade.

O complexo fora inteiro revestido de tijolinhos, emprestando-lhe um ar mais convidativo do que o amarelo pálido da minha época. As telhas verdes do telhado em declive pareciam novas de tão imaculadas, impressão que se manteve mesmo quando me aproximei o suficiente para enxergar falhas.

Galguei os degraus de madeira envernizada até a entrada. Ao dar com os olhos em mim, o jovem recepcionista arregalou-os e começou a passar os papéis em sua mesa freneticamente de uma pilha para a outra, à procura de algo.

— Tinham avisado da sua visita pra terça! — proclamou o rapaz, atarantado. — *Terça!*

Apoiei um cotovelo no balcão, sem pressa.

— Pois é. Surgiu um horário vago e decidi aproveitar.

— U-um minuto!

O garoto levantou-se num pulo e correu para a porta que levava ao interior do prédio. Eles detestavam visitas de surpresa; faltavam salas adequadas, e, se todos aderissem à moda, a situação se tornaria insustentável. Eu tinha, claro, a prerrogativa de estar fazendo um favor para o *Conselho*. O recepcionista sem dúvida fora avisado. Não poderia se dar ao luxo de me dispensar, basicamente porque eu estava encaixando uma tarefa extra na agenda.

O rapaz reemergiu, mais composto. Crise revertida com sucesso. Olhei o relógio. Cinco minutos, nada mau.

— Perdão — pediu ele, com ares de formalidade. — Pode me acompanhar, por favor.

Segui-o porta adentro, reencontrando naquele corredor um velho conhecido. No entanto, eu estava vindo do lado oposto para uma daquelas salas tão familiares, no papel de tutor em vez de tutorado. Não era mais fácil. Pelo contrário.

Ele gesticulou para a primeira porta, dizendo que logo trariam Igor. Coloquei as amoras na mesinha ao lado de uma das poltronas, lavei as mãos no lavabo minúsculo, um tanto menor do que me lembrava, e acomodei-me no outro assento, aproveitando para colocar o celular no modo silencioso e verificar as notificações.

Fui presenteado com uma foto de Ísis no espelho do elevador de seu prédio, fazendo uma careta e mostrando a língua. De cabelo solto.

E *vestido*, com uma saia rodada alguns dedos acima do joelho e decote quadrado, não muito profundo. A imagem vinha acompanhada da legenda: "Justo hoje que eu não ia parecer um mano perto de você! Hunf!".

Ísis:

Mas confesso que tô de tênis e short por baixo, preparada pra alguma emergência. Hoje foi você, mas na próxima pode ser eu. Fica de boa :*

Era tentador simplesmente abrir um portal e ir encontrá-la. Eu a alcançaria em menos de um minuto.

Eu:

Vai passear?

Ísis:

Uhum, no mercado
Rezando pra ter algum bentô

Eu:

Pede delivery que eu pago. Indenização por mudança de planos em cima da hora.

Ísis:

Não, seria injusto!
Quando EU precisar desmarcar, não dá pra mandar comida praí :p

Eu:

Touché.

Ísis:

Indenização: vai p casa qnd tiver livre
e me compra pizza MUAHAHA

Eu:

Combinado. A pizza e o vinho são por
minha conta mesmo se não conseguir ir ^^

Ísis:

Eu não queria o seu salário se
o seu trabalho viesse junto hahahah
Boa sorte e qualquer coisa me avisa :*

Pelo menos ela não parecia irritada por ter se arrumado à toa. Avaliei a expressão bem-humorada na foto e guardei o celular; os demais detalhes eram para apreciação futura, quando estivesse em paz no meu quarto e não prestes a encontrar um adolescente que precisava de ajuda.

Uma sombra na porta anunciou a chegada do rapaz. Franzino, descorado, com olheiras profundas. Ainda não tivera o estirão. Eu não julgava possível, mas ele empalideceu ainda mais ao me ver, detendo-se na soleira com os olhos cor de âmbar arregalados. Contrariando a primeira impressão, em vez de se encolher, o menino ergueu a cabeça e fechou a porta sem desviar o olhar de mim, então marchou sala adentro e largou-se na poltrona.

— Oi, Igor — saudei. Ele ficou calado. — Meu nome é Victor Spencer e vou ser seu novo orientador enquanto...

— *Eu sei* quem você é — interrompeu o rapaz. Estreitou os olhos e deu um sorriso de escárnio. — *Cadelinha do Conselho.*

Arrogante e cheio de rancor, então. Assenti, indiferente. Eu era intratável nessa idade, e, ainda assim, Lari nunca perdera a paciência. Eu conseguia empatizar com o garoto, mas *ela* me fornecera as ferramentas necessárias para lidar com ele.

— Exato. Pra sua sorte. — Indiquei a mesinha a seu lado, fingindo não notar sua surpresa com minha resposta. Se esperava me tirar do sério, acabaria severamente desapontado. Uma pessoa de temperamento irascível não se tornava *diplomata*. — Tinha uma amoreira no caminho.

Igor olhou as amoras e engoliu em seco. Enrijecendo a postura, voltou-se para mim com um ar pretensamente entediado. Precisava praticar a expressão se desejava me convencer. Sua curiosidade era nítida, como se ele a anunciasse aos berros ou em prantos.

— A professora Castello, como você sabe, tá impossibilitada de continuar te orientando — expliquei, bastante calmo. Igor estremeceu, mas continuou a me encarar de cabeça erguida. Aquele remorso inconfesso, eu o conhecia bem. — O Conselho, por enquanto, acha que é só por causa do cargo novo, e vamos continuar alimentando essa crença enquanto eu calculo quanto tempo vou levar pra resolver o problema dela.

Seus olhos brilharam, de repente marejados, e ele se curvou para a frente.

— Você consegue...?

A expectativa em seu tom cortou-me o coração. Não esperava uma abertura tão rápido.

— É minha maior especialidade.

— Não sabia.

A pronta admissão também me surpreendeu.

— O que você sabe das minhas especialidades?

Igor desviou o olhar para as amoras, pegou um punhado e enfiou todas na boca de uma vez.

— Interrogador e bloqueador — respondeu, mastigando.

Claro. Aquilo explicava sua reação ao me reconhecer. O que era ser um exímio restaurador perto de *interrogador*? Este, aliás, um dos termos mais floreados da história dos eufemismos. Quando me obrigavam a conduzir interrogatórios — notadamente contra telepatas —, eu fazia as perguntas, porém não esperava pelas respostas; eu as *escavava*. Um procedimento tão desagradável quanto soa descrevendo assim.

Não tanto para mim quanto para o interrogado, embora a dor de cabeça me debilitasse por vários dias após o procedimento.

— Nenhuma das duas coisas funcionaria *comigo* — acrescentou Igor, desdenhoso.

Eu compreendia o orgulho insuflando sua voz. E, em uns três anos no máximo, ele compreenderia a parte negativa da balança.

— Não — concordei. — Isso te põe em duas posições opostas perante o Conselho, e você vai ter que escolher, como eu tive, em qual dos eixos vai ficar: problema ou solução.

Ele não tinha resposta imediata para aquilo. Apenas me encarou, boquiaberto e indeciso. Lari ficaria orgulhosa de mim; eu estava empregando cada uma de suas técnicas para lidar comigo.

— Você se deu bem por escolher o lado da solução, é? — Igor soltou uma risadinha debochada. Embora não houvesse repetido meu apelido infame, seu tom estava impregnado dele.

— Hum... não, vou ser honesto com você — repliquei. Ele arregalou os olhos. — Vão te dar cargos altos desde cedo e te encher de dinheiro, mas você vai precisar estar à disposição vinte e quatro horas por dia e não vai te sobrar tempo pra nada. — Dei de ombros, indicando a sala ao redor. — Mas é melhor do que continuar confinado aqui e sobreviver de pornografia.

Igor desmontou numa risada, praticamente um relincho, e disfarçou levando uma mão à boca e forçando uma tosse seca que não convenceria ninguém. Enfiou outro punhado de amoras na boca, os ombros tremendo com o esforço de conter o riso.

O bom de manter sempre uma postura austera era a facilidade de desarmar as pessoas: bastava um arranhão na fachada de sisudez. E eu aprendera que me expor um pouquinho projetava uma impressão de vulnerabilidade que, mesmo imaginária, facilitava às pessoas confiarem em mim, deixando-as mais à vontade na minha presença.

— A professora Castello é mais velha e mais experiente que você — murmurou ele, por fim, olhando-me de esguelha. Estava à beira de despir aquela máscara bélica que não passava de autopreservação. — Se eu machuquei *ela*, o que garante...?

— Vamos começar com exercícios pra fortalecer a sua mente, depois...

Sua risada rosnada interrompeu-me.

— Você *acha* que ela não tentou isso? Puta merda, hein...

Fitei-o em silêncio. Igor cruzou os braços e desviou o olhar.

— Desculpa — resmungou de má vontade.

Eu não havia me desculpado com Larissa nenhuma vez nos primeiros *meses*. E, como parecia improvável eu ser melhor nesse tipo de interação do que ela, aquilo devia significar que Igor era um rapazinho melhor do que eu fui. Sorte a minha. A *nossa*.

— Você faz algum exercício físico? — perguntei.

Ele torceu o nariz.

— Esteira.

— Quanto tempo?

— Uma hora por dia, só porque me obrigam.

— Já percebeu como, depois de um tempo, fica mais fácil? Dá até pra aumentar a velocidade? — perguntei. Igor semicerrou os olhos, mas não comentou. — Já ficou dois ou três dias sem conseguir se exercitar por algum motivo?

— Quando tava doente...

— E foi mais difícil, né? — continuei. — Você se cansou mais rápido, talvez tenha ficado mais ofegante. Ou nem mesmo atingiu a velocidade de antes... — Ele assentiu. — O seu controle mental funciona igual. Só que, em vez de praticar todo dia, é o tempo inteiro. Vamos começar com uma hora de exercício.

— *Vamos?* — Igor repetiu, arregalando os olhos de novo.

— Exato. Nas próximas semanas, vou ver a professora Castello às seis. Daí venho em seguida.

— *Todo dia?*

— Foi o que falei. Primeiro, é mais fácil se concentrar de olhos fechados. Só não com muita força pra não pressionar a...

— *Agora?*

— Por quê? Você tá muito ocupado?

Igor rosnou. Comeu mais amoras, mastigando-as com raiva antes de se aquietar e obedecer. Ele me escutou, tenso. Parecia ainda não ter feito o exercício básico, embora eu soubesse que sim. Aos poucos, venceu o receio e seguiu minhas instruções. Teve dificuldade de se concentrar e controlar o fluxo de pensamentos, mas ninguém conseguia da primeira vez. Não na presença de um completo estranho.

Prosseguimos com a meditação guiada durante cerca de cinquenta minutos. Quando dei a visita por encerrada, Igor parecia menos ressentido. Antes de partir, recomendei-lhe dedicar-se àquele treino na hora de dormir.

5

Havia cerca de vinte ligações perdidas no meu celular: algumas do Conselho, outras do conselheiro Kasten e mais umas quatrocentas mensagens com variados graus de impaciência. Tirei um print da tela de notificações e mandei a imagem para Ísis.

Eu:

Saí do Igor. Foi tudo bem. Tava pensando em te ligar ou ir aí, mas olha isso.

Ísis:

Moço requisitado xD

Respondi com um emoji revirando os olhos.

Ísis:

Hahaha Victor funcionário >>>>> Victor chefe
Mas oq aconteceu? A CdN tá desmoronando?

Eu:

Não. Os conselheiros são mimados.

A resposta veio na forma de quatro linhas de risadas em caixa alta.

Eu:

Que alegria ser tamanha fonte de entretenimento.

Conforme as ordens contidas em meio àquela enchente de mensagens irritadas, fui via portal à sala do conselheiro Kasten, onde também estava Olga Stepanoff. Encontrei-os no meio de uma discussão, riscando uma folha A3 na mesa entre eles, pratos do refeitório com comida quase intocada deixados de canto.

— Sério? — perguntei. — Não posso sair por uma hora?

— A gente tá desfalcado — resmungou o conselheiro, indicando a cadeira vaga sob a janela. Puxei-a para perto e sentei-me. — E a situação não tá melhorando.

Recebi detalhes de uma denúncia alarmante: Alfonso Andrade — meu professor em umas quatro disciplinas na universidade — usara o ensino como pretexto para forçar cenas explícitas na mente de duas alunas. Quando elas leram a circular do Conselho sobre a prisão de Siviero, decidiram procurar a Auditora, mas levaram dias para criar coragem. Andrade já estava preso, como devia, e agora queriam minha ajuda para ver se ele fizera o mesmo com outras pessoas, a fim de procurá-las e oferecer-lhes a devida assistência.

Além disso, os demais membros do corpo docente na universidade acabavam de ser detidos, e seriam mantidos na Ala de Isolamento até que eu e a professora Castello verificássemos se estavam limpos daquela conduta criminosa. Por ora, as aulas ficariam suspensas.

A incumbência recairia inteiramente sobre meus ombros — porém, não me parecia correto tirar da reitora a oportunidade de informar o Conselho em seus próprios termos.

— Se me permitem uma sugestão... — sussurrei, observando-os desperdiçar energia numa divisão equânime dos horários para cada interrogatório. Ambos me olharam. — Talvez convenha a gente investigar também os tutores das crianças na Ala de Isolamento... só pra ter certeza.

Suas expressões nauseadas seguiram-se de meneios afirmativos de cabeça. *Meses* de trabalho ininterrupto. Não era seguro entrar em mais de duas mentes por dia, ainda mais se fosse fazer isso diariamente.

— A dra. Matsuki invadiu a assembleia hoje — contou o conselheiro Kasten, com uma expressão que se esforçava muito para não demonstrar mau humor. — Tava em fúria.

Ele me olhava com um ar acusatório, eivado de ressentimento. A questão de algum modo tinha a ver comigo.

— Por quê? — perguntei.

— Escuta, você acha que é o único que tá sem dormir, com quinze minutos de almoço e respondendo e-mail até na hora de cagar? — rosnou. — Você acha que eu te ligo na hora do seu encontrinho porque *eu quero*?

Sorri de lado. Se o conselheiro Kasten regurgitava a frustração em mim, era porque não conseguira responder a Larissa. Apesar de ser uma psíquica e ter metade da minha altura, ela intimidava uma sala cheia de telepatas.

— O senhor tá presumindo que eu reclamei com ela — comentei. — É mais provável a Lari ter pesquisado por que andei desmarcando todas as sessões nas últimas semanas.

A conselheira Stepanoff tocou meu braço, chamando minha atenção.

— A gente queria te dar licença da Diplomacia, de verdade, mas não vai dar — murmurou. — Dá pra te tirar da escala dos plantões pelo menos. E você vai receber hora extra, lógico. E dois meses de férias quando tudo se resolver.

Aquiesci. Não era como se houvesse opção.

— Tem como ver o Andrade agora? — perguntou o conselheiro Kasten. — Aproveita e já bloqueia ele. Não quero esse patife lançando nem o feitiço mais básico.

Concordei e levantei-me, acompanhado pelos dois. Não havíamos descido nem dois andares quando meu celular tocou, "professora Castello" brilhando na tela. Atendi imediatamente, temendo algum contratempo.

— Tudo bem? — perguntei no susto.

— Comigo, sim — respondeu a reitora com a mesma serenidade de mais cedo. — Acabei de saber que, em vez de almoçar, você foi visitar o Igor.

Meu olhar procurou o dos conselheiros, que escutavam com atenção. A julgar pelos semblantes alarmados, o som da voz dela estava escapando pelo aparelho.

— É, foi tudo bem. Hã... a gente pode falar mais tarde? Vou entrar na mente do Andrade agora...

— *Aquele porco* — rosnou. — O Álvaro acabou de me contar. E das medidas do Conselho em relação à universidade também. Mas você precisa de pelo menos mais umas quatro horas de descanso antes de outro procedimento complexo.

Com isso, os conselheiros olharam-me, curiosos. Se ela continuasse, eu teria que dar explicações.

— Honestamente, professora...

Um portal abriu-se de repente, e a reitora em pessoa apareceu, encerrando a ligação com os olhos cravados em mim. Se eu não tivesse visto, acharia inconcebível que aquela senhora imperiosa carregasse dentro de si os resultados de uma carnificina prestes a destruí-la.

— *Quatro horas* — sibilou. — Vou conversar com meus colegas agora. Não é certo deixar uma responsabilidade dessas nas suas costas. Só me fala do Igor.

Ah, a maravilhosa situação de receber ordens diferentes de conselheiros diferentes. Nada mais agradável.

— Tava na defensiva — respondi, o mais tranquilamente possível. — Ficou me provocando, a princípio, mas no fim cedeu e fez comigo os exercícios de meditação. É bem mais administrável do que eu era.

Ela assentiu, pousando a mão em meu ombro, e virou-se para os colegas.

— Hoje o Victor passou cerca de quarenta minutos na *minha* mente — revelou a reitora sem preâmbulos. Eduardo Kasten e Olga Stepanoff emitiram uma espécie de silvo por entre os dentes, lançando-me olhares incertos. — Não tem nem duas horas. E ele vai fazer isso todo dia pelos próximos meses, ainda não sei quantos. O bloqueio daquele cretino vai ter que esperar.

Fitei os bicos dos meus sapatos, porque, embora a discussão fosse a meu respeito, não era comigo.

— Ele não disse...! — o conselheiro Kasten protestou. — Agora eu tenho que adivinhar...!

— Pelo menos duas refeições diárias de uma hora, sem trabalho. Oito horas de sono. Isso não é negociável. Não quero o Victor cansado passeando dentro da minha cabeça. — Ela apertou meu ombro, voltando-se em minha direção. — Até amanhã. Tira o resto do dia de folga.

Hesitei só por um instante antes de lhes prestar uma mesura silenciosa e me retirar a pé pela porta. Folga pelo resto do dia! Eu não veria outra dessas tão cedo. Parei no corredor, recostado à parede, ainda incapaz de processar a reviravolta. Minha mão pegou o celular sem que eu nem me desse conta.

Eu:

Algum trabalho surgiu?

Ísis:

Não
Pq?

Eu:

Suponhamos que as circunstâncias tenham mudado e que o resto do meu dia esteja livre. Mereço pelo menos um café depois de desmarcar o almoço?

Ísis:

SÓ VEM

Fazia tempo que atravessar um portal não me causava tanta satisfação.

6

Mal pisei na sala e uma mão fina e quente tocou meu braço. Ísis deu a volta em mim, adentrando meu campo de visão com um sorriso aberto, acenando algo. Uma bandagem. Aceitei a oferta, franzindo o cenho, e segui a dona da casa com o olhar. Continuava de vestido, mas estava descalça. Abriu a geladeira e serviu água, trazendo o copo com um ar apiedado.

Drenei a água numa golada, consciente do olhar de Ísis descendo para meu pescoço. Resistindo ao ímpeto de afrouxar a gravata, perguntei-me quais sentimentos ela captava em minha aura. Ao lhe devolver o copo com um agradecimento, voltei a atenção à bandagem. Fora encantada recentemente, gaze e esparadrapo recortados com esmero e sob medida para o tamanho da minha mão. Coloquei-a, cobrindo a ferida latejante na palma. O alívio foi imediato, e nem mancha de sangramento pintou o curativo. Mal disfarcei a surpresa com o presente inesperado — e tão atencioso. Intrigado, soltei a bandagem, e a ferida voltou a sangrar. Eu não precisaria fincar a pedra na carne outra vez quando tivesse de abrir um portal. Ajeitei-a de volta com cuidado.

— Que feitiço de primeira linha, Ísis — consegui dizer. — Obrigado.

Ela se sentou e cruzou as pernas em cima do sofá. Eu me acomodei no perpendicular ao seu, recostando-me.

— Que bom que você gostou — disse ela. — Fiquei pensando que as bandagens comuns te incomodavam pra você nunca usar. Encantei umas trinta dessas ontem. Pode levar.

— Não precisava se dar ao trabalho... — falei, por pura educação, enquanto flexionava a mão e me admirava com o fato de não sentir nem o desconforto nem a dormência que me faziam evitar curativos do tipo.

Na verdade, adorava que Ísis houvesse pensado em mim o suficiente para dedicar horas a um feitiço trabalhoso daqueles. Ela sorriu como se adivinhasse.

— Por que tinha aquele monte de ligação e mensagem? — perguntou.

Hesitei. O teor da denúncia das alunas contra Andrade poderia arruinar seu bom humor.

— Precisavam que eu entrasse na mente de uma pessoa, mas fiz isso há pouco com a professora Castello — expliquei. — Daí ela me mandou descansar enquanto conversa com o Conselho. Vai contar tudo hoje mesmo.

— E o Igor? Vai ficar bem?

— Acho que sim. Vou tentar não pensar nesse assunto agora. Na verdade... — Ativei o modo avião do celular e coloquei-o em cima da mesa de centro. — Não adianta me preocupar com o que não tenho como resolver.

Ísis franziu a testa.

— Você tá emanando as mesmas vibrações de quem sente dor num membro fantasma — informou. — Consegue vir até a cozinha?

Apesar do sorrisinho irônico, ela parecia de fato duvidar da minha capacidade de ficar a um cômodo de distância do aparelho. Levantei-me sem abrir a boca, e Ísis saltou do sofá como uma onça dando o bote, gesticulando para eu segui-la.

— Ontem a Dulce jantou aqui — contou, pegando um prato no armário e talheres na gaveta e pondo-os na mesa.

Cada sequência de seus movimentos era fluida à moda de uma dança, fruto do automatismo cotidiano.

— Você comentou no telefone... — falei. Ela gesticulou para a cadeira e se virou para abrir o forno, de onde tirou, *é claro*, uma caixa de pizza. Meu estômago roncou alto. — Ainda não comeu?

— Eu, já. — Tirou uma frigideira de um armário sob a pia. — Então, como a Dulce veio ontem, só tem pizza de planta, como diria a Helena. Escarola ou brócolis?

Ísis brandia uma espátula verde-água, esperando minha resposta. Havia deduzido que eu não tivera tempo de almoçar. Desconcertado com tamanha atenção, quando fora *eu* a desmarcar nosso encontro, inclinei a cabeça na direção da caixa.

— Você não gosta? — perguntei.

— Adoro. — Ela escolheu o pedaço maior e passou-o à frigideira. — Quer fazer o que com a sua liberdade? Confesso que ver filme a essa hora me deixa inquieta. Mais tarde, talvez. A não ser no cinema? Ou você prefere ir no Ibira?

Olhou-me de alto a baixo e balançou a cabeça, voltando a atenção à frigideira. Qualquer opção seria ótima pela companhia. O problema era São Paulo, quase tão desagradável para mim quanto a Cidade dos Nobres era para ela.

— Sábado com tempo bom... vai estar lotado?

— Com certeza. — Ísis espiou-me por cima do ombro. — Tanto o parque quanto qualquer shopping. Se bem que você tá com roupa de ir trabalhar na Bolsa, não de passear.

— Vim direto — expliquei. — Pra não correr o risco de mudarem de ideia.

Tirei o blazer e a gravata, dobrando o primeiro, enrolando a segunda e levando-os à sala. Abri o primeiro botão da camisa na tentativa de parecer menos um funcionário da Bolsa. Ísis não comentou; colocou a pizza no prato diante de mim quando voltei a me sentar. Escarola. Devolveu panela e espátula ao fogão e abriu a geladeira, inspecionando-a sem pressa.

— Coca, suco de uva, água, cerveja? — ofereceu.

Pedi o refrigerante entre uma garfada e outra. Pizza requentada tinha um gosto surpreendentemente bom. Eu não havia me dado conta do quanto estava faminto.

— Não vim pra ficar te dando trabalho.

Ela pousou a garrafa e um copo à minha frente e sentou-se, revirando os olhos.

— Puxa, esquentar a pizza de ontem, que cansativo. — Apoiou o queixo na palma da mão.

Achei por bem distraí-la. Não conseguiria conter certos pensamentos se Ísis continuasse me olhando daquela maneira, e então minha aura bradaria o que meus modos disfarçavam a duras penas.

— Como a Dulce tá?

— Ótima. Tá ficando com um carinha legal e queria que eu...

Ísis calou-se no susto, arregalando os olhos de forma a denunciar que quase confessara alguma atividade ilícita. Inclinei a cabeça, arqueando uma sobrancelha. Ela corou adoravelmente, e tive de desviar o olhar.

— Hã... numa escala de zero a dez, qual a chance de você me denunciar na Corregedoria se eu... ajudar meus amigos de vez em quando...? — Bufou. — Sem nenhuma magia ativa, juro!

Sorri, embora a pergunta me incomodasse profundamente.

— Ísis, adivinha quem não é mais seu chefe? — perguntei. — Ela queria o quê? Te pedir pra dar uma olhada na aura do cara?

Ísis meneou a cabeça e fitou as mãos no colo, um trejeito de nervosismo. Se existia um banho de água fria, era aquele. Eu teria preferido um literal. No inverno. Na Sibéria.

— Ele não veio aqui. — Encolheu os ombros, engolindo em seco. — A Dulce só me mostrou umas fotos e contou histórias.

Eu não queria fazer um interrogatório, mas aquilo era interessante demais para abandonar o assunto tão cedo. E eu precisava mudar essa impressão de que a vigiaria para sempre.

— A sua intuição já avisou contra alguém nessas situações?

— Já. Teve um ficante da Fê. Mas *todo mundo* via que ele era um idiota.

— Alguma coisa supramaterial?

Ísis balançou a cabeça, negando.

— Só era cuzão mesmo. E teve uma namorada do Murilo, também sem nada da minha alçada. — Ela soprou uma mecha de cabelo da frente do rosto. Devia ter tomado meu espanto por crítica, pois emendou: — Não faço de propósito... Eu só *sei*, e daí não tem por que guardar as coisas pra mim se posso...

— *Ísis* — cortei o mais gentilmente possível. — Vamos esclarecer uma questão aqui: você não me deve justificativa nenhuma. Isso não vai funcionar se você me tratar como se eu ainda fosse seu corregedor.

Não vi necessidade de elucidar a que "isso" se referia, nem ela precisou que eu o fizesse. Tomei um gole de refrigerante, tentando não pensar na conversa com o conselheiro Bettarello na tarde anterior.

— Só tô te enchendo de perguntas por curiosidade — expliquei. Ísis comprimiu os lábios. — Você *sente* que tá intuindo em casos como esse?

— Não. Eu só... converso, tipo uma amiga normal. E às vezes sinto que tem coisa estranha. É meio difícil saber o limite... — Ela balançou a cabeça. — Os comuns falam o tempo todo em *pressentimento* e *sexto sentido*. E geralmente é só algo que eles captaram rápido demais pro consciente perceber, então ficou lá, martelando no subconsciente. Comigo... não sei. É assim ou não? Eu achava que sabia, mas aí veio o incêndio do prédio e... — Ísis deu de ombros.

Pelo visto, ela vinha refletindo sobre o assunto com alguma frequência. Seu tom saiu mais natural dessa vez, não como se pisasse em ovos. Mantive em mente que, na prática, fazia somente duas semanas que eu deixara o cargo anterior. Seus receios em relação a mim não mudariam de uma hora para outra.

Quando abandonei os talheres no prato vazio, ela ofereceu o outro pedaço, que aceitei com um agradecimento, mas preferi comer frio mesmo.

— Bom, sobrevivi ao afastamento do celular — declarei, sarcástico, ao terminar. Ísis, até então meio aérea, voltou ao presente e sorriu. Levei a louça para a pia e comecei a lavar. — Tem livraria aqui perto? A Anna me pediu uns livros.

— Tem uma bem legal a uns dois quilômetros. — Ísis animou-se. — A gente pode tomar café lá. Quais ela quer?

Sequei as mãos num pano de prato e peguei a lista. Ísis apanhou-a, correu os olhos pelos títulos e guardou-a no bolso do vestido enquanto eu terminava de lavar a frigideira. Anunciou que ia calçar os tênis e desapareceu da cozinha.

A conversa no elevador e nos primeiros quarteirões voltou-se a assuntos do dia a dia. Ela apontava lugares e falava onde fazia compras, onde o café era bom e barato, onde gostava de ir no dia do pagamento. Fui guardando cada uma daquelas informações dadas tão despretensiosamente.

Estávamos para atravessar uma avenida larga quando fui atingido por um lampejo da intuição de Ísis, e ela agarrou meu braço com força, detendo-se de repente e obrigando-me a parar junto. No segundo seguinte, uma moto dobrou a esquina a toda velocidade apesar do semáforo vermelho.

Ísis rosnou ao meu lado, acompanhando-a com um olhar de censura, aparentemente alheia à minha estupefação. Vasculhei os arredores, estendendo a percepção até o motociclista, já a duas quadras de nós. Não emanava nada de ordem supramaterial. *A intuição de Ísis acabava de manifestar-se numa situação cotidiana.*

— O que você tá fazendo? — grunhiu, alarmada. Seu tom me fez olhá-la de cenho franzido. Ela não estivera amedrontada um instante antes. — Era só um motoboy, provavelmente atrasado pra uma entrega. Idiota, mas nada perigoso.

Fechei os olhos e respirei fundo ao compreender que *eu* a havia assustado.

Não era pessoal. Ísis tinha um trauma. Ela achava que telepatas seriam cruéis frente ao menor desprazer. Assim, presenciar feitiços telepáticos engendrava respostas de medo. A questão não era comigo. Doía, mas não era. Engoli em seco. Ela não havia me soltado nem se encolhido ou recuado — um bom sinal. Fiei-me nisso.

Os olhos grandes e escuros de Ísis encaravam os meus quando voltei a abri-los. Não parecia receosa, mas confusa. Temia pelos outros, então, não por si mesma. Ela alisava meu braço, agora, um carinho reconfortante como se *eu* precisasse de consolo.

— Tudo bem? — perguntou, ao mesmo tempo em que eu lhe pedia desculpas. Um sulco desenhou-se entre suas sobrancelhas. — Pelo quê?

— Seguir o rapaz com a mente sem te avisar — esclareci. Seu rosto iluminou-se em compreensão. — Só pra constar: eu não atacaria alguém por desrespeitar as leis de trânsito. Não invadiria uma mente sem ordens expressas, aliás, e em situações bem específicas. É que fiquei curioso, ainda mais depois da nossa conversa. Nada feriu o véu da materialidade...

Ela inclinou a cabeça, e as linhas em sua testa se aprofundaram.

— Você tinha achado que sim?

— A sua intuição — expliquei. A expressão de Ísis deixou claro que ela não fazia ideia. — Os manuais sobre intuitivos dão a entender que vocês só intuem coisas mágicas. Mas não foi o caso agora.

Ísis pareceu surpresa.

— Eu não notei... — Ela balançou a cabeça, o olhar distante. Puxou-me consigo para atravessar a rua segundos antes de o semáforo abrir para nós, guiada pelo hábito. — E é tão claro pra você... Igual no dia do incêndio no prédio do Centro... Sei lá o que tá acontecendo comigo...

— A gente precisa reler os manuais e corrigir informações erradas — falei. Ísis ergueu os olhos para mim. — Você faria isso? O Conselho te paga, claro.

— Revisar um...? — Ísis desviou o olhar para longe.

Na universidade, estudávamos as habilidades especiais de outros bruxos porque a maioria de nós iniciava a carreira como corregedor. Apesar de existirem diversos guias sobre intuitivos, nenhum mencionava que seus poderes ajudavam a navegar o cotidiano. E, parando para pensar, parecia óbvio que sim.

— Não sei se ia me sentir segura corrigindo um livro — admitiu.

— Se eu te emprestar um dos meus, você lê e comenta sua opinião comigo pelo menos?

Assim ela concordou. Para evitar pressioná-la, não compartilhei o que me ocorrera naquele episódio revelador: estávamos treinando os *chefes* dos monitores com um material incompleto. Determinando punições com base em premissas *erradas*. Era impressionante o quanto uma organização experiente como a nossa podia se tornar defasada se desatentássemos da evolução das coisas.

A lição mais antiga, repetida à exaustão, consistia na não estabilidade da magia. A Terra "modernizava" nossos poderes a cada algumas décadas conforme as especificidades dos novos tempos. Talvez toda a burocratização, útil num primeiro momento, nos levasse a alimentar um sistema que já não atendia às necessidades atuais e, em vez de ajudar, atrapalhava. Eu sugeriria a Yara pedir aos corregedores que conversassem com seus monitores. Talvez descobrissem algo.

— Às vezes fico pensando no meu livre-arbítrio — Ísis murmurou, depois de um tempo de caminhada num silêncio amigável. Mantinha a expressão contemplativa do apartamento. — Sempre fui assim? Então a minha intuição deve ser parte de como eu racionalizo as coisas. Sou observadora e inteligente como sempre achei que era ou só sei as respostas por causa da magia?

Felizmente, eu tinha como abrandar a parte não dita daqueles receios.

— Posso estar enganado, mas, pelo que já vi, *você* usa a intuição; ela não usa você. É mais uma ferramenta à sua disposição. Como seus outros sentidos, me parece. Se a intuição não tivesse te feito parar antes da moto aparecer... será que a sua audição, acostumada com os barulhos da cidade, não te avisaria a tempo? Uma não é tão distante assim da outra no fim das contas.

Não da forma como Ísis se relacionava com os próprios poderes pelo menos. Ela assentiu com um ar distante. O enigma devia continuar dominando suas reflexões.

— Vou gostar de ler seus livros teóricos — disse ela por fim. — Estudei pouco desse jeito mais convencional. E as coisas que li não me ajudaram muito...

Eu não estava acostumado a vê-la revelar inseguranças. Interpretei aquilo como mais uma pequena e preciosa demonstração de confiança.

O assunto a incomodava, como se fosse culpa sua, apesar de nosso sistema ter se estabelecido daquela maneira. Intuitivos filhos de monitores aprendiam na prática, direto com os pais. Acreditava-se ser mais eficaz assim, e a experiência, em geral, confirmava a crença. Agora eu me perguntava se não perdíamos algo com esse tipo de segregação educacional. Obviamente, em algumas instâncias, era bom nos dividirem, mas talvez não em todas.

— Informação privilegiada: a sua taxa de sucesso é das mais altas desde o começo — contei. — Acho que você tem mais a contribuir com a gente do que nós com você.

Ísis agradeceu como se eu lhe tivesse feito um favor ao atestar o óbvio. Nem por um instante imaginei que ela se julgasse deficiente no cumprimento de suas funções; apenas nos supunha incapazes de reconhecer seus méritos. Infelizmente, ela tinha motivos de sobra para isso.

7

A livraria era aconchegante. Dois dos títulos que Anna pedira estavam na vitrine, outros dois na bancada da entrada. Ísis tirou a lista do bolso e foi pegando os livros e me entregando. Parecia ter familiaridade com a loja. Acompanhei-a com a pilha crescente no colo, tentando completar as lacunas do que eu sabia sobre sua rotina.

— Você vem muito aqui?

Ísis vistoriava um exemplar à procura de defeitos.

— Uhum, com o Murilo. Ele gosta de fuçar livrarias. Eu mesma quase só compro livros digitais; ter uma biblioteca física é complicado quando podem me transferir a qualquer momento.

Entregou-me o volume e saiu em busca do seguinte. Ísis mencionava os amigos em nossas conversas — mas eu a sentia enrijecer quando falava em Murilo, talvez esperando sinais de antagonismo. Eu compreendia: envolver-se com alguém ciumento já era assustador no caso de pessoas comuns. Um telepata com arroubos de possessividade seria aterrorizante, tanto mais para ela.

E assim Ísis me testava, o que eu considerava um ótimo sinal de suas intenções em relação a mim.

— Não tinha pensado nisso — comentei. — Você vem só fazer companhia pra ele ou aproveita pra olhar as novidades também?

— *Companhia.* — Ísis riu da palavra com uma exasperação afetuosa. — Depois de cinco minutos aqui, ele esquece de mim. — Ela me entregou outro livro. — Gosto de dar uma olhada nos começos... pra ver se a história me pega. Mas só dá pra ler direito em casa, antes de dormir. Na rua não posso andar distraída. — Acenou com a lista. — Esses títulos aqui acho que só vai ter por encomenda.

Conversamos com uma vendedora prestativa, e Ísis deu seus contatos para avisarem-lhe quando as obras chegassem, sutilmente assegurando que nos encontraríamos quando eu viesse buscá-los. Aceitei a oferta com satisfação. Como a professora Castello havia imposto que meus horários de refeição ficassem livres de trabalho, talvez eu pudesse vir a São Paulo uma ou duas vezes por semana.

Havia uma cafeteria dentro da loja, com cadeiras estofadas e mesinhas minúsculas que proporcionavam um ambiente intimista, apesar de público. Um rapaz trabalhava no computador na mesa da ponta. Ísis escolheu a do canto oposto, puxando uma cadeira para deixarmos as sacolas. Foi até o caixa e voltou logo com dois expressos, confortável em seu habitat.

— Quando você vai me trazer esses manuais sobre intuitivos? — perguntou ela. — A sua curiosidade é contagiante.

— Hoje mesmo. Tá fácil achar.

Porque o livro que tenho em mente está na minha escrivaninha, separado por causa da nossa conversa ontem. Eu teria contado; aquela parte não contrariava as ordens de segredo do conselheiro Bettarello, que se restringiam à questão com a Terra. Quando eu tomava ar para falar, no entanto, Ísis retesou-se, arriscando um olhar em minha direção. Como eu estava de frente para a entrada, vi o instante em que Murilo chegou num passo distraído. Ela o sentira pela aura.

Parecia uma excelente oportunidade de mostrar que eu era uma pessoa equilibrada.

Dei-lhe um sorriso tranquilo e ergui a mão para chamá-lo. Murilo arregalou os olhos ao me ver e passou-os a Ísis, que tinha se virado para acenar. Ele hesitou apenas um instante antes de se aproximar, fitando-a como se à procura de autorização.

— Meu Deus, não sabia que o encontro de vocês ia ser na livraria — comentou, trocando um aperto de mãos comigo e dobrando o corpo a fim de cumprimentá-la com um beijo na bochecha.

— Improviso — Ísis explicou. Vasculhava minha aura, mas com tamanha discrição que só percebi por estar integralmente atento a ela. — Deu tudo errado primeiro, mas aí acabou melhor do que o previsto.

Ela me deu um sorriso tão sem reservas que levei um instante para voltar ao rumo da conversa que havia planejado.

— A Ísis me trouxe aqui pra comprar uns livros pra minha priminha — contei. — Ganhei uma folga inesperada hoje.

Fiz menção de tirar as sacolas da cadeira extra.

— Ah, não, só passei rapidinho pra pegar uma encomenda. — Murilo arqueou as sobrancelhas para Ísis, aquele tipo de comunicação silenciosa somente acessível a amigos de longa data. — Tô com um parecer gigante pra entregar, e saiu um livro novo de linguística forense que vai me ajudar. Se eu quiser sair hoje com o bartender gostoso de Porto Alegre, preciso correr.

A menção ao trabalho evocou o chamado que Valéria havia me passado naquela manhã. Pelo que me constava, Ísis conhecera Murilo profissionalmente, e desde então o empregara algumas vezes, obtendo sucesso nas investigações relacionadas. Eu havia aprovado o pagamento dos pareceres dele em tais ocasiões e lido cada um, bem como os relatórios de Ísis explicando em que haviam ajudado. Empregar comuns não era exatamente a regra para monitores, mas tampouco inaudito.

— Você olharia um texto pra mim? — perguntei. — Posso passar os detalhes depois.

Os dois me encararam. Seria impertinente dizer que eu não tinha nada contra Murilo; minha opinião não fora solicitada. Um dia, eu lhes contaria que era incapaz de alimentar antipatia contra alguém cujos pensamentos sobre Ísis transbordavam afetuosidade. Ele a adorava e, enquanto acreditasse que eu fazia bem a ela, simpatizaria comigo. Contrapô-lo seria estupidez. Além do mais, impossível não admirar uma pessoa que, tendo noção de minhas habilidades, oferecera a mente ao meu escrutínio sem pestanejar — gracinhas à parte.

Compreender esses fatores não me livrava de ciúmes. No entanto, o sentimento não vinha de um senso de posse, e sim da fácil camaradagem entre os dois. Com ele, Ísis não media palavras, não temia pisar em falso. Isso, obviamente, resultava de *anos* de amizade, e, se Murilo não fora idiota de julgá-la mal por ter preferido acreditar num criminoso nojento, eu só podia respeitá-lo.

Murilo olhou o relógio e torceu o nariz para Ísis, que riu e tirou as sacolas da cadeira. Ele se sentou, franzindo a testa para mim.

— Pode adiantar um pouquinho o assunto? Senão vou passar mal de curiosidade. Não tenho saúde pra isso não.

Resumi o teor do chamado e expliquei que o texto do ofício estava em termos um tanto crípticos. O parecer profissional de um comum ainda traria a vantagem de não ser enviesado, como o de qualquer bruxo a quem eu recorresse, o que me ajudaria no entrave diplomático. Ísis ficou inconformada com a ousadia dæ anjæ de solicitar o afastamento de uma serva da Terra.

— Nossa, parece instigante. — Murilo fez uma careta de lamento. — Mas preciso avisar que não tenho... hum... experiência em analisar a escrita de um *anjo*...

Ele falou com um sorriso sem graça; acreditava sem ter muita certeza da gravidade do assunto. Anjæs, demônios e espíritos não povoavam seu mundo, embora ele soubesse o suficiente sobre o trabalho de Ísis. Na verdade, por causa da competência dela.

— Anjæs da guarda se comunicam com humanos de um modo bem próximo do nosso — expliquei, olhando-a à espera de confirmação. Murilo levaria a palavra dela em conta como talvez não conseguisse fazer com a minha. Ísis assentiu. — Quer avaliar? É bem curto. Se achar que foge da sua alçada, tudo bem.

Mas seria uma pena.

Murilo assentiu. Procurei o ofício inicial no celular e coloquei-o na mesa à sua frente. Ísis debruçou-se para ler também, travando o maxilar à medida que seus olhos passavam pelas linhas. Já ele apoiou os cotovelos na mesa e uniu as mãos sob o queixo, lendo algumas vezes em silêncio.

— Falou, falou e não disse porra nenhuma — resmungou Ísis, olhando-me com uma indignação que eu só podia atribuir a um sentimento de classe. — Você pediu esclarecimentos?

— Ainda não — respondi. — Mas, como a minha posição é enviesada, queria ter algum trunfo nessa discussão.

Ambos nos viramos para Murilo, cujo olhar percorria as linhas devagar. Ele chegou a tomar ar para falar, fechou a boca, releu.

— Não sei se faz sentido, falando de um *anjo* — declarou por fim. — Mas, se você me desse esse parágrafo num contexto sem nada mágico, eu ia dizer que parece que pelo menos um dos dois tá... com um interesse pessoal. Talvez no outro. Daí depende se ele disse a verdade ou não. Isso soa... absurdo, idiota, impossível...?

— É possível — respondi. Especialmente levando em conta o que Valéria dissera sobre Amanda tratar Abdiel no masculino. Eu deixaria para ponderar as implicações daquela hipótese mais tarde. — Então, você se sente à vontade pra escrever um parecer?

Murilo voltou a espiar a tela do celular e acabou concordando. Depois verificou uma notificação em seu próprio aparelho.

— Bom, vou pegar a encomenda — anunciou, levantando-se. — Bom passeio pra vocês. — Afastando-se alguns passos, acenou com um sorrisinho malicioso. — E não se esqueçam de usar camisinha, crianças.

— *Idiota* — Ísis rosnou, mas Murilo já havia desaparecido de vista.

— É o jeito dele acenar bandeira branca, Ísis — disse eu. Ela arregalou os olhos. — Ele não faz ideia do quanto é importante pra você.

Mas eu sim, deixei meu sorriso plácido completar, porque ainda não era o momento das palavras. Ela franziu a testa, então sorriu também.

— Lembrei que a Pinacoteca tá de graça hoje — falou. — Quer dar uma olhada no acervo? Depois a gente pode jantar na Liberdade. E ir no cinema, talvez. Que tal?

Apesar de haver começado mal, aquele acabou se tornando meu melhor dia em muito, muito tempo.

8

Acordei com a bexiga explodindo e uma ereção dolorida, uma me atrapalhando a resolver a outra. Abri os olhos no escuro, sem pressa. O duplo incômodo me ajudaria a despertar quando os sonhos convidavam a permanecer na cama.

Nenhuma luz vazava para dentro pelas frestas da janela de madeira — ainda não amanhecera. Tateei a mesa de cabeceira à procura do celular e olhei a hora. Passava das cinco. Embora eu houvesse me deitado perto da meia-noite, o sono fora ininterrupto, povoado de sonhos agradáveis no lugar dos pesadelos de costume, então me sentia renovado.

Fitei o teto sem enxergá-lo, repassando a tarde e o início da noite. Como diria Anna: *nunca fui triste*. Não me arrependia de ter estendido o dia além do razoável; Ísis era a melhor companhia. E, céus, como ela tornava aquela cidade horrível melhor com sua simples presença.

Na noite anterior, eu lhe deixara meu exemplar de *Um guia prático sobre intuitivos*, sugerindo almoçarmos juntos naquela semana para discutir suas impressões. Ela pareceu tão animada com a ideia que, por um momento, quase confundi as coisas. E, embora eu soubesse que meu interesse era recíproco, prometera não tomar iniciativa alguma. Ísis era grandinha e tinha consciência dos meus desejos. Deviam ter transparecido em um ou outro momento. Quando — *se* — ela quisesse, sem dúvida diria com todas as letras. Nunca fora dada a meias-palavras.

Passei a mão pelo rosto, avaliando a aspereza da barba por fazer. Sem condição de encontrar uma conselheira com uma aparência tão relapsa. Arrastei-me para fora da cama, perguntando-me de passagem quanto tempo levaria até o próximo dia de paz.

Quando a professora Castello chegou, abri a porta e deparei-me com o rosto inchado de quem passara a madrugada inteira chorando. Temi uma tragédia.

— Tô bem — apressou-se a garantir, provavelmente porque a preocupação estampava meu semblante. Ela entrou e largou-se no sofá como se fosse uma visita recorrente. — Aproveitou a folga?

— Bastante. Obrigado.

— Sabendo o que te espera nos próximos meses, vou te arranjar outras dessa. — Ela fitava o quadro da árvore da vida ao pôr do sol, presente de minha tia. — A cada duas semanas pelo menos.

Franzi o cenho.

— Isso não parece factível, professora.

Ela deu um sorriso que se pretendia vitorioso, mas saiu triste. O simples esforço de conduzir uma conversa trivial me impressionava. Eu duvidava que conseguisse me comportar assim em seu lugar.

— Fiz meus colegas prometerem.

Servi-lhe chá de camomila e sentei-me no sofá a seu lado. Viria a calhar me manter nas boas graças de uma conselheira que era, além de tudo, a mais poderosa telepata viva. Alguns tipos de decisão tinham de ser unânimes, então eu só precisava de um membro do Conselho se as coisas fugissem do controle.

— Não quero começar a restauração — disse ela, bebericando o chá. — Hoje você vai pôr o bloqueio no Alfonso... e receber oficialmente outras incumbências.

Olhando em retrospecto, meu erro foi desconsiderar seu ar perturbado no fim da frase; ou não atentei àquela nota dissonante em sua aparente calma ou a atribuí a seu estado.

— Eu posso...

— Não — cortou ela, contundente. — Bloquear a mente de um telepata não é fácil, ainda mais ter de fazer isso com um assediador... quando o caso da Ísis não é tão diferente...

Travei o maxilar, contendo o impulso de cerrar os punhos.

— Tenho distanciamento suficiente das vítimas pra não acabar matando o Andrade sem querer — rebati. Os olhos da reitora marejaram. — Consigo garantir até mesmo a sanidade dele intacta.

Ela bebeu um gole de chá.

— Mesmo assim, é melhor você chegar lá com a mente descansada. Vou passar o dia em casa de novo, prometo. Amanhã começamos.

A ideia não me agradava, mas Lilia Castello era célebre por se mostrar irredutível naquele tipo de decisão.

— É arriscado postergar demais — falei, um último protesto antes de sinalizar desistência.

— Um dia não é *demais* — volveu ela, calmamente. — Só não desmarquei com você porque quero conversar mais sobre o Igor. Contar o que me fez isso. — Ela tocou de leve a cabeça. — Pra você não cometer os mesmos erros. Já acompanho o Igor há quase quatro anos, desde que uma professora da Ala de Isolamento me pediu ajuda. Conhece a Tina? O menino ficou meio agressivo com ela e começou a se recusar a colaborar. Daí a sua tia me procurou.

Minha tia, atual diretora da Ala de Isolamento.

— No dia do acidente, adivinha qual foi a coisa mais básica que eu desconsiderei? — perguntou com uma risada exasperada, ressentida de si mesma. — Adivinha o que a idiota esqueceu de levar em conta ao tratar com um adolescente inexperiente?

Fiz uma careta de simpatia, sem dizer nada. Considerando o preâmbulo, eu tinha uma ideia.

— Demorei pra achar que ele tava pronto pra compartilhar a mente comigo; às vezes ficava irritado e impaciente, às vezes retraído e choroso... Fui burra de não ter imaginado. Depois de tantos anos na universidade, lidando com telepatas adultos que já cansaram de ver coisa pior na mente dos outros...

De fato, a última coisa que um moleque ia querer era uma senhora com idade para ser sua avó se deparando com fantasias envolvendo a professora de quatro em cima da mesa. E, em pessoas destreinadas, eram sempre as cenas gráficas na superfície, justamente as mais embaraçosas.

— Ele interrompeu o contato telepático de repente quando o primeiro lampejo de uma fantasia veio à tona — completei.

Ela assentiu, massageando as têmporas, e balançou a cabeça com um suspiro, misto de raiva e resignação.

— Eu *devia* ter percebido. Com você vai ser melhor pelo menos. Ele não vai ter tanta vergonha. E por isso mesmo talvez nem apareça nada.

— De qualquer modo, ele nem consegue ficar num ambiente antitelepatia ainda — lembrei. — Compartilhar a mente em menos de dois anos me parece inconcebível.

Ela torceu o nariz como se eu a houvesse repreendido. Enquanto eu planejava a melhor forma de me desculpar sem parecer que era isso que estava fazendo, ela suspirou e disse:

— Por causa da minha estupidez, você vai precisar fazer tudo sozinho... porque eu ignorei uma bobagem dessas.

Tranquilizei-a, porque ainda não sabia o que "tudo" incluía e só viria a descobrir mais tarde.

Ela queria ir comigo à Ala de Isolamento, mas achei que sua presença intimidaria Igor e não traria ganho algum. Fui encontrá-lo sozinho, dessa vez chegando à recepção via portal. A moça daquele turno nem piscou; ergueu-se e pediu-me para acompanhá-la até a mesma sala da visita anterior.

O garoto apareceu bocejando e se largou na poltrona com as pernas esticadas à frente do corpo. Além da falta de modos afrontosa, anunciou que era muito "chato" fazer os exercícios sozinho e só conseguira se concentrar por cinco minutos, depois desistira — um clamor por atenção, muito embora ele provavelmente não se desse conta.

Em vez de ceder à provocação, falei sobre o teor de minha conversa com a professora Castello. Ele empalideceu e travou o maxilar, cerrando os punhos. De todas as coisas das quais eu não sentia a menor falta em meu passado, a capacidade de ficar constrangido era uma das primeiras da lista.

— Não pretendo entrar em contato telepático com você tão cedo — assegurei, antes que ele desse voz a qualquer bobagem que lhe ocorresse. — Quando começar a vida profissional, você vai descobrir que as pessoas têm imaginação e vergonha, e nada do que você pensa é especial. Ainda assim, é embaraçoso compartilhar coisas que você prefere manter privadas, reconheço. Pra sua sorte, a telepatia te dá a opção de reter o que quiser. É um privilégio e uma responsabilidade. E *é claro* que é muito chato exercitar a mente sozinho, especialmente trancado onde não dá pra perceber o alcance dela.

Fiz uma pausa. Igor estava com uma careta debochada, olhando para o teto. Eu esperava muito não ter de voltar à estaca zero a cada visita.

— E você vai dizer que só depende de mim mudar essa situação — resmungou com uma risada seca.

— Prefiro não perder meu tempo nem insultar sua inteligência atestando o óbvio. — Curvei o corpo para a frente, apoiando os antebraços nos joelhos e unindo as mãos. Melhor atacar seu ponto de interesse. — Quer aprender a guardar pensamentos inconvenientes?

O olhar de Igor passou ao meu um segundo antes de voltar a se fixar no teto, resoluto demais em sua rebeldia. Estava escutando, mas não daria o braço a torcer. Não falei nada; esperei-o admitir para si mesmo que ele queria a resposta. Era difícil estar desesperado por validação e, temendo não conseguir obtê-la, fingir não precisar, como se fosse livre dos efeitos da opinião alheia. Essa ânsia por liberdade se traduzia em uma não cooperação que, aos olhos externos, parecia apenas irracionalidade e desejo de confronto. Ele tinha sorte de eu saber exatamente como era estar em seu lugar. E de Lari ter me ajudado a perceber essas verdades a meu respeito.

— Pensei que sempre desse pra perceber quando alguém tá escondendo alguma coisa — comentou.

— Dá, *sempre.* — Fitei-o por um instante. — Quer saber qual é a sensação de entrar na mente de alguém?

Igor engoliu em seco, mas continuou calado. Talvez fosse orgulhoso demais para pedir explicações. Talvez se perguntasse por que fora escolhido para enfrentar aquele tormento, por que a Terra era injusta e por que sua mãe havia inventado de engravidar. Não adiantaria lhe dizer que outras pessoas enfrentavam destinos muito piores. Isso nunca confortou ninguém. Não ter nem mesmo o direito de sofrer, sobrecarregado pela culpa de que os outros não julgariam seu sofrimento justo, só o deixaria pior. Mais revoltado. Ressentido.

— Como posso esconder, se você vai saber? — rosnou Igor.

Finalmente, uma pergunta.

— A gente não vê o teor dos pensamentos — expliquei. — Fica uma marca de que você tá guardando alguma coisa. Se ninguém tiver motivo pra procurar os seus segredos, não passa disso.

Ele deglutiu a informação por alguns instantes, embora decerto não se tratasse de uma completa novidade.

— E como é com a mente de outros bruxos e comuns...?

Eu só precisava manter aquele nível de curiosidade durante os próximos *meses*. Não, dois ou três *anos*. Fácil.

— Eles não conseguem esconder pensamentos. Quando tentam, é mais óbvio ainda. Tem uns que escancaram coisas constrangedoras pra te distrair do que você realmente quer ver. Tem uns que se sentem tão confortáveis dentro da própria cabeça que fica difícil discernir sonhos e devaneios de memórias. Tem lembranças tão dolorosas que algumas mentes apagam elas da consciência, a área acessível quando uma pessoa tá acordada.

Minhas palavras pareceram instigá-lo; ele abandonara a postura ostensivamente desinteressada.

— Como... como se distingue um devaneio de uma lembrança? — Igor, sem perceber, foi se endireitando na poltrona.

Eu me recordava perfeitamente das primeiras leituras sobre o assunto: comentavam tudo em termos tão abstratos que pareciam invenção.

— Você começa a estudar isso pela sua própria mente. Por exemplo, tenta se imaginar comendo amoras de uma folha de bananeira. Depois lembra de ontem. A primeira deve parecer mais fugidia, mais mutável. Vendo a mente de outras pessoas, a diferença fica mais clara, mas, no momento, treinar com a sua serve. Um devaneio é um esboço...

— Mas e quem tem alucinações? — interrompeu Igor. — E se a pessoa *acredita* que aconteceu? E as memórias antigas, que vão se deteriorando com o tempo e se reconstruindo e ressignificando?

Pelo excelente nível das perguntas, ele estudava e se interessava por aquelas questões. *Queria* aprender sobre seus poderes. Talvez, depois que o menino baixasse a guarda, fosse divertido instruí-lo. Tais discussões orbitavam a esfera das minhas especialidades, e eu estava disposto a passar a manhã inteira falando se isso o convencesse a fazer os exercícios regularmente. Teria respondido com uma palestra não fossem os súbitos gritos estridentes vindos do pátio externo.

Ambos nos levantamos no susto, eu voando para a porta e ele em meu encalço. A memória daqueles corredores conduziu meus passos pelo caminho mais rápido. A porta de vidro com acesso restrito nos separava do cenário lá fora: um menino e uma menina de uns dez anos gritando com as mãos na cabeça, encolhidos a um canto, com rios de sangue escorrendo das narinas pescoço abaixo; um jovem professor desacordado no meio do pátio e uma adolescente em pé, aos prantos, também com o nariz sangrando copiosamente.

Eu já havia arrancado a bandagem de Ísis àquela altura; estava sem nenhum cartão de acesso às áreas externas e não dava tempo de conseguir um. Saltei para fora via portal, agarrei a garota e puxei-a comigo para dentro, depois fiz o mesmo com as duas crianças antes de voltar, ajoelhar-me ao lado do professor e tatear seu pescoço à procura de pulso. Estava vivo. Toquei suas têmporas e fechei os olhos em busca do burburinho infindo de sua consciência. Nada.

Um portal de uma vereda infernal abriu-se ao meu lado. Ergui a cabeça, mas a teria reconhecido sem vê-la.

— Eu cuido dele, Vi — falou minha tia, entregando-me um cartão de acesso. — Ajuda a Samanta primeiro.

— A mais velha, né?

Ela confirmou. Adiantei-me para a porta de vidro, destravando-a com o cartão, e juntei-me a Igor, que falava surpreendentemente calmo com a garota em estado de choque. O rapaz teria futuro se conseguisse replicar essa reação. Toquei-lhe o ombro e troquei de lugar com ele. Samanta havia vomitado e exalava aquele fedor acre de suco gástrico, o nariz ainda vertendo sangue como uma torneira espanada.

— Shh, olha pra cima — sussurrei, erguendo sua cabeça de leve. Ela não resistiu. — Meu nome é Victor. Você sabe o seu?

Samanta não respondeu, os olhos vidrados, as lágrimas escorrendo sem parar. Pousei a mão no alto de suas costas e guiei-a pelo corredor até o banheiro mais próximo, sempre falando amenidades num tom sereno. Molhei uma toalha para limpar seu rosto, chamando-a pelo nome algumas vezes.

— Dói *tanto* — Samanta gemeu, cerrando os olhos e agarrando a cabeça. — E o professor Dimitri... ai, Mãe...

— Já foi socorrido — tranquilizei-a. — Olha pra mim, Samanta.

Ela o fez, mas seus olhos não focavam. Passavam de um lado a outro numa paródia grotesca do sono profundo, porém de pálpebras abertas.

— Onde a gente tá, Samanta?

— Na... Ala de Isolamento da Cidade dos Nobres...?

— Quem é você?

— S-Samanta Reis...? — Ela resfolegou.

— Quantos anos você tem?

— Q-quinze...

— Qual é a sua cor preferida?

— M-marrom...

— Sério? Que *sui generis*.

Seu olhar focou-se de repente, o gracejo quebrando o padrão dos acontecimentos e arrancando-a do torpor com um solavanco. Ela arregalou os olhos e riu, então soltou um ganido e voltou a chorar. Seus punhos cerrados colaram-se à testa suada.

— Dói tanto...

— Posso cuidar disso. Vem comigo pro pátio? Aqui não dá pra fazer nada.

A menina hesitou.

— Não consigo... controle...?

— Você não vai me machucar — assegurei, sempre calmo. — Vem.

Ela me acompanhou, cambaleante. Igor, estacionado na soleira, seguiu-nos em silêncio. Crianças e adolescentes amontoavam-se às portas dos quartos e salas de atividade, acompanhando-nos com o olhar.

Samanta esfregava as têmporas, ainda chorando. Antes de abrir a porta para o pátio, verifiquei que, felizmente, já haviam removido o professor.

— Consegue me ajudar? — perguntei, com o cartão de acesso a postos. — Preciso de você presente quando a gente sair.

— N-não sei...

Embora o possível descontrole telepático da garota não fosse me ferir, poderia machucá-la ainda mais naquele estado. Instruí-a a me contar o que acontecera e a não parar de falar quando cruzássemos a soleira. Fungando, ela cerrou os olhos por um instante, engoliu em seco e respirou fundo.

— Hã... eu... tava fazendo... é... contato telepático... com o professor Dimitri... Tava tentando ch-chamar ele c-com a mente... do outro lado do p-p-pátio...

O tremor e a gagueira aumentaram quando passei o cartão de acesso e a porta deslizou horizontalmente. Andar de lado com nossos olhares fixos um no outro era desconfortável, mas nem de longe uma anormalidade naquele lugar. Demos apenas um passo para fora. No instante em que ela pisou ali, livre das restrições antitelepatia, sua mente chicoteou. Mantive os olhos cravados nos seus.

— E depois? — indaguei calmamente.

— A-aí a... alguma coisa... me atacou, e eu... eu... n-não sei...! As crianças saíram... acho que a nossa conversa atravessou elas e...

Aproveitei sua imersão na narrativa, que a fixava no momento, para estabelecer contato telepático. Acompanhei o ocorrido, costurando os fragmentos e aliviando a dor. O professor havia percebido a chegada das crianças e usado a si mesmo como escudo contra os ataques involuntários que elas fizeram em reação à presença de outros telepatas. E Samanta — aquela garota admirável, apesar da aparência quebradiça — havia jogado tudo o que aprendera e cada uma de suas energias em não permitir a sua mente contra-atacar a das crianças.

Quando desfiz nosso contato telepático, ela chorava, mas de alívio. Minha tia despontou, passando um braço maternal ao redor dos ombros da menina e conduzindo-a para dentro.

— Enfermaria — disse ao passar por mim.

Aquiesci e fui para lá via portal. A médica residente guiou-me para uma salinha onde haviam isolado o menino. Tanto ele quanto a amiga, que vi depois, tinham danos semelhantes, os de um causados pelo outro. A garota roubara um cartão de acesso de um tutor como parte de uma aposta. A brincadeira de crianças que não podiam se dar ao luxo de se comportar como tais, infelizmente.

Contei à minha tia o que acontecera e deixei-a repreendê-los enquanto ia ao quarto onde haviam acomodado o professor. Agora seus olhos fitos pareciam os de um cadáver. Estava desperto, mas inconsciente. A médica e alguns enfermeiros orbitavam sua cama. Tirei o blazer e passei a dobrar metodicamente as mangas da camisa.

— Você vai tentar trazer ele de volta? — a médica perguntou. — É melhor dar uma pausa depois de restaurar *três* mentes...

— Não posso — falei. — Tenho um interrogatório pra conduzir... e outros a perder de vista. Se o Conselho ouve o que aconteceu aqui hoje, vão me mandar priorizar o interrogatório. E não posso desobedecer uma ordem que ainda não recebi.

A médica comprimiu os lábios e recuou. Avancei para a cama e avaliei os olhos mortos do professor. Antes de entrar naquele grande vácuo, olhei para a porta por sobre o ombro, onde minha tia conversava com Igor.

— Fala pra Anna me trazer uns três armazenadores, por favor — pedi. — E avisa pra conselheira Sodré que vou faltar em todos os compromissos da Diplomacia hoje.

Ela assentiu, e eu mergulhei naquele imenso labirinto branco e deserto, de onde só emergiria horas depois.

9

Procurar fios de consciência no vazio era mais entediante do que propriamente perigoso; Dimitri se retraíra na própria mente depois de absorver a pior parte da violência daquele acidente estúpido. Havia fiapos, brumas de memória impossíveis de agarrar. Nada sólido o suficiente para eu tecer uma corda e puxá-lo de volta à superfície. Era como se eu descesse para o porão. Um abrigo antibombas. Sob um lago. Ou sob o Mar Morto, na verdade.

Quanto mais eu submergia, mais fantasmas esfumaçados rodopiavam ao meu redor, mas o jovem professor não estava ali. Não havia *um* fio de Ariadne, um ponto de apoio sequer. O número de lembranças e devaneios aumentou aos poucos, uma confusão de cenas sobrepostas aparecendo e esvanecendo em turbilhão a todo momento.

Procurei lampejos do episódio no pátio, onde era mais provável ele ter se fixado. Não foi fácil. Ele havia discutido com o marido na noite anterior e se arrependia de ter se irritado com uma bobagem, mas estivera cansado depois de doze horas seguidas de trabalho. Separei com cuidado as centenas de imagens da esfera profissional — e sua irmã estava doente e seu sobrinho nascera abaixo do peso e uma aluna arrancara os cabelos na primeira tentativa de sair do ambiente antitelepatia e outro se recusava a comer fazia três dias.

Avistei Samanta, logo dragada por enxurradas de outros fragmentos. Fui atrás dela. Diálogos esparsos, choro, medo de falhar. A menina temia decepcionar a mãe. Não conseguia se concentrar. Foi numa conversa com ela que encontrei Dimitri: *eu tô com você*. Ela tinha certeza de que não conseguiria nunca lançar um feitiço telepático, mas ele persistiu: *a gente tá junto, não tá?* E ela conseguiu uma vez, duas, três.

Encontrei o pátio. Dimitri estava lá, depois não estava. Atirei-me atrás dele e agarrei-o.

— Espera! — pedi.

Ele se sobressaltou, o primeiro sinal de consciência durante todo aquele tempo.

— Não te conheço... — murmurou o professor.

— Não. A gente tá dentro da sua cabeça. O seu corpo tá numa maca na enfermaria. — Apontei na direção das lembranças do pátio, ondulando ao nosso redor. — Vem comigo?

Dimitri ficou congelado, encarando as espirais.

— A Sami... Ela tá bem?

— Sim. Preocupada com o seu estado. Você protegeu a mente dela.

O professor piscou devagar, assistindo aos fragmentos que se atropelavam e desvaneciam em sopros.

— Aquelas crianças não deviam estar ali.

— Não mesmo. Enganaram um tutor e escaparam. Mas estão bem agora.

Depois de assistir ao episódio entrecortado várias vezes, ele se virou para mim.

— Não te conheço — repetiu. — Mas você é a cara da Dani.

— Minha tia — expliquei. — Também tá preocupada com você. Vamos.

Dimitri olhou ao redor.

— Pra onde?

— Pra superfície. Você se escondeu aqui pra se proteger.

Dimitri esfregou os braços, encurvando-se um pouco.

— Eu tô na enfermaria de olho aberto igual a um peixe morto, né?

— Bom, não sei quanto ao peixe...

Sua risadinha de nervosismo fez milhares de memórias rodopiarem e abaterem-se sobre nós. Dimitri agachou-se e encolheu o corpo, esfregando os braços com mais vigor. O frio era um péssimo sinal. Ajudei-o a se levantar e dei-lhe o braço. Nossos passos pesavam, pois arrastávamos conosco suas lembranças. Subir à superfície de seu eu era puxar sua consciência junto. A escalada seria cada vez mais arrastada. Quando uma mente sofria tamanho trauma, tendia a enclausurar-se em si mesma, fincando raízes lá no fundo. Em comuns, seria a morte. Ou a ala psiquiátrica.

Ao menor avanço, o labirinto vazio foi inundado, e as espirais trêmulas de lembranças débeis ganharam solidez, cores, sons. Os corredores barulhentos, contrariando a lógica do mundo corpóreo, passaram a fazer eco como um espelho na frente de outro, criando reflexos infinitos de si e de tudo.

Dimitri tropeçava, escorregava, cambaleava. Ajudei-o a se concentrar em lembranças de firmeza inconteste: o primeiro sucesso de seu primeiro aluno liberado da Ala de Isolamento e admitido à universidade, a notícia da gravidez da irmã, um domingo de piquenique na praia com o marido.

Pinçar cada uma e fazê-lo se concentrar nelas era como sedimentar os degraus de uma escada tijolo a tijolo — enquanto puxava para cima o trem de carga de sua consciência de si. Eu não fazia isso sozinho, até porque seria impossível. Ele me ajudava com a força e a determinação de um bom soldado que se agarra à vida após sofrer ferimentos mortais em batalha.

— Que bom que você sabe o caminho — comentou. — Eu não saberia se tô nadando ou me afogando.

— É que a ancoragem da minha mente tá fora daqui — repliquei. — Assim é fácil.

Dimitri suspirou.

— Não é não. Recuperar e construir são as coisas mais difíceis. Obrigado.

O comentário, lançado despretensiosamente, ressoou dentro de mim à maneira de uma grande verdade universal.

— O que você quer dizer?

— Qualquer um pode ferir, destruir. É fácil. Duas crianças travessas sem noção de nada fizeram isso comigo, não foi? E agora precisou de um telepata do seu calibre pra me trazer de volta. — A maré de memórias doídas ameaçou arrastá-lo, mas não o soltei. Ele fincou os alicerces de sua determinação com maior voracidade; transformou a violência da enxurrada em degraus maciços para nossa escalada. Não era qualquer pessoa naquele estado que teria a energia e a força necessárias para tal manobra. — Sempre medem poder como capacidade de destruição, mas nada é mais fácil do que quebrar, destruir, matar. Um micro-organismo qualquer pode derrubar uma civilização inteira. A *verdadeira* medida de poder é nadar contra a corrente e vencer.

Eu teria gostado de dar uma resposta à altura daquelas elucubrações, mas toda a minha capacidade mental estava concentrada em nossos esforços: trazê-lo de volta em segurança e sedimentar os pilares de sua consciência com a devida firmeza para que ele não se perdesse de novo. A primeira noite de sono seria crucial para determinar se eu fora bem-sucedido.

Cada passo foi se tornando mais difícil, mais pesado. O mesmo caminho que nos firmava tentava nos reter; o oceano de memórias e pensamentos que o tornavam quem era ameaçava nos dragar para as profundezas. Nosso progresso ficou mais lento — chegamos a ser arrastados para trás.

Com cada vez mais frequência.

— Você deve estar exausto — murmurou Dimitri.

Eu ainda não sentia o cansaço ali, exatamente. Anna devia ter trazido meus armazenadores de energia e os pendurado em meu pescoço. Minha concentração é que estava ameaçada. Seria fácil desistir, mas eu não sabia se conseguiria encontrar o professor em outra tentativa.

Depois de algum tempo daquele nado contra a corrente que não parecia nos tirar do lugar, Dimitri resfolegou de repente.

— Tô... tô ouvindo vozes...!

Vasculhei os arredores à procura do que ele havia identificado. Minha tia rosnava palavras indistintas, urgentes, e alguém pedia uma nova bacia de água fria.

— O pessoal na enfermaria — falei. Eu devia estar à beira de um colapso.

A iminência da chegada emprestou a Dimitri forças renovadas. Foi como se ele se espreguiçasse e segurasse tudo em torno. As partes desconexas de sua mente rodopiaram, envolvendo-nos. Canalizei aquela violência na direção certa, sem nunca o soltar.

E então eu encarava seus olhos reluzentes sem o filtro da fina camada de névoa que tudo embotava dentro da mente humana.

Mãos me puxaram. Minhas pernas trêmulas cederam, e despenquei numa cadeira estofada, arfando. Estava ensopado de suor, a camisa colada ao corpo como se eu houvesse entrado numa piscina. Todos os meus oito armazenadores pendiam do meu pescoço, drenados, as joias quentes contra meu peito gelado. Meu corpo tiritava com ocasionais espasmos de extenuação.

Eu percebia vagamente vozes dirigidas a mim, mas só enxergava a médica avaliando Dimitri.

— Como ele tá? — minha voz perguntou, a léguas dali.

Ela olhou para mim e abriu um sorriso, assentindo.

Não vi mais nada.

10

Reconheci meus arredores logo ao despertar, pois estivera ali algumas semanas antes: um quarto na ala antitelepatia do Hospital Geral da Cidade dos Nobres. Haviam me deixado roupas limpas e itens de higiene, de modo que entrei no banheiro um trapo e reemergi um ser humano, de cabelo lavado e barba feita. Meu celular, carregado, me aguardava na mesinha ao lado da cama. Das dezenas de notificações, três me interessaram: uma convocação do conselheiro Bettarello, que eu atenderia em instantes, minha tia avisando que todos os envolvidos no acidente haviam se recuperado sem sequelas e mensagens de Ísis.

Ísis:

> Ei, posso ligar?

Eu:

> Oi, Ísis, aqui é a Anna. O Victor fez um procedimento muito difícil, de várias horas, pra recuperar um professor que se machucou num acidente na Ala de Isolamento. Deu tudo certo, mas ele vai dormir uns 2 dias.

Ísis:

> Caramba! Obrigada por avisar.
> Seus livros chegaram, aliás.
> Já tão comigo ^^

Eu:

Obrigada! Vou parar de responder agora, tá?

Ísis:

Ok. Eu faço ele te desculpar ;*

Havia uma mensagem não lida, daquela manhã.

Ísis:

Por favor, me avisa quando acordar.

Eu o fiz, já adiantando estar satisfeito com Anna. Da infinidade de mensagens, vindas dos mais variados remetentes, ela só havia falado com Ísis, a única que eu não gostaria de deixar sem notícias. Os outros eram nobreanos e teriam ouvido sobre o ocorrido àquela altura.

Ísis:

Ufa! Tá se sentindo bem?

Eu:

Melhor agora.

Ela mandou um emoji envergonhado e outro rindo com a mão na frente da boca, como se fosse dada à timidez.

Eu:

De noite a gente se fala? Vou precisar correr atrás do atraso no trabalho hoje.

Ísis:

Beleza. Boa sorte :*

Um número não salvo com várias mensagens chamou minha atenção, destacando-se entre as centenas de contatos. Alguma coisa me levou a abri-las.

Número desconhecido:

Oi, aqui é o Igor. Não queriam
me dar seu número, mas alguém acabou me ouvindo.

Eu não tinha a menor dúvida de que esse misteriosíssimo "alguém" era uma coisinha ruiva de um metro e meio de altura.

Número desconhecido:

Hoje e ontem eu fiz os exercícios. Mas não é fácil escolher por onde vão meus pensamentos por muito tempo.
Ainda não consegui perceber as diferenças entre lembranças e devaneios na minha cabeça. Parecem iguais. Vou continuar tentando.
A Samanta tá bem. Ela me contou tudo o que aconteceu.
E sabe muita coisa na prática que só aprendi na teoria por enquanto.

Achei aquele "por enquanto" promissor. Não respondi; queria fazer isso sem pressa para avaliar todas as nuances do que ele dissera e imaginar tudo o que ficara nas entrelinhas. Talvez eu pedisse a Murilo alguma indicação de leitura sobre o assunto.

Fui via portal à sala do conselheiro Bettarello, que, sentado à sua velha mesa de imbuia, ergueu olhos pesados para mim, as olheiras mais profundas que eu já vira esmagando-os em pele enrugada.

— O mundo acabou na minha ausência? — perguntei, sentando-me e enrolando uma das bandagens de Ísis na mão da pedra.

Ele fitou o curativo com interesse.

— É caseiro? — indagou.

Postergava o assunto principal. Ou seja: seria desagradável. Assenti, travando o maxilar. Naquele momento, eu devia ter me lembrado da conversa com a professora Castello na manhã antes do acidente.

— *Você* não teria gastado tempo com isso... — murmurou ele, intrigado, quase como se preferisse se agarrar àquele "mistério".

Bem, eu tinha mais o que fazer. Muito mais.

— Presente da Ísis. Satisfeito? O que o senhor quer? Tô cheio de trabalho atrasado.

Seus olhos nublaram-se. Ele os cobriu com as mãos, suspirando, então me encarou com um ar derrotado.

— É injusto, sabe — grunhiu. — Você entrega tudo, e ainda assim sou obrigado a pedir mais.

Que preâmbulo nefasto. Contra minha vontade, engoli em seco. Não consegui articular as palavras para pedir esclarecimentos.

— A Lilia contou pra gente do acidente com o Igor — murmurou. — É muita bondade sua assumir o cuidado dos dois.

— É só a minha obrig... — comecei a retrucar, mas ele me interrompeu, erguendo uma mão espalmada.

— Por favor, me deixa agradecer direito, porque é só isso que vou conseguir fazer por você e é menos do que você merece.

— O senhor tá me assustando.

Ele assentiu e suspirou, engolindo em seco também. Devastado. Então entrou no assunto, e escutei-o com o silêncio resignado de quem ouve uma sentença de morte para a qual não há apelo possível.

— Quando a gente prendeu o Fábio, debateu muito sobre o que fazer.

Fábio *Siviero*. Um gosto amargo subiu-me à boca. Minha mente lenta evocou a conversa com a professa Castello, os olhos inchados, a expressão triste. *Culpada*, percebi então. O que ela dissera? *Por causa da minha estupidez, você vai precisar fazer tudo sozinho...*

Não.

Não, não, não.

— Acabou vencendo a ideia de mandar o Fábio pra Prisão durante três dias, porque parecia insuportável a ideia de Ísis ter ficado lá por dois sendo inocente — continuou o conselheiro com a careta de quem comeu algo estragado. — Ele tinha que saber como era. Depois de sair, ficou preso em constrições antimagia enquanto se recuperava, pra não arriscar a Lilia quando ela fosse bloquear o uso de magia na mente dele. A recuperação foi... longa.

Cada palavra era um punho se fechando com mais força ao redor do meu coração. Pararia de bater a qualquer momento. Na manhã anterior, a professora Castello não quisera compartilhar a mente comigo — já havia revelado a verdade ao Conselho, e aquele problema viera à tona. Ela *ia* realizar o bloqueio em Siviero, mas então ocorrera o acidente com Igor. Meus punhos cerraram-se.

Siviero, maldito fosse, não podia ficar *meses* em constrição até ela se recuperar. Poderia acabar angariando a simpatia de alguém e escapar. Causar um estrago, ameaçar e até ferir Ísis.

— O senhor quer que *eu* bloqueie o Siviero — falei friamente, porque o não dito assustava mais e falar me ajudava a absorver aquele tormento.

— Não tem opção. Já avisei a Lari. Você vai ter duas, até três semanas pra se preparar, mas...

— A mente é uma coisa tão frágil... — comentei, afundando-me em apatia e fazendo dela um escudo. — E qualquer erro...

— Tô ciente do conflito de interesses, Victor, mas...

— Não posso garantir a segurança de alguém que eu quero morto — declarei entre dentes. O conselheiro arregalou os olhos, talvez surpreso por eu enunciar em voz alta a verdade inconfessável. — Mas eu preferia não ser o carrasco.

— Ninguém acha que você faria de propósito... mas ninguém ia te condenar se acontecesse... — declarou ele, olhando-me com cautela. E *pena*.

— Para — rosnei, a mandíbula travada. *Destruir é fácil*, não fora isso que Dimitri dissera? — Assume o que tá acontecendo aqui, conselheiro. *Uma ordem de execução.*

Ele se retesou, mas não ousou me contradizer. Levantei-me bruscamente, rígido. Talvez ele não merecesse aquela acusação — eu só não tinha capacidade de ser empático depois daquele golpe. O problema era que matar Siviero seria fácil demais. E com certeza mais fácil do que toda a tecelagem necessária para bloquear seu acesso à própria magia. Eu veria coisa demais no caminho. *Cada pensamento que ele tivera sobre Ísis.*

— Vou me ausentar do trabalho hoje — avisei. O nó na garganta deixava minha voz esquisita, distorcida. Ele assentiu em silêncio. — Não vou atender a nenhum chamado. Nada.

Outra vez, ele assentiu calado.

Entrei num portal sem olhar para trás e saí na sala de casa, já na frente do armário onde ficavam as bebidas. Peguei a garrafa de uísque sem me importar em levar um copo e subi as escadas direto para meu quarto. A presença silenciosa de Anna anunciou-se às minhas costas — como eu sabia que seria.

— Não quero conversar — informei secamente.

— Eu sei.

Entrei no quarto e sentei-me na cama, afrouxando a gravata com uma mão trêmula enquanto dava um longo gole na garrafa. Sem olhá--la, entreguei-lhe minha pedra de portal. Ela a guardou no bolso e recuou para a porta em silêncio, passando a chave para o lado de fora. Se eu ia me render ao entorpecimento, tinha de me confinar em um recinto antitelepatia para não machucar ninguém. Não podia ser irresponsável nem mesmo numa hora daquelas.

Meu celular tocou. Anna hesitou na porta. Eu ia atirá-lo longe, mas era o nome de Ísis na tela. Até cogitei não atender; uma ideia distante, desconsiderada antes mesmo de se fixar.

— Oi? — perguntei, modulando a voz para não denunciar meu estado. — Algum problema?

— Victor? — Ela suspirou. — Desculpa te ligar assim... O motivo é meio idiota, mas do nada me veio uma angústia... Tá tudo bem?

A *Terra* não queria me deixar beber. Usar Ísis contra mim era *baixo*.

— Você não atrapalha — consegui dizer.

— Não sei se tô viajando, mas pensei que podia ser uma intuição e eu não ter percebido. Achei que não custava conferir.

— Por que viajando? Isso vem acontecendo com frequência. Melhor não ignorar.

— Sei lá, você tá na Cidade dos Nobres. E *acabou* de acordar. O que daria pra acontecer? E não é como se eu pudesse te ajudar se você tivesse em apuros…

— Você se subestima. — Meu olhar correu para Anna, que, hesitante, sorriu e fechou a porta atrás de si. — Foi bom você ter ligado, na verdade… Teve tempo de dar uma olhada no *Guia*?

— Tô relendo pra fazer umas anotações mais sistematizadas. Que livrinho sem-vergonha, hein?

— Ah, é? — Senti meus lábios se repuxarem num sorriso improvável. A garrafa foi abandonada ao pé da cama. Deitei-me, fitando o teto. — Detalhes, por favor.

— Você leu essa merda na faculdade? Isso é texto de aula?

— É.

— Não é à toa que você nunca me ouvia até eu resolver segurar uma porra de um prédio, graças à Terra. Não dá pra limpar a bunda com esse manual. Nem parece que foi um intuitivo que escreveu. De onde saiu esse cara? Puta merda.

Enquanto a escutava, lembrei-me de algo que testemunhara na mente de Ísis semanas antes: a sensação vibrante de quando seus amigos chegaram e juntaram seus cacos no chuveiro, transformando-a de volta numa pessoa mais ou menos inteira. Era o alívio de ter sido puxada para fora da água e respirar de novo depois de ter acreditado que morreria afogada.

A memória retornou com força porque eu me senti exatamente assim.

AGRADECIMENTOS DA PRIMEIRA EDIÇÃO

Agradeço ao meu editor, Artur Vecchi, por confiar em mim e tolerar a minha petulância. Não é fácil, eu sei. Obrigada pelos comentários e pelas discussões que me fizeram repensar algumas decisões ou entender melhor o motivo de eu me apegar tanto a outras. Agradeço também a Camila Vilalba, minha revisora, pelo cuidado e pelo carinho com este livro. Sua atenção a pequenos detalhes deixou-o muito melhor.

Como este é o meu primeiro livro a ser publicado, preciso agradecer também a pessoas que não tiveram a ver diretamente com ele, mas participaram deste longo caminho que é se tornar uma escritora.

A Laís, amiga do Ensino Fundamental I. Conheci-a a caminho da escola pública onde eu estudava em Guarulhos, num dia horrível de sol, atravessando um campinho sem sombra. A primeira pessoa de meu diminuto círculo social de então a escrever também. Na quinta série (hoje, sexto ano), quando enfim estudamos na mesma classe, começamos a ler os livrinhos uma da outra e chegamos a escrever juntas alguns, com personagens das duas. Um supercrossover. Eu era uma fanfiqueira de Agatha Christie com 007 e Carmen Sandiego na época (embora ainda não tivesse um termo para isso). Nosso mútuo entusiasmo nos alimentou por muito tempo.

Agradeço também a minhas queridas amigas do Ensino Médio, Karen e Renata, pelo apoio animado à minha primeira incursão ao fantástico com *Cidade dos Nobres*, uma alta fantasia com muita cara de fanfic de *Harry Potter*. Elas aguardaram ansiosas os capítulos seguintes da história em andamento durante quase dois anos, para lê-los rapidinho entre uma aula e outra. Eu provavelmente não teria me apegado tanto à escrita de fantasia se não fosse por elas.

Natália e Mariana, amigas já do início de minha vida adulta, leram uma versão nova de *Cidade dos Nobres* e ofereceram carinho e crítica, pelo que sempre serei grata. Elas também leram outros livros que hoje não tenho intenção nenhuma de publicar, mas seus apontamentos gentis me ajudaram a desenvolver uma consciência crítica da escrita.

Agradeço a Enéias Tavares pela amizade e por todo o apoio literário e acadêmico. Além de ser um grande escritor, professor e amigo, Enéias trouxe à minha vida alunos de graduação e pós em letras e produção editorial da Universidade Federal de Santa Maria (que não posso nomear pelo medo de esquecer alguém), em quem pensei muito ao escrever este livro. Além disso, foi leitor beta deste volume, e não consigo expressar o quanto seus elogios e apontamentos críticos me fizeram feliz.

Felipe Castilho, escritor e amigo admirável, com sua personalidade inesquecível: quantos fãs tiveram a chance de contar uma ideia embrionária e receber apoio e conselhos, como eu? Talvez vários; Felipe é a pessoa mais legal do mundo, e isso é uma inspiração em si mesma. Se um dia eu for capaz de nadar contra a corrente e vencer com um sorriso no rosto, decerto terá sido por conhecê-lo.

Agradeço muito a Giovana (Pausa Dramática!), uma das pessoas mais inteligentes e gentis que conheço, que revisou outros livros meus. Aproveitei suas observações nesta obra e aproveitarei nas próximas. Agradeço pela amizade, pelo carinho e pelos melhores feedbacks da história dos feedbacks. Virei uma leitora crítica melhor de meus colegas depois de ser criticada e elogiada por ela.

Eric Novello, de quem sou fã (beirando a tietagem), já me ouviu falando de mil enredos com uma paciência infinita e fez a pergunta certa a cada vez, com aquela serenidade de quem entendeu tudo. A pergunta certa que, infalivelmente, me ajuda a enxergar o que preciso em outra perspectiva. Quero ser assim quando crescer. Adoro nossas conversas regadas a bebidas à base de café (ou leite de soja).

Agradeço a minha mãe por todas as folhas de sulfite que comprou, desde que eu era bem pequena, para eu montar os meus livrinhos e escrevê-los (e por guardá-los até hoje como quem guarda um tesouro).

Agradeço, obviamente, enfaticamente (e com muitos outros advérbios de modo), ao Bruno, meu marido e editor implacável, cujo franco entusiasmo fez este livro ficar pronto e ser publicado. Além disso, levou-me a percorrer caminhos perfeitos para mim, mas que jamais me teriam ocorrido. Ele não me puxa: me dá a mão e me deixa andar com minhas próprias pernas. E vou tranquila, sabendo que, se eu tropeçar, tudo bem, porque não vou cair. Já disse em outros lugares: se eu precisasse listar suas contribuições, teria de pôr em ordem alfabética e com classificação de cor numa biblioteca imensa.

Por fim, agradeço a minha irmã Adriana, a pessoa a quem dediquei este livro. Quando eu ainda começava a me entender por gente — a entender que escrever não é algo que faço, mas algo que sou —, ela já estava lá, ao meu lado enquanto eu lavava a louça da janta contando uma ideia nova, e continuou lá, dentro da minha cabeça, mesmo depois de sairmos de casa para viver nossas vidas. Não há nada que eu tenha escrito que ela não tenha lido, nenhuma vitória para que ela não tenha torcido, nenhuma derrota que ela não tenha amargado até mais do que eu. É para ela que sempre escrevi e sempre vou escrever. E, quando me pergunta “Irmã, por que você nunca me põe nas suas histórias?”, meio indignada, eu nunca respondo direito. Adriana, a minha pena não é digna de você.

AGRADECIMENTOS DA NOVA EDIÇÃO

Se este livro está em suas mãos hoje neste novo formato, em uma das casas editoriais mais prestigiadas do país, devo isso às pessoas que agradeci na primeira edição, mas também a muitas outras que vieram depois e continuaram comigo.

Começo por meu querido amigo, Samir Machado de Machado, cuja capa e projeto gráfico da primeira edição foram a mais poderosa ferramenta de marketing com que uma autora recém-publicada de uma editora independente poderia contar (e como não é ele o diagramador agora, posso agradecer como me dá na telha — piada interna, gente!).

Bruno Romão assumiu a difícil tarefa de fazer uma nova capa e um novo projeto gráfico e, como em outras ocasiões, foi um artista incrível.

Agradeço a cada um dos amigos, colegas e familiares presentes em meu primeiro lançamento, por não me deixarem sozinha num dos momentos de maior ansiedade da vida de uma escritora. Também a todos os meus leitores que vieram a partir dali, em especial aos autointitulados "panfleteiros": quem leu, comprou e indicou, presenteou pessoas queridas com *Porém Bruxa*, escreveu resenhas ou as publicou em vídeo, respondeu aos meus tweets e postagens no Instagram com o maior entusiasmo, inscreveu-se na newsletter para saber mais do Victor e da Cidade dos Nobres, escreveu-me sobre seu amor a Ísis e seus amigos em aberto ou no privado, apelidou meus outros livros de "porém xxxx". Graças a vocês, são nomes demais para agradecer, e, se não os listo todos, é para não ser injusta com ninguém. Vocês sabem quem são.

Além dos meus leitores, companheiros de todas as horas, agradeço aos blogueiros e youtubers que leram e/ou falaram do livro em vídeos e lives, ajudando a difundi-lo em audiências que eu jamais alcançaria sozinha, além de organizadores de clubes de leitura por todo o país. Novamente, não posso enumerá-los (obrigada por isso) sob o risco gravíssimo de me esquecer de alguém.

Por fim, agradeço aos meus editores, Fernanda Dias e Marcelo Ferroni, pelo interesse, pela disponibilidade e pelas conversas mais enriquecedoras do mundo. Obrigada pelo encorajamento e pelo cuidado com esta nova edição. Fefa também fez alguns apontamentos maravilhosos para melhorar a fluidez do texto original, além de deixar comentários divertidíssimos no arquivo, que tornaram o processo de revisão mais rápido.

Além deles, Luíza Côrtes, Fernanda Castro, Olívia Tavares, Tatiana Custódio, Marise Leal e Thiago Passos trabalharam na preparação, na produção e na revisão do texto, apontando problemas, sugerindo soluções e me ajudando à trazê-lo à sua melhor forma.

Gostaria de agradecer ainda ao Murilo Martouza, do marketing, a Julia e a Thaís, da assessoria de imprensa, e aos outros profissionais da Suma que vêm caminhando comigo desde a publicação de *Árvore Inexplicável*. Vocês trabalham nos bastidores para me colocar nos holofotes e seu cuidado e atenção me deixam honrada.

ESTA OBRA FOI COMPOSTA PELA ABREU'S SYSTEM EM CAPITOLINA REGULAR
E IMPRESSA EM OFSETE PELA GRÁFICA SANTA MARTA SOBRE PAPEL PÓLEN NATURAL
DA SUZANO S.A. PARA A EDITORA SCHWARCZ EM DEZEMBRO DE 2022

A marca FSC® é a garantia de que a madeira utilizada na fabricação do papel deste livro provém de florestas que foram gerenciadas de maneira ambientalmente correta, socialmente justa e economicamente viável, além de outras fontes de origem controlada.